王蒙诗文选

创作是一种燃烧

中国海洋大学王蒙文学研究所 编
王蒙研究全国联席会议

人民出版社

出版说明

　　本书是人民艺术家王蒙的第一部诗文选。

　　2023 年是王蒙从事文学创作 70 年周年。从《青春万岁》《组织部来了个年轻人》，到《笑的风》《霞满天》，70 年来，王蒙创作了 2000 多万字作品，出版了小说、散文、诗歌、学术著作等百余部。他的作品涵盖新中国各个时期，涉及政治、经济、文化等多个方面内容，被翻译成多国文字，影响远播海外。70 年来，王蒙始终坚持人民立场，敏锐捕捉时代脉搏，用文字记录中国社会的发展进步，被誉为"与共和国一同成长的当代文学巨匠"。

　　王蒙的创作以小说为主，但他的散文、诗歌也同样独树一帜，堪称经典。他的文字时而温柔多情，时而冷峻哲思，时而天真旷达，时而慷慨多气；既有儒家的仁厚庄严，又有道家的自由奔放；既有"少共"的虔诚执着，又有"耄耋腹肌男"的犀利洞明。这些诗文作品更直观地表达了作家的所见所闻、所思所想，更清晰地传递出作家强健、博大、丰富的生命能量。

为展现王蒙在诗文创作方面的成就，我社邀请中国海洋大学王蒙文学研究所、王蒙研究全国联席会议共同选编了《王蒙诗文选》一书，并经王蒙本人亲自审定。书中收入了不同时期王蒙散文、随笔作品 30 篇，自由体、旧体诗及译诗 32 首，以时间排序，大体呈现了作家 70 年来诗文创作的风貌。

希望本书的出版能让广大读者徜徉在作家优美的文字中，更好地走近王蒙，阅读王蒙。

人民出版社

2023 年 10 月

目　录

散　文　随　笔

诗　歌

译　诗

散文　随笔

春天的心

春天的心活在春天的人的身体里。

春天的心是活跃的，生气蓬勃的，充满了活着的力量。春天使人爱生活：看呀，桃花的骨朵，柳枝的嫩芽，牛毛似的小雨帘子般地挂着，一切多美。生活本身是可爱的呀。听呀，池水的潺潺像低唱一首甜蜜的恋歌，晨鸟的啾啾像喁喁的情话，远处的孩子们唱了：

青草生

花儿红

斜织细雨里

老牛驮着牧童……

这嘹亮的歌声使春天的心朦胧了，沉醉了。

嗅呀！翘起鼻子，刚下完雨的潮湿气息，钻进你的鼻孔，使你的心痒痒的。玩吧，跳吧，高歌吧，舞蹈吧，暂时忘掉你的痛苦。我们都是小孩子，应该有小孩子的心，而小孩子的心便是春天的心呀！

春天的心又是懒洋洋的一股子劲儿。朋友，你可晒过春天的太阳？倚着树、靠着墙，闭上眼睛，让金黄色的太阳从头至脚抚摸你，你感到和暖，你感到舒适，身子散了，软了，像棉花一样；身子轻了，没有丝毫重量。于是你的身躯自然地摇摆着，飘，飘，飘到天空里，坐在白云上，和云雀一同唱歌，和风筝一同跳舞。说起风筝，你可常听到风筝铜铃寂寞的嗡嗡的声音？还有远处的空竹声也是相像的。它使你每个细胞都酥软了，它使春天的心荡漾在那声波里。听到之后你或者便颓然卧在草地上，让小野花的黄蕊洒在你的鼻孔里；你或者会兴奋地跳起来，喊着说："我们生活在春天里，我们生活在阳光里，我们生活在春天的阳光里！"本来嘛……

春天的心是美好的，善良的，纯洁的。因为美以大自然的为最美，而大自然的美表现在春天。你知道春山：远望苍翠欲滴，郊外踏青便是为了欣赏春山呀。你知道春水："风乍起，吹皱一池春水"。你知道春花春草，流行歌曲不是这样唱吗："春天的花，是多么的香"；通俗的对子，不是这样写吗："又是一年芳草绿，依然十里杏花红"。你知道春雨："帘外雨潺潺，春意阑珊"，"细雨梦回鸡塞远，小楼吹彻玉笙寒"。你知道春宵："今夜偏知春气暖，虫声新透绿窗纱"以及什么"月移花影上栏杆"……好了，这些歌颂春天的句子是实在写不完的；人在这美的结晶里，丑恶的会变成美善，污浊的会变成纯洁。春天本身便是诗，何待写她在纸上？而春天的心，便是诗里的诗了。

虽然如此，春天的诗和含苞待放的春花一样，和刚伸出头来的草一样，是幼稚的，是脆弱的。她是才入世的小娃娃，而不是千锤百炼的勇士；她是呢喃倩舞的小燕，而不是在狂风暴雨里挣扎的海燕；她是小花而非大树，诗歌而非枪炮（请恕我这句话似乎包括对诗歌的不敬）。但是，春天要被更成熟、更热情、更坚强的夏天代替，春天的心也变成钢铁的心了。

1948 年

别衣阿华

从东海岸参观讲演回来，衣阿华已是冰天雪地。连阴了一个星期以后，天气却渐渐暖了。冬天的雨不停地下着，雪被雨融化了，草地裸露出来，竟还有那么多绿，只是道路变得泥泞了。衣阿华河的桥边，正在修路，快两个月了，还没完，搞得挺干净的德由标克街脏糊糊的，雨一浇，到处是烂泥。

真不能相信，我来美国已经快四个月了，再有两天，就要"拜拜"——再见了。来的时候还是夏天，我穿着短袖衬衫，早晨沿着城市公园或者汉彻尔剧场跑步，晚上睡觉的时候要放放冷气，不然憋闷得可真够受的。后来不知怎么的就有树叶发黄发红了。第一片树叶发红好像很早，不过九月下旬，是诗人保罗·安格尔发现的，我们一起坐车到市中心去，他忽然指着一株树对大家说："瞧，叶子开始红了！"乘车的人说笑正热闹，没有人应和他的话，隔着车窗望出去，阳光还是那样明丽，树木还是那样葱茏，女大学生们还是那样轻俏，裸露着肩胛和脊背。但我的心弦被拨动了一下，在我给北京的亲人写信的时候，我报告了衣阿华的秋的消息。

然后是梦一样的，似乎突然充塞到了天地之间的秋天。所有的树木，竞相在严冬到来之前献出它们最好的色泽和丰姿。那一天，旅美华人吕嘉行戴着小小的棒球运动员的帽子为我们开车，同行的当然有好客的主人、"国际写作计划"的主持人聂华苓女士，还有现代派国画家刘国松一家，我们到了一个叫做"脊椎骨"的山谷游览区，欣赏那满山遍野的红叶、粉红叶、赭叶、紫叶、黄叶，还有仍然在秋风中顽强地绿而且翠的叶。

第二天，华苓又开着车来了，找艾青、艾夫人、台湾诗人吴晟和我去看红叶，去照相。我们先是以我们居住的"五月花"公寓为背景照，为了能照到整个九层公寓大楼，我们走出去很远，一直走过了不紧不慢地流着清清的水的衣阿华河。后来，又沿着城市，寻找红叶，路一会儿是上坡，一会儿又是下坡，陡陡的。到处是令人惊诧的千娇万媚的红叶——同是红吧，有的艳丽，有的深重，有的热烈，有的雅致。有的虽然稀稀落落，但在风中摇曳着，似乎要对人说出千言万语。有的高高大大，乱乱哄哄，比春天的花还要繁荣。忽然想到旧读李后主的词"春花秋月何时了"及至见到有的版本将这一句印作"春花秋叶何时了"时，总是先入为主地以为前是而后非。在衣阿华观赏红叶，我才悟到，还是"春花秋叶"更好一些，更工整也更符合后主的心境。

但我最喜欢的秋叶却是普通的黄叶。入秋以后，我差不多每天早晨都要沿着衣阿华河走一走。我看到那些高大的乔木上不停地落下叶子来，开始，时而有一两片树叶，打着旋，袅袅地在空中飞舞。后来，愈落愈多，不分昼夜，叶落如雨，却仍是杳然无声，让你觉得树叶落到结着霜花的地面，一定是一件很惬意的事情。也许，树叶们盼着的便正是在长过、绿过、鲜过、红过和黄过之后在接受了一年的清风、阳光和雨水之后落到那宽广厚重的大地上来吧？在林中落叶上跑来跑去的小松鼠呀，不要搅扰它们吧！我默默地看着下落的树叶，放轻步子，不愿打扰它们的安息，不愿掀乱自己"别是一番滋味"的心绪。

衣阿华城就是这样一个地方，平静，安谧，构成它的是河水、树木、草地、玉米田和时晴时阴的天空。八万人口，五万是大学的师生。从早到晚，城郊到处是汗流浃背的跑步锻炼身体的年轻人。它和我们在国内所设想的那个喧嚣的、匆忙的、阔绰繁华而又腐朽混乱的花花世界的美国不大一样。那样的美国存在于纽约的百老汇街、时代广场，存在于芝加哥和洛杉矶，并不存在于衣阿华城。这儿没有 X 级色情电影，这儿全城只有一家小店卖酒，而且未成年者即使前去也买不到酒。这儿没有摩天大楼，这儿的公共汽车每一刻钟到二十分钟才走一趟，而一到星期天，商店关门，公共汽车停开，全城都像睡着了一样。这儿人们的穿着也不入时，秋衣秋裤、大针脚的劳动布牛仔裤、厚厚的橡胶鞋底大方头的皮鞋，恐怕要比那些纤巧的服装更为常见。甚至在宴会或者音乐会上，不打领带的男人也比打领带的多。

这就是美国的中西部地区，他们引为骄傲的出产是玉米，这一带最著名的公司是"约翰迪尔"，制造和出售农业机械。假日，你如果到咖啡馆和饭馆，酒吧和自助餐厅，除了学生、教师以外，也许还能看到许多粗壮结实的庄稼人。在保罗·安格尔身上至今保留着许多庄稼汉的气质。他体格壮实，嗓门大，爱说爱喊爱笑，笑起来旁若无人。他爱劳动，冬天取暖用柴（许多美国家庭冬天不用空调设备而宁愿用木柴，据说可以节省一些）都是自己砍，他拿起斧子在自己房子的后山林子里砍出了一条路。他最喜欢吃的是牛肉丸子，做一次吃一个星期，那是他在炊事上最得意的佳作，虽然华苓讥笑他做的丸子形色像"狗屎"。

就在这里，我们生活了好几个月。来的时候才八月底，刚一来既新鲜又别扭，好像淡水鱼放到咸水里，浑身都不得劲。我听不到早晨六点半的"新闻和报纸摘要"和晚上八点的"各地人民广播电台联播节目"。我不可能在每天打开信箱的时候收到《人民日报》《光明日报》和《北京晚报》，还有五颜六色的令人欣喜的文艺刊物和那些年轻的、诚实的读者的雪片般的来信。我接不到作协、《人民文学》或者《文艺报》的座谈会通知。我听不到从维熙的结结巴巴、李陀的口若悬河、刘绍棠的虎虎势势、刘心武的条条理理和说一句加一个"是吧？"的高谈阔论。我接待不了从老团市委来的老战友和从西北边陲来的患难之交……而且，何必隐瞒呢，从出了国门，我就想老婆，想亲人，他们都在地球的那一面等着我的消息。

噢，我失去了那么多！那些使我的生活变得温暖和有意义的东西都在我的祖国，都在伟大的中华人民共和国啊！就在远离万里，隔越重洋的美利坚合众国，我所以能畅快呼吸，心里实实在在，不也正因为我是和十亿人在一起吗？

我迅速地投入了这里的生活，我成了这里的居民了。瞧，连衣阿华城的电话号码簿上也已经印上了我的姓名、住址和电话了。每星期两三次，文学讲座和讨论，由参加"国际写作计划"的各国作家轮流主讲。每星期一次采购，我也学会了推着购货车逡巡在超级市场的琳琅满目的商品食物之中。每天早晨到一楼前厅取一份免费赠送的由衣阿华大学出版的《衣阿华日报》，借字典的帮助读通几个标题。每天晚上由热心肠的希腊裔女教师尤安娜给我和我的邻居乔治·巴拉依查补习英语。如果进城，可以从公寓门口坐城市公共汽车，在自动售票机中投下三十五美分的硬币；也可以走到桥边去上免费的校车。市中心有三个电影院，电影院里充满着玉米花香。肚子饿了可以去吃西餐、中餐，也可以去吃三明治和意大利"皮扎"饼……

于是我安下心来了，早晨跑步而中午游泳。入冬以后，早晨跑步取消了，但中午游泳一直坚持到最后。上午写作，下午读书，晚上学英语。我在这儿写完了一个不太长的中篇，写一个人和一匹马，故事发生在新疆。还写了一些关于旅美的散杂文字。这要特别感谢上海《文汇月刊》的梅朵，我没见过世界上有这样善于约稿组稿的编辑，隔着太平洋和大西洋还穷追不舍，精诚所至，顽石为开，我只好执笔从命。读书读得最多的是港台作家的作品，我喜欢屡遭台湾当局迫害的中年小说家陈映真的《云》，他结构得那么"帅"，他从来不把人物简单地分成黑和白，或者莫名其妙、一厢情愿地分成"善良"和"凶恶"，他总是充分探求活人的复杂的内心世界，即使在悲哀和失望之中仍然让你抓住一点善，一点安慰，一点暖意。虽然也许在"帅"和巧之中他回避了更严肃、更深沉、更有分量的冲刺和解剖……

在衣阿华我花了不少的时间和力量学英语，只是在三十五年以前，上初中的时候，我学过abcd，来到美国的时候我还知道个ok和thank you，再多一点就不行了。记得从旧金山乘飞机去衣阿华城的时候，为了在机场办手续就搞了个狼狈不堪。但经过这几个月的努力，我已经能在日常交往中应付一气，甚至到了东岸各大学演讲的时候，有时我也能用英语讲一段了。在纽约接受《纽约客》杂志的采访的时候，我也是直接用英语回答问题的。我的老师尤安娜确实是一位又热心、又耐心、又善教的老师。而聂华苓对于我和巴拉依查确实也是特殊关照，专门派了英语补习教师。我还特别感谢瑞典作家艾瑞克的夫人古丽娜，她在本国的职业是英语教师，她总是能耐心听完我的蹩脚的英语，和我交谈、给我以帮助。我也喜欢和"国际写作计划"一九七五年的成员、今年又应邀到衣阿华大学临时任教的英国青年诗人彼得杰依交谈，他的那种温文尔雅、抑扬顿挫的标准牛津音，实在迷人。一个周末，我们在一个酒吧里碰见了，我们谈了很长的时间。他告诉我，他无法理解在中国发生的事情。我说，不但对于一个英国人来说，了解近几十年的中国是困难的，即使对于我这样一个土生土长的中国人，理解这些年的变动也并不容易。但我们必须总结经验和加强相互间的了解，因为我们正在前进，同时我们都生活在地球上，而这样的适合人类居住的星球迄今只有一个。

是的，这就说到了友谊，也许对于中国人来说，友谊是和空气、阳光一样重要，一样须臾难离，并且是比一切物质条件更重要的东西。在衣阿华这个静静的美国中西部小镇，和衣阿华河水一样长流不息的，不正是人民之间的友谊、各国作家之间的友谊和那些流着同样的血液的中国血统的人们之间的友谊吗？生活在衣阿华五月花公寓的224C房间，哪天不感到聂华苓和保罗·安格尔和他们的两个女儿——薇薇和兰兰对中国作家的亲切照顾之情呢？在十月一日国庆节那天，我们借"安寓"举行了应该说是相当盛大的酒会，招待各国作家和衣阿华城热心中美友谊的各界人士。在那个酒会上，播放着《小河淌水》和《步步高》。祖国呀，你不是仍然与我们同在吗？有哪一天，我能不和我的邻居，我的最好的朋友，罗马尼亚作协书记，小说家巴拉依查亲切交谈呢？一开始结结巴巴，后来，在相互鼓励下，我们也一套套地说起英语来了，我们互相介绍各自的国家和人民，我们为中罗两国人民之间的友谊而干杯。我们也共同为波兰的局势而紧锁双眉、忧心忡忡。我还结识了日本的女小说家大庭，我们两次一起吃午饭，两次在出席了讲座以后共同步行回到公寓，欣赏着映照在衣阿华的清流里的夕阳和晚霞。我们一起谈庄周和李太白、井上靖和鲁迅，谈中国文化与日本文化交流，而且留下了地址和电话，相约继续通信。还有土耳其的诗人库文图兰，我们一见面就找到了"共同语言"，原来我所知的维吾尔语的许多词汇是与土耳其语同出一源。他告诉我，他已经根据《中国文学》上的英译本，把我的三个短篇小说译成了土耳其文，准备拿回他的国家去发表。想不完也说不尽，特立尼达和多巴哥的阿尔伯塔，巴西的李安娜，法国的伊曼奴埃利，尼日利亚的威廉姆斯，印度的穆斯塔法，印度尼西亚的托蒂拉瓦蒂……他们不都已经是我的朋友了吗？我们不是都不止一次地交谈，谈过文学、谈过友谊吗？可惜啊，抱歉！如果我能多懂一点英语……

更不要说那些"本是同根生"的同胞啦。台湾的吴晟，旅居此地的刘国松和夫人李模华，吕嘉行夫人谭嘉，呵，原来这些旅居美国的华人并不像我们想象的那么"洋"。刘国松还保留着山东人的豪爽和说话的"怯"味儿。李模华的炊艺仍然是地道的家乡风味。谭嘉和吕嘉行不准孩子在家里说英语，他们很喜欢读《人民文学》，却苦于不知道到哪里去订阅。他们渴望着有机会回祖国探亲访友，祖国的声息痛痒仍然与他们血肉相连。海外存知己，天涯若比邻！中国人走到哪里也会找到自己的同胞，中国人走到哪里也不会感到孤单，同时，这些"海外知己"告诉我们，正是中国的独立和强大使他们在美国从低头走路到昂首阔步。所有的这一切都快要成为"过去时"了吗？难道桌上的月历没有被哪个急性子多翻了一个月吗？昨天晚上已经举行过了"国际写作计划"的告别晚宴。今天一天已经送走了十位作家。市中心州银行门口的电子显示器报告人们气温再次降低到了摄氏零下五度。树木已经落尽了叶子，但是衣阿华大学校长的家门前和我的老师尤安娜的客厅里的圣诞树却已打扮得袅袅婷婷，红灯绿火。河水还没有结冰，也还很少看到积雪，漫长而又严寒的冬天还在前面。稀稀落落的大学校车有时也开到"五月花"公寓门前来了,这就减去了走到桥头上车的一段不短的距离,可我没摸清规律,还没乘坐过几次呢。扬格尔服装百货店搬到了新的大得多的铺面,我也还没来得及好好逛一逛。学习和交流的设想还远远没有完成,对美国的社会调查也还只是一鳞半爪,要在这里写的文章还有很多很多,英语的学习正在劲头上……然而,行装已经打点起来了,书籍已经付邮,途经洛杉矶和旧金山转香港的飞机票躺在我的抽屉里跃跃欲试,房钱已经结算,清扫也已大体就绪,这两天又收到了来自衣阿华大学的汉学家达尉德,来自哥伦比亚大学的教授、作家弗兰克和来自芝加哥西北大学的教授许达然的热情的告别信和来自波士顿的作家木令耆的告别电话……

分明是要走了,再过四十几个小时,衣阿华城对于我就会变成仅仅一种追忆,一件往事,一个话题,一点思念了。别了,衣阿华!再见,衣阿华!当我回到北京,走到王府井大街或者新街口的时候,我也许会时而神游你的德由标克街、华盛顿街、教堂街和市场街吧?当我在北京前三门公寓楼的家里冲起一杯滚烫的茉莉花茶的时候,我也许会想起你的金黄透明的苏格兰威士忌加冰块?当我骑上我的还是从新疆带回来的"加重飞鸽",汇合到北京清晨的自行车的洪流里,开始一天的工作的时候,也许我会祝福正在深夜里的你的人民睡梦香甜,一夜平安?人们爱中国,关心中国,渴望着了解中国,而中国也盼望着更多地了解世界。衣阿华的"国际写作计划"为中国作家和各国作家提供了一个很好的寻求友谊和知识的机会。一九八〇年"国际写作计划"去矣,衣阿华去矣,美利坚合众国去矣,美好的记忆常存,友谊常在。祝你好,我的衣阿华!

1981 年 3 月

塔什干晨雨

　　在塔什干的十二天过得非常热闹，一切声音、色彩、形象、表情，似乎都强化了。电影节嘛，银幕上放大了的生活不能不影响到银幕下面和电影院外面。

　　五月二十二日从莫斯科一到塔什干，参加电影节的外国客人便受到了载歌载舞的盛大欢迎。此后到达中亚历史名城撒马尔罕的时候，出席列宁集体农庄的宴请的时候以及当晚离开撒马尔罕的时候，那种长柄唢呐呜呜、手鼓与大鼓嘭嘭、上百名少女穿着乌兹别克彩裙（式样花色与我国新疆和田维吾尔女子常穿的彩裙无异）翩翩起舞的场面又再现过三次。

　　还有频频的献花。感谢那位年老的女服务员拿给我一个花瓶，很快，我住的乌兹别克斯坦宾馆 409 房间的花瓶里便插满了鲜花。估计那些参加塔什干电影节的美貌的电影明星们得到的花束会更多些。还有好几次盛大的招待会，讲话、敬酒、红黑鱼子、串烤羊肉、抓饭、吸收了乌兹别克民歌旋律的摇滚扭摆舞，一切都是大张旗鼓，好像一个电视接收机，所有的旋钮都拧到了最大限度。

　　当然，不能不提到我们每天的主要活动——看电影。如果把正式参加电影节演出的故事片全部看完，上午、下午、晚上各两部，每天就要看六部……您倒是试试，一天看六个电影，连看上几天，您的头会爆炸的。

还有在饭厅、在前廊、在大门口与各国电影工作者的友好会见。为了使别人听得见自己的话，连举止最为优雅的标准绅士也要扯起喉咙叫喊。还有录音采访、摄制纪录片、记者招待会、参观市容、私人会见、兑换卢布与购买纪念品，还有当我们这些外国客人集体"出巡"时三轮摩托警车的开路与卫生急救车的殿后……

总之，每天都是热热闹闹、闹闹哄哄、轰轰烈烈、欢声笑语、气氛十足。尽管中苏关系还微妙，很麻烦，远远不是已经平安无事、一切顺利，但在这里，主人与客人宁愿"只叙友情、不谈政治"，做客的和待客的都要个皆大欢喜。

于是我睁大了眼睛，扎煞起耳朵，调动起口舌，努力看、听、说和吃，努力从苏联中亚细亚这座很有气魄的城市，从它的电影节内外活动中接收更多的信息。我当然感谢主人的精心安排与热情好客的接待，我也喜欢这种热烈和热闹的气氛。但随着时间的推移，我又似乎有几分惆怅。大概写小说的人不一定那么适宜参加电影家的活动吧？与大轰大嗡的电影相比，我们的小说是多么文静、多么娴雅、多么忧伤啊！写小说的人也许宁愿场面小一点、声音低一点，以哪怕是带着追怀和失落的伤感的复杂心情，去探寻这块我们自幼熟悉却又变得如此陌生的，近在咫尺却又远在天涯的土地上的谜语吧？

请原谅，我的苏联东道主、我的在电影节上新结识的朋友，还有我国的电影工作领导部门。在塔什干的最后几天，我想的是，电影节好是好，一辈子参加一次也就够了，生活毕竟不是电影，日子也并不都是节日，哪要得了那么多载歌载舞和宴请？

根据以往的经验，我知道，当时光的流水冲刷过去以后，盛大的东西并不总能留下深刻的印迹。已经是一九八四年六月一日的夜晚了，六月三日凌晨我们便要告别塔什干，这热热闹闹的一切便从此烟消云散了么？

我似乎有点不甘心。六月一日夜晚，我怀着依依惜别的心情，穿过旅馆门前的地下通道，来到马路对面的树林里。

真是瞎忙！在这座宏大的旅舍住了整整十天，竟一直没有到对面看看。这是一个街头公园，花和树整整齐齐。有几株三个人合起来也抱不拢的大树，显然是栽植于七十年代大地震之前。报刊亭已经关闭，冷饮店生意兴隆，尽是争饮格瓦斯与百事可乐的红男绿女。是的，这一天是周末，在苏联，周末还是很有气氛的。一座饭店的窗户遮着严严实实的窗帘，从中传出迪斯科的乐声，节奏鲜明急促。门口有维持秩序的警察。有一个妇女在气愤地喊叫，似乎她是来找她的女儿，不知向警察诉说了什么。再绕过去就安静了，在安静的花园中心，矗立着高高的纪念碑，老远就看得见纪念碑上雕像的大胡子。是马克思？又像，又不像，我好像不能判定。走近了才看清楚，是马克思。

回到旅馆我就沉沉入睡了，睡到六点多钟便醒了过来。这里的人们一般都是睡得迟也起得迟的，六点钟是一个很早的时间，但我不想再睡下去。梳洗完走到门外，真难得，天阴沉沉的，淅淅沥沥地下着雨，吹到脸上的是湿润凉爽的风。塔什干的夏季历来是炎热无雨的，不过才是五月下旬，我们这些电影节来客便已经尝到了塔什干之夏的威力。当我询问当地的朋友塔什干夏季的降雨情况的时候，被问询者的回答是"根本不下"。今天又是怎么了呢？

街上的行人和车辆都很稀少，在地下通道里倒看见几个行色匆匆的人在朝另一个方向——地铁车站的方向走去。我从对面的通道口出来，看到了地上的泥泞，原来夜间雨下得不小呢。一圈又一圈的鲜红的、粉红的与黄色、白色的玫瑰，五月底六月初，正是玫瑰盛开的季节。树大部分似是枫杨，树叶像枫，树干是杨。塔什干不愧是花与树的城市，在这干旱少雨的地方，到处有着众多的花与树。也许正因为干旱少雨，人们才更懂得爱惜花草树木吧。

报刊亭已经睡了一夜了，现在也仍然不到营业时间，亭里亭外杳无一人。但是毕竟已是白天，隔着窗玻璃可以看到几份报纸、画报和为旅游者准备的风光明信片。夜总会——我想昨晚有个母亲在诉说的那个地方可以叫做夜总会吧——与冷饮店也都变得安安静静了，它们都在休息。

好安静啊，来塔什干十几天还从没有这样安静、凉爽、潮润过，连雨打在脸上、头上也是舒服的。

我缓缓地再次走到了马克思像前。马克思静静地呆在一个静静的地方。碑有三层楼高，由青白色的条状巨石筑成，上面的石头比下面的石头还要宽大些，矗立在那里像一道强劲的光柱，威严地向天空放射。当然基石还是大的，但碑并不树在基石的正中，似乎有一点不平衡。这不平衡却被马克思的飞扬的胡须平衡了。马克思的须发扬向一方，是神采飞扬，是愤怒，是呼唤着历史的暴风。然而他沉默着。

我虽然不懂雕塑，但这像这碑仍然强烈地感动了我，也许更主要的是因为它是马克思。我走近细看，发现碑下用多种语言写着字。其中中文是繁体的：全世界无产者联合起来。

此外我能辨认出的文字还有俄语、英语、法语、西班牙语、德语、阿拉伯语等等。从中文的繁体看来，此碑的建成不会晚于五十年代中期。我看着这碑、这像、这文字，感从中来，喟然慨叹。

雨却愈下愈大了，我的头发已经变得湿漉漉的。看着横穿马路的地下通道入口，还远，而且有泥泞。近处没有房屋。

只有一株株大树，正好避雨。我紧走了两步躲到树下，这树冠又大又密又厚，雨虽然还下，树冠的下面却是绝对的干燥而且安全。站在树下，听着雨声，看着雨、树、花、马克思碑，我觉得如梦如画，似喜似悲。

这时从远远的对面走来了一位中年俄罗斯妇女。从长相和穿着上，我相信我还是能分辨出中亚细亚各民族"土著"和俄罗斯人的。这位妇女身穿质料朴素的绿花纹的连衣裙，长圆脸，目光严肃中充满温柔，脸色不算很健康。她没带雨具，匆匆站到了我斜对面的第三株树下避雨，到了树下以后，她庆幸地一笑，和我找到我的"保护伞"的时候的表情一样。

然后她回转身来看着我，我也看着她。我猜想她是一位辛劳的有教养的工作者，我相信她的肩膀上有一副并不轻松的生活的担子，然而她还是快乐和充满希望的。我猜想也许她的丈夫没有好好地待她，否则她的目光不应该是那样。我猜想她正在猜想我是什么人。在塔什干，正像在旧金山一样，我多次被人当做日本人，也着实可叹。我们的脸上出现了笑容，我们都感到一种慰安，我们似乎已经用目光和笑容互致了良好的祝愿，虽然我们谁也不知道谁。虽然雨还没有停，天阴得很沉。

1984 年

新疆的歌

黑黑的眼睛

在遥远的伊犁，几乎每一个本地人都会唱《黑黑的眼睛》这首歌，几乎每一次喝酒的时候都要唱这一首歌。

喝酒和唱歌这二者，从声带医学的观点来看是互相排斥的，从情绪抒发的角度来看却是一致的。

第一次听到这首歌是一九六五年冬天，在大湟渠渠首——叫做龙口工程"会战"的"战场"。我与农民们一起住在地窝子里。那里临时开设了几个食堂。寒冬腊月，食堂的厚重无比的棉帘子外面挂满了冰雪，也许不是雪而是霜，食堂里的水汽从帘子边缘逸出来，便凝结成霜。掀开这沉重得惊人的门帘，简陋的食堂里热气弥漫、灯光昏暗、烟气弥漫、肉香弥漫。更重要的是歌声弥漫，歌声激荡得令人吃惊，歌声令人心热如焚，冬天的迹象被歌声扫荡光了。

在关内的时候，我们也听过一些新疆歌曲。但是伊犁民歌自有不同之处，它似乎更散漫，更缠绕，更辽阔，没有开头也没有结尾，抒不完的感情连结如环，让你一听就陷落在那里，痴醉在那里。

从此我爱上了伊犁民歌。在伊宁市家中，常常能有机会深夜听到《黑黑的眼睛》的歌声。是醉汉吗？是夜归的旅人？是星夜赶路的马车夫？他们都唱得那么深情。在寂寥而寒冷的深夜，他们用歌声传达着对那个永远的长着"黑黑的眼睛"的美丽的姑娘的爱情，传达着他们的浪漫的梦。生活是沉重的，有时候是荒芜的，然而他们的歌是热烈的，是愈加动情的。

后来我有几次与农民弟兄们一起喝酒唱歌的经验。我们当中有一位歌手，他是大队民兵连长，叫哈里·艾迈德。他一唱，我们就跟，随着每一句的尾音，吐出了无限块垒。我傻傻地跟着唱，跟着唱，却总觉得跟不上那火热的深沉与辽阔的寂寞。

也有时候我不跟着唱，只是听着，看着哈里和别的人们的那种披心沥胆地唱歌的样子，就觉得更加感动。

一九七三年我离开了伊犁，一九七九年我离开了新疆。

一九八一年中秋节前后我重访伊犁，诗人铁依甫江与我同行。为了将《蝴蝶》改编成电影的事，长春电影制片厂的一位导演不远万里跑到伊犁去找我。一天晚上，我们一同出席伊宁市红星公社在西公园附近的一次露天聚会。饮酒之际，请来了民间的盲艺人司马义尔，他弹着都塔尔，唱起了歌，当然，首先唱的仍然是《黑黑的眼睛》。

他的声音非常温柔。他的歌声不是那么强烈，却更富有一种渗透的、穿透的力量。那是一首万分依恋的歌，那是一种永远思念却又永远得不到回答的爱情，那是一种遥远的、阻隔万千的呼唤，既凄然又温暖。能够这样刻骨铭心地爱，刻骨铭心地思恋的人有福了，能唱这样的歌，也就不白活一世了！看不见光明的歌手啊，你的歌声里充满了对光亮的向往和想象！在伊犁辽阔的草原上踽踽独行的骑手啊，也许你唱这首歌的时候期待着人群的温暖？歌声是开放的，如大风，如雄鹰，如马嘶，如季节河里奔腾而下的洪水。歌声又是压抑的，千曲百回，千难万险，似乎有无数痛苦的经验为歌声的泛滥立下了屏障，立下了闸门，立下了堤坝。

一声"黑眼睛"，双泪落君前！他一唱我的眼泪就流出来了！

伟大的维吾尔诗人纳瓦依说过："忧郁是歌曲的灵魂。"这又牵扯到一个民族的性格问题来了。你为什么那么忧郁？由于干旱的戈壁沙漠吗？你的绿洲滋润着心田。由于道路遥远音信难传吗？你的好马和你的耐性使你们的交往并不困难。由于得不到心上人的呼应、得不到知音吗？你的歌、你的舞、你的饮酒又是那样的酣畅淋漓。而你的幽默更是超凡入圣。

快乐的阿凡提的乡亲们，却又有唱不完的"黑眼睛"的苦恋。

我没有解开这个谜。虽然我标榜自己对新疆、对维吾尔人的生活、语言、文字颇有了解。我至今学不会这个歌。虽然我喜欢唱歌、粗通乐谱、会唱许多歌、自信学歌的能力不差。那么熟悉，那么想学，却仍然不会唱。也怪了。

就让我唱不好，唱不出这首《黑黑的眼睛》吧。唱不好，但是我知道她，我爱她，我向往她。小小的一声我就能从万千音响中辨识出她。她就是我的伊犁，她就是我的谜一样的忧郁。至少是因为告别了伊犁，至少是因为它是唯一的我又喜爱又熟悉又至今唱不成调的歌儿。

阿娜尔姑丽

以喀什噶尔为中心的南部新疆的歌儿与以伊犁为中心的北疆的歌儿有很大的不同。如果说北疆民歌的代表是《黑黑的眼睛》的话，那么，南疆民歌的典型则是《阿娜尔姑丽》。"阿娜尔姑丽"的意思是石榴花，而这又是一个在南部新疆常见的姑娘的名字。这个名字很美。电影《阿娜尔汗》的主题歌就是根据民歌《阿娜尔姑丽》整理、配词而成。歌一开始便唱道：

　　我的热瓦甫琴声多么响亮，

　　莫非装上了金子做成的琴弦？

而民歌的起始两句，据我所知的一个版本是这样的：

　　夜晚到来我睡不着觉呀，

　　快赶开巢里的乌鸦，啊，我的人！

最后一个词是bala，是孩子的意思，这里叫一声孩子，类似英语中的baby，是一种昵称，故译做"我的人"。

以《阿娜尔姑丽》为代表的南疆民歌似乎更具有节奏感，人们唱这些歌的时候似乎正迈着沉重有力的步子，似乎正在漫漫沙石戈壁驿道上长途跋涉。四周杳无人迹，远山上雪光晶莹，干枯的柴草在风中颤抖，行路者的歌声坚毅而又温情，我好像看到了歌者的被南疆的太阳烧烤成了酱紫色的脸庞。

也许他们是骑着骆驼唱这些歌的吧？在"沙漠之舟"上，他们体验着大地的辽阔、荒芜、寂静与神秘；他们也体验着自己内心的火焰的跳动、炽热、熬煎和辉耀。他们已经漫游了许多日日夜夜。他们已经寻求了许多岁岁年年。他们已经创造了许多城市乡村。他们热烈地盼望着更多的人间的情爱。

我永远不会忘记我第一次受到这样的歌声的冲击的情景。那是在叶尔羌河东岸、塔克拉玛干沙漠西缘的麦盖提县，一九六四年，我住在县委招待所，准备去洋达克乡。招待所正在盖房子，每天早晨八时以后，来自农村的临时建筑工开始上班。有两个年轻的女人，她们不紧不慢地用抬把子抬砖，一边装卸，一边走路，一边大声唱歌。她们唱的是《阿娜尔姑丽》，她们的唱歌就像呐喊一样的自然、朴素、开阔、痛快，她们的唱歌就像呼唤一样响亮、多情、急切、期待着回应，她们的唱歌又像是一种挑战、放肆的发泄，自唱自调，如入无人之境。她们戴着紫红色的小帽，穿着红色的裙子，红色的裙子下面还有绿色的灯笼裤。这歌声响彻一个上午，中午稍稍歇息，又一直唱下去，唱到太阳快要落山。她们的精力，她们的热情，她们的喉咙里，似乎都有着无尽的蕴藏。

即使是生活在城市中、生活在忙乱中、生活在纷扰与风霜雨雪中也罢，想起这样的歌，能不为那股热流而心潮激荡么？

1991 年 3 月

晚钟剑桥

人总有这种时候，忽然，什么都忘了，什么都没了，剩下的是澄明，是快乐，似乎也是羞惭，更是一种消失。那个有时候是疲劳的、警惕的与懊恼的、絮叨的与做蠢事的自己不见了，那个患得患失的"人之大患"不见了，却仍然有一颗感动得无以复加的心。

说的是一九九六年五月二十三日，已经几天了，阴雨连绵。那天中午我与妻在伦敦英中中心与几个学者、研究生座谈中国当代文学。开完会，连忙赶往火车站。坐上郊区的支线车，经过一片片的绿树和田野，向剑桥方向驶去。

剑桥是一个小镇，在细雨中若有若无，如灰如绿。她的稀落静谧，不高不大不新的房子，不宽不大不拥挤的道路，我行我素，不事声张，好像和这阴霾的天气与寒冷的春天一道，打老年间就是这个样子。

下车先去会场。在中文系一间办公室里换装，打好领带，人五人六地来到大课堂讨论教室。座无虚席。读准备好了的英文稿，并时时用不标准的英语即兴发挥一下，我不会放过这种"实习"英语的机会。遇到回答提问，就要请翻译帮忙了。英英中中、读读笑笑、问问答答，打成一片。活跃热闹的气氛，似乎给平静舒缓的剑桥大学的这个小角落带来了一点喜气。由于听众中有一半人是来自祖国大陆的留学生和教师，可以从他们的脸上读到一种关切和喜出望外的神情。他们提的问题也很在行，显然他们身在英伦而时时回眸祖国——那一片神奇的土地。

在一片真实的与礼貌的赞扬声中离开会场，去大学贵宾馆。经过古老的、上方是耶稣与圣母的浮雕的拱门，穿过这个砌满石条的院落，进入一座厚重的建筑。想不到这座楼房的底层是一个封闭的室内桥，桥下是小溪，桥的两侧是玻璃窗，其中一侧有四株大柳树的枝叶呈半月形地伸向我们。

陪同我们的先生告诉我们："徐志摩描写过这个桥，并命名为奈何桥。据说奈何桥是古代押解死囚去刑场的必经之路，要让犯人感到，这世界是多么美好，然而，由于犯下了大罪，他必须与世界告别。"

死刑犯的命运与行刑者的残酷，尤其是徐志摩的名字触动了我。我哦了一声，似乎一瞬间时间与空间的一切距离都缩小了、打破了，往事与逝者都靠近了。是的，"康桥再会吧"，康桥就是剑桥，有了逗留才有告别。徐志摩那时候是多么年轻，他是"资产阶级"，他写的都是"象牙之塔"里的诗……而我第一次踏上康桥的土地，已经是六十多岁了。犹谓偷闲学少年？一九八七年首次造访英国，去过牛津没到过康桥。

贵宾馆在另一所古老的楼房里，木板楼梯窄狭弯曲，走在上面吱吱扭扭，令人发思古之幽情。一直爬到四楼，打开一扇厚重的门，是一个黝暗的小过厅，按动墙上的开关，高高地亮起了昏黄的灯。再用那笨重的铜钥匙开开房门，一间宽阔方正的老客厅出现在我们面前。褐黑色调，古朴的大写字台，曲背软椅，式样老旧的硬背沙发，墙上悬挂着一张带镜框的风景水彩画。更多的则是空白，以无胜有，以无用有，这种风格自然与矮小的充满各种物品的旅馆房间不同。

就在这个时候钟声响了。教堂的钟声悠远肃穆，像是来自苍穹，去向大海。我一时停在了那里，等待着，倾听着，安静着。

放下随身携带的物品就去圣约翰书院晚餐。进入书院，先去"派对"大厅。人们介绍说这间大厅保持着三百多年前的习惯，厅内只点蜡烛，不设电灯。人们又说，二次世界大战当中盟军最高司令部诺曼底登陆的计划，就是在这间大厅里制定的，因为有一张特大的军事地图，只有在这间大厅才能把整个图展开，而且这间大厅的遮光效果比较好。我唯唯，历史是我们的近亲，历史就在我们手边，就在我们呼吸着的空气与我们被照耀着的烛光里。

所有前来饮酒并接着去吃饭的人都穿着为在本院获得过博士学位的人特制的黑"道袍"，十分庄严郑重。英式发音优雅做作，每人脸上的笑容都合乎标准。千篇一律的，数百年无变化的餐前饮酒的"过场"飞快地走完了。人们进入餐室，我们与一位来自美国的生物学家算是今晚晚餐的贵宾，被让到了首桌。每张桌子上都放着参加晚餐的全体人员名单和印刷精美的菜单——当然我们也从中验证了自己的存在，从而得到了些微虚空的满足。众人各就各位，首先由书院院长带领做祈祷，然后进餐。服务人员也都有一把年纪。主人解释说，由于"疯牛症"的威胁，今天没有牛肉可吃，改吃羊肉。其实头三天我已经吃过牛肉了，如果该染上，恐怕本人已经是潜在的疯牛症患者了。羊肉的味道乏善可陈，我没有吃多少，倒是多吃了一点甜食。晚饭结束后再去"派对"大厅喝咖啡。一切陶冶情性的程序认真完成，并没有用多少时间。远远比参加一次正式宴请简单迅速得多，难得的是这种数百年不更易的坚持。这与其说是吃饭不如说是吃饭的仪式，也许真是一种展现和怀念剑桥以及整个英国的历史、保持（为什么不呢?）和炫耀剑桥及英国的光荣传统的典礼——如果不说是例行公事的话。我甚至猜想，与餐的一些人饭后很可能有约去进行另一顿晚餐，更美味更轻松更富有生活气息的一餐。历史的必须之后肯定还有现实的快乐，当然。这种保守的庄严与珍惜的认真劲儿也令人感动，没有这就没有剑桥，没有英国，再引申一步，就没有欧洲，并且（对不起），这本身就有观光价值。什么时候我们中国也有这种古色古香的演示与咀嚼呢？为什么有时候我们是那样气冲冲恶狠狠地对待历史呢？

从圣约翰书院出来，天时尚早，刹那的夕阳余晖一闪，阴云迅速地重新遮盖了天空。我很庆幸，可以早早地与校方的人员告别，享受一个晚上的自由独处。重新走过大院落，走上室内的奈何桥，想着死囚与徐志摩，想着《再别康桥》，轻轻的来与去，和《我所知道的康桥》。想着中外的历史、二次世界大战与战前战后的和平时光，在剑桥获得学位的那种庄严与不无做作的盛典，"故国"神游，多情应笑我早生华发……然后，来到了那块大草坪上。

雨后的绿草如油，映衬于四面的苍茫的建筑，显现出一种生命的滋润与新鲜。我看到了我们下榻的那间房屋的窗子，也看到了房后的教堂尖顶十字架。我想起了幼年时读过的有关欧洲的一切，比如《茵梦湖》。我知道茵梦只是音译，但是茵这个字还是使我立即把它与眼前的这片绿草联系起来。我假定绿草坪是欧洲的一道经久不移的风景。我假定不论是《傲慢与偏见》还是《简爱》的故事乃至福尔摩斯的案件都发生在如此的绿草地上。走在这样的草地上我觉得说不出的感动。我的感动是一种不胜其美，不胜其静，不胜其古老，不胜其空空如也，不胜其平凡而又妩媚的风格的感觉。按照徐志摩的描写，也许这里是应该有几条牛的，但我没有注意到牛。我说没有注意到，是因为我是如此地融化于这剑河边的草地的静谧之美，我似乎已经丧失了旁的能力。

又下起了雨，小风相当凉。妻说快进屋吧，这才依依不舍地进了楼。

天也就这样黑下来了。楼里照旧杳无人迹。绝了。今夕何夕，此地何地？虽说已是五月下旬，阴雨天仍然寒冷。好在房间里的暖气可以调节，拧一拧螺旋开关，发出咔咔的响动，一股子温暖就过来了。洗洗脸，用电壶烧开水沏上一杯红茶。晚间，一面说闲话交换我们对剑桥的印象，一面找出了头几天这次访英的另一个东道主陈小滢女士送的她的双亲凌叔华与陈西滢的作品集翻阅。这才注意到客厅里靠墙摆着一排大书柜，书柜里码着的都是棕色皮面的精装旧书。时光似乎倒退回去了不少，我们与世界也两相遗忘，一种少有的随意与松弛抚慰着我们的心。

这时钟声又清纯亮丽地响了起来。满屋都是钟声，满身都是钟响。咚咚当当，颤颤悠悠，铺天盖地，渐行渐远，铿锵的钟声与一波未平一波又起的嗡嗡余韵互为映衬，组成了晚钟的叠层堂室。我们放下手中书，我们谛听着饱含着爱恋与关怀、雍容与悲戚的钟声。我们的心我们的身随着这钟声而颤抖而飞翔而化解。我重又浸沉到那种喜不自胜悲不自胜爱不自胜愧不自胜的心情中。我感动于钟声的悠久而惭愧于自己的匆促，我感动于钟声的慷慨而反省于自己的渺小，我感动于钟声的清洁而更产生了沐浴精神的渴望，我感动于钟鸣的深远而更急切于告别那些无聊的故事。

钟声至今仍然鸣响在我们的心里。

……第二天按计划应是乘舟游览。无奈雨愈加大了，无法"撑一支长篙"去"寻梦"，去"向青草更青处漫溯"——只好取消这本会沉醉销魂的旅程。打着伞在剑河边站立了一会儿，分不清树、草、桥、河、栅栏和雨。想着，如果天气好一点是多么好啊——事情总不能太完美。谁能呢？到图书馆里看了看，找出了一九五八年收了我的作品译文的书——那时可把我吓坏了。然后提前离开了这座大学，这座城镇。

留下一些项目以待来日吧，我们都这样说，自慰着，就像来日永远与我们同在。

1997 年 4 月

蓝色多瑙河

——一种描述的可能

除了中学地理课本上讲过维也纳，我开始心仪维也纳当从阅读苏联作家巴甫连科的长篇小说《幸福》的时候算起。那是一九五二年，我十八岁，每天忙着革命工作，晚上读各式各样的苏联小说。《幸福》的女主人公军医高烈娃与苏联红军部队一起从德国法西斯手中解放了维也纳。她给自己的情人、因病休息的红军政委伏罗巴耶夫的信里描写了维也纳的迷人的圆舞曲与葡萄酒。到了二十世纪的世纪末，我从别人的文章里知道了一些巴甫连科的不良纪录，他大搞个人崇拜歌功颂德，而且是一个致同行于死地的卑鄙的告密者。巴甫连科的形象是毁了，然而，他描写的高烈娃、伏罗巴耶夫与维也纳却一直鲜活着。

一九八五年参加完在当时的西柏林举行的地平线艺术节后，我本来有访问奥地利的机会，但我放弃了。那时候我又是很忙很忙，不敢耽于旅游——许多人对于我的放弃无法理解，他们告诉我奥地利太美丽了，是一个不能不去的地方——我与维也纳见面便推迟了十一年。

一九九六年七月，终于，我应奥地利中国友好协会与奥地利文学协会之邀与妻子一起来到了维也纳。此前五月十五日，在开始我们此次欧洲之旅的时候，我们已经在维也纳机场逗留了一个半小时，以转机飞往伦敦。也许七月四日的这一次算是第二次到达维也纳了。不来便不来，一来便成双。

赴奥是为了参加"中国人心目中的和平、战争与世界观念"研讨会，实际内容则是谈中国的军事文学，杜鹏程的《保卫延安》，徐怀中的《西线轶事》与《阮氏丁香》……都是我们的研讨内容。会议是由奥中友协与美国一家大学合办的，美国那所大学也很有兴趣到维也纳开会。（找个风景点研讨交流，这倒不仅是中国人的习惯。）由于起了一个大而好的题目，也由于奥中友协特别是会议主持人卡明斯基教授与奥国防部的良好关系，这次活动得到了奥国防部的支持。会议期间我们就住在奥国防学院附设的招待所里，中方应邀前来开会的还有前中国驻奥大使杨成绪夫妇与南京大学文学院长董健。

住到有洋大兵站岗的外国军事单位，这对我们是非常新鲜的经验。尤其是这所学院位于维也纳繁华的玛丽亚黑佛大街，而据说这条大街是过去东西方交换间谍的地方。由于奥地利在二次世界大战中是战败国，战后亦被苏、美、英、法四国占领。五十年代中期，占领军撤走，奥地利成立了由社会党执政的在国际事务中严守中立的政府。奥国一直与东西方都保持着良好的关系，所以奥地利便成了一个两面都要利用的微妙的地方。而维也纳的玛丽亚黑佛大街更是间谍活动的中心，是各种秘密谈判交易的中心。这条大街也是炒外币的地点，在这里的黑市上，可以贱价买到社会主义国家的货币。手里掌握了硬通货的外国人，包括驻苏的各国外交人员，为了避免在苏联东欧国家按官方比价兑换卢布吃亏，便都到维也纳来兑换。

我站在这条大街上，追忆这些不甚了了的故（旧）事，觉得世界真奇妙，真愚蠢，变得真快。而现在看到的只有教堂的圆圆的铜绿屋顶，众多的百货店和咖啡馆酒吧间餐馆，橱窗里的标价昂贵的商品（比德国的物价高），服装各异的熙熙攘攘的行人，其中一大半是四方来的游客；随风飘来化妆品、咖啡与炸鱼、面包圈的香气，传到耳边的则是汽车的沙沙声与不同种类的娇言软语。你只看到这是一个完全商业化的人欲横流的花花世界，你无法贴近它过往的神秘英勇阴险智慧轰轰烈烈的喋血故事。噫，多少强人豪杰、文韬武略、惊涛骇浪，在凡夫俗子们吃吃喝喝搂搂抱抱间灰飞烟灭了。这个世界是怎样的平淡——也许是枯燥化了啊。

顺大街向北向西走去，便是两座相连的王宫和博物馆。两组建筑排列成方形，中间是两个青石铺就的平整幽雅的空场，四面是雕饰繁复的古典殿堂，中央是铜雕群塑和喷水池。有漂亮的中世纪式的油漆锃亮而且比"林肯""卡迪拉克"更神气的马车搭载游客徜徉其间。进入这样的广场如进入历史，进入塞万提斯和巴尔扎克的小说。（对不起，我没有读过那个乘马车时代的奥国作家的作品。）这里有美术馆和艺术史展览馆，我们在这里观看了独一无二的乐器史展和以国别划分的油画展。而艺术史展览馆前的广场，正是三十年代希特勒发表演说，宣布德奥合并的地方。说是当时多少奥国老妇人，被希魔的民族主义的"伟大"煽动得热泪滚滚如荼如火！

……我们在维也纳一住就是一个星期，和许多故事许多雕像近在咫尺。她是梦，却比梦结实；她是风景，却比风景随和；她是城市，却比城市潇洒；她是新朋友，却又一见如故，如故而又常觉不可思议。

众多的美丽曲折的历史与星星点点的新鲜感受令人迷失。漫步街头，专程造访，十步一景，百步一殿一雕像一广场一花园一剧院一商店一教堂，个个都天生丽质而又巧事梳妆，风姿绰约而又雍容华贵。维也纳的印象令人应接不暇。她的古迹，特别是宫殿与教堂，博物馆与展览馆实在是太多了，以致回想起来只觉得它们大、高、古，豪华而又美丽，强健而又陌生，各种印象重叠在一起，从而模糊失语。信息冲撞、闪耀，一时亮得刺眼，再进一步追求，便成就了一片黑洞。面对别一个新奇世界的时候，无知使人成为白痴，无知的旅游使好奇心变得怯懦。这种如堕五里雾中的感觉是否也是一种漫游者羞于承认的乐趣呢？是不是正是此种模糊与空洞的喜悦，使人暂时忘记了一己的清清楚楚的生存压力与实实在在的生存困扰呢？反正在维也纳我没有想过那些污水、诡计、蝇营狗苟、不愉快的人和事——即使云游欧洲，你也不会远离这样的精神污染，它们类似电脑病毒的有害信息。

　　远在市郊的茜茜公主居住的美泉宫极其庞大，参观者车水马龙，奥国人喜欢这位具有自然之子性格的公主，中国人如我也因看过影片而认同公主的美丽与可亲。而公主的后半生的故事又非常悲哀——她的儿子怯弱早殇，她自己得到的王子的爱情也未能持久——当爱以恩宠的形式赏赐予人的时候，还能有爱吗？后来茜茜的精神崩溃了。我则相信，住在那么广大的皇宫和花园里的女子不会幸福，守在那么多美丽无言的洁白雕塑旁边的女子不会幸福。呆在这样的地方，她不是更感觉到自己的渺小和失落了么？我在那里参观的时候也只觉得茫然，无奈，而又惊异于人的命运的独一无二与无法比量。陪我们看美泉宫的是卡明斯基夫人张宏滨女士，小张原是文化部的外事翻译，我在任的时候多次协助我会见外宾。后来一年过去了又一年过去了，其实也没有过去太多年。

　　奥地利军事博物馆是维也纳另一个给我震动的地方。其展品记载了奥匈帝国时期的赫赫战功，也记载了一些重大事件。她的历史同样充满了震耳的杀声与浓重的硝烟，英雄主义与争斗本能。奥国皇太子在一次世界大战前被刺杀，这是历史书上讲过的故事，而这里，可以看到那位太子坐过的马车，我们应能在这辆马车旁听到刺耳的枪响。我不知道奥国有这么多战争方面的经验，原以为稍稍浏览一下也就行了。卡明斯基引用奥国人的半带自嘲的话说："我们是一个小国家，但有一个大首都。"话中自有玄机。

维也纳市政府的豪华风格令人惊叹。粉红色与天蓝色的格调与精雕细刻的浮雕装饰，令你为他不好意思——太繁缛，甚至于是太奢靡了（对不起）。你乃叹为观止。原来人可以活得如此讲究，而讲究得可以如此麻烦。在这里卡明斯基夫妇请我们夫妇、杨大使夫妇和美国大学的院长与系主任夫妇吃了晚饭并且欣赏了古典歌舞。当用完主菜，奏起《凯撒（亦译为皇帝）圆舞曲》的时候，侍者给我们端上来一碟叫做"凯撒的垃圾"的甜品，那是大小块不等，包含若干碎块渣滓的奶酪鸡蛋饼，是有点像垃圾。莫非垃圾也因了凯撒大帝的威名而高贵可口？这菜名里包含了嘲弄？嘲弄皇帝还是嘲弄我们自己？施特劳斯最初是一个宫廷乐师，他费了不少力气才得到宫廷乐师的职位，他的乐曲却不仅受到贵族也受到老百姓的喜爱。饭后人们伴着施特劳斯的舞曲翩翩起舞，只是我觉得我的翩翩实质只是两腿拌蒜。

至于城市公园里著名的约翰·施特劳斯金像，那更是维也纳的象征，明信片上、八音盒上、风光画册上到处可以看见这个雕塑的影子。镀金的雕像是施特劳斯跷着一条腿拉小提琴，神态轻盈活泼，充溢着灵巧与快乐，青春与智慧，只是没有"伟大"。我觉得这个雕像身上表现出一种服务宫廷也服务众人的谦卑，就像我们见到的那些街头艺术家一样。倒是在没有见过这座雕像以前，我设想他或许会是一位得意扬扬的

"精英"、不可一世的大师，他的眼睛应该眺望地平线以远的地方，他是该拿出××级的作曲家协会名誉顾问的派头来的。奥国宫廷是多么不会尊重灵魂工程师们啊。

维也纳是剧场最集中的地方，宫殿风格（真正的艺术的殿堂）的歌剧院和话剧院相傍而立，再走过去一点是古雅而又富丽的红宫——爱乐乐厅，每年新年的以演奏施特劳斯家族的作品为特点的音乐会在这里举行，向全世界包括中国播送。在每个新年的北京时间下午六点钟，也就是当地时间的正午，收看中央电视台转播的维也纳新年音乐会实况，已经是中国人过年的一个不可少的节目了。

在维也纳的市中心是精致而又宏伟的斯特凡教堂。以教堂为中心辐射出去，街道上有许多旅游商店。围绕着教堂也有众多的露天咖啡馆。据说奥地利本来没有咖啡，是土耳其人与奥地利人作战时丢弃下了咖啡，才被这里的人学会享用。这是拿来主义。奥国人的喝咖啡已经在全世界有名——比土耳其更有名，他们能炮制出二百多种咖啡来。

这一带不时有街头演出。就在我们到达维也纳的第二天，七月五日，周末傍晚，我们来到街上，先是在街角听到一个样子三十来岁的不施脂粉的女演员唱歌剧选段，她的花腔女高音唱得十分正规。我听了一会儿，给她放下了一些钱。继而在街心花园前是四名男子演奏弦乐四重奏，他们选的是莫扎特的曲子，奏得绘声绘色，一丝不苟，使你忘了是在街头。他们吸引了不少行人驻足观看，使你想到奥地利不愧是莫扎特的故乡。不时有人往他们眼前的盘子里放钱，一位一把年纪的日本妇女，她放的钱比较多。另一端街口，则是俄罗斯演员的男中音独唱。他的成功就远逊于四重奏了，有点歌前冷落先令（奥国货币单位）稀。次日星期六，在玛丽亚黑佛街口打响的是震耳欲聋的爵士乐队。

到处是音乐，到处是雕像，到处是古建筑，维也纳真是一个艺术的城市。初到维也纳，去西部郊区"维也纳森林"欣赏"蓝色的多瑙河"时，远远望到一座现代风格的高塔。向导告诉我那是维也纳的垃圾处理塔，是由一个著名的艺术家把它设计成抽象的巨型雕塑的。中国人说不定觉得奥地利人耽于艺术已经走火入魔。教堂广场前有一处因其新奇的楼房而著名的地方。那所楼房的外壁涂成了红红绿绿的现代派图案，于是一批艺术家抢着住到那里。艺术，艺术，到处都是艺术，在维也纳艺术也许比食品还多。或者更正确一点说，有了食品以后，还有什么比艺术更重要呢？

关于街头演奏的事，我与当地朋友有一个讨论。我们觉得艺术家跑到街头演唱演奏，迹近乞讨，有辱斯文，令人酸楚。但是友人对此有不同的说法：他说，上街表演，都是有证件的，他们能在街头引吭高歌或演奏古典名曲，这是一种快乐，一种沟通，一个资格的认可，也是与公众共享艺术的果实。在这里，差不多人人需要艺术，时时需要艺术。不是说——例如半年进一次剧场，才有两个小时的艺术。艺术家靠自己的真本事挣一点钱，是光荣的。这里人人都要为自己的生存而奔波而辛苦，为什么艺术家不应该用自己的辛苦换取生存的条件呢？为什么坐在沙发上接受补贴就一定比街头演出敛钱更令人心安理得呢？你一面标榜独立，一面伸手要补贴，这是合乎逻辑的吗？其实街头表演，你给一点我给一点，收入并不菲薄，观众按质论价自愿赞助，心情反而愉快，演员也更快活。友人进一步解释说，这不正是"为人民服务"吗？当然，最有质量的演出不会是在大街上，那要进剧场。而这里进一次剧场是不得了的事情，演员观众都得投入大量精力、时间和金钱，没有几个大红大紫的人物可以总是在剧场观赏或总有机会在舞台上演出。剧场演出之外，有一些演也方便、看也便宜的街头演出，演的都是好东西，有何不好？再说这样的演出给城市也给街道增加了艺术的气氛。是不是呢？

他说的似乎也可以参考，录以存照。

维也纳的艺术氛围令人难忘。就在我们逗留奥国期间，市政广场每天免费放映各国电影，而体育场正在组织世界三大男高音帕瓦罗蒂、多明戈和卡雷拉斯的联袂演出，只是票价太贵了，据说这场演出在票务方面没能得到预期的成功。离我们住的地方不远，有一个大广场——不是为了集会，而是为了喝咖啡。在这个著名的咖啡广场上，每天晚上都有音乐的演出。这里的广场极多，它们是为了咖啡和音乐、购物和休闲而不是为了别的，我想到了腐烂和幸福两个意义相悖的词，这也令人遥远而失语。

奥地利确有自己的不同之处。她有她的风格。她使用的是德语，听起来觉得他们讲德语有点后音上挑。卡明斯基这样总结奥国人与德国人的不同：德国人生活是为了工作，而奥国人工作是为了生活。他们喜欢嘲笑德国人，欧洲别处也有此类情形，这也是二次世界大战的后遗症吧。友人又说：奥国人更像中国人，他们办事比较灵活，如果做某件事情受阻，奥国人会想方设法绕过去。

为生活而工作，这就是说奥国人更善于生活。对此，我听到了汉学家李夏德的一个解释。

七月六日星期六，任教于维也纳大学的李夏德讲师在细雨霏霏中接我们离开维也纳到近处一些小城镇去玩。到了米奥德岭、巴登、德克托孜多夫、罗道恩等处。每个小镇镇政府前都有一个小广场，广场中心都有一个高耸的、大半是镀金的圣母像，这个像上有十字架，有天使，有圣母，有朵朵白云。李夏德说这像是为了纪念二百多年前在这个地区的一次瘟疫流行中丧生的人们而修建的——那次瘟疫使这里赤地千里，后人岂敢忘记？（在我们中国，如果修这一类灾变的纪念雕塑，需要修多少呢？）广场边也都有一个教堂。疫病灾难使人怵惕也使人反省，叫做忏悔的吧，于是宗教信仰更加笃诚了。

细雨中我们来到了一个叫做古姆波茨克辛的小镇，这里到处是葡萄园，到处是乡村酒吧。乡村酒吧获准自酿葡萄酒，只限于在本酒吧供应饮用，不得拿到市场上去。所以，这里的酒吧的酒各有各的风味，彼此不同，与大规模生产、装瓶上市直至出口远销的葡萄酒包括名牌酒更加不同。这里的酒具有一种家庭土造的更纯粹、更个人、更随机、更原始所以更正宗、更带有偶然性的品质。

来到这种小小的"富"乡僻壤的酒吧饮用土造家酿，便获得一种特殊情趣，为在大餐厅完美的服务下饮用进口世界名牌酒水时所无。严格地说，一切手工业产品，每一次的出产都不可能和另一次完全相同，因为人非机器，人难以绝对地重复自己。这就使手工业产品的魅力永远为大规模流水线的生产所不及。尽管大规模流水线生产遵循的可能是经过严格优选的最科学最合理最经济的配方和工艺，但是最合理的结果造成的很可能是最大的遗憾——千篇一律，类型化和标准化，不可能符合不同的人的需要；而同一个人也是不停地变化着的，因此一个人不可能总是喜欢相同的甚至时时不同个个不同的口味。最佳化的要求听来虽然合理，却孕育着一律化样板化的危险。一九九三年在美国呆的时间略长了一点，我在充分赞扬超级食品市场供应的方便与丰富的同时，便感到了这种把炊事工业化、最佳化和标准化的做法的遗憾。人为什么愿意吃自家做的饭食呢？恰恰因了它并非最佳，它有可能失败。每次做饭都带一点冒险性，都会出现一点自己没有料到的结果。人生的魅力不就在这些变数中么？宁要变数，不要排他的最佳，这是我的一点心得。

我们找了一个有美丽的庭园的地方，与其说是酒吧，不如说是一个枝叶纷披、花团锦簇的农家院落。虽然细雨愈下愈密，小风阵阵，吹得愈来愈凉愈来愈紧，而室内也有位置，我们还是在户外花园中找了一张廊檐下的桌子坐下来。整个花园只有我们三个人，这里坐满了可以有上百人的，此时不免显得凄清。雨珠在枝叶上和遮阳伞上滚动，房檐上下跌的水珠连成线线，树叶簌簌，水滴哒哒，石桌淋淋，布椅洇洇，坐着我们三个人，两个来自遥远的北京，一个是精通中文的维也纳大学讲师。阴天的花园像是一幅中国水墨画，墙壁在阴雨中歪斜晃动。风雨飘摇的花园因了三个客人的存在而强打精神。我们三个人因了凉风而不断抖擞自己，因了只有我们三人而觉得雨与雨中的世界无边无际。单是这一坐就创赏雨的新情调了。

我们点了共四种白葡萄酒，都是散装酒，放在类似做化学试验用的烧杯一样的标有刻度的容器里。当今世界，酒瓶的发展方向是日益豪华绮丽，瓶子曲流婉转，商标金碧辉煌，及至见到返璞归真的无包装的包装反而令人欣喜。我与妻根据李夏德的提示，拼命体味每种酒的不同滋味，虽然不能算是很得要领，却寻找了也当真依稀找到了新鲜的碧绿的葡萄的感觉。多瑙河畔的阳光和雨水，施特劳斯故乡的奥匈帝国人的精灵，茜茜公主的开怀畅笑与刻骨悲哀，维也纳森林的浓荫花簇，所有一切都凝结于升华于融化于透明中带着天然的青绿色或者更为微眇的琥珀色的酒里了。

我要说第一种酒生涩如新耕的泥土徘徊。第二种甘甜如夏天的玫瑰风韵。第三种清爽如汩汩的山泉洗濯。第四种悠远如夕阳下的钟声自赏。它们淡酸微甜浅涩，非人工的生香泥土香如青草嫩柳，洁质如脂如玉，饮之如苦如饴。雨下得愈大我们愈要饮，身上愈凉愈要酌，天色益沉愈要品味，尝出至味了更要加饮加深体味，马虎过去了辜负了大好泼醅，那就在下一口啜饮时补齐找回。遐想来之偶然来之缘深饮之有趣，便愈要与土造葡萄酒好好亲近，莫负良辰。呷之爽口，咽之暖心却又清心，晕头却又按摩了熨帖了全身。咽下去，颊齿温柔，幽然怡然；回味起，朦朦胧胧，款款楚楚。喝到最后，一阵忧郁，险些泪下。这是什么玉液琼浆，这样酸涩而又这样甘美，这样融化却又心波不已，这样的美酒能喝几回？这样的美景能看几遭？这样的感受能向谁人诉说？看了喝了不过是忘却脑后。而生活得艰难愤怒粗粝的人还很多很多。人生苦短，人心苦险，到处都有不平事，物欲蒙蔽而身非所有，孰能生受，孰能有福、快乐而自由？在这个凄风苦雨、角心斗力的世界——战场上，美酒于我何物，细雨于我何物，微醺于我何物，奥地利与欧洲的大千风姿于我何物哉！此番饮酒古姆波茨克辛是那么没有逻辑，那么像是一次误入，一次茫茫人海中的不期邂逅。油壁香车不再逢，浮云游子各西东，葡萄院落溶溶雨，柳絮池塘淡淡风……

李夏德与我们谈天，他说奥地利从前是强大的奥匈帝国，这个大国也曾经野心勃勃。第一次与第二次世界大战，奥国都是战败国。每战败一次，奥地利的国土就缩小一次，到今天，她已经是一个小国了。现在，"我们对国际政治国际利益与霸权的争夺也已经失去兴趣了，现在我们要的是葡萄酒，是圆舞曲，是咖啡，是树林和草地……"他说。他还讲了他父亲的遭遇：二次世界大战中被苏军俘虏，七年后遣返，现在靠国防部发给的养老金生活。

"一个国家、一个人也像一篇文章，每受挫一次就要删节一次，几经删节，失去的也许是水分，而留下的是精华。"我安慰他说，同时为他父亲的大难无恙的好运道而庆幸。

漫长的下午在不期的漫饮中度过，然后进餐室买一点火腿面包，一点咖啡甜品，草草吃罢，啜完葡萄酒的最后几滴，我们又上路巴登。巴登虽小，却有贝多芬故居，一座二层小楼。百余年前一代宗师的贝多芬在这里写下了辉煌饱满的第九交响乐。据说奥国人有一个玩笑话，他们说贝多芬是德国人，因为长期生活在奥地利，所以成为了贝多芬；而希特勒其实是奥国人，"发迹"在德国，所以成就了大恶魔——也是淮北为橘，淮南为枳的意思，取笑而已。一国如一人，总要活下去，也总要精神胜利。

归途上我们顺道去看望李夏德的父母，他们都已年过八旬，老态龙钟，老太太前不久因撞车骨折，行动不便。他们生活简朴，性格乐观，住房不宽。老人老妇还唱了几首奥地利老歌，以欢迎来自中国的远客。李夏德与父母的亲情令人感动，虽然，德语里大概没有"孝"一词。

李夏德次日就到伦敦开会去了，到我们离奥他也没有回来。中间我接到过几次他自伦敦打来的电话，我告诉了他我对在一个半天的丰富感受。

至于我们的会议，于七月十日便匆匆地开过了，会后还有三四天可以到几个地方走走。七月十一日，卡明斯基与张宏滨请我们到杜丽辛小镇一游。狭窄的小巷难容两辆自行车交错，蓝色高塔与黄色房舍很不协调——她就是以小和不协调来招揽游客。小镇上有一家富丽的大酒店。我们在它的露天咖啡廊一坐就是半天，位置在多瑙河近旁，伸手可以够着河边大树的树枝，目光一直没有离开滔滔河水。

七月十二日，由奥中友协的工作人员开车带我们沿着多瑙河一路驶去。三刻钟后，到达麦尔柯修道院，我们冒雨参观，这个修道院内有一座富丽堂皇金光耀眼的教堂，教堂用来包金的黄金达两吨之巨。我想起泰国曼谷的大佛寺来了，那里也是处处黄金。耶稣教堂而搞得如此富丽，这里是我知道的唯一的一个。梵蒂冈的教堂当然巨大，可是多见壁画与石柱，未见黄金。

中午饭后继续冒雨参观莎拉古堡，高高低低，蜿蜒如小长城。过去它是用到战争上的么？当战争没有发生或早已发生过了的时候，你无法想象战争。而一旦战争爆发，又有谁能想象——谁敢想象和平的旅游参观呢？

晚上抵达多瑙河畔的林茨城。在来自浙江青田的华人倪铁平先生开的中餐馆用饭后，夜色初浓，我们到达了河边。看到有一处栈桥，我们便走上去，置身于已经不太蓝的多瑙河上，望着滚滚河水后浪推着前浪奔流而去，想不到与多瑙河能如此接近。知道《蓝色多瑙河》圆舞曲者多矣，又有几个能亲临其境？但愿能够长久地把这河这水这岸这城这屋的形象存贮心中。于是心里响起了施特劳斯的旋律，然后又想起了罗马尼亚乔治·埃内斯库的《多瑙河之波》，只觉得飘然潇洒，喈然喟叹，心荡神迷，如沉入乐曲中，如沉入历史，如沉入电影，如诗如梦。之后到城市广场去看了看，照样有纪念瘟疫的镀金圣母救世雕像，有一圈又一圈的广场艺术表演，一个长着大胡子的男子引吭高歌，另一队则是演奏惊天动地的摇滚乐。又是周末了，据说这种表演会延续到深夜。

次日天气放晴，随之大热。早晨游览长长的清清的特劳湖，四面山峰碧树，中间水静波平，令人想起一九九三年夏我去开过会的意大利米兰贝拉吉奥的科摩湖。奥地利不靠海，他们在国内无缘欣赏大海的风光，但是他们拥有大量湖泊，以慰水思。

游览特劳湖后，经过格蒙德湖进入阿尔卑斯山，来到了月光湖。山色湖光，融作一体，有了水，大片僵硬固执的土地变得可以闪烁可以振荡可以摇摆了。曰上善若水，曰智者乐水，湖光不仅润泽了干旱的陆地，更滋润了枯燥的心灵。湖边小憩午饭，品尝月光湖中的鱼，就地取材，人生至乐。

下午抵达萨尔斯堡，这里的风光早在电影《音乐之声》里向全世界展现过了。我们参观了清泉宫，宫殿及众雕塑都是游戏型而非供奉型的。来到这里便都返老还童，哈哈嬉戏。导游介绍完了忽来一阵水花，人们又躲又笑又闹。各种戏水的游戏令人想起我国云南的泼水节，不过这里的水是电脑"泼"的。它们的花坛之大更是举世无双。我们还参观了莫扎特的故居。莫扎特也属于奥地利，还有舒伯特……这块土地就是这样富有灵气仙气。难道是可能剥夺的么？难道不是叫人羡慕的么？

第三天到达因斯布鲁克山城。傍山依河，峰青水碧，双桥如画，花香鸟语，旧城街头，载歌载舞，动物也上街表演。四顾形形色色高高低低花花绿绿的古老建筑，如见童心未泯时搭就的积木。顺路走去，又是这个艺术家与那个艺术家的故居和一道一道的纪念碑、凯旋门……你不禁纳闷：这个奥地利究竟是个什么地方？上苍是不是偏爱他们？你走到这里和那里，河边湖边山下和古城堡下，她硬是始终这么流畅，这么华丽，这么轻盈，这么幽美而且善良，她整个国土和生活就像乐曲《蓝色的多瑙河》一样。莫非她的命运她的风景早已经为约翰·施特劳斯所预言所规定？他们缘风光而定居，为艺术而立国，抚历史而流连，瞻宫殿而迷痴，美了还要美，舒服了还要舒服，歌舞几时休，犹唱后庭花；莫非她的河流里流淌着迷人的白葡萄酒，他们的山风吹动了飘摇妩媚的圆舞曲，他们的湖边奔跑着茜茜公主豢养的麋鹿？她是旅游的天堂咖啡馆的荟萃宫殿的展览和十七世纪的马车的表演场全国连成一片的葡萄园吗？未免太神奇了吧。

　　……唉，世上大概没有这样便宜的事。被俘然后遣返回国的老兵，得不到合法身份的土耳其人打工族，正在忙于应付波黑难民越境的边防军人，失业者包括伫立街头的艺术家……会向你做出不同的描述，而那不同的描述应该更深刻得多。好吧，为这篇散文的浅薄的自足而愧对知我爱我的读者们吧。不管怎么说，奥地利和她的维也纳，提供了一种令远来的游客心醉地感叹和事后神往地加以描述的可能。在长太息以掩涕、哀生民之多艰的同时，在心头淌血、眼里含泪，忿忿地瞄准着声讨着多灾多难的大地上居然冒头的中产者气味的同时……不是有时也可以不拒绝宫廷乐师约翰·施特劳斯及其新年音乐会，不拒绝《蓝色的多瑙河》的流畅和华美吗？它当然不够伟大，却也是亲和地与灵动地描述大地的一种可能性啊。

1997 年 4 月于珠海

心碎布鲁吉

　　什么是美？我对各种美学主张及其争论十分缺少研究。我只能说一说个人的体验：美是一种解决，是一切矛盾焦虑和痛苦的伸展和提升、碎裂和逊退。美是一种宾服，美是一切武装的自动解除。你无法想象美的诞生美的构成美的靠近，面对着美你只能怀疑自身驱逐自身。美是战栗是哭泣是消融是愧悔是毫无办法。美是一种牵肠挂肚的怜惜，愈是迷人愈是眷恋就愈是揪着心提着肺捏着肝地恐惧——你生怕这一切不设防的天真与纯粹的美丽在转瞬间失落坏萎——你不知道这美究竟是不是真实的。你觉得美是那样的靠不住，不堪一击。而美又是一个高峰，在这个高峰上生与死的界限当可泯灭，瞬间即是永恒，永恒转眼空洞。目的与过程的界限也将会泯灭，满足即是焦渴，酸楚引入极乐。芥子与宇宙的界限渐渐泯灭，精致极处是恢宏，无垠无迹却又重负惨淡的匠心。人与天、我与你的界限自然泯灭，人心亦天心。而有与无也早已化为一体，存在成就了寂灭，而大块终归于无形。

　　是一九九六年六月十一日的清晨，五点多钟我们就起床做好了准备，呼吸着德国乡间的清洁美丽的空气。欣赏着朝霞下绿草地上的孤独的老马。老马的从容平静令人泪下。我们注视着已经开始结果的樱桃树

044

和门前的爬满墙壁、一直爬到了我们的二楼百叶窗口的攀缘红玫瑰。我们感到困意难消，连连哈欠，同时又惊异于人们为什么那么贪恋于夜晚的活动而放弃了一个又一个纯美的清晨——这人间获得的最宝贵的礼物。

比预定的时间还早一点，友人励心与她的儿子米切尔驱车到达了我与妻小住的科隆市附近朗根布鲁希村海因里希·伯尔别墅。他们睡眼惺忪却也是兴致勃勃地驾驶着一辆墨绿色的大众牌旅行车，载着我们开始了比利时、荷兰之旅。

十五分钟后，我们到达了德比荷三国交界处的德国城市亚琛：那里有古老的巴洛克式教堂与故宫广场，有古色古香的酒吧，像是"拉洋片"中的一幅图画，还有街头的滑稽铜雕。几天前我们来这里盘桓过一个晚上，流连赞叹不已；而这次只能狠心匆匆掠过。这也是无常一例么？

又过几分钟就到了德比边境。根据"申根协定"，德、法、意、荷、比、卢六国互免签证，取得了其中一国的签证就等于取得了六国的签证。边境虽有边防标志和边防机关，也有停在那里的货车等候检查，但对于小客车却连看一眼也不需要就让它们毫不间断地风驰电掣，长驱直入，宛如已经世界小同。我觉得有点新奇。我突然想到，由于早起急躁，我竟连护照也没带在身上，那么即使顺利入了境，碰到住旅馆等需要护照的地方岂不麻烦？但励心和她的儿子说，这也不会产生任何问题。森严的国界在这里给人以完全不同的感受。

说是比利时没有太大的特点，不过旧房子多，布鲁塞尔又是北大西洋公约与欧共体所在地，比利时人称之为欧洲的首都。最不同的一点是，比利时的高速公路修得特别好，夜间，漫长的高速公路上灯亮如同白昼，这是因为在世界处于两极对立时期，北约考虑到战时的需要，这些公路平时是公路，而一旦打起仗来，就要作为备用飞机跑道摆在那里。我想起了一句带洋味的老话，叫做武装到了牙齿。

于是开始了在比利时的忙碌，我要说的是疲劳的一天日程。先是到滑铁卢古战场参观大败拿破仑的著名战役的纪念馆、纪念塔，并观看了风光影片，使初中时学过的历史复活起来，炮火隆隆，马刀闪闪——原来一切往事都有自己复活的契机，往事依依，时间永远，思之幽然。然后是到布鲁塞尔市郊的"原子球"里。"原子球"是一座别出心裁的建筑——雕塑——旅游景点。远远就看见了它的巍峨宏大，以分子结构的造型来修建一座建筑，我们这些游客从一个个球即一个个原子，通过圆柱形通道即一个个原子链向另外的球钻去。这也是把科学主义发展到极致了吧。

晚上在根特市旅比华人作家张平开的餐馆里与当地侨领以及中国驻比使馆的几位官员一起用餐。吃完饭，已经十点多了。说实话，我已感到疲惫不堪。但是主人说是近处还有一景不可不看，说是某一次一个来自国内的客人看了，认为此地不来就等于白走了一趟欧洲。于是，只好且信且疑地前去。心想，世界上的各种景观我见过的也不少了，欧美亚非澳，三十多个国家和地区我也都去过了，果真还有什么殊异其趣的新奇美丽就在这边不成？

便走到了一条铺着石板的街，两边大体是二层小楼的住户，每幢小楼的顶部都用不同的古朴天真的手写字体标明了楼房建筑的年月，最早的有十七世纪的，其他也早于百年以前。原来这里也与英国一样，人们有点厚古薄今，人们不是在追逐时髦追逐现代化，而是在追求古雅和稚拙，追求一种历史感，并且从历史的存活与得到保护当中安慰自己，因为我们在经过一个短暂的热热闹闹的过程以后也终将与这些老房子一样进入历史凝结成历史。不知道这是一种文化品位一种对于并没有什么金刚不坏的永久的世界的悲哀，还是现代得太足太腻之后刻意寻找的一种新的心理的补充和平衡。

每幢房子的结构布局都各有不同，但又具备着同一种风格：简朴和装饰美，实用价值和观赏价值。我觉得这些房子还传达着一些趣味，如果不说是一些幽默淘气的话。不然，又何必那么千变万化，自出心裁，着意经营？小楼并不高大，粉刷得五颜六色，门窗都如浮雕。各种几何图形变化搭配，窗子有矩形的，有梯形的，有六角形的，有宽边框的，有无边框的，有正对着街心的，有斜对着街面的。楼房的阳台上摆满了鲜花绿叶，红黄白紫。这与其说是一些房屋，不如说是一系列细心摆弄的艺术品展览品。愉悦我们的街巷，愉悦我们的生活，愉悦我们可怜的自身吧，这些房屋的主人肯定有这样的一个共同的心愿。

拖着疲乏的却不可能是不开心的步子，在这样一个令人愉悦的小街走了十分钟，来到了一个小小的广场。当地的朋友解释说，这里每一个小区都有一个广场，这个广场是比较大的，因为广场的一侧是市政大楼。这个市政大楼不看则已，一看，让人惊呆了。

你不会想到它是市长办公的地方。它更像是一座象牙雕刻的放大。它太花哨，太具有装饰性了。这不是办公楼，而是布鲁吉市的、整个比利时的一个摆设。说摆设又太轻佻了。因为这座建筑是那样的应该叫做呕心沥血地投入。灰白色的条石，哥特式的一个又一个尖顶，有的似乎是用尖顶包装的烟囱一类设施，有的则只是装饰性的"宝塔"——其色彩和形状堪称是"象牙之塔"。这种宝塔迎面的最大的有四座，四周的就更多了。这种塔上长满了"刺"，我不知道它的造型是来自仙人掌科植物的启发，还是模仿什么欧洲的狼牙棒式的兵器。斜陡的房檐上露出了五排褐红色的天窗，好像是灰白的背景上绽出了几朵红花。窗子与门廊则是桃拱形的，每个窗子上方都是几个重叠的铁棱花。窗内与门廊内呈现出一种幽暗的深邃。建筑的下方则是各种精雕细刻的花饰和既有人间性也有神性的一组雕像。市政厅对面的文献中心是一个雕塑群，古典的英雄式的铜雕被刻有民间风味的浮雕的大花岗岩石座托起，映出华灯初上的光和影。初夏的夜晚的背景与古老的建筑的精美令人震撼。你立即被这种不可思议的精美所折服。你不由得伫立在那里。你无言建筑也无言。无言却又那样充满了情意。你在古老的欧洲建筑面前体会到了人的热情、愿望、智慧、想象、工作与天真。你可以想象修建她的时候修建她的人们是怎样的充满了爱惜、精诚和向往。人们经营她像经营自己的无法经营的梦。修建她的人们早已无影无踪，而建筑因了年代的距离而更加迷人。人怎么可以下这么大、我要说是这样傻的功夫去修一座房子？不是为了实用，不是为了排场，不是为了豪华，不是帝王的坟墓如埃及的金字塔，不是巨大的教堂以表达一种超自然的神奇的信仰，也不是皇家的宫殿以象征权力与威严。人们这样修建一所奇妙而亲切的房子，难道只是为了它的美丽？美丽是什么？美丽能给我们带来什么？美丽有这么重要么？我们忙于吃喝，我们忙于生存，我们忙于战斗，我们忙于辩论，我们忙于工作和算计，我们常常武装到了牙齿……我们哪里有闲情逸致去白白侍候美神！多少巧思，多少精力，多少情感，多少时间和财富付给她了。你又能拥有她多少天多少小时多少分钟呢？呵，说到底，谁又能拥有美呢？可怜的人类呀，你永远不能得到自己的创造自己的劳动自己的心血哟！你永远得不到的最好的东西。美，说到底，只是为了后人的瞬间的感动的哟！这不也是知其不可而为之吗？你与她匆匆邂逅，在天色已晚的时刻，在你疲惫不堪的时候。也许一生只有这一次机会，也许一生没有这么一次机会。也许你最终只能与美擦肩而过，也许居住在她的近旁的人也没有条件欣赏她和沉醉于她，而世界上又偏偏有那么多的人视美如寇仇……

你似乎有一点醉意。你本来不想来。如果你不来呢？布鲁吉还是布鲁吉。然而，你还是你吗？你没有因了布鲁吉，因了对于布鲁吉的喜爱而有什么不同么？你跟随向导转到市政厅的后面，是剥落的黄砖，是巨大的樟树和深厚的灌木，是小小的石桥，是开满小野花的绿草地，是潺潺的溪流，是水面上的白鹅，这里又是一个小世界。

再走几步，是一些老人露天喝咖啡的地方。你觉得他们的生活其实很狭小很单调，缺少狂风暴雨，虎啸龙吟，布鲁吉这里的老人其实都是一些边缘人。是他们应该羡慕我们吗？或者相反？或者只是各有各的命运而已？

然后是小小的教堂，小而精致，即使最小的教堂也是矗立着伸向苍穹的永远的十字架。然后又到了河边。然后是一座花园的古老的墙壁。酒吧。店铺。钟声。碧绿的攀缘植物……

……我已经困倦得滴里当啷。我只觉得那么揪心，那么甜蜜，那么健忘，那么心碎碎的，心痛痛的。人的一切，让你爱得惜得怨得恨得好心疼噢。

1997 年 5 月

我爱非洲

大海与天空

从非洲回来已经十几天了，好像还有一点轻微的晕眩，好像人还在飞机上，而飞机正倾斜着翅膀从大海上飞过。机下是深蓝色的海洋，从飞机的舷窗望去，是海水的道道波纹，是细小而又均匀地布洒着的雪白的浪花，是偶有的舰船和白帆。你觉得那样美丽的大海对于人类正准备诉说点什么，你感觉到的是一种幸福的归宿感与各种美好的祝愿。那是印度洋、大西洋还是地中海？下一站是毛里求斯、南非、喀麦隆还是突尼斯？快乐的与漫长的旅途，四万八千公里的飞行距离，四十八个小时——其中有四个整夜呆在飞机上面，而此次去的四个国家都是过去从来没有访问过的。这是多么难忘的旅程！

当然还有天空，旅途中的天空同样刻骨铭心。天空不分五大洲三大洋，天空却显示着分明的晨昏晴雨，昼夜更迭与因地而异的时差。虽说云上的天空永远晴朗，飞机下边的黑云白云薄云与厚重的翻滚起伏的云层之间的区别仍然触目惊心，而且云上有云，我永远也不会忘记飞行中看到的云上的云海奇观，巨大的蘑菇，矗立的方柱，雪白的惊叹号，大球相连着的小球，扇面，螺旋，圆锥体与自由自在的飘浮；所有的形状都似乎经过了精心的设计与布置，固定多时，陈列永久，提醒着你世界的巨大与路程的遥远。天啊，我在走向何方？

然后你来到了非洲，啊，非洲！你这才知道，被一些人认为贫穷和落后的艰难的非洲原来是那样可爱。上天厚爱非洲，非洲是一块那么美丽、富饶、葱茏、热烈的地方，非洲人是那样纯朴、自然、健康、可爱，充满着生命的本真的力量。你也会知道，我们其实对非洲还是多么的不了解，而非洲对中国是多么的友好与善意。

让我与我们的读者共享非洲的美丽、新奇与快乐吧。

清凉的印度洋

我们访问的第一站是毛里求斯，这个国名的中文音译显得有点非同寻常。我只知道一般访问非洲是要先经过欧洲，从巴黎或者罗马或者法兰克福这样的大航空港转机，然而从北京飞毛里求斯我们选择了取道新加坡。因为毛里求斯位于非洲的东南部，距离南非大陆还有两千多公里，从南边向西走是最佳路线。

经过了自北京到新加坡的五个多小时的飞行，再从新加坡开始向西飞行七个多小时，我们看到了那小小的光芒四射的珍宝一样的岛屿。湛蓝的海洋，发出白光的岛屿周边，像是镶在毛里求斯岛上的璀璨的光圈，碧绿中显出一点褐色的岛屿，则是这光圈中的仙境。从高空看，这个地方美得不可思议，美得叫人爱不释手。飞机徐徐降落了，机场四周一片绿色，只见得到甘蔗林与棕榈树，除了跑道的长度比较足够以外，机场的环境倒是更像一个乡村支线上的城镇，例如我熟悉的新疆伊宁。

由于这一天正好是二〇〇二年九月十一日，机场采取了空前的保安措施，害得我们下机后与接站的毛里求斯艺术、文化和青年发展部负责人员还有我驻毛里求斯大使及官员好一会儿联络不上。然而，紧接着来到的是一片升平气象。

如果简单主义（此词出自法国总理拉法兰对美国的对伊拉克政策的批评）一点说，毛里求斯的全岛都是甘蔗林，而岛屿四周靠海处是一个个旅游宾馆。我们入住的维多利亚饭店就很特别，很远就能看到它的茅草屋顶——真正的茅庐，一进门，宽大的大堂立即以它的三面的大海与树木打动了我们：就是说这个大堂只有屋顶绝无墙壁，只有一面有大门，大堂与大自然是没有阻隔的。不仅大堂是这样，后来我们发现，它的楼梯也是敞开着侧面的。大堂的深处是一个碧蓝如洗的游泳池，游泳池前面是儿童用的小游泳池，然后是沙滩，是大海，从大门处看去就像大堂直通蔚蓝的海洋，旅馆似乎是设在海上。只是在这个大堂入口处站一站、看一看，便觉三面海浪和海风，三面天空云朵，三面山峰和绿树，这已经是可怜的现代人的大享受了。

顺便说一下，说一个地方空气很好"如一个大氧吧"，这样的比喻真令人欲哭无泪，难道人们对空气环境的理想乃是一个无奈的人为的"氧吧"？这样的比喻说明了人类的处境有多么恶劣，而人们的想象力与修辞能力已经扭曲和蹩脚到了什么程度！

这样的与自然紧紧连结的旅馆我是生平第一次见到，无怪乎人们说欧洲的许多人包括政要喜欢到毛里求斯度假，这里是一个度假村之国。

我尤其不能忘记在毛里求斯的海面上即印度洋上游泳的感受。我在那里游了三次泳，一次是在下午五点半，两次是在清晨七点。在夕阳与朝阳的光辉里，在清澈见底的海面上，在相对比较冷的海水里，端详着海底的珊瑚，因水冷而兴奋起来的我畅游着，骄傲着自己的游泳增添了新经验，体会着清凉二字的妙处，这样一直达到了骨骼的清凉是我游泳近五十年来达到的一次最高峰体验。我曾经在乌鲁木齐红雁池水库的高山积雪化成的凉水里游泳，然而那毕竟没有海的辽阔。我也曾经在西西里岛附近的策勒尼安海里清晨游泳，那水面也是极清澈的，然而那里的海底没有珊瑚的洁白与清纯，我游得也没有这一次长。游遍汪洋人未老，不能不赞美世界与人生的奇妙。

另类月亮

毛里求斯位于南纬二十多度，南半球的人们看到的太阳和月亮是沿着偏北天空自东向西移动的，那里的向阳的房屋应该是坐南朝北的，这些都不足为奇。可能是由于纬度再加经度的关系，我们在那里看到了与在故乡看到的完全不同的月亮。

到达毛里求斯那一天是阴历八月初五，毛里求斯是春（不是秋）高气爽。晚上在大使馆便宴归来，正好看到了一轮弯弯的新月，而弯月的形状是正面向上的船形。在中国，新月应该是")"形的，下弦月是"("形的，而且它们的"弦"并非直竖而是斜的，弯月的上部向左斜，下部向右斜。而毛里求斯的新月却是弦在正上方的弧形，它的弦线与地平线平行，而弧心在正上方。

绝了，这不仅是月亮，而且是一叶货真价实的小船。在上个世纪五十年代，我与当时的中学生们夏季露营的时候，爱唱一首朝鲜民歌《小白船》。这首歌是唱月亮的，说弯月像是银河水里的小白船，不挂帆也不用桨，向着西天行驶，歌很好听。弯月像不像小船我从来没有认真去感受和品评过，反正这次在毛里求斯看到真正的小白船了。

由于是岛国，赏月的时候望到的是无尽的天空和海洋，只有几抹晚霞，恰如紫色的山峦，成为小白船的背景。是山是云？我与妻子还有点争论，第二天早晨起来，当然发现了那里并无山脉。

在毛里求斯还看到了巨大的食草的旱龟，它们与人友好，我执树叶喂它们吃，它们还常常驮起游客。我觉得五尺高的汉子压在上边，未免太给龟类增加负担，便弃权不让龟驮。我们也看到了绿色的巨型蜥蜴和大大小小的鳄鱼，看到了大得足以托举起儿童的王莲和各种热带树木。

当然，比自然奇观更重要的是毛里求斯上上下下对中国的友好与热情。我们到达的第二天早晨，毛里求斯总统就接见了我们这个中国文艺界知名人士代表团，毛里求斯的文化部更是好客周到，接待工作做得极好极细。毛里求斯南北只有六十多公里，东西只有五十多公里，然而他们非常好地处理着与各国特别是大国的关系，在国际事务中发出自己的有利于和平和发展的声音。毛里求斯本来是一个爬满海龟和鳄鱼的无人岛屿，后来经过了人们的艰难开拓，经过了外国的占领，甘蔗园里流下过不少黑人奴隶的血泪，直到一九六八年才宣告独立。毛中两国人民有许多共同的经历和感受。

我在毛里求斯期间适逢国际华人大会在这里召开，毛里求斯的代总理与几个部长以及我驻毛大使应邀参加了开幕式并讲了话，我也在第一天的会上讲了话。所有与会者的讲话都强调了一个中国的原则，批驳了"台独"言论，从此也可以见出毛中友谊的一斑。中国目前在境外设立的文化中心还不够多，但是在毛里求斯有一个，我在那里介绍了当代中国文学的一些情况。据说毛里求斯是积极主动要求各国在本地设立文化中心的，其中也包含了弥补本地文化设施不足的因素，毛里求斯人真是聪明得很。

好　望　角

显然，这是最美好的地名之一，我们从小学时代就熟悉了它：好望角。原来我还以为这么好听的地名里有翻译的贡献，来了这里才知道，压根儿就是 cape of good hope，就是良好希望之角。从这个名称我们可以想象，当年的航海家从西班牙、葡萄牙出发，经过直布罗陀海峡从地中海到了大西洋，沿着非洲的西北与西南边线航海数日，终于到达了非洲大陆的南端，看到了一个尖尖的地角（这应该也算是天涯海角了）。从这里往东，是浩瀚的大洋，从这里往东，他们将到达中近东和整个亚洲。这个地角，确实带来了无限美好、无限广大的希望。

好望角所在的城市是开普敦，Cape Town，即角城。我们常见的地图上开普敦的标名后面加上带括弧的好望角，可以说又对又不对。对是说两个名称曾经可以通用，至少好望角是属于开普敦城的；不对是说好望角只是开普敦南端的一个伸到南大西洋里的陆地的一个小角，而开普敦是一个大城市。

从开普敦市区一直往南开车，近两个小时后到达好望角和邻近的角端——cape point，一路向右即西面望去，是浩渺的大洋。而最令人激动的是，这一天天晴气爽，我们看到了鲸鱼。

开车的黑人司机兴奋地告诉了我们："鲸鱼！"我们看到了碧波白浪之中——举起与屡屡露出水面的鱼脊的三角旗状的鳍，这三角旗像是蓝色的；也看到了鲸鱼的尾巴，这尾鳍则更像是运动比赛的小艇。

我们没有时间也没有道理走近去打扰它们，脊鳍与尾鳍的安然出现已经足够我们受用了：阳光丽日之下，蔚蓝波涛之中，它们透露着一种雄浑、一种吉祥、一种平安和壮美，它们像天使一样传达着某种超人间的信息。

还有时而见到的鸵鸟、长颈鹿和黑熊，至少，它们是生活在本真的自然当中而不是动物园的铁笼子里。

好望角是造物的大手笔，非洲大陆就够雄伟的了，它从北半球伸延到了南纬三十四度，海岸线长达三万多公里，连同它所属的岛屿，像是一幅大写意，而它南端的好望角，是点睛的一笔。它具有岩石的质地，鸟嘴或者喷气战斗机头的形状，头部拱起，长喙尖尖地伸入海中，特立独行，怪异威风，引发着洪波巨浪，进行着大陆与大洋的千年万载的对谈，提醒着你的注意。而无边的海洋以它的巨大和神秘召唤着乘风破浪的航行。这一天虽然大致上风平浪静，但是好望角的海涛仍然显示出一种严峻，使你望之凛然、凄然、怅然。也许是我们见大洋而想起了生命起源于海洋的历史？也许我们是见大洋而抱愧于自己的渺小和贪欲，并且联想到了飘摇在大海上的人们的无能无助？也许是我们的富有占有欲征服欲的俗念终于在好望角得到了一个反省与觉悟的机会？还是因为得到了挑战而变得更强了？反正在这里我是被震动了。

无独有偶，邻近好望角的地名是角端，虽然没有好望角那样尖厉，却更南端也更高耸一些，那里修了灯塔、蜿蜒的登高阶梯道路和一个小小的展览室，爬上去，再爬上去，与嘈杂的人众一起，站在顶端雄视大洋，自己的胸怀开阔了不少，自己的行市似乎又见长了。人本来就是因势而"豪"的。

顺便说一下，这一天登高的游人中，很大一部分是操祖国内地口音的同胞。回想在毛里求斯的旅馆和鳄鱼公园与植物园里也屡屡看到成队结伙的国人，不禁感叹，中国现在虽然还远远谈不上发展程度有多么高，但已经与往日气象不同了。这种不同气象，不仅在国内而且在世界各地都看得出来。我还记得一九八〇年秋在纽约与一些台湾背景的华人文艺家聚会，诗人秦松慷慨陈词，畅想着中国发展了，到处都有中国游客的那一天。当时"文革"的阴影才刚刚散去，听起这样的话如同梦幻曲，曾几何时，现在至少是正在实现着了。

其实好望角并非印度洋与大西洋的交汇处，交汇处还在更东面，地图上并没有明显的标志。其实大洋不是哪个国家哪个民族的内海，三大洋或者四大洋（加上北冰洋）本来就是连在一起，不分你我的。反正在好望角永远带来美好的希望，好望角也让人反思殖民主义的罪恶与人类的诸多不幸。好望角周围，连接着印度洋与太平洋、连接着欧亚大陆与非洲大陆的航线上，南大西洋的波涛永远翻腾，永远浩瀚。去罢好望角，大海的波涛同时永远翻滚在自己的心里梦里。再不要鼠目寸光、夜郎自大、抱残守缺与奴颜婢膝、自怨自艾了吧。

战斗者的握手礼

在西开普敦大学我们与当地作家们见面，主持见面的是黑人女作家戴安娜。她写了一首愤怒的长诗，描绘殖民主义时代一个南非女黑人被法国殖民主义者捉去，锁在铁笼里当做动物展览，被迫做各种表演，被侮辱被强奸被鞭打，死后她的皮被剥下来，制成标本，存放在法国的博物馆中。这是一个真实的故事，这是殖民主义者欠南非人民的一笔血泪债。是戴安娜的诗唤起了整个南非人民与国际社会对此事的关切，时隔数百年后，屈辱至死的当地女黑人的遗骸被送了回来，南非的两个内阁成员亲自去机场迎接遗骸，并举行了延迟了数百年的葬礼。在她讲到这件事的时候仍然是热血沸腾，悲愤不已。

而在南非的行政首都比勒陀利亚，与我同年的南非老诗人唐·麦特拉则讲述了他与种族主义者的斗争。他曾被追捕被投入监狱，曾经举着《毛主席语录》与当局斗争，而那时的"小红书"令反动派丧胆，一个南非公民仅仅因为拿着此书就会被判入狱。他朗诵他的一首诗，大意是：

> 黑人说需要面包，
>
> 白人说"我爱你们"，
>
> 并给予了面包。
>
> 黑人说需要水，
>
> 白人说"我爱你们"，
>
> 并给予了水。
>
> 黑人说需要自由，
>
> 白人生气了，"黑鬼!"
>
> "你们要得太多了!"
>
> 他们转过了脸去。
>
> 黑人说要平等和自由，
>
> 白人拿起了枪对准他们。

他的诗非常富有动员的力量，他朗诵得也极好。在观看别人的朗诵与表演的时候他不停地笑着，尖厉地吹着口哨，鼓着掌。他是一个非常富有活力和魅力的人，他不仅是诗人而且是革命家、社会活动家，一个非常积极的公民。

不只是他，在非洲特别是在结束白人种族主义政权不久的南非，许多当年的斗士怀念着毛泽东。无论如何，毛泽东是被压迫民族与人民的一面旗帜，目前许多非洲国家对中国的好感与友谊仍然与当年毛泽东撒下的红色的种子分不开。

而这种被压迫者的斗争的悲壮的气氛，更是笼罩在当初曼德拉坐大牢的罗宾岛。从开普敦码头坐渡船四十分钟，到达荒凉的孤岛罗宾岛，而罗宾岛的主要功能就是把反抗种族歧视的黑人与部分白人特别是白人知识分子囚禁在那里。罗宾岛到处都有树木和野草，它的荒凉并不是由于杳无人烟而是由于贯穿全岛的设施、人类的一大发明——监狱。罗宾岛的四周是海水，当地人不去食用的海带、海参等海洋生物黑糊糊的吓人。从罗宾岛向开普敦城望去，是开普敦的一个标志性的风景：桌山。那座山顶平平整整，完全如一张桌子。可望而不可即，这就是囚徒们的生活。

我们参观了当年曼德拉坐过的监牢，小屋子，铁栅栏，水泥地，高不可攀的小窗子。解说员解释说即使在冬天，只有铺在地上的一些干草和两张毯子，房间里会十分寒冷。我们还看到了曼德拉当年服刑时的照片和他与犯人们一起劳动——砸石头——的照片。据说那些石头砸了并没有多少用途，但是不能让犯人们闲着，便不停地要他们砸来砸去。曼德拉在这里囚禁了十八年，在旁的地方又关了十年，他的铁窗生涯达到二十八年之多。美国的克林顿总统来访时曾经进入了这间囚室，并且在铁栅栏后摄影留念。如今，罗宾岛已经成为外国游客的必游之地，成为开普敦的一个著名景点啦。我们于是理解南非朋友们那种仍然如火如荼的斗争激情，那种言必回顾与白人种族主义者的斗争的心情了，大体上如我们在二十世纪的五十年代的感受。

同时我也不免感叹：是旅游最后吸纳了一切，一切的伟大与渺小、英雄与卑污、革命与反动的纪念，最后都成了旅游的胜地啦。

这一点感叹不知道是不是中了一点"后现代"的"解构"的毒。好在莫名其妙的感叹并不能消解我们对南非人民的斗争的认同。与南非朋友一起，我们行的是南非斗士同志间的握手礼：先握一下手，再用大拇指互相勾一下，再弯曲四个手指互相拉近。我想，这是一种手语，也许可以这样理解：握手表示幸会，勾拇指表示致以战斗的敬礼，四指互拉表示永远在一起、表示团结就是力量。我们都来自饱受压迫和屈辱的民族，我们都为了民族的独立国家的富强人民的幸福付出了巨大的代价。但愿各种奋斗的目标——实现，但愿斗争的遗迹早日成为游客们欣赏凭吊的人文景观，我们的子孙们将在和平欢乐的气氛中来到我们当年浴血奋战的地点。

以生命为代价的照片

我们得到一个许多外国游客得不到的机会，在二〇〇二年九月十八日到约翰内斯堡附近的黑人聚居区索维托参观。一进村就见到了大量黑人，小孩子很多。我们先参观一个乡村娱乐中心，正逢一位姑娘在练唱。黑皮肤的女孩儿头发梳成无数细小的辫子，与我国新疆南部维吾尔女孩儿的小辫儿不同，黑人女孩儿们的小发辫是从发顶就开始清晰地梳起（据说这种梳法还可以人为地加入一些借用材料，即把假发编入真发中，故而不仅是小女孩儿，而且上了年纪的女性也喜欢此种发式），然后一层层分明地盘在头顶上。她唱歌的声音有点朦胧，声音的一半是从鼻孔里发出来的。她并不追求声音洪亮，而要的是声音的甜美、深情与一种戏剧化的表达效果。与其说那声音是经空气的振动而发出的，不如说是从心的深处汲取而来。这位歌手个头不算太高，脸型有点像亚洲人，她的笑容非常友善，略带一点腼腆。我们与她互相问了好并在一起合影留念。

我羡慕音乐、美术这些不太需要借助于语言文字的艺术形式，它们更富有人类性，不需要翻译就能被不同民族不同地域的人所接受。靠近地倾听着黑人的歌声，我想起了在新疆时常听到兄弟民族文人引用的大诗人纳瓦依的名言："忧郁是歌曲的灵魂。"他们是用心灵来歌唱的，听其音而感其情感其心：纯朴，多情，热烈而又忧伤。我觉得与黑人的心更加贴近了。

我们参观了儿童们的舞蹈排练。他们的舞蹈除了民族民间的形式以外也糅进了西方现代舞的因素。大大小小的孩子，年龄参差不齐，但是他们丰富的舞蹈天才艺术细胞，他们的舞姿着实天真可爱。同团的维吾尔族舞蹈家阿依吐拉也跳了新疆的民族舞。一跳距离就更拉近了，爱好舞蹈的孩子们活跃起来，学着阿依吐拉的样子做着自己的动作，模拟着维吾尔族舞蹈。大家在笑声中增进了友谊。

我们还被邀参观索维托的烈士纪念碑，那里是当年索维托人民奋起抗争和被种族主义政权开枪屠杀的地方。一个十多岁的男孩子被枪杀了，一个男青年抱着他的尸体前行，男青年的双目里含着泪水，放出了仇恨的光辉，我从来没看过这样的照片：表达出这样的被污辱被损害被屠杀者的悲愤。一看，我们就肃然了，我们不由得低下了头，泪花也开始挂在我们的眼眶里。

就在这个烈士碑近旁，是出售旅游纪念品的小摊贩们，其中包括那个悲愤交加的男青年的照片拷贝，也是重要的纪念品。索维托的解说人员告诉我，那个人留下了照片以后不久就失踪了。这更是触目惊心。反动派不仅是害怕反抗者，甚至也害怕见证者、害怕悲愤者、害怕一张真实的照片、害怕记录。为了留下悲愤的眼泪的记录，甚至也要付出生命的代价，呜呼，痛哉！

伟大的纳齐加尔河

提到喀麦隆，我禁不住先写一下纳齐加尔河。那是二〇〇二年九月二十四日，上午，我们在主人陪同下到一个叫做巴成加的地方去，奇怪的是东道主似乎不太认识路，一路找当地人打听。我还纳闷，喀麦隆的活动本来是安排得最周到的，怎么这次要带我们去一个主人也没有去过的地方？

来到了一个灌木丛生的地方，越野车开进了灌木林，开始在没有路的地方行驶。车没法开了，停了下来，我们下车，在湿糊糊的泥路上行走。这一天是我们访喀的最后一天，中午还要出席我使馆为我们的来访举行的招待会，我们的衣服靴鞋不敢穿得太随便，对于泥路与带刺带毛的灌木与杂草颇觉别扭，但又没有别的选择，只好狼狈地往前走，鞋子立即沾满了泥，脸上手上则挂着扎着植物的毛刺，有的地方还有道道血痕。天气尚不能说是太热，但由于穿得"全副武装"，灌木丛里又不透风，还是觉得憋闷得很，汗水渐渐从脖子上脸上后背上流淌下来。

人在不舒服的时候会激发出一种坚持的劲，我这一辈子的一个经验一个习惯就是越是不舒服越要有一直不舒服下去的准备，要挺住，要咬牙，而绝对不要以为再过那么一会儿就会变舒服了，没那个事。这样，反而只知道傻走傻冲不惜不顾，不用问到底是要去干什么，反而好了，似乎没有怎么费大劲就到了。一直走在我前面的一个大个子告诉我："到了。"

到了什么了？日程上说是来这里看瀑布的，瀑布在何方？我眼前突然一亮，是一片汪洋，是目不暇接的大水，怎么突然一下子什么什么都成了水？这是一道大河？然而它与一切我看到过的河不一样，它与陆地之间没有任何界线，没有河床、河岸、河面与河道之分，更没有带有人工修缮痕迹的堤坝和两岸各种植物与道路，而更像是大水在平地上的泛滥。它是随便就地而流淌的大水。所谓瀑布，就是从两边陆上略略高于水面的地方（最高的地方不过一两米）向中间流下的水，所谓河流，就是与你脚底一样平坦的大水。陆地与灌木毫无阻碍地通向大河，大河又毫无阻碍地通向地面。各种灌木与杂草长在水边也长在水浅的地方，它们与大河也是不分彼此，你中有我，我中有你的。水流其实相当湍急，但由于水面宽阔，湍急的河流显得汪汪洋洋，大气磅礴，不紧不慌。从灌木丛草丛里走出来，阳光显得分外耀眼，蓝天显得分外洁净宽阔，映照出了水的气势，映照出了水面万道金光。

"我真想跳下去游到对面去呀！"这是我的第一个反应，禁不住说了出来。

"噢，绝对不可以的。"当地的导游朋友说。

"怎么了？有鳄鱼吗?"

"鳄鱼倒是没看见，河里有许多河马。"

我立即想象出一个画面，我在大河里游泳，一群一群的河马在我身前身后结伴而下，壮观、雄浑而又刺激。

这是我们访非的一个高潮，我看到了非洲的河！我看到了真正的非洲土地非洲大自然。果然不同，更原始，更野性，更不确定也更我行我素。这才是河神，这才是神的河！这才是令人敬畏也令人赞叹、令人匍匐的大自然的本来面貌！这才是人类栖息的真正家园的原貌！只是在回去以后我们才明白，为看这条河，我们在泥泞里走了多远，我们与真正的大自然已经拉开了多长的距离。唉，还说什么呢？

回到北京，我们为答谢而宴请喀麦隆驻华大使的时候，我谈到了这次难忘的经历。大使先生告诉我，他还没有去看过这条河呢。

最美的是黑人

我们到达喀麦隆的第二天，一早便出发到丰班去，丰班是喀国西部省的首府。路上走了三个小时，经过了许多田野、乡村和集镇，有许多不经粉刷的土泥房屋，露着大地的本色，令我想起过去在新疆看到过的农村房舍。路旁有许多小贩，给我印象最深的是他们叫卖的一种用芦苇包装的食品，这使我想起我们的粽子。但他们的食品不是粽子般的立体三角形，而是扁扁的矩形，像一个钱包，而芦苇叶子也是长长地伸展着，像是提食品的带子。据了解那是刚刚出锅的芋头饼。另外多的是法式小面包，颜色金黄，十分诱人。

但更精彩的是本地的黑人，这里差不多是百分之百的黑人，他们或头顶物品赶路，或信步前行，或三五成群，或闲散游荡，男男女女，老老少少，服装也大多简单随意，女人是一件连衣裙，男人是一件衬衫。但我看到的人当中没有一个是驼背的，没有一个是畸形的，个个都那么健康、活泼、丰满而又窈窕，身体的各个部分平的平，圆的圆，长的长，宽的宽，凸的凸，紧的紧，匀称而又充实，无可挑剔而又自然而然，神态悠闲而且平和乐天。特别是那些黑人女人，颀长的四肢，上身与下身的理想比例，浑圆的与紧绷的胸部与臀部，明亮的大眼睛与讲究的独具一格的发型，举手投足，都如舞蹈般和谐优美。再加上她们的黑缎子似的皮肤，堪称绝美无比。不是说人人都漂亮，但是确实是大多数人美得可观，尤其是美得健康自然。她们与精心减肥和搞"三围秀"的西方发达国家女人完全不同，她们更加浑然天成，无心雕饰，紧凑丰满结实，富有活力和魅力。

真是天生的美丽呀，美在热烈，美在纯真。我想起黑非洲特别发达的民间雕塑艺术。喀麦隆有一种酷似石头的黑木，用它来雕塑各式各样的人像。他们的人像特别立体和随意，主要是一些圆球、一些或柱形或锥形的圆棒，构成人的各个部分，以球为纲，随材就料，任意弯曲伸延四肢和腰身，使之多成为环状，形成立体的圆球与平面的环形的交织，给人以极灵动、极朴素、极甘甜的美感。同时，他们适当突出增大头部圆球的比例而缩小四肢，增加了雕塑的几何图形的美感。雕塑本天成，人人可得之。一位美术家告诉我，一般雕塑家总是先有一个平面的构图，再在工作过程中补充发展成一个三维的立体的雕像。而非洲的这种雕塑，从一上来就是三维的，浑然天成，无往而不适。有这样的充分三维的美人才有这样的雕塑呀。

非洲的黑人真是耐看，而且从正面、背面、侧面、上面、下面看，都圆融完满，各有千秋，令人赞美，堪称人类绝唱。非洲的土地也相当肥沃，特别是我们访问的这几个国家，都是比较富裕的。在南非与作家见面时，我用英语讲话，就提到去年"九一一"后我访问美国，到处看到"上帝保佑美国"的标语，来到非洲，我感到的是"上帝保佑非洲"。我的话得到热烈的掌声。

2002 年 12 月

伊朗印象

印象之一：比历史还要古老

在伊朗旅行，你会看到她的许多旅游点说明书上、旅游商品包装袋上写着一句话："比历史还要古老（More ancient than history）"。这句话实在是太美了。

没有做太认真的研究，我已经感觉到了这句话的美丽和分量。波斯、大月氏、安息、大食，就这些名称已经令人陶醉，令人发思古之幽情了。

尤其是波斯。在"文革"中，在新疆，我读到了波斯诗人乌迈尔·海亚姆的《鲁拜集》。我读的是乌兹别克语的手抄本，而新疆那边，对"鲁拜"这种类似"七绝"的形式，一般是译做"柔巴依"的。

精神生活荒漠化的时刻，得以背诵赏玩一千年以前的波斯律诗，这是缘分，这是神交，这是上苍的安排。我曾经将其中一首"空闲的时候要多读快乐的书／不要让忧郁的青草任意生长／痛饮一杯吧还是要去饮酒／哪怕死亡的阴影已经临近"改译作中国古典的五绝，"无事需寻欢，有生莫断肠。遣怀书共酒，何问寿与殇"。我也到处背诵另外两首"我

066

们是世界的希望和果实"与"在蓝宝石一样的天穹之下"。

我是这样翻译前一首诗的：

我们是世界的希望和果实，

我们是智慧的眼珠的黑眸子。

如果把偌大的宇宙比喻成一个指环，

无疑我们就是镶在上面的颗颗宝石。

在上个世纪八十年代我写的中篇小说《鹰谷》里，我曾经写到这一首诗：

……我读过郭沫若翻译的《鲁拜集》，郭老把"柔巴依"译作"鲁拜"，把乌迈尔·海亚姆译作莪默·迦谟。我还一知半解地翻阅过那位波斯中世纪诗人赖以扬名的诗作的英译本。英译本是住在旧金山的一位美国朋友送给我的。郭译显然是根据英译本进行的，但奇怪的是，我接触过并部分地抄录过的乌兹别克文译本与英译本根本无法相参照，二者有某些相似的情绪、意象和比喻，却找不到一句相通。特别是图尔迪给我念的那首少年意气、才如江河贯地的诗篇，在前两个译本中根本没有影迹。

一九八〇年，我曾经在国外的一个作家们联欢聚会的场合用乌兹别克语朗诵了那首诗：……我们是智慧之眼的黑眸子／若把偌大的宇宙视如指环……

一个土耳其诗人狂喜地告诉我，他全部听懂了。

而不论在世界的哪一个角落，地球上的哪一条纬线与经线的交叉点，祖国的哪一块光明而又奇妙的地面，我还是常常觉得若有所恋，若有所失，若有所忆，若有所思……

早在两年前我已经获得了伊朗伊斯兰共和国文化部长的邀请，要我去参加该国的图书节，由于一些我方的原因，未能成行。终于，在二〇〇六年十二月七日，我到达了德黑兰。德黑兰这个名字也是沉甸甸的，我想起了"二战"中的德黑兰会议，我想起围绕着这个地名有过和正在有多少风云变幻。

而且有些朋友，至今称赞我访问伊朗的"勇敢"，这个关于"勇敢"的说法里，其实透露了对于伊朗的不了解，乃至于偏见，透露了某些西方媒体的宣传的力量。

事实并非如此。

设拉子的名称在中国古代史上已经赫然在目。它的波斯波利斯的石柱、石门、人像与狮像仍然庄严、刚劲、挺拔。好像是古迹在向时间抗议，古迹在拒绝时间带来的毁灭。时间毁坏了多少繁荣？繁荣仍然无言地、决绝地、悲怆地挺立在荒漠之中。两千五百年前，彼时此地的人信仰的是拜火教。它的风格令人想起古埃及的卢克索——卡纳克神殿，不知道它们之间有什么关系。环境的荒漠透露着历史的严酷与沧桑，地域的广大与满目的阳光似乎不甘心于寂寞与无望的等待。一个古国是有自己的深度的，深度的悲哀与雄心，深度的历练与郁闷，深度的向往与沉着。以深刻的沉默抵抗着历史之河的冲刷。在波斯波利斯遗址中穿行，我们有一种古国神游的郑重感与满足感，也有一种面对着逝者如斯夫、不舍昼夜的时间的苍茫感与无奈感。

这就是比历史还要古老的浩茫心事啊。

设拉子还有萨迪与哈菲兹墓，两个都是诗人。这是一个诗的国家，诗、诗人都显得那样尊贵与神奇。他们的坟墓更像一个四柱与一个八柱亭子。在哈菲兹墓，人们有一个风习，要在坟墓正中拿起一本哈的诗集，闭目祈祷，然后郑重地任意翻开一页，可以从这一面得到你的人生预言与启示。

我的那一页是："你的最好的努力，并没有得到相应的报答，然而，最终，你是有善报的。"

芳的那一页是："你的慈爱洒向人间，被人众所接受和感谢。"

芳听到了这句话的中文翻译，激动得几乎流出了眼泪。

据说，有一位我国首长在那里翻诗集，诗集的那一页显示的是"你得到的时候也有失去，你失去的时候也有得到"。但是事先被告诫，不能照译，于是译成健康长寿成功胜利之类，我想通过这个小文谨向他报告上述这个实话，其实这句实话也是相当贴切，完全吉祥的。你知我知使馆知译员知，哈菲兹也应该有知的吧。

印象之二：永远的哈菲兹

在伊朗，永恒的话题，永远的想念，永久的美丽是哈菲兹。哈菲兹的诗里最常常出现的是美酒、夜莺、美女、玫瑰和花园。

假如那设拉子美女，

有朝一日能对我动情，

为了那颗美丽的印度痣，

我不惜把撒马尔罕与布哈拉奉送。

撒马尔罕与布哈拉都在乌兹别克斯坦。一九八四年我去过撒马尔罕，这两个城市都有以它们的名字为题的长篇小说，我在新疆时，也都从维吾尔语与乌兹别克语中读过，其中的《撒马尔罕》是以斯拉夫字母拼写的乌语新文字版。这是穆斯林们极向往的两座名城。以两座名城交换美人的一颗印度痣，哈菲兹的诗句是多么自由、多么浪漫，他的感情又是多么强烈、多么惊人！

> 我就像一条鱼，
>
> 掉进苍茫大海，
>
> 只期待我的情人，
>
> 把我钓上岸来。

妙语天成，清水出芙蓉。怎么波斯的诗人个个都有李白的潇洒？郭沫若说过，海亚姆就像李白。

> 我的心是一只圣洁的小鸟，
>
> ……身居樊笼已经使她厌倦，
>
> ……她就在这万里碧空，
>
> 找到自己发身的地方，
>
> ……她将把吉祥的影子，
>
> 投到所有世人的身上。

开阔而又自由，与李白的"我寄愁心与明月，随军直到夜郎西"和"俱怀逸兴壮思飞，欲上青天揽明月"，各有风格，各有妙处。

伊朗人其实是偏重潇洒和浪漫的。请看他们的书法。他们用的波斯文采用阿拉伯语字母，阿拉伯也是注重书法的，我在摩洛哥观看过阿拉伯人的书法，他们的书法偏于图案的齐整、威严、神秘，一种几何美。而伊朗的书法更多的是飘逸、灵动、洒脱、大胆、奇异。有时长长的一"撇"甚至让我想起中国的草书。

与想象的不同，现今的伊朗老百姓显得轻松而且随和，外向而且热情。在哈菲兹墓边，有一老一小像是母女的两个妇人，都戴着黑色的头巾，主动与我们攀谈，问我们来自何方，并且与芳合影留念，对于照相，她们也有兴奋愉快的表现。

另外有一组三个小伙子，像是大学生，与我聊起来，对于我们来自中国表示极有兴趣，也与我合了影。

　　现在回过头来说一下伊朗女子的头巾，出发以前就听到，说是一进伊朗，女性都得戴头巾。而过去在某些条件下看到反映伊朗生活的影片，看到女性的黑头巾，也有点严肃感与封闭感。这次亲临其境，发现，戴不戴头巾，戴什么颜色的头巾，还是一样的人，该亲切照旧亲切，该热情照样热情。还有大量的年轻一点的妇女，她们的头巾色彩缤纷，戴法也很俏丽，很个性化，至少给我这个外来客的印象是点缀装扮多于压抑和管束。当然头巾也显示一种郑重，是对性爆炸、纵欲狂的一种抵制。伊朗前总统哈塔米与我会见时特别向芳提到，如果戴头巾的习俗使你感到不便，请多多谅解。他还幽默地说："为了不使你感到不高兴，你看我也戴着头巾。"我回答说："她戴上头巾更漂亮了。"他说："啊，你们回忆起了你们的青年时代！"

　　在全球化的浪潮中，应该理解一个暂时处于非强势地位的群体，对于保持自己的某些特色的关切。这种关切有时会超出某个具体问题的是非行失。客随主便，这也是尊重，这也是文明。毕竟伊朗（不仅伊朗）有这么一个妇女戴头巾的习俗，使我们得到了一个表达我们的尊重与为客之道的机会。其实我国新疆的穆斯林也很在意头上戴些东西，南疆男女都是戴花帽，北方则是女戴头巾、男戴各色帽子包括礼帽与鸭舌帽。回族则喜欢戴白色小帽。这也好比听西洋音乐，听歌剧、看芭蕾舞时可以中间鼓掌，听交响乐时却必须等到几个乐章全部奏完时再鼓掌，有什么特别的道理吗？能不能更合理、更方便一些呢？何必钻牛角，尊重某种文化习俗就是了。

　　现在回过头来说哈菲兹，伊朗人的说法，伊朗人手中有两本圣书，一本是《古兰经》，一本是《哈菲兹诗集》。哈菲兹的抒情诗集，是波斯古典诗歌的四大支柱之一。哈菲兹被称做"戴尔维希"——或译为托钵僧，从郭沫若氏译法。在新疆，我极喜欢用这个词，并将它作为绰号起给我的一个好友。它是说一个没有固定住处的宗教人员，浪迹天涯，奉献神祇，具有若干灵异奇才奇能。在我的小说《狂欢的季节》与自传作品《半生多事》中，多次用过这个词。当然，不是僧。

数年前我国出版了《波斯经典文库》，内中有两卷本《哈菲兹抒情诗集》，邢秉顺译。读起来你会进入一个奇妙的世界，不仅仅是情之"抒"，而且充满了人生的哲理。

印象之三：工艺的天堂

我们在设拉子和伊斯法罕逛了工艺品商场。你也可以说那是一个工艺美术展览。伊朗是工艺的天堂，他们做的一切是太细腻了。

有一种特殊的工艺，波斯语叫"哈塔姆"，是用象牙、骆驼骨、铜丝、竹条、木条等竖条粘在一起，组成某种拼花图案，然后横切其面，贴于工艺盒、框、板的表面，是波斯独有的传统工艺，与波斯地毯、细密画、铜器等齐名。中文译做"镶嵌细工"或"镶嵌图案"。其色彩成乎天然，鲜艳、光润，效果像景泰蓝也像马赛克，尤其突出了绿松石似的碧蓝。这种万里晴空的颜色，乃是波斯人的最爱。以它做书籍的装帧，于是出现了世界上最豪华最精美的书。在设拉子商场，有这样的书，大多是哈菲兹的情诗。在该城机场，我还看到了波斯/英语对照的海亚姆的柔巴依，也有这样的装帧和奇美的插图。我与接待我的伊朗对外文化联络机构的副主席瓦奇里先生讲起对于他们的书籍的赞美，他立即决定赠送给我一卷。派人在德黑兰四处购买，未得，而我第二天就要出发去伊斯法罕了，他们便又要设拉子的分支机构替我买好，用特快专递送到伊斯法罕我住的旅馆里。我可以毫不犹豫地吹嘘，我拥有世界上装帧最完美最精巧的书。你有吗？

我不能不羡慕波斯古代的诗人，他们获得了公认，他们的成就与天才不受争议，他们的光辉无可抵挡，他们的珍贵无与伦比，他们的价值天长地久，家喻户晓。而我们的伟大祖国，那么多书，那么多"家"，那么多大诗人。现当代的不堪提了，就是古代的，也是聚讼纷纭，解释万种，标新立异，胡说八道，不把文化搅成一锅稀粥，把名人弄成一头雾水不算完了。

工艺与书。他们尊重工艺也尊重书。一个有神论的国家是讲究虔敬与陶醉，讲究追求的形而上的特质的。他们以一种至高至上至美至尊的崇敬、叹服、赞美、珍爱、矜持的心情，以一种神圣的宗教情怀对待文化、诗歌、书籍、绘画、建筑、工艺。从事这些事业，他们是在献身，在用智慧、生命和精神去靠近、去证明、去体现至高无上的清真、完美、纯净、博大与长远，也是去靠拢、去赞美至高无上的造物主，去赞美和靠拢比眼前的一切具体事物与利益更宏伟与崇高的存在，去理解和表现一种生命与世界的正面的本质。

他们由衷地感谢我们一行对于伊朗文化的敬意与理解。他们告诉我，他们曾经将一件精美绝伦的工艺品送给一位西方大国的外交官，向该使节讲述工艺的复杂与艰难。该使节的反应是："我们可没有时间干这个……"

对不起，我只能说这是另一种野蛮。不懂得现代化、财富、效率、速度、发展、科学、技术、竞争、经营与管理，是一种野蛮，我们需要向西方发达国家学习这些东西。然而心灵、神性、美丽、虔敬、手艺、匠心、浪漫与精致……这些是不能用财富和批量生产的技术来代替的，它们无价。一旦以这些东西的消失作为富裕与现代文明的代价而实现了好几个现代化的时候，啊，我们的生活还不如森林里的猴子！

伊朗人用敲敲打打的方法，旷日持久地制作着满溢着浮雕感的凹凸不平的铜器锡器的花纹。用精美的梦幻一样的材料制作挂钟。用匪夷所思的图案与天然染料制作桌布。我懂，伊斯兰教是不准搞偶像崇拜的，他们的图案特别发达，图案的最重要的灵感似乎来自花草树叶鸟。他们也有上好的银器骨器玉器漆器漆画。

尤其是地毯，尤其是把闻名世界的奥斯坦·穆罕默德·法尔希奇扬的细密画织成丝质挂毯，简直是幻梦一样的工艺品。波斯美女，小鹿小羊，类似鹤但比鹤小一点的鸟类，多弦琴(如竖琴)与两弦琴(都塔尔)、三弦琴（萨塔尔），雄狮与牛，春天与百花……这些工艺品，体现着一种神性与人性的汇合，此岸与彼岸的交融，手艺与心灵的互动，供奉崇拜与消费使用的适宜。见到过，欣赏过，喜爱过而且多多少少地收藏着几件伊朗工艺品的人有福了。世界真奇妙，不去伊朗不算知道！

印象之四：活泼开朗的伊朗人

伊朗人长得大多相当漂亮，他们在公共场合的表现，也比较自然、得体、放松、活泼与开朗。

从设拉子回德黑兰的飞机上，快到目的地时，我前边的一位当地乘客打开行李架取下了一个塑料口袋，里面放的是无花果干，我随口说道"安菊儿"，这是维吾尔语对于无花果的称呼。因为我知道，维吾尔语中含有许多波斯语词汇。他听了，马上笑容满面地说："安集，安集儿……"看来基本读音是一样的，维吾尔语的第二个音节的元音是圆唇音，波斯语不是。然后他大把地从他的口袋中拿出无花果干赠送给我，作为对于我能够迅速识别与用类波斯语叫出无花果的名字的褒奖。这样的无花果干，在乌鲁木齐南梁的自由市场上很多，在南疆阿图什更多。然而，波斯的无花果干的质量是很好的。

在散步的时候，在购物的时候，在参观景点的时候，在等飞机的时候，伊朗的普通百姓都与我们攀谈，他们很开朗也很外向，对待外国人没有什么忌讳或者疑虑。在德黑兰机场上，出发向伊斯法罕走的时候，我遇到一对服装严整的老年人，与我交谈甚欢。他们讲到他们的子女，讲到他们旅行的目的地，讲到他们的安定与幸福生活。他们先问我们是不是来自日本，待知道是来自北京的时候，他们会显得十分高兴。

和外国人攀谈，他们没有任何顾虑与禁忌。没有距离感。

在伊斯法罕度过了一个伊斯兰的休息日——星期五，那一天，在哈柱桥①的一端，有许多老年人坐在河边石头台阶上欣赏流水，享受初冬的阳光，用悠闲和满意的神情环顾这个明丽与自然的世界。我也坐到了那里，觉得惬意，觉得自己已经融入当地。子在川上曰："逝者如斯夫，不舍昼夜！"这是人类性宇宙性的微笑与感叹。

伊朗的各式商店很多，你进去看看，店方的态度友好善待，但也不过分兜揽兜售。你提问题，他认真回答，你与他聊天，他接过话茬

---

① 哈柱桥在三十三孔桥下游 1.5 公里，于一五五〇年建成，比三十三孔桥早五十二年。桥体小于三十三孔桥（分别为 132 米和 300 米），但比三十三孔桥更富吸引力，因为有两块平坦的石板可以俯瞰下游的流水，桥中央部分以前还曾是皇家的行宫。桥下的茶馆人气很旺，伊斯法罕人喜欢周末在这里休憩玩乐。

去，不讲得太多也不讲得太少。他们要的价钱，大体是实价，你一定要侃侃，也许能略抹个零头，但没有太大的余地。你如果往下砍得太多，超出了可能性，卖货人便微微一笑，不再多说什么。他们的表现恰到好处。

我在伊斯法罕买了一件毛衣，那天晚上觉得有点冷。十一个美元，黄与褐黑的花色极有特点，粗毛线，保暖性能极佳。拿回来后，深受赞美，并责问我为什么不多买几件。

我相信，普通人的态度与表情，是能说明一点问题的。我在某地看到过那种面有菜色的与呆木的表情。我看到过那种躲避外国人的反应。我看到过那种向外国游客死乞白赖地兜售伪劣纪念品的孩子的面孔。我看到过那种对于异民族人异国人的极其警惕与困惑的表情，哪怕你只是去问一下路，他也现出防盗防贼防间谍的神态。当然，还有乞丐，还有娼妓，还有小偷，芳在外国曾被摩托车手抢过皮包……还有与种族优越感差不多的意识形态的优越感、救世感。还有夸张的奉承与推销。

伊朗百姓的面孔让人舒服，让人放心。你从他们的言谈举止表情动作上，看不到生活以外的、人性以外的东西。

印象之五：似曾相识的德黑兰

从德黑兰机场走出来不久，你会看到一个很有气派也很有风格的艺术品，那就是自由广场的大门，大概可以称为解放门或者自由门。走近了，你才看出来那是一个凯旋门式的建筑。这个凯旋门可与巴黎的、新德里的乃至平壤的类似建筑不同。它的下部像是切开了的金字塔，它的顶部像是一本打开的书，"书"上由于有类似窗户的造型，所以又像是一座楼房。也可以把这本"打开的书"想象为一个屏风，具有屏风的亲和与展开性。中间是一个具有伊斯兰拱形与桃形风格的门，门的穹顶上，建筑给你以菱形的编织感。远远望去，我以为是一个大的雕塑，尤其是夜间，它在灯光的照射下显得威严而又璀璨。

这是巴列维国王于一九七一年为纪念伊朗帝国成立两千五百年而建立的，塔高五十米（巴列维王朝立国五十年），正面由两千五百块完整石块拼成（波斯帝国成立两千五百年）。这是一个艺术的精品，是古波斯建筑与伊斯兰建筑风格的完美结晶，表现了伊朗艺术家的不平凡的想象力与结构能力。它坚固、庄严、沉稳，同时不失舒展与精细，具有镶嵌感、拼接感与折叠感。它确实还具有一种"比历史还要古老"的古典与文雅。

德黑兰的政治生活比较容易见到的是各处有关选举的招贴画，各派人士都在积极竞选。另外也可以看到不少国家领导人的巨幅照片。

此外我在德黑兰发现的都是生活，百姓的日常生活。许多地方有明渠流过，你可以说那是小小的河流在城市里流淌，发出稀溜稀溜的水声。越是相对干旱的地方越是体现出对于水的珍爱。到处都有高大的树林。越是夏季炎热的地方也越是呈现出对于树木花草的依恋。到处都有商家与手工艺者的作坊，有价格不昂贵而且富有民族特色的商品。到处都会看到悠闲自在的德黑兰人，尤其是小孩子们在嬉戏。怀抱婴儿的年轻的母亲们也很不少，她们的孩子装饰得十分鲜艳，但是母亲抱孩子的姿势与我们华人的习惯不太一样，她们常常是两手平托，你远远看去，好像是托着一件珍贵的礼物。

德黑兰可以分成城南城北两个大部分，两个部分的气候不尽相同。

城北地势高耸，会比城南冷一些。我们在时，城南下雨，城北却飘扬着大雪，向北面望去，是皑皑的雪山。我们看到过这样的奇观，下雪了，薄雪花下面是碧绿的树叶，而树叶中夹杂着红花。城北有更多的大的机关单位，高级住宅区与外交使领馆区。

德黑兰的交通也很拥挤，人们喜欢讲的一句话是这里的汽油比水要便宜，所以机动车辆很多。很少看到比较豪华的车种，最多的是法国"标致"与伊朗合资的出品。德黑兰人以开车技术良好而闻名。我亲眼看到了他们，挤过来钻过去，无路之处有了路，使不能通行的地方通行。尤其令我惊讶的是德黑兰司机先生们的倒车本领，由于单行线多，走错了无法逆行回去，干脆他们就提速长距离倒车，踩着油门倒车，是德黑兰的独特风景。

德黑兰的糖果店值得记住。他们有一种风味独特的糖品：玉米饴（波斯语叫"嘎兹"），即从玉米中提炼出糖分来，加上鸡蛋清粉、开心果的碎块和藏红花，制成一种并不过甜的、亲切自然的、别有家乡风味的糖。这种糖我们在伊犁时吃过，但限于新疆的条件，没有开心果，那个年代，也没有花生米。有一次我的二儿子王石，站在卖这样的糖的小摊前，被邻居的淘气鬼一推，踩到了一块糖上，他的帽子被摊主拿下作抵押，而他当然没有钱。后来是一位好心的维吾尔老人替他付了款，才走掉了事。但是对于这种糖果的味道，他深深刻到了心里。这次，我伊朗归来，带来了这样的糖果，唤起了他的童年的记忆，也唤起了我的记忆。天涯何处无玉米饴？天涯何处无甘甜？

德黑兰的馕饼店非常多，与新疆的馕相比，它们比较薄也比较软，同样有一种面粉烘烤的香味。它们与新疆一带的在陶土做的大瓮中贴到瓮壁上烘烤不同，他们是将面剂儿伸到很大的明火中，很快就完成一个馕饼的烤熟过程。据说这里的人多半会从馕店里购买馕饼，而少有在家制作者。我对这个说法一再核问，确实如此。我们去了三个城市，德黑兰、设拉子与伊斯法罕，三个城市的人们的服装装饰交通工具等差距不大。生活上不追求光怪陆离，不追求花样翻新，他们更多的是一种纯朴和善良，是一种自在和舒适。

印象之六：伊朗知识界一瞥

我有幸在伊朗的沙希德贝赫什提大学，在德黑兰书城，在对外文化联络组织讲演，参观伊朗国会图书馆与伊斯兰大百科全书出版社，与一些当地的知识分子见面与交流，通过接受采访，也与伊朗媒体有些微的接触。

大学讲演的经验，与在欧洲或美洲并无大的不同，人们听得比较随意，提问也很自然。这种形式在五十年代初期学苏联时称之为"习明纳尔"，也就是 seminar，伊朗这里多了一个项目，是一位学习中文刚刚一个月的女大学生朗诵了一首诗，是她用拼音字母写的中文诗。她比较羞怯，声音太小，听不太清楚，当然，情意可感。有一批人能够与你讲一些中文，这本身已经不错了。我在他们系里也看到了一些中文书籍中文书法与中国画作品。但总起来说，他们对于汉学的研究，还处在发展阶段。

他们的书城相当好。有一层是专门给少年儿童书籍准备的，图文并茂，琳琅满目。另有一层正在举行《可兰经》的版本展览，中间也有不少来自中国穆斯林的经书。悬挂着大量的经文书法作品，最多的是"阿拉阿克拜尔"即真主伟大的颂词。有的是用烫金写的，那种虔诚与激情非常感动人。配上很好的玻璃镜框，郑重庄严，并且辉煌夺目，仪态万方。

这里有一种不可忽视不可低估的强大的精神力量。任何人用轻慢的态度对待这样一种力量、信仰和文化，只能犯下不可饶恕的错误。

整个书城的书籍，尤其是与伊朗文化、伊斯兰文化有关的书籍，讲究、认真，仅仅外观也堪称光辉灿烂。波斯语书籍一词——kitap——本身就有一种崇高伟大的感觉。

书城每周举行一至二次讲座讨论。这次，由我和另一位汉学家主讲，介绍中国现当代文学。汉学家在讲话中提到了大量我国的现当代作家与他们的作品。他甚至也谈到了从网上找到的有关我的资料，例如我在美国得州休斯敦赖斯大学的英语演讲。他们的资讯来源还是比较丰富的，看来他们对于网络的使用也是可以的。我想起前美国驻华大使芮效俭对我讲过的一句话，他说，在美国有人主张，能够使用电脑与网络的国家，就不能算是极权主义国家。

这种气氛，这种做法，包括三四十个与会者的穿戴神色谈吐与参与程度，都让人觉得相当开放与自然。我在伊朗印象这一组文字中一再使用"自然"这个词，因为第一，我看重这个词，我觉得某种意义上它比自由这个词还要容易理解与亲近，还要难于驳倒与剥夺。如果说这次的伊朗行有什么东西感动了我，那么，一个是文化，一个是自然，最自然的文化，最文化的自然，都是可爱的。

在书城，我与当地作家同行也有一个不拘形式的交谈。他们叹息说，过去，伊朗是中国的丝绸之路的西部终端，就是说，伊朗是中国与欧洲之间的一个桥梁，中国与欧洲常常通过伊朗来了解各自。然而，相当长时期以来，中伊（朗）间的资讯交流不算畅通，又都把注意力放到了西方大国身上，现在变成了中伊双方通过西方资讯，来了解对方。他们是多么期望能够与中国增多交流的渠道啊。他们讲得很真诚也很动人。这个问题也确实存在，西方的传媒是影响太大了，然而，我们更需要直接的相互了解。

至于在伊的对外文化交流组织的集会上，我用波斯语讲了七分钟。波斯语属于印欧语系，与我熟悉的属于阿尔泰语系的维吾尔语并无共同之处。但是维吾尔语中有大量波斯借词，另外其小舌音、送气音、卷舌音等汉语中没有的音素，与波斯语十分接近。这使我有理由相信自己能够到伊朗班门弄斧，讲一段波斯语。他们的热烈掌声使我得意，虽然这种得意相当小儿科。我反而相信，一个有着儿童式的表现欲的人，多无大恶，容易相互做朋友。

印象之七：文化的珍重

正像宗教、诗、图书等词一样，他们谈起文化一词，就萌生出一种敬意。波斯语的"文化"一词发音是"法尔罕格"，与阿拉伯语、维吾尔语等的"玛迪尼亚特"和其他词有共同词尾不同，有一种概括感和崇高感。

我拜访了穿着伊斯兰盛装的议会图书馆馆长阿布哈里并参观了议会图书馆。该图书馆有一本刊物，主要介绍议会图书馆收藏的手抄本书籍，用波斯语、阿拉伯语和英语三种语言出版发行。他们特别要我会见了一位八十多岁老专家，他是手抄本鉴定的专家，为此图书馆的手抄本整理立下了汗马功劳，被认为是该馆的"镇馆之宝"，至今仍然坚持天天上班，整理修补古代善本书籍的手抄本。

我也拜访了伊斯兰大百科全书出版社社长穆沙维波格诺迪，交流了百科全书编纂的经验。我向他们介绍中国最近编纂出版的中学生百科全书，他们表示，他们的百科全书也有为青少年与普通读者使用的简缩版本。他们把已经出版了的数十卷百科全书给我看，我恰好翻到了"布哈拉""撒马尔罕"等条目，解释详尽，插图精美，装帧整齐，目前有波斯文与阿拉伯文两种。

　　不论是图书馆的先生与女士，不论是大百科全书的领导人与工作人员，谈起自己的工作，都有一种沉着、矜持、平稳和信心。他们不卑不亢，他们并不急切地讲说什么、宣传什么、争辩或者反驳什么。他们对于异质的文化没有任何攻击，也没有特别在意。他们绝对不认为自己有什么落后了、需要追赶了、闹不好要开除球籍了的地方。他们的心态很好，很舒服。(是不是，他们的知识分子不像我国的同行那么在乎他人——外国人？我们这里，说起外国一度不是和平演变的阴谋就是学习的榜样，不是亡我之心不死就是一声炮响使我们振聋发聩，不是老大哥就是间谍……)

　　这里有一种多位一体的尊崇与珍爱。伊斯兰是至高无上的信仰，在这样一个信仰的光辉照耀之下，形成了自己的文化天地，自己的出版物，自己的历史传统，自己的语汇体系与诗歌谱系，自己的工艺、建筑，以及与诵经有着密切渊源的音乐、歌曲，直至自己的教育体系。也是在这样的旗帜下，激发了伊朗的独特的伊斯兰革命。伊斯兰文化，伊斯兰百科全书，伊斯兰图书，所有这些努力，体现了在全球化浪潮正在席卷世界的时候，伊朗人乃至整个伊斯兰世界对于卫护自身的文化性格、文化体系与生活方式的努力。应该正视、应该理解、应该交流、应该相互学习。而绝对不能视如草芥，更不能视如寇雠，一笔抹杀。你有一百条先进的科学技术，政治运作体制与方式，军事实力还有通俗文化传播手段，还有完备的法律，还有先进的"无敌"的硬实力，却无法取代一个古老巨大坚强的文化数千年来所营造的一个世界：信仰的世界，诵经也诵诗的世界，精美绝伦，如梦如画的世界，而且是，切莫忘了，这是一个比历史还要古老的世界。

有一位年轻的朋友，私下交谈中显示了他对于本国与世界的大局的理解。他先说中国，他说毛泽东是伟大的革命领袖，但是毛泽东在发展经济方面不算成功。在建设中国方面，邓小平推进了毛泽东的未竟的事业，与此同时，意识形态的激进革命的气氛有某种降温。中国人首先需要的是过好日子。他说，伊朗也是一样的，伊朗的发展需要一个过程，他希望这样的过程不被破坏。他的话有一点道理，虽然这样的话说早了大家都不接受。

印象之八：寥落古行宫

最负盛名的伊斯兰风格的展现在伊斯法罕的伊玛目广场，国王时期也叫"国王广场"或"世界印象"广场，伊斯兰革命后改为此名，伊玛目的大意是伊斯兰的教长。在谈到伊玛目广场之前，我愿意先记一下伊斯法罕的四十柱宫。这也与我们的行程的时序相符。

首先有趣的是，名为四十柱宫，却只有二十根与中国建筑里的柱子相比要细许多的优雅精致的八角形柱子，支撑着宫殿的宽阔的前廊，它们的倒影映射在廊前的长方形水池中，出现了另外二十根水中的柱子的虚像，二十加二十，于是就是四十。这种虚与实的叠加，这种实物与影像的兼收并蓄不分你我，这种思想（计算？）方法堪称绝妙，在我国，只有李白的"举杯邀明月，对影成三人"可以与之比拟。

宫殿坐落在一个大花园里，总面积是六万多平方米，建筑面积是一千多平方米。建于十五世纪，说是典型的波斯式宫殿，曾经用来接待贵宾和外国使节。大厅的墙上画着巨大的壁画，大致是叙述当年的文事武功，朝廷盛况。正面有一镜厅，由玻璃拼接做成，不开放，从外面可以看到里面的一些古装画像与古代衣物。说是十七世纪所建。此外，大殿里摆放着一些器皿、古币、文书等物品供游人参观。

说实话，这些我已记不清楚，反正世界各国我看到过的宫殿、行宫、皇家花园等已经不计其数。什么凡尔赛宫，什么奥地利茜茜公主的宫殿与花园，什么华沙的大王宫等等。这个四十柱宫并不比上述诸宫更辉煌壮丽。反而难忘的是四十柱宫的花园，树木参天，水池清澈，落叶满地，秋意清爽中又使人产生出嗒然若失的遗憾。意外的是在这里碰到来自天津的旅游团，他们当中有人认出了我，纷纷过来合影。这是常有的事，国内的各界人等，无机缘在国内见面，却有缘千万里相会于异国他乡，叫做比邻似天涯，而天涯又若了比邻。

于是慨然，王室宫殿的最最迷人动人之处，它的最大的价值和意义，似乎未必显现于国王生前，在陛下使用它日理万机、运筹帷幄、送往迎来、杀伐决断之时，这宫那宫与人们能有多大关系？只能是你威风你的宫殿，我凑合着我的草窝，保持距离，各自平安。倒是在人去楼空、色颓瓦坏、柱歪石损、漆脱墙沉之时，在王朝覆灭、往事如烟之日，无限风光在后人，在"寥落古行宫，宫花寂寞红。白头宫女去，闲坐说'零星'"之时，凭吊往事，追怀前朝，其味无穷。花园是永远的，鸟雀是永远的，落叶犹如昨日，殿堂有点破烂了，正好参观。

我不知道这是不是与多数穆斯林聚居区属于干旱炎热地区有关，他们特别重视水流水库与树木花草的栽植与维护，注重廊檐亭阁的修建，注重大自然的生态与环境的赏心悦目。

而且这里的空气极好，现在的伊朗毕竟不那么急着现代化，急于现代化与发展壮大的是巴列维王朝。巴列维王朝的现代化与国情脱节，与大众利益脱节，再加腐败与特权导致了它的覆亡。从新"左"派的批评现代性的理念看来，不知当前伊朗是否提供了一个相对的不同的世界，符合他们的理想吗？至少从审美的观点上来看，伊朗是合格的。披纷的落叶，飞过的鸟群，秋天的气息，游客的笑声，咔咔的快门，无精打采的解说，无人专心的听讲，就这样，我们欣赏了其实也是错过了这个半古的四十柱宫。你可能记不住宫殿的底细，你却忘不了一种非现代的，后现代的，树的人的房的与秋天的气息。

印象之九：伊玛目广场

中国有两千万人口的穆斯林，有新疆宁夏两个穆斯林聚居的自治区，我在新疆生活了十六年，伊斯兰教对于我来说并不陌生，我了解他们的清真与清洁观念，了解他们的简约、朴素、明快的生活信念，我了解他们对于彼岸世界的信仰与追求。我在新疆农村时，饭前便后，常常受到维吾尔农民的提醒，老王，你要洗手！我相信作家张承志提出清洁的精神的观念，与他的民族宗教归属有很大的关系。

我也懂得他们的重约束，重道德秩序，重灵魂精神，重身后的永恒的价值选择。在波斯语、阿拉伯语、突厥语中，精神就是灵魂，灵魂就是精神，都用的是 roh 一词，都是永恒的存在。中国回民则译之为"罗汉"（不是佛教的罗汉，佛教罗汉一词，其发音应是阿罗汉）。

直到伊朗行，直到去了伊斯法罕伊玛目广场之后，我才知道，神圣的伊斯兰信仰，可以表现得这样璀璨夺目，辉煌完美，人间世上，胜境无双，美丽雄强，天衣无缝，万众欢腾，光芒亿丈。

伊朗人有"伊斯法罕半天下"的说法，这不能不使我想起"天下十分明月夜，已有七分在扬州"的中国式说法。

资料称，伊玛目广场始建于一六一二年，长五百一十米，宽一百六十五米，面积达八万四千平方米，是莫斯科红场的两倍。广场的东西南三面，分别耸立着建筑艺术各具特色的罗特夫拉清真寺、阿里·考普宫和伊玛目清真寺，广场中央修建了一个长方形的巨大水池。在伊朗处处都看出人们对于水的珍爱，水是生存的必需，也是上苍的恩惠，更是赏心悦目、快乐幸福的源泉。在伊朗，最令人惊叹的事情之一，是人们对于人性和神性、生活与信仰、此岸与彼岸、终极与美的一揽子的感受把握。

四面拱廊各开一面大门，伊玛目清真寺大门、国王私人礼拜室（罗特夫拉清真寺）大门、阿里·考普宫大门和加萨里亚市场大门。其余地方是乳白色的高墙将广场围起，与蓝色的大门形成鲜明的对比。

两个大清真寺在广场上有欲乘风而去的飞扬感。其规模与精致，种种花纹图案色彩的搭配，都不是我的拙笔能够写得出来的。我要说的只能是，即使在巨大的庄严的清真寺的上上下下、内内外外、前前后后，你也能看得出那种伊朗手工艺的细腻、精致、美轮美奂、一丝不苟。它是神圣崇拜之地，当然，它也是建筑艺术的精品，是人类智慧与高尚情感的载体。地上的建筑载负着无限的信仰，无限的向往，无限的激情与无限的才能和匠心。

除了礼拜真主，这个广场上举行过重要集会，举行过马术表演与马球比赛，接待游人更不必说。到了夜间，灯火通明，五颜六色，倒影与实体分别发光，如梦境，如仙境，如神话，如童话。

意味深长的是广场四周就是巴札（集市），种种专卖店美不胜收。你可以直接使用美元欧元等硬通货购买，是地地道道的小商小贩，如果你有钱有运输手段，真想在这里买个够呀！它激起你的梦想，激起你把自家住宅和用品，至少是装饰品"伊朗化"的冲动——如果你的四壁与橱柜，你的案头与床边，都是伊朗的工艺品，该有多么漂亮！

这里既是商店也是作坊，匠人们当着顾客的面敲敲打打，涂料上色，欣赏审视，打包装箱，像是作展览。工艺差不多是完全透明的，透明也不会泄露商业与工艺的秘密，因为那种匠心，那种感觉，那种对于美的虔诚，是无法克隆复制携带与传递的。能够盗窃的是财富，不能盗窃的是心灵。你看着他们，你觉得是古老书籍上的人物，天方夜谭里的人物，梦幻艺术里的人物。你相信，在伊朗还有许多没有演绎完毕的经久不衰的故事。

当你知道，当你记住世上有一个城市叫做伊斯法罕，知道那里的美丽和奇妙的时候，你越发觉得世界的奇妙，人生的奇妙，人类精神生活的奇妙。伊斯法罕真好！

印象之十：在伊斯法罕看电影

访问完伊朗，回到北京后两三个星期，写作"印象"时，报纸上关于伊斯法罕的消息多了起来。是说的参观伊斯法罕的核设施。老天！

伊斯法罕属于伊朗，属于中东，属于亚洲，属于伊斯兰世界。然而，她也属于人类，属于地球，属于咱们大家。这是一朵奇葩。祝伊斯法罕好运，相信伊朗人、阿拉伯人、美国人、以色列人和各国包括中国人有足够的智慧和善意，使伊斯法罕的日子和平快乐美丽永远，使伊朗人终于会与美国人、以色列人与欧洲人和平——和睦相处。

早在去年九月，青岛的一位青年教授已经给我讲过，现在的中国内地流行一个说法：一、清晨洗浴而不是夜晚洗浴；二、喝黑咖啡而不是白咖啡；三、光脚穿皮鞋（疑指女性）；四、看伊朗电影而不是好莱坞大片。这四条是时尚、白领、小资的表现。

我们在伊斯法罕即兴看了一场电影，我们旅馆旁边就是一家影院。我们下午参观活动回来，时间尚不迟，临时排队去买了影票，片名《不服从的儿子》。是说一个医生世家的阔少，不愿听从母亲的安排与医院合伙人的女儿结婚，于是谎称爱上了别的女孩，并请一个在美容院工作的灰姑娘冒充美国学成归来的医学博士骗得母亲和家人的信任。但不幸的是这场精心安排的骗局被医院合伙人的女儿发现并告诉了小伙子的母亲，姑娘在遭到小伙子母亲的训斥之后含恨离开原来工作的美容院，又遭到父亲的怀疑与邻里的白眼，承受了巨大的委屈与压力，而小伙子却在与姑娘的接触中发现了姑娘的善良和真实，并最终真的爱上了姑娘……如此这般，情节不算新颖，但拍得很真实朴素自然。演员并非特别漂亮，但也显得健康大方可爱可亲。不羞羞答答，也不卖弄风情。丝毫没有意识形态宣示的痕迹，没有任何紧张或者仇视。对生活也是既不美化，更无丑化。垃圾桶，破汽车，旧房屋，烟熏火燎的烤肉串，拥挤的人群，贫富的差别，都非常真实。它是这样坦然地表现自身，绝不装腔作势，不吹、不哭也不闹。它不像我国的影片，有一种类型是强调我们的现代化，高楼大厦，汽车河流，时装模特，城市夜灯，公司老板，名牌穿戴，还动不动上点外籍演员，显示一点洋腔洋调。这种影片似乎急于要告诉旁人，我们的生活正在迎头赶上西方国家，请千万别以为我们是老土。

另一种电影，如《黄土地》《老井》《盗马贼》，则是要告诉人，我们这里是那样地贫穷、愚昧、落后，我们的许多人，还过着堪称可怕的野蛮荒漠的生活。

而伊朗电影既无意炫耀他们的"进步"，虽然他们的人均 GDP 比我们高；也无意为自身的不那么发达而痛心疾首。他们健康地表现着普通人日常生活，尤其是表现着普通人心灵的美丽。不是荒芜，不是凶狠，不是愚蠢，不是残暴，而是善良，是纯朴，是亲和与幽默。

我们在伊斯法罕看到的影片一般般，然而影院的气氛非常热烈，上座率不低于百分之八十，我们是排着队高高兴兴地进影院的。观众多是青年，都很活跃。尤其是遇到一些表达爱情或者巧合／误会的镜头时，全场活跃，掌声、哄笑声乃至口哨声，此起彼伏。它似乎在证明，进影院绝对是人生一乐，是共享快乐，是不容置疑的一种福分。片子好是一乐，片子一般，能共度在影院的欢乐时光，也是大乐。它使我想起"很久很久以前"（此语来自手机段子），对于我来说是五十年代，进影院的那种喜不自胜的心情，尤其是与恋人共看电影的那种甜蜜与满足。某种意义上说，五十年代的青年人的恋爱过程是一个欣赏苏联与新中国影片的过程。究竟是从何年何月何因，人们一两年也不进电影院了呢？与其说是时代使然，不如说是我们的心太老了。

印象之十一：天堂里的孩子

在伊朗看电影使我回到了久违了的青年时代。能够简单地使自己快乐的时光是美好的。夏天喝杯冰镇酸梅汤，冬天是一碗热白薯粥，春天养几只蝌蚪，秋天漫步在林间道路的厚厚的金黄色落叶之上。这就是最本真、最自然的快乐。夫复何求？而一年四季，约会自己的朋友、恋人、亲眷，一起到影院看电影，买到了楼下十五排中间，或者楼上头排中间的座位票，已经心满意足，谢天谢地。

而挑剔的与复杂化的快乐，也许并不是快乐而是灾难。

快乐不应该太麻烦。

有许多人已经饱尝了伊朗影片的美味，却没有去过伊朗。我则是访问完伊朗，回到北京到处找"盘"和资料走近伊朗的电影。电影大师阿巴斯·基亚洛斯塔米，十余年来他的《特写》《生生不息》《橄榄树下的情人》《樱桃的滋味》《风将把我们带向何处》等影片多次在世界获奖。《樱桃的滋味》以哲学家的目光探讨了生存与死亡的意义，获得了一九九七年戛纳国际电影节"金棕榈"奖。我看《樱桃的滋味》，甚至于感到更像是一部纪录片，从头到尾是主人公（唯一的有点像职业演员者）开着车走过伊朗各地，看到了荒凉，看到了生活，看到了村庄与城市，看到了人，主要是男人。未必有谁敢于这样拍片子。但是阿巴斯能。他声称他拍戏从来不用专业演员，不用化装、置景，他推崇自然主义。

据说阿巴斯在戛纳接受中国记者采访的时候，还委婉而又一针见血地对中国电影提出了忠告。他说，他发现目前中国电影，像陈凯歌的《刺秦》、王家卫的《花样年华》、张艺谋的《英雄》风格越来越强烈，越来越浓郁，越来越有好莱坞电影的风格，这样很可惜……

另一位年轻得多的导演马基德·马基迪的《小鞋子》（影片原名《天堂的孩子》）风靡全球。说的是一个男孩子丢了妹妹的小鞋子，害得妹妹没法上学，于是兄妹俩轮流换穿哥哥的旧球鞋，在水沟边小巷里奔跑。他们发现了自己失掉的小鞋子，却因持有此鞋者的家长是盲人而放弃了追讨。哥哥怀着对新鞋子的向往，参加长跑比赛。大概是比赛的季军有望得到一双小鞋子。满心想得第三名的小兄弟不慎跑了个冠军，反而失去了获得小鞋子的机会。小哥哥为自己的得冠军的重大失误哭得天昏地暗。最后坐在水池边，出现了人见人爱人见人感动的经典画面：小金鱼去啃白云与天空倒影下的孩子的红肿的一双脚丫子。这位天堂里的孩子等待着贫穷的父亲给他们带来一双新鞋。

我还看了此位导演导的《何处是我朋友家》，也是儿童片。一个可爱极了的长着不少小雀斑的男孩，为了同学的作业本，不辞辛苦，从头到尾地奔跑，奔跑还是奔跑。终于对得起朋友了。吊儿郎当的，不算负责任，也确实不了解自己的学生的老师。艰窘的日常生活，进行管束和不断使用——派活的家长们。不符合"三通一平"标准的基础建设。不停地奔跑着的孩子。不要说真实了，就是演这一部电影，该有多么累呀。我替孩子着急。

但是孩子并不着急。伊朗人并不着急。着急的是我们的电影。称颂或者暴露，讴歌或者鞭挞，赞美或者控诉，宣告或者声讨，迎合或者颠覆，煽情或者沉闷，大树特树或者深揭猛批……这一类的动词已经把我们的电影折腾了一个够，再加上什么大片，辉煌，刺激，视觉盛宴，拳头枕头叫床还有腥风血雨，高投入大制作，再加电脑时代的特技，使某些已经浓得化也化不开的中国电影，更是生硬得成就了一个个死疙瘩，不妨戏称为"影结石""文结石"。伊朗人的艺术细胞是可敬的。导演马基德·马基迪算是伊朗第三代导演中的一个，靠《天堂的孩子》与《天堂的颜色》两部儿童片蝉联过两届蒙特利尔电影节最佳电影奖。连美国的影业大亨，也在不惜重金请他们出山。而他们常常不答应。如果是我国呢？还不颠颠地往前赶？

还有艺术以外的启示。印度、伊朗、中国，都是古代的文明大国，而近一二百年乃嫌落在了现代化潮流的后面，现在又都致力于自身的发展。但是比较起来，印度与伊朗，至少在文艺作品上不像中国人那么急切焦虑冲动。伊朗人为什么那么坦然？他们还面对着特有的国际关系危机，面临剑拔弩张的战争与和平风暴。但是至少在他们的影片中你看不到东躲西藏，涂脂抹粉；看不到危言耸听，杜鹃泣血；看不到声嘶力竭，甚至也听不到振聋发聩。天天振聋发聩的结果能不是聋不胜聋吗？而他们有我们这里并不过剩的坦然面对、善良、从容、认同、感恩、信心与对于明天的决不丧失也决不过分的期盼。

印象之十二：中东第一"排"

在德黑兰的南北城之间的甘地大街，有一处至少是对于华人来说极有名的烤羊排肉店，店名叫"尚帝兹"。午餐与晚餐时间，这里永远排着队，等待叫号用餐——它不接受预订，但是对于中国使馆人员带来的"贵宾"，常常有所照拂。它的烤肉串实在惊人，那金属的钎子活像一把宝剑，如果做得再坚硬一点，绝对可以作杀敌的利器。上面串起来烤的不是肉块而是半个拳头大小的羊排，又带骨头（最诱旅人的是某些脆骨）又带肉，夹层是青椒、洋葱等蔬菜，烤得焦嫩适中，柔脆得当，香气扑鼻，却又不失原生态的简朴与粗犷。配上由蔬菜、植物油与奶制品做的臊子酱，食之眉飞色舞，心潮澎湃，额头沁汗，舌尖流涎。边夸边嚼，边吃边叹。这不能叫吃，这只能叫过瘾，虽然过瘾一词并不算雅。原来也有这样的烤羊肉串！

这里的华人，包括生意人外交官游客，一致给它一个头衔："中东第一排!"

我在设拉子也吃过一个老餐馆，名字叫"哈毛姆瓦基尔传统餐厅"。"哈毛姆"是浴池的意思，在古代伊朗，浴池不仅是洗澡的地方，还是朋友聚会、谈生意和吃饭的公共场所。头一天因为是主麻——星期五——祈祷日，要到晚九时后才开业，以表达对于此日子口儿的敬重。第二天中午才有缘在这里用餐。餐馆门窗都小，白天也要用灯光照明。这个餐馆的结构有点像一个观看体育比赛的小运动场，顾客坐在高处，约半圆形，"场地"里是民族乐队与自助冷盘沙拉，"场地"中心仍保留了一个较小的水池，只是已不再用来洗浴。异国异时的情调，令人销魂。

伊朗的沙拉切得细碎，这可能与他们喜欢细密的花纹有关，他们的冷菜也是红的红，绿的绿，白的白，黄的黄，煞是好看。沙司比起一般西餐更刺激些，多了些酸与辣的因素。

伊朗的汤食有趣，有肉有菜，有大量洋葱，这与西餐汤食并无区别。问题是他们在汤里又加上了玉米粉或者燕麦粉或者土豆团粉，端出来的东西，对于我来说，与其叫汤，不如叫粥。这种加菜加肉的汤粥，类似新疆南部喀什噶尔地区的"乌麻什基"（波斯语中汤也叫"乌什"）。喝之舒服到身体的各个角落，令人产生满足与温暖感。

吃伊朗餐，多半会在餐前得到馕饼的免费供应或是套餐中的各色馕饼。小小的馕饼在巨大的类似壁炉里烧烤，你感叹这里的炊事的民俗化与风格化。

我在伊朗也吃过两三顿西式餐食。两次是斯巴盖地——意大利番茄酱面条，一次是比萨饼。在我们居住的伊斯法罕酒店里有一座专门提供意大利式餐饮的威尼斯餐厅，只在晚间营业，环境、设备、服务与方式，都很地道。我的年龄与痛风症的预警，使我不能老是肉食为主。我必须说，这里的这两样所谓意大利面食，是我迄今吃过的最好最好的，关键在于奶酪，奶酪烤出了微黄的奶皮，厚而香，你吃着觉得足实，又好消化。

宾馆里的伊朗餐室精致异常，彩色玻璃，细密图案，使你感觉如入宫殿，到处是星光灿烂。这里我顺便讲一下，伊朗的许多工艺包括建筑，其装饰，其美化的色彩与图案，给你以星空感。我相信是星空给了伊朗人以视觉艺术的灵感。我们买了一个挂毯，上面织着一位像是牧羊女一样的角色，她的周围是花朵，而花朵的背景是蓝天，其分布，更像是天上的星星。花朵的星空化，这是伊朗的独特感觉、独特魅力。

伊朗的餐馆不供应含酒精的饮料。但是有不含酒精、单有麦香的啤酒和另一种带着浓浓的柠檬味道的无酒精啤酒。酒非酒。酒无酒。酒非非酒。酒非无酒。无酒精啤酒的灵感，来自啤酒，却又否定了告别了啤酒。无酒之酒，至酒也。我希望我国推广这种健康的非酒酒类。

伊朗的喝茶也有绝活。欧洲国家、阿拉伯国家，喝茶时喜欢放糖，不足奇。问题在于糖的放法，伊朗人喜欢在面前放上一杯红茶的时候，拿起一块方糖，注意，不是把方糖放入茶杯搅而化之，而是将方糖轻蘸一下茶水，用舌尖舔一下或用牙齿略摩擦一下糖块，饮一口茶，把糖与茶水分开处理，使你的舌头牙齿都有事做，使你的味觉时有变化，有时偏于糖味，也许能尝得出甘蔗或甜菜味儿，有时候偏于茶的苦香涩，这些味道变来变去，有自己的过程，有自己的不确定性，有自己的个性，因为你可能是大口啃糖，也可能是小小蹭一蹭，也可能只是舔舔。你可以分八次吃完方糖，也可能是三十次……呜呼，这样喝糖茶与吃方糖的人够得上神仙极品，也够得上是童心一片啦。

是的，人活一生，你不应该放弃一切变化与趣味的可能。

印象之十三：主张文明对话的前总统哈塔米

此次在伊朗我也有机会会见了一些政治人物，他们都主张加强与中国的文化交流。我也利用各种机会介绍了全方位开放交流的中国的现状。我有时还常常有意识地强调地谈到我多次在美国居住、讲学、交流、生活与活动的情况，我强调我与美国的知识界有极好的交流与友谊。我表达了这样一种祝愿，希望伊朗也能与美国有更好的文化方面的互动。对于伊朗朋友提醒中国人提防美欧的文化渗透与文化侵略，我明确表示了中国有自己的坚定的选择。

其中最给人以深刻印象的是与前总统哈塔米的会面。

赛义德·穆罕默德·哈塔米（Seyyed Mohammad Khatami）一九四三年生于伊朗中部亚兹德省阿尔达坎的一个宗教家庭，曾在宗教圣城库姆研习神学，后在伊斯法罕大学获哲学学士学位，服过兵役，又重返库姆，深造神学和哲学。一九七八年至一九八〇年在德国汉堡伊斯兰中心供职。一九八〇年当选为议员，并成为伊朗议会外事委员会成员。他也担任过伊朗《世界报》集团的负责人。一九八二年至一九九三年，哈塔米任伊朗文化和伊斯兰指导部长，从一九九三年起，先后任伊朗总统文化事务顾问、伊朗国家图书馆馆长。一九九七年五月哈塔米参加伊朗总统选举并以多数票当选，二〇〇一年连选连任，二〇〇五年八月去职。前后通过全民直选担任伊朗总统八年。

说是哈塔米博学多才，著有《政治分析》《神权统治观念一瞥》等著作，精通德语、英语和阿拉伯语。

原来在照片上或电影上看到伊朗的一些政要穿戴的教士礼服，我有点距离感。但是哈塔米的微笑与举止立即让人缩小了距离。他很英俊，穿着黑色的礼服，显现出尊严与民族性。他的文质彬彬，他的笑容可掬，他对来客的专注与倾听，他对于全体来客的照顾，而不仅仅是对于主宾一人的周到（他时不时与我国驻伊大使、与妻瑞芳交谈两句），他的要言不烦、迅速反应与适可而止，都表现出了极高的教养与素质。对不起，我忍不住打一个比喻，虽然这个比喻也许不受欢迎，哈塔米前总统的风度，只有我在部长任上接触过的英国的一些爵士，例如曾任大不列颠理事会（British Council）副会长的奥尔爵士差可与之相比。

哈塔米首先向我讲到了珍惜各民族文化传统与特色的问题，同时他主动提到也要吸收西方文化的精华。他本人前不久访美归来。我对他早在一九九七年就提出的不同文明之间的对话主张表达了敬意。在联合国的文明对话年即二〇〇一年，我参加过全国政协举办的国际研讨会议。

他从我的话语中立即敏感到了孔子的"和而不同"的思想的重要意义，他说，"和而不同"与"和谐社会"是处理当今世界危局的两把钥匙。

学问，文化，辞章，艺术，诗与百科全书……所有这些，哪怕仅仅是形式上的程序上的讲究也可能发生积极的作用。最可怕的并不是利益的分化与观点的歧异，最可怕的是骄横与野蛮，是残暴与粗鄙。

有一个细节，由于交通堵塞，我们与哈塔米的会面比预定时间晚了十五分钟，这很失礼，特别是对于哈这样的大人物。他丝毫不介意。这说明了他的平易，同时也说明德黑兰的时间计划上的不够精准，另一面却是一种好说话的随和。

任何时候，文化、文明、礼貌与教养，这是一个积极的因素，善的因素，和平与和谐的因素而不是相反。想到我们的本土上还有一些无知之徒，以文明为虚伪，以粗鄙为时尚，贩卖自己的脏话连篇，恶意横溢，我们能说些什么呢？

印象之十四：生活方式

生活方式是一个很好的词，生活方式首先是生活，其次才是方式，只要有生活，就会有自己的方式，最好的至少是对自己或者对某个地区某个人群的最好方式。

无庸讳言，若干年来，我们对于伊朗已经有一些道听途说的认知，比如说，原教旨主义，严格的与激烈的对于生活方式的坚持。到伊朗以前，我自己做好了准备，也许会碰到许多清规戒律，也许会碰到严厉的面孔，也许你应该小心谨慎，注意不要越雷池一步。

但是如果我告诉你，在一些涉外宾馆里，还在十二月的上旬，大堂里已经装饰起了圣诞树，树上已经赫然写着 Merry Christmas（圣诞快乐），而在一些旅游商品店里，丝毛纺织的挂毯，除了伊朗传统的细密画、田园牧歌画、名胜古迹画以外，也还有圣子诞生与圣母像等基督教画面，而且伊朗政要多有在十二月二十四日向全国基督教徒祝贺圣诞节者。你想得到吗？

无疑，伊朗人是非常注意维护自己的生活方式的。至高无上的信仰不容侵犯。他们对于大国主导的国际秩序时有不满和抗争，他们的政治家也说过一些比较刺激的话，他们对于地区事务也有自己的不同的看法与雄心壮志。目前的形势非常敏感，非常复杂。这不是我所能够说得清晰的。本文并不想涉及这样的问题。

然而，对于一个文艺领域的来访者来说，我看到的更多的是生活，是日子，是和平的、轻松的、好脾气的、开放的伊朗人，是津津有味的日常生活，是美善，是好客，是对于文化的尊崇。而绝对不是充斥着偏执、狂热、仇恨的一群暴徒。不论是德黑兰还是设拉子，不论是城市还是乡村，我没有发现这样的气氛和人众。

　　至少从地理位置来说，它其实比我们离西方近得多。他们中有那么大的比例能够讲极好的英语，他们中有那么多人曾经到欧洲旅行、求学、经商。他们的歌唱发声方法其实离所谓意大利为代表的美声唱法并不太远。他们的服装也更西化，男人不怎么打领带罢了，也并不绝对。她们的头巾的式样与系法正在日趋多样，造成了千姿百态。

　　芳说她这次有机会好好显示一下自己的头巾了，包括东欧国家的头巾，新疆的头巾，南美的披肩巾，还有一个精美的印度大披巾，是作家熊召政所赠。没有这次伊朗之行，她还真的没有显摆自己收藏的头巾的机会。

　　当然，她也说，最不习惯的是在室内，而且是用餐的时候也系着头巾。

　　有的朋友说，伊朗人在家里还是比较随意的，你愿意西化一点也完全可能。据说在伊斯兰革命前，巴列维王朝曾采取压制本土性生活方式包括宗教的政策，那时候人们在外边西化，回到家再本土化。我访问完伊朗，找来了一九五九年上海文艺出版社出版的前苏联作家加·谢奉茨所著的《德黑兰》一书。这本书的宣传手册性质令人不敢恭维。但是它一上来就写道：

　　　　……这个东方的大城市里并没有发生什么变化，所有的小店铺和手艺人……骆驼……警察……流动商贩和叫化子……流行欧洲风尚，出现欧洲型的电影院和播送伊斯兰教法律所禁止的音乐的咖啡馆……为什么……不该停留在原位呢？

德黑兰曾经是相当西化的，至少比中国的城市西化。而当年苏联的这位作家是用讽刺的口气来写他们的西化的。

现在呢，反过来了，西化的东西退缩到各自的私生活里去了。不说自明。

几乎所有的逗留伊朗的中国人都十分喜爱伊朗，他们觉得在这里活得自在、放松、平安，与当地人特别好相处，生活方便，物价便宜。

我相信生活，相信日子，一连串日子就是时间。生活与时间可以舒展口号，可以完善政策，可以造福人与人群。而伊朗的可爱恰恰在于它充满了生活，它从容地对待时间。

所以我非常喜欢伊朗，我对它永远抱着最好的祝愿。我相信它有极好的未来。

2007 年 2 月

无　为

　　一位编辑小姐要我写下一句对我有启迪的话。我想到了两个字，只有两个字：无为。

　　我不是从纯消极的意思上理解这两个字的。无为，不是什么事情也不做，而是不做那些愚蠢的、无效的、无益的、无意义的乃至无趣无味无聊，而且有害有伤有损有愧的事。人一生要做许多事，人一天也要做许多事，做一点有价值有意义的事并不难，难的是不做那些不该做的事。比如说自己做出点成绩并不难，难的是绝不嫉妒旁人的成绩；比如说不搞（无谓的）争执，还有庸人自扰的得得失失，还有自说自话的自吹自擂，还有咋咋唬唬的装腔作势，还有只能说服自己的自我论证，还有小圈子里的叽叽喳喳，还有连篇累牍的空话虚话，还有不信任人的包办代替其实是包而不办、代而不替，还有许多许多的根本实现不了的一厢情愿及为这种一厢情愿而付出的巨大的精力和活动。

　　无为，就是不干这样的事。无为就是力戒虚妄，力戒焦虑，力戒急躁，力戒脱离客观规律、客观实际，也力戒形式主义。无为就是把有限的精力时间节省下来，这样才可能做一点事，也就是有为。有所不为才能有所为，无为方可与之语献身。

无为是效率原则、事务原则、节约原则，无为是有为的第一前提条件。

无为又是养生原则、快乐原则，只有无为才能不自寻烦恼。无为更是道德原则，道德的要义在于有所不为而不是无所不为。这样，才能使自己脱离低级趣味，脱离鸡毛蒜皮，尤其是脱离蝇营狗苟。

无为是一种境界。无为是一种自卫自尊。无为是一种信心，对自己，对别人，对事业，对历史。无为是一种哲人的喜悦。无为是一种对主动的保持。无为是一种豁达的耐性。无为是一种聪明。无为是一种清明而沉稳的幽默。无为也是一种风格呢。

1992 年

我的喝酒

我不是什么豪饮者。"一年三百六十日，一日畅饮三百杯"的纪录不但没有创造过，连想也不敢想。只是"文化大革命"那十几年，在新疆，我不但穷极无聊地学会了吸烟，吸过各种牌子的烟，置办过"烟具"——烟斗、烟嘴、烟荷包（装新疆的马合烟用），也颇有兴味地喝了几年酒，喝醉过若干次。

穷极无聊。是的，那岁月的最大痛苦是穷极无聊，是死一样的活着与活着死去。死去你的心，创造之心，思考之心，报国之心；死去你的情，任何激情都是可疑的或者有罪的；死去你的回忆——过去的一切如黑洞、惨不忍睹；死去你的想象——任何想象似乎都只能带来危险和痛苦。然而还是活着，活着也总还有活着的快乐。比如学、说、读维吾尔语，比如自己养的母鸡下了蛋，有一次竟孵出了十只欢蹦乱跳的鸡雏。比如自制酸牛奶，质量不稳定，但总是可以喝到肚里；实在喝不下去了，就拿去发面，仍然物尽其用。比如，也比如饮酒。

饮酒，当知道某次聚会要饮酒的时候便已有了三分兴奋了。未饮三分醉，将饮已动情。我说的聚会是维吾尔农民的聚会。谁家做东，便把大家请到他家去，大家靠墙围坐在花毡子上，中间铺上一块布单，称为

dastirhan。维吾尔人大多不喜用家具，一切饮食、待客、休息、睡眠，全部在铺在矮炕上的毡子（讲究的则是地毯）上进行。毡子上铺上了干净的 dastirhan，就成了大饭桌了。然后大家吃馕（一种烤饼），喝奶茶。吃饱了再喝酒，这种喝法有利于保养肠胃。

维吾尔人的围坐喝酒总是与说笑话、唱歌与弹奏二弦琴（都塔尔）结合起来。他们特别喜欢你一言我一语地词带双关地笑谑。他们常常有各自的诨名，拿对方的诨名取笑便是最最自然的话题。每句笑谑都会引起一种爆发式的大笑，笑到一定时候，任何一句话都会引起起哄作乱式的大笑大闹。为大笑大闹开路，是饮酒的一大功能。这些谈话有时候带有相互挑战和比赛的性质，特别是遇到两三个善于词令的人坐在一起，立刻唇枪舌剑，你来我往，话带机锋地较量起来，常常是大战八十回合不分胜负。旁边的人随着说几句帮腔捧哏的话，就像在斗殴中"拉便宜手"一样，不冒风险，却也分享了战斗的豪情与胜利的荣耀。

玩笑之中也常常有"荤"话上场，最上乘的是似素实荤的话。如果讲得太露太黄，便会受到大家的皱眉、摇头、叹气与干脆制止，讲这种话的人是犯规和丢分的。另一种犯规和丢分的表现是因为招架不住旁人的笑谑而真的动起火来，表现出粗鲁不逊，这会被指责为 qidamas——受不了，即心胸狭窄、女人气。对了，忘了说了，这种聚会都是清一色的男性。

参加这样的交谈能引起我极大的兴趣。因为自己无聊。因为交谈的内容很好笑，气氛很热烈，思路及方式颇具民俗学、文化学的价值。更因为这是我学习维吾尔语的好机会，我坚信参加一次这样的交谈比在大学维语系里上教授的三节课收获要大得多。

此后，当有人问我学习维吾尔语的经验的时候，我便开玩笑说：

"要学习维吾尔语，就要和维吾尔人坐到一起，喝上它几顿白酒才成！"

是的，在一个百无聊赖的时期，在一个战战兢兢的时期，酒几乎成了唯一的能使人获得一点兴奋和轻松的源泉。非汉民族的饮酒聚会似乎提醒人们在疯狂的人造阶级斗争中，太平地、愉快地享受生活的经验仍然存在，并没有完全灭绝。食满足的是肠胃的需要，酒满足的是精神的需要、是放松一下兴奋一下闹腾一下的需要、是哪怕一刻间忘记那些人皆有之、于我尤烈的政治上的麻烦、压力的需要。在饮下两三杯酒以后，似乎人和人的关系变得轻松了乃至靠拢了。人变得想说话，话变得多了。这是多么好啊！

一些作家朋友最喜欢谈论的是饮酒的四个阶段：第一阶段饮者像猴子，变得活泼、殷勤、好动。第二阶段像孔雀，饮者得意扬扬，开始炫耀吹嘘。第三阶段像老虎，饮者怒吼长啸、气势磅礴。第四阶段像猪。据说这个说法来自非洲。真是惟妙惟肖！而在"文革"中像老鼠一样生活着的我们，多么希望有一刻成为猴子，成为孔雀，成为老虎，哪怕最后烂醉如泥，成为一头猪啊！

我也有过几次喝酒至醉的经验，虽然许多人在我喝酒与不喝酒的时候都频频夸奖我的自制能力与分寸感，不仅仅是对于喝酒。

真正喝醉了的境界是超阶段的，是不接受分期的。醉就是醉，不是猴子，不是孔雀，不是老虎，也不是猪。或者既是猴子也是孔雀，还是老虎与猪，更是喝醉了的自己，是一个瞬间麻痹了的生命。

有一次喝醉了以后，我仍然骑上自行车穿过闹市区回到家里。我当时清醒地意识到自己是醉（据说这就和一个精神病人能反省和审视自己的精神异常一样，说明没有大醉或大病）了，意识到酒后冬夜在闹市骑单车的危险。今天可一定不要出车祸呀！出了车祸一切就都完！一定要控制住自己的身体平衡！一定要躲避来往的车辆！看，对面的一辆汽车来了……一面骑车一面不断地提醒着自己，忘记了其他的一切。等回到家，我把车一扔，又是哭又是叫……

有一次小醉之后我骑着单车见到一株大树，便弃车扶树而俯身笑个不住。这个醉态该是美的吧？还有一次我小醉之后异想天开去打乒乓球。每球必输。终于意识到，喝醉了去打球，不是一个正确的选择。喝醉了便全不在乎输赢，这倒是醉的妙处了。

最妙的一次醉酒是七十年代初期在乌鲁木齐郊区上"五七干校"的时候。那时候我的家还丢在伊犁，我常常和几个伊犁出生的少数民族朋友一起谈论伊犁，表达一种思乡的情绪，也表达一种对自己所在单位前自治区文联与当时的乌拉泊干校"一连"的没完没了的政治学习与揭发批判的厌倦。一次和这几个朋友在除夕之夜一起痛饮。喝到已醉，朋友们安慰我说："老王，咱们一起回伊犁吧！"据说我当时立即断然否定，并且用右手敲着桌子大喊："不，我想的并不是回伊犁！"我的醉话使朋友们愕然，他们面面相觑，并且事后告诉我说，他们从我的话中体味到了一些别的含义。而我大睡一觉醒来，完全、彻底、干净地忘掉了这件事。当朋友们告诉我醉后说了什么的时候，我自己不但不能记忆，也不能理解，甚至不能相信。但是我看到了受伤的右手，又看到了被我敲坏了桌面的桌子。显然，头一个晚上是醉了，真的醉了。

好好的一个人，为什么要花钱买醉，一醉方休，追求一种不清醒不正常不自觉浑浑噩噩莫知所以的精神状态呢？这在本质上是不是与吸毒有共通之处呢？当然，吸毒犯法，理应受到严厉的打击。酗酒非礼，至多遭受一些物议。我不是从法学或者伦理学的观点来思考这个问题，而是从人类的自我与人类的处境的观点提出这个问题的。

面对一个喝得醉、醉得癫狂的人我常常感觉到自我的痛苦、生命的痛苦。对于自我的意识为人类带来多少痛苦！这是生命的灵性，也是生命的负担。这是人优于一块石头的地方，也是人苦于一块石头之处。人生与社会为人类带来多少痛苦！追求宗教也罢，追求（某些情况下）艺术也罢，追求学问也罢，追求美酒的一醉也罢，不都含有缓解一下自我的紧张与压迫的动机吗？不都表现了人们在一瞬间宁愿认同一只猴子、一只孔雀、一只虎或者一头猪的动机吗？当然，宗教艺术学问，还包含着更高更阔更繁复的动机，而且不是每一个人都做得到的。而饮酒则比较简单易行、大众化、立竿见影，虽有它的害处却不至于像吸毒一样可怖、像赌博一样令人倾家荡产，甚至也不像吸烟一样有害无益。酒是与人的某种情绪的失调或待调有关的。酒是人类的自慰的产物。动物是不喜欢喝酒的。酒是存在的痛苦的象征。酒又是生活的滋味、活着的滋味的体现。撒完酒疯以后，人会变得衰弱和踏实——"几日寂寥伤酒后，一番萧索禁烟中"。酒醉到极点就无知无觉，进入比猪更上一层楼的大荒山青埂峰无稽崖的石头境界了。是的，在猴、孔雀、虎、猪之后，我们应该加上饮酒的最高阶段——石头。

好了，不再做这种无病呻吟了。（其实，无病的呻吟更加彻骨，更加来自生命自身。）让我们回到维吾尔人的欢乐的饮酒聚会中来。

在维吾尔人的饮酒聚会中，弹唱乃至起舞十分精彩。伊犁地区有一位盲歌手名叫司马义，他的声音浑厚中略有嘶哑。他唱的歌既压抑又舒缓，既忧愁又开阔，既有调又自然流露。他最初的两句歌总是使我怆然泪下。"一声何满子，双泪落君前"，我猜想诗人是只有在微醺的状态下才能听一声《何满子》就落泪的。我最爱听的伊犁民歌是《羊羔一样的黑眼睛》，我是"一声黑眼睛，双泪落君前"。我现在在香港客居，写到这里，眼睛也湿润了。

　　和汉族同志一起饮酒没有这么热闹。那时酒的作用似乎在于诱发语言。把酒谈心，饮酒交心，以酒暖心，以心暖心，这是最珍贵的。

　　还有划拳，借机伸拳捋袖，乱喊乱叫一番。划拳的游戏中含有灌别人酒、看别人醉态洋相的取笑动机，不足为训。但在那个时候也情有可原，否则您看什么呢？除了政治野心家的"秀"，什么"秀"也没有了。可惜我划拳的姿势和我跳交际舞的姿势处于同一水准，丑煞人也。讲究的划拳要收拢食指，我却常常把食指伸到对手的鼻子尖上。说也怪，我其实是很注重勿以食指指人的交际礼貌的，只是划拳时控制不住食指。

　　"何以解忧，唯有杜康""古来圣贤皆寂寞，惟有饮者留其名""光阴须得酒消磨""明朝酒醒知何处"（后二句出自苏轼）……我们的酒神很少淋漓酣畅的亢奋与浪漫，倒多是"举杯浇愁愁更愁"的烦闷，不得意即徒然地浪费生命的痛苦。我们的酒是常常与某种颓废的情绪联系在一起的。然而颓废也罢，有酒可浇，有诗可写，有情可抒，这仍然是一种文人的趣味、文人的方式。多获得一种趣味和方式，总是使日子好过一些，也使我们的诗词里多一点既压抑又豁达自解的风流。酒的贡献仍然不能说是消极的。至于电影《红高粱》里的所谓对"酒神"的赞歌，虽然不失为很好看的故事与画面，却是不可以当真的。制作一种有效果——特别是视觉效果——的风俗画，是该片导演常用的一种艺术表现手法，而与中国人的酒文化未必相干。

　　近年来在国外旅行有过多次喝洋酒的机会，也不妨对中外的酒类做一些比较。许多洋酒在色泽与芳香上优于国酒，而国酒的醇厚别有一种深度。在我第一次喝干雪梨（cherry·dry）酒的时候我颇兴奋于它与我们的绍兴花雕的接近，后来与内行们讨论过绍兴黄的出口前景（虽然我不做出口贸易）。我不能不叹息于绍兴黄的略嫌混浊，既然黄河都可以治理得清爽一些，绍兴黄又有什么难清的呢？

我也不明白为什么中国的葡萄酒要搞得那么甜。通化葡萄酒的质量是上乘的，就是含糖量太高了。能不能也生产一种干红（黑）葡萄酒呢？

我对南中国一带就着菜喝"人头马""XO"的习惯觉得别扭。看来我其实是一个很保守的人。我总认为洋酒有洋的喝法。饭前、饭间、饭后应该有区分。怎么拿杯子，怎么旋转杯子，也都是"茶道"一般的"酒道"。喝酒而无道，未知其可也。

而我的喝酒，正在向着有道而少酒无酒的方向发展。医生已经明确建议我减少饮酒，我又一贯是最听医生的话、最听少年儿童报纸上刊载的卫生规则一类的话的人。就在我著文谈酒的时候，我丝毫没有感到"饮之"的愿望。我不那么爱喝酒了。"文化大革命"的日子毕竟是一去不复返了。

这又是一种什么境界呢？饮亦可，不沾唇亦可。饮亦一醉，不饮亦一醉。醉亦醒，不醉亦醒。醒亦可猴、可孔雀、可虎、可猪、可石头。醉亦可。可饮而不嗜。可嗜而不饮。可空谈饮酒，滔滔三日绕梁不绝而不见一滴。也可以从此戒酒，就像我自一九七八年四月起再也没有吸过一支烟一样。

1993 年 4 月时居香港岭南学院

我是学生

　　贾平凹有一个有名的说法，叫做"我是农民"，他谈得很真实、很切要、也很准确。

　　自从贾氏持此说以来，我一直考虑我能说自己是什么呢？我祖辈生活在河北省农村，一九五八年后我前后在农村劳动了八年以上。我自己身上可能也有农民的某些习性存留，例如出门在外，总是怕误了车船航班；例如特别爱惜粮食，宁可吃坏了肠胃也不愿意抛弃剩饭剩菜。但是我毕竟出生在大城市，成长在大城市，工作在大城市，不好说自己也就是农民，其实说是农民显得质朴，而且对一些事可以少负点责任。

　　我是市民？不对，我从少年时代就参加革命工作了，我几乎可以说是从来没有过过一般市民的日常生活。

　　有一阵子我甚至考虑干脆承认我是干部，我从一九四九年三月十四岁半开始就取得了干部身份，担任过大大小小的职务，甚至在新疆农村"劳动锻炼"期间还当过人民公社的副大队长，至今仍然具有国家干部的身份。说我是干部没有任何问题，虽然现时某些文艺人不太喜欢"干部"这个词，但是我必须老老实实地承认我是干部，我有一种干部的心理和习惯，好处是考虑大局，坏处是好为人师与多管闲事。而且我之当干部不是为了糊口，不是为了升官，不是为了特权，而是为了革命的理想，为了人民，为了解民于倒悬。

我有一位朋友，同行，一次他得到一个机会在有领导同志参加的会议上发言，他征求我对于发言内容的意见，我建议他为青年人讲几句话，他认真考虑了我的建议，过了几个小时后，他极认真地带几分尴尬地对我说，他不想讲这方面的问题，他说："讲了这个，让他们年轻的上来好顶掉我呀？我不干。"

我欣赏他的诚实，但是他的说法仍然使我吃了一惊，我从来没有朝这方面想过。我根本不可能有这种思路，更不可能讲出这种对于一个干部乃至知识分子来说是太厚颜的话语。经过一次次政治运动，经过"文革"，人们变得多么赤裸裸，多么缺乏起码的矜持与高雅了呀。我不敢说我是多么无私多么雷锋，我只想说毕竟我当了那么多年干部，我已经习惯于不是从个人出发考虑问题与表述思想意见。就是说我绝对不敢也不可能明目张胆地拿自私当道理。作为一个当过干部的人，我无法离开事业，离开哪怕只是一个界别一个单位一个地区的利益来考虑来讲述自己个人的私利。在我的少年时代，那种对于党员、干部的严格的要求与教育，毕竟给我留下了深深的烙印，我称之为"童子功"。与完全与之无缘的人，或是一个在风气不好的情况下"跑官"的蝇营狗苟者就是有所不同。

然而仍是不对了，回想自我一九四八年（建国以前）入党并作为参加革命工作起始时间计算，半个多世纪以来，具体任职的时间约十二年，其余的四十二年或上学（两年）、或体力劳动（十三年）、或"专业创作"（十二年）、或"退居二线"（十三年）、或接受审查（两年），很难说干部的生涯贯穿着我的平生。

我从十九岁秋季开始写《青春万岁》的第一稿，至今已经过去了四十八年了，也许可以说我是一个写作人吧。然而，四十八年中有二十余年我不但没有写作的可能，也没有写作的哪怕是以后写作的心态，而只有以后不写作的心态。再说，如果说是写作人，贾平凹也是一样的，这里说的"我是"什么什么，不是指写作而是指社会身份、"前写作"的身份，何况我历来认定写作是人类的业余活动，这里所讨论的正是一个写作人的社会身份、本来角色。

我恍然大悟：我的最大特点，我的贯穿平生的身份不是别的而是学生。我是学生。虽然我的正式学历只有高中一年级肄业，然而我从来没有停止过学习。我读书，我补充各方面的知识，我更注意从生活中学，每个人都是我的老师，每个地方都是我的课堂，每个时间都是我的学期。我的干部登记表上填写的个人出身恰恰正是"学生"二字。

当我想清楚了我是学生以后，我是何等的快乐啊！这不但是一种身份也是我的世界观、人生观、性格与情感的一部分，非常重要的有机组成部分。我把人生当做一个学习的过程，它不是空虚的颓废的幻灭的无意义的，而是有为的有关注有兴趣有成就有意义的。作为学生，应该是日有长进，为学日益的。它不是自命精英和自我膨胀的，不是高高在上的救世主式的，不是超人式的霸主式的，而是宁可低调的。我愿意从学生做起，从学习思考实验考察判断做起。它绝对不是独断与专横、顺我者昌、逆我者亡的，而是如切如磋、如琢如磨、春风化雨、惠我良多的。它不是自我作古、数典忘祖的，因而也不是爆炸式的骂倒一切的与充满敌意的，而是尊重历史、尊重前贤、尊重不同的学问与思路，接受一切合理的新旧成果与对同行对大众充满友善的。它是建设性的文化品格的体现，它是力求接受、学到、发明和发现新知识新观点新角度的。

它尊重理性、尊重智慧、尊重生活、尊重实践、尊重文明。它的前提是珍惜与尊重，而不是抛弃与压倒。它认定人人可以学习，人人有学习的权利与可能，而同时任何人也不可能终结真理、垄断真理。它既不承认活人会成为万能的上帝、唯一的教主，也不轻易认定与自己门派不同的其他各方是邪恶是异教徒是魔鬼。它是民主与平等待人的，它又应该是不知疲倦为何物，不知自满自足为何物，不知老之将至的。

抱歉，这些我并没有完全做到，虽不能至，心向往之。我远远算不上一个合格的学生，但是至少我知道了，做一个学生是多么好！

人生的"第一智慧"与"第一本源"

我愿意特别强调和讨论学习的绝对性。学习对于我是一个绝对的概念。为什么说是绝对的呢？因为第一，它是无条件的，什么条件下都能够学习。有书可以学习没有书照样要学习。身体好的时候要学习，躺在病榻上也要学习。一切体验经验都是学习。新体验新经验当然是学习，老体验的重复也是一种学习，温故而知新，所有的"故"里都有你未曾发现的新天地新可能新感觉，因为你并不可能两次踏入同一股水流里。

第二，学习是从始至终的，全天候的，是与生俱始，与生俱终的。每个人每天的学习时间是二十四个小时，每周的学习日是七天，没有假期没有休止，甚至睡眠中你仍然在记忆仍然在温习仍然在琢磨仍然在酝酿仍然在苦恼。你的所有的梦境与无梦，香甜的与苦涩的、安稳的与辗转反侧的、满足的与痛苦的睡眠经验都是人生体验的一部分，都能给你以人生的启示，都要求你更清明、更开阔、更高尚、更纯熟、更身心健康，都要求你有更高的人生境界，而这样的境界并不是不经学习就可以

112

一蹴而就的。

第三，学习是一个人的真正看家本领，是人的第一特点第一长处第一智慧第一本源，其他一切都是学习的结果学习的恩泽。一个人正如一个群体，归根结底要有实力，而实力的绝大部分来自学习。本领需要学习，道德修养也需要学习；知识需要学习，机智与灵活反应也需要学习；做贡献做牺牲需要学习，享受生活提高自己的生活质量也需要学习。健康的身心同样是学会了健康生活方式特别是健康的心理活动模式的结果，学习的结果。学习的绝对性与学习的第一性是分不开的。

第四，学习是永远没有完结之日的，一切学习一切教益，都有自己的时间、地点、课题的针对性具体性生命力与局限性。一切知识与判断，都不是永远的与无条件的。人的一切经历，一方面是真实的与清晰的——我并不主张人生如梦——因此是可以确定地把握的；另一方面却又是一时一地一事的，它未必能够代表一切时一切地一切事，而且它是或快或慢正在成为过去成为往事的。人不可能在两次之中踏入到同一股水流中去。就是说，你永远会面临新问题，永远不会有百分之百的现成答案。你的判断与知识都是由于其具体性而获得了生命力的，却也是由于其具体性而并非长命百岁、一劳永逸。当代西哲主张科学的特点在于它是可以被证伪的，而不在于它是被证实的。这个见解确实很高明。因为一切科学法则，都是通过多次实验、测试，即用归纳法概括出来的，而即使是一百万次的实验与测试都得到了同样的结果，从理论上说，也并不能排除在第一百万零一次实验或测试中发现新的情况新的数据即证伪原来的结论的可能性。这正是科学的特质。而例如一些神学命题，则是既无法证明也无法证伪的，所以不属于科学范畴。这样一个思路，可以启发我们去体认科学与真理的一个特点、一个品格：寻找与正视已有的一切的不足，寻求对已有的结论的突破，致力于自我批评方能自我完善，永远处于学习的过程中，而绝对不认为真理可以够用可以终结。这将大大开拓我们的视野，突破我们的自满自足与抱残守缺，引导我们进入一个求学求知的新境界。

最后，学习是涵盖一切的。生活即学习，学习即生活，学习即性格，性格的自我认知发扬发挥与自我控制自我完善都是学习。学习即成就，成就即学习，使学到的东西化为成就至少是帮助成就的取得，本身就是一个极好的学习或曰实习，取得了初步的成就并认识仍然存在的不足，以取得下一个更大的成就，当然更是学习。失误后的反省，反省后的弥补的努力，暂时难以弥补状况下的善于等待，最最恶劣情况下的从容镇定，宠辱无惊，这种学习是博士后的研究也未必能够达到的。

尤其重要的，实践即学习，认识即学习，思想即学习。从认识论的意义来说，一切实践都是认识过程的一个不可或缺的部分，故而即学习。而凡是从认识论的意义上把握自己的社会实践活动的，都是善于学习者、有心者，另一个说法就是思想者。能够从实践里获得知识、获得认识，能够将直观的具体的零碎的活动升华为思想境界，这还不是思想者吗？不要以为只有读了一两本最新译著，并做大有思想状的人才有思想，更不要以为只有诞生在某一个特定年代，符合某个生辰八字的人才是思想者。能够从实践中汲取思想、观点、原则和方法的人，难道不是思想者吗？能够从人生的沧桑中获得光明的智慧的人，那才是思想者。至少我们应该同样重视那些有能力把经验与感受概括为升华为思想的人。其实你只要学得稍稍深一点，就会突破死记硬背的层次而进入思想。分析、概括、联想、启发、寻觅、假设都是思想，至少是思想的初步。我们有时候称赞一个人有思想，或者说他是有心人，便是指他或她善于在实践中思考、判断、总结、分析、探索和综合。一个人的思想，是非常值得赞美的东西，是智慧、清明、用心、明晰、深度和实力的保证，是对愚昧、迷信、无知、糊涂、浅薄和无能的消除。学也无涯，思也无涯，乐也无涯。不要以为只有那些转新洋名词和港台泾浜的人，端起精英架子来并且怒气冲冲、怨毒唧唧、一脑门子阴影和别人欠他的账单，还有糊涂糨糊的人才是思想者。不要以为思想者都是苦大仇深，腰上别着炸弹，讲几句皮毛常识便壮烈得如同进行了自杀式袭击的人。思想不是少数人的特权，不是作秀。爱学习就是爱思想，善学习就是善思想，爱实践并且聪明地而不是糊涂地实践着的人，都是思想者，至少都有可能向着创造性的有价值的思想迈进。

思想美丽，学习着也是美丽的

有价值的思想是美丽的，学习着是美丽的，思想着是美丽的，认识着的实践是美丽的。提倡学习就是提倡思想提倡智慧和光明，消除愚昧和黑暗。

再想出一千种词儿也说不完学习的意义、学习的益处、学习的绝对性。

人生还会有许多困惑、许多悖论、许多一时看不清说不明左右为难进退失据之处。有时候一个成熟的人无法但又必须立即做出决定或立即表示臧否。当你面临选择的痛苦的时候，你可以更有把握地去学习，用学习和思想抚慰你的焦虑，缓解你的痛苦，启迪你的智慧，寻找你的答案。学习归根结底是通向真理，通向知识，通向光明，通向正确的抉择。它同时通向快乐，通向胜利，通向精神的家园精神的天国。学学这，再学学那吧，看看这，再看看那吧，听听这，再听听那吧，这么想想，再那么想想吧，勾画出一个又一个的草图再细细地修改和完成它们吧，你将避免冲动，避免极端，避免刚愎自用，避免出尔反尔，避免无所事事，避免精神空虚，避免消极悲观，更避免暴跳如雷和怨天尤人。在世界还有些混乱，乃至你一时以为是天塌地陷的时候，在你完全不知道自己应该做什么才好的时候，你至少，你完全能够学习，甚至那一切困惑造就的是你学习的迫切、学习的饥渴、学习的针对性与学习的切肤之感。这不正是学习的大好时机、最好时机吗？在你一时受到误解、受到打击、受到歪曲、受到封杀而你一时又无什么办法可想，无法改变你的处境的时候，安心学习吧，补课吧，学习你在顺利情况下欲学而没有时间学的那些表面的冷门吧，这是天赐的强化学习月或强化学习年的开始，你理应得到更多的学分，达到更高的学位。

生活：最好的"辞典"与"课本"

读书是学习。学习材料对我是非常重要的。例如学习维吾尔语，我首先依靠的是解放初期新疆省（那时自治区尚未成立）行政干部学校的课本。我从那本课本上学到了字母、发音、书写和一些词一些句子一些对话。另外靠的是《中国语文》杂志二十世纪六十年代的一期，此期上有中国科学院社会科学学部民族研究所朱志宁研究员的一篇文章《维吾尔语简介》。后一篇文章我读了不知道有多少遍，学一段，用一段语言，就再从头翻阅一遍朱先生的文章，就获得了新的体会。有时听到维吾尔农民的一种说法，过去没有听过，便找出朱文查找，果然有，原来如此！多少语法规则、变化规则、发音规则、构词规则、词汇起源……都是从朱先生的文章里学到的啊！朱先生是我至今没有见过面的最大恩师之一。当时林彪讲学毛著要"活学活用，急用先学，带着问题学，立竿见影……"等等，说老实话我倒没有以此法去学习毛著，我确实是以此法学习了"朱著"。不是朱德同志的著作，而是朱志宁研究员的"著作"，他的一篇简介，使我终身受用不尽。

是的，学习的方法是书本与实践的结合。我常常从根本上去追溯人类的语言是怎么学的？一个婴儿，不会任何语言，靠的是听，百次千次万次地听，听了之后就去模仿，开始模仿的时候常常出错，又是百次千次万次地实践之后，就会说了。会听在前，其次会说，再次才学文字。就是说，学语言一要多听；二要张口，要不怕说错；三要重复，没完没了地重复；四要交流，语言的功能在于交流，语言的功能在于生活，一定的语言与一定的生活联系在一起，一定的语言与不同的人的不同与共同的表情神态含意联系在一起。语言孤立地学不过是一堆符号而已，就符号记符号，太无趣了所以太难了。语言与生活与人联系在一起学，就变得非常生动非常形象非常活灵活现多彩多姿。比如维吾尔人最常说的一个词"mana"，有的译成"这里"，有的译成"给你"，怎么看也难得要领。而生活中一用就明白了，你到供销社购物，交钱的时候你可以对售货员说"mana"，意思是："您瞧，钱在这儿呢，给您吧。"售货员找零钱时也可以说"mana"，含意如前。你在公共场合找一个人，旁人帮着你找，终于找到了，便说"mana"，意即就在这里，不含给你之意。几个人讨论问题，众说纷纭，这时一位德高望重的人物起立发言，几句话说到了要害说得大家心服口服，于是纷纷赞叹地说："mana！"意思是："瞧，这才说到了点子上！"或者反过来，你与配偶吵起来了，愈说愈气，愈说愈离谱，这时对方说："你给我滚蛋，我再也不要见到你！"

于是你大喊"mana"，意即抓住了要点，抓住了对方的要害，对方终于把最最不能说的话说出来了。如此这般，离开了生活，你永远弄不清它的真实含意。

与"mana"相对应的词是"kini"，"kini"像是个疑问代词，你找不着你要找的人时，你可以用"kini"来开始你的询问，即"kini，某某某哪里去了?"会议一开始，无人发言，你也可以大讲"kini"，即"kini，请发言啊!"这里的"kini"有谁即谁发言的意思。你请客吃饭，宾客们坐好了，菜肴也摆好了，主人要说："kini，请品尝啊。"一伙人下了大田或者工地或者进入了办公室，到了开始工作的时间了，于是队长或者工头或者老板就说："kini，我们还不（开始）干活吗?"这样，"kini"既有疑问的含意，也有号召的含意。那么"kini"到底怎么讲怎么翻译最合适呢? 这是一切字典一切课本都解决不了的。"kini，有条件的，我们不到维吾尔兄弟姐妹里边去学语言吗?"

英语也是一样。英语不仅是一种达意符号，也是一种情调，一种文化，一种逻辑性，一种生活方式。现在有所谓逆向英语以及疯狂英语的教学，只要把有关的商业性炒作的因素剔除，它所提倡的那种从生活中学、贯耳音、大胆地讲大胆地听大胆地用，错了也不要紧的精神，那种学英语讲英语的自信，那种重视口语的态度，以及那种学一门外语时的如醉如痴如发狂的态度，都是正确的和必要的。

学习语言的过程是一个生活的过程，是一个活灵活现的与不同民族的人的交往的过程，是一个文化的过程。你不但学到了语言符号，而且学到了别一族群的心态、生活方式、礼节、风习、一种思维方式、一种文化的积淀。用我国文学工作上的一个特殊的词来说，学习语言就是体验生活、深入生活。

把语言学活是一个好的学习方法，这也是一种观念一种精神境界。不仅仅在用中学和在学中用，而且到了一定程度，用就是学，学就是用，善学者是不可能严格区分何者为学何者为用的。我们将儿童学话叫做咿呀学语，其实也可以说那是咿呀用语。做任何事情都抱一个学习的态度，也就是抱一个谨慎负责的态度、动脑筋的态度、精益求精的态度、不断提高的态度，一个津津有味、举一反三、举重若轻、融会贯通的态度。这样，学习态度与工作态度、生活态度，学习精神与工作精神，工具理性与价值理性就高度结合起来了。

学无涯思无涯其乐亦无涯

并非仅仅语言学习是这样，把一门学问看成一群人的生活和劳作的成果，看成一种生活的记录和方式，看成人的智慧、经验、追求、痛苦和快乐的集中体现，把学问的探求与生活的探求结合起来，把学习的过程当做一个生活的过程，把对于工具理性的追求变成对于一种价值的体认，把奋斗、受苦、奉献的过程同时当做一个走近真理、享受世界与人生的全部美丽、探知宇宙与生命的全部奥秘的过程，这时候，你的学习与你的生活工作将是怎么样的不同了啊。这是一条具有普遍性的道理。它大体上同样适合于读一本长篇小说，读一本哲学或史学书，甚至是数学书。它大体上同样适用于科学实验科学研究。

没有比从一本长篇小说里发现自己熟悉的人性的证明更令人激动的了，从爱情故事里联想到自己的或亲朋好友的爱情经验（包括某种情感的萌芽未发展成爱情者）；从荒诞不经的冒险故事里感受到生命的挑战，倾听到自己的怦然心跳；从作者的大段抒情里感受到人生的激情和难分难解的悲欢；从作家的思考里联想到自身的处境与自己的答案。这样的读书根本用不着死记硬背与生吞活剥，用不着头悬梁与锥刺股。

同样，从理论的论证里可以找出自己的经历与见闻的脉络，可以拨开思想认识上的迷雾；从一道数学公式里可以设想到先行智者的严密的思维逻辑和追根溯源、反复验证、达到颠扑不破的境地的过程与乐趣。学习是一种发现，学习是一种探秘，学习就如破案，自然界与人生的秘密隐藏得扑朔迷离，就像不容易一时侦破。而当你从自然、历史、社会、人生中发现了它们的隐蔽的真情，从前人的成果中了解了这种真情，你将会像破了一个大案一样地充满欣喜，欲罢不能！

我敬重苦学者，我更愿意多讲学习的乐趣，我特别欣赏米卢的对于"快乐足球"的倡导。只有不可救药的杠头（故意钻牛角尖、搅死理与人抬杠即强词辩论者）才会觉得有必要提醒足球教练和运动员光快乐不行，还得苦练。快乐和苦练是互补的，又分别属于两个不同层次。从总体上说，学习掌握一种本领，从必然王国一步步进入自由王国，得到新收获新思想新知识新境界新觉悟新成绩，当然是最快乐的事，快乐是成功的表现。而在此过程中是要克服许多困难回应许多挑战付出大量心血乃至体力的，这当然又极艰苦。这大致与毛泽东论述战略上藐视战术上重视的道理是有共同之处的。战略上是敢于胜利一定成功的，不须恐惧畏缩；战术上是随时有危险有曲折的，岂可掉以轻心？

学习是一种按部就班的建设，从挖地基做起，直到矗立起一幢幢的高楼大厦，成功了一片又一片风景。学习是一种精神的漫游，它扩大着你的精神的空间与容积。学习还是一种对于有限的生命的挑战，以有限的生命追求无限的宇宙和时间。不是庄子所说的"殆矣"，而应该是"壮哉"！学习是一种坚持、一种固守、一种节操、一种免疫功能。在学习中绝对不能自欺欺人，不能假冒伪劣，不能装腔作势，不能吹牛冒泡，不能纠合起哄，不能拉帮结伙，也不能奴颜婢膝、奉承讨好、媚俗媚雅。学习者，至高至强至清至明复至艰复至乐也。

在宇宙隧道里前行的智慧之灯

即使是最最抽象的哲学与数学的论述，也体现了智慧的魅力和光辉。智慧有一种自信，有一种雄心，有一种光明，它不承认黑暗，不承认失败，不承认混乱和无序，理性在宇宙的隧道里按部就班地前行，一步一个脚印，理性顽强地伸展着自身，拨开重重迷雾，打破层层坚冰，照亮了这一部分，又照亮那一部分，在哲学原理数学原理后边你会发现怎样的智慧与深沉勇敢与坚韧，还有是怎样地和谐与完满的美！

人生是有许多快乐的，智慧的运用与智慧的胜利，人生之至乐，人性之至喜。当你冥思苦想人生的一个问题，翻译上的一个问题，一道数学证明或作图题，当你做了几十几百次实验都没有取得你坚信必然会取得的那个成果的时候，四顾茫茫，杳无踪迹，上下求索，左右碰壁，奔突疲惫，几近绝望。突然，你好像得到了一点启发，这启发并非直接，这由头并非针对，然而你听到了一声佛音，你看见了一泓水洼，你闻到了一股香气，你打了一个喷嚏，有个影子在你眼前一闪，有块云彩在你头上的天空一现，你忽然明白了，你忽然换过了思路，你似乎找到了另一条大路，你才知道，你上来就弄错了，你误导了你自己，你走进了死胡同。"苦海无边，回头是岸"，起死回生，转悲为喜，全在一念，一阵灵光照亮了你的周围，一条明路出现在你的面前，八面来风，春雨滋润，九重宫阙，豁然贯通，一通百通，一顺百顺，天光明艳，智光如电，于是得心应手，俯拾即是，势如破竹，气如长虹，潇洒飞扬，意气风发，浑然一体，无不了悟，这是何等的快乐！

我还要说，智慧并且是一种美，智慧的品格是清明，是从容，是犀利，是周到，是轻松——举重若轻；又是严肃，是用心，是含蓄，是谦逊，是永远的微笑，是无言的矜持，是君临的自信，是白云的舒适与秋水的澄静，是绝对的不可战胜、不可屈服。学识也是一种美，学识是高山，是大海，是天空和大地，是包容，是鲲鹏和参天的大树，是弥漫无边的风，是青草和花朵，是永远的郁郁葱葱，是永远唱不完的歌。爱惜智慧和学识的美丽吧，虽然愚蠢永远仇视智慧，无知永远仇视有知，不学无术永远仇视学而有识，不明事理永远仇视读书明理。还是让智慧者爱学习者原谅并且帮助那些愚蠢无知而又自以为有两下子的可怜虫们多多少少地聪明一些再聪明一些，让仇视智慧的愚人们终于服膺于智慧的光辉之下吧。

难得明白

我抱着试试看的心情拿起王小波的著作，原来接触过他的个把篇议论文字，印象不错，但是现在热到这般地步，已经有"炒死人"之讥在报端出现。我不敢跟着哄。

王小波当然很聪明（以至有人说，他没法不死，大概是人至清则无徒而且无寿的意思），当然很有文学才华，当然也还有所积累，博闻强记。他也很幽默，很鬼。他的文风自成一路。但是这都不是我读他的作品的首要印象，首要印象是，这个人太明白了。

十多年前，北京市经济工作的领导人提出，企业需要一些"明白人"。什么是明白人呢？不知道最初提出这问题来时的所指，依我主观想法，提这个问题就是因为我们当时糊涂人实在不少。而"明白"的意思就是不但读书，而且明理，或曰明白事理，能用书本上的知识廓清实际生活中的太多的糊涂，明白真实的而不是臆想的人生世界，如同毛泽东讲王明时讲的，需要明白打仗是会死人的，人是要吃饭的，路要一步一步走的。明白人拒绝自欺欺人和钻牛角尖，明白人拒绝指鹿为马望梅止渴画饼充饥，明白人拒绝用情绪哪怕是非常强烈和自称伟大的情绪代替事实、逻辑与常识，明白人绝对不会认为社会主义的草比资本主义的苗好，因为愈明白愈知道吃饭的必要性，明白人也不会相信背一句语录就能打赢乒乓球，哪怕世界冠军声称他的金牌是靠背语录赢来的。盖人们在发明和运用概念、发明和运用知识的时候也为自己设立了许多孽障，动不动用一个抽象的概念抽象的教条吓唬自己也吓唬旁人或迎合旁人，非把一个明白人训练成糊涂人才罢休。

文学界有没有糊涂人呢？我们看看王小波（以下简称王）明白在哪里就明白了。

要说王是够讽刺的。例如他把比利时的公共厕所说成是一个文化园地。他先说"假如我说我在那里看到了人文精神的讨论，你肯定不相信"（唉！）"但国外也有高层次的问题"，说那里的四壁上写着种族问题、环境问题、让世界充满爱、如今我有一个梦想、禁止核武器。王问道："坐在马桶上去反对到底有没有效力？"他还说布鲁塞尔的那个厕所是个"世界性的正义论坛""很多留言要求打倒一批独裁者""这些留言都用了祈使句式，主要是促成做一些事的动机，但这些事到底是什么，由谁来做，通通没有说明。这就如我们的文化园地，总有人在呼吁着。要是你有这些勇气和精力，不如动手去做。"

认真读读这一段，人们就笑不出来了，除非是笑自己。

当然王也有片面性。呼吁，总也要人做的。但是我们是不是太耽于笼统的呼吁了？以致把呼吁变成一种文化姿态，变成一种作秀，变成一种清谈了呢？

这是王小波的一个特点，他不会被你的泰山压顶的气概所压倒。你说得再好，他也要从操作的层面考虑考虑。他提出，不论解决什么高层次问题，首先，你要离开你的马桶盖——而我们曾经怎样地耽于坐在马桶盖上的清议。

王说："假如你遇到一种可疑的说法，这种说法对自己又过于有利，这种说法准不对，因为它是编出来自己骗自己的！"完全对。用王蒙（以下简称蒙，以区别哪些是客观介绍，哪些是蒙在发挥。）的习惯说法就是"凡把复杂的问题说得小葱拌豆腐一清二白者，凡把困难的任务说得如探囊取物唾手可得者，皆不可信。"

从王身上，我深深感到我们的一些同行包括本人的一大缺陷可能是缺少自然科学方面的应有训练，动不动就那么情绪化模糊化姿态化直至表演化。一个自然科学家要是这种脾气，准保一事无成——说不定他不得不改行写呼吁性散文杂文和文学短评。

明白人总是宁可相信常识相信理性，而不愿意相信大而无当的牛皮。王称这种牛皮癖为"极端体验"——恰如唐朝崇拜李白至极的李赤之喜欢往粪坑里跳。救出来还要跳，最后丧了命。王说："我这个庸人又有种见解，太平年月比乱世要好。这两种时代的区别比新鲜空气与臭屎之间的区别还要大。"他居然这样俗话俗说，蒙为他捏一把汗。他的一篇文章题目为《救世情结与白日梦》，对"瞎浪漫""意淫全世界"说了很不客气的话。这里插一句：王的亲人和挚友称他为"浪漫骑士"，其实他是很反对"瞎浪漫"的，他的观点其实是非浪漫的。当某一种"瞎浪漫"的语言氛围成了气候成了"现实"以后，一个敢于直面人生直面现实讲常识讲逻辑的人反而显得特立独行，乃至相当"浪漫"相当"不现实"了。是的，当林彪说毛主席的话一句顶一万句的时候，如果你说不是，那就不仅是浪漫而且是提着脑袋冒险了。当一九五八年亩产八十万斤红薯的任务势如破竹地压下来的时候，一个生产队长提出他这个队的指标是亩产三千斤，他也就成了浪漫骑士乃至金刚烈士了。

王提到萧伯纳剧本中的一个年轻角色，说这个活宝什么专长都没有，但是自称能够"明辨是非"。王说："我年轻时所见的人，只掌握了一些粗浅（且不说是荒谬）的原则，就以为无所不知，对世界妄加判断……"王说他下了决心，无论如何不要做一个什么学问都没有但是专门"明辨是非"的人。说得何等好！不下功夫去做认知判断，却能不费吹灰之力地去做价值判断，小说还没有逐字逐句读完，就抓住片言只语把这个小说家贬得一文不值，就意气用事地臭骂，或者就神呀圣呀地捧，这种文风学风是何等荒唐，又何等流行呀！

（这种情况的发生，与特定历史条件下"明辨是非"的赌博性有关，明辨完了，就要站队，队站对了终生受用无穷，队站错了不知道倒多大霉乃至倒一辈子霉。这种明辨是非的刺激性与吸引力还与中国文化的泛道德化传统有关，德育第一，选拔人才也是以德为主。王指出，国人在对待文学艺术及其他人文领域的问题时用的是双重标准，对外国人用的是科学与艺术的标准，而对国人，用的是单一的道德标准。单一道德标准使许多人无法说话，因为谁也不愿出言不同不妥就背上不道德的恶名。蒙认为我们从来重视的是价值判断而不是知识积累，价值判断出大效益，而知识积累只能杯水车薪地起作用。）

何况这种明辨是非（常常是专门教给别人特别是有专长的人明辨是非）的行家里手明辨的并不仅仅是是非。如果仅仅说己是而人非那就该谢天谢地，太宽大了。问题是专门明辨是非的人特别擅长论证"非"就是不道德的，谁非谁就十恶不赦，就该死。王在《论战与道德》一文中指出，我们的许多争论争的不是谁对谁错，而是谁好谁坏，包括谁是"资产阶级"。蒙按，这意味着，我们不但擅长明辨是非而且擅长诛心。我们常常明辨一个人主张某种观点就是为了升官；或者反过来主张另一种观点就是为了准备卖国当汉奸；反正主张什么观点都是为了争权夺利。这样观点之争知识之争动辄变成狗屎之争。王也说，你只要关心文化方面的事情，就会介入了论战的某一方，那么，自身也就不得清白了。他说他明知这样不对，但也顾不得许多。蒙说真是呀，谈到某种文化讨论时立即就有友人劝告我："不要去蹚浑水。"我没有听这话至今后悔莫及。

王说："现在，任何有理智的人都不会认为，讨论问题的正当方式是把对方说成反动派、毒蛇，并且设法去捉他们的奸；然而假如是有关谁好谁坏的争论……就会得到这种结果。"王认为现在虽然没有搞起轰轰烈烈的"文化大革命"，但人们还是在那里争谁好谁坏，在这方面，人们并没有进步。这可说得够尖锐的。王认为当是非之争进一步变为好坏之争后，"每一句辩驳都会加深恶意""假如你有权力，就给对方组织处理，就让对方头破血流；什么都没有的也会恫吓检举"。真是一语中的！王以他亲眼所见的事实证明，人如果一味强调自己的道德优势，就会不满足于仅仅在言词上压倒对手，而会难以压住采取行动的欲望，例如在"反右"时和"文革"时，都有知识分子去捉"右派"或对立面的奸；知识分子到了这种时候都会变得十分凶蛮……他的这一亲身经验，也许胜过一打学院式的空对空论证。看看随时可见的与人为恶与出口伤人吧，对同行的那种凶蛮的敌意，难道能表现出自己的本事？更不要说伟大了。有几个读者因为一个学人骂倒了旁人就膜拜在这个文风凶恶的老弟脚下呢？什么时候我们能有善意的、公正客观的、心平气和的、相互取长补短的文明的讨论呢？

王批评了作者把自己的动机神圣化、再把自己的作品神圣化、再把自己也神圣化的现象。王说，这样一来，"他就像天兄下凡的杨秀清"。王还以同样的思路论证了"哲人王"的可怕。王明白地指出，别的行业，竞争的是聪明才智、辛勤劳动(哪怕是竞争关系多,路子野,花招花式。蒙注),"唯独在文化界赌的是人品:爱国心、羞耻心。照我看来,这有点像赌命,甚至比赌命还严重!""假设文化领域里一切论争都是道德之争神圣之争,那么争论的结果就应该出人命。"他说得何等惨痛!何等明晰!何等透彻!他也一语道破了那种动不动把某种概念学理与主张该种概念学理的人神圣化的糊涂人的危险。

在文学上立论不易,任何一种论点都可以说是相对意义上的,略略一绝对化,它就成了谬论。王对神圣化的批评也是如此。蒙牢记一些朋友的论点,不能由于警惕糊涂人的行动而限制思想的丰富,糊涂人也不会绝对糊涂,而是某一点或几点聪明,总体糊涂。如果反对一切神圣化,也就等于把反神圣化神圣化。但王确是抓到了一定条件下的现实问题的穴位。抓到了我们的文艺论争动不动烂泥化狗屎化的要害。那么我们以此来检验一下王自己的评论如何?

王显然不是老好人,不是没有锋芒,不是过于聪明的中国作家。但是他的最刻薄的说法也不是针对哪一个具体人或具体圈子,他的评论里绝无人身攻击。更重要的是,他争的是个明白,争的是一个不要犯傻不要愚昧不要自欺欺人的问题。他争的不是一个爱国一个卖国、一个高洁一个龌龊、一个圣者一个丧家走狗、一个上流一个下流或不上不下的流,也不是争我是英雄你是痞子。(他有一篇文章居然题为《我是英雄我怕谁》,如果是"我是痞子我怕谁",那口气倒是像。哪怕是作秀的痞子。如果是英雄,这"凶蛮"的口气像么?)王进行的是智愚之辨,明暗之辨,通会通达通顺与矫情糊涂迷信专钻死胡同的专横之辨。王特别喜爱引用罗素的话,大意是人本来是生来平等的,但人的智力是有高有低的,这就是最大的不平等,这就是问题之所在。王幽默说,聪明人比笨人不但智力优越，而且能享受到更多的精神的幸福，所以笨人对聪明人是非常嫉妒的。笨人总是要想法使聪明人与他一样的笨。一种办法是用棍子打聪明人的头，但这会把聪明者的脑子打出来，这并非初衷。因此更常用的办法是当聪明人和笨人争起来的时候大家都说笨人有理而聪明人无理——最后使聪明人也笨得与笨人拉平，也就天下太平了。

蒙对此还有一点发挥，不但要说聪明人错了，而且要说聪明人不道德。在我们这里，某些人认为过于聪明就是狡猾、善变、不忠不孝、不可靠、可能今后叛变的同义语。一边是聪明反被聪明误，机关算尽太聪明、反误了卿卿性命；另一边是愚忠愚直愚孝，傻子精神直至傻子（气）功。谁敢承认自己聪明？谁敢练聪明功？"文革"当中有多少人（还有知识分子呢）以"大学没毕业、不能使用任何外语"来证明自己尚可救药，来求一个高抬贵手。我的天！泛道德论的另一面就是尚愚尚笨而弃智贬智疑智的倾向。

而王对自己的智力充满信心，他在《我为什么要写作》一文中说："我相信我自己有文学才能。"他认为文化遗产固然应该尊重，更应该尊重这些遗产的来源——就是活人的智慧。是活人的智慧让人保有无限的希望。他提倡好好地用智，他说："人类侥幸拥有了智慧，就应该善用它。"他说得多朴素多真诚多实在，他在求大家，再不要以愚昧糊涂蛮不讲理为荣，不要以聪明文明明白为耻了！看到这样的话蒙都想哭！他的其他文字中也流露着一个聪明人的自信，但止于此。他从来没有表示过叫卖过自己的道德优势，没有把自己看做圣者、英雄、救世者、伟人、教主、哲人王，也就没有把与自己意见不合的人看成流氓地痞汉奸卖国贼车匪路霸妖魔丑八怪。而且，这一点很重要，说完了自己有才能他就自嘲道："这句话正如一个嫌疑犯说自己没杀人一样不可信。"太棒了，一个人能这样开明地对待自己，对待自己深信不疑的长处，对待自己的破釜沉舟的选择（要知道他为了写作辞去了那么体面的职务），也对待别人对他的尚未认可，还有什么事情他不能合情合理地开明地对待呢？注意，蒙的经验是，不要和丝毫没有幽默感的人交往，不要和从不自嘲的人合作，那种人是危险的，一旦他不再是你的朋友，他也许就会反目成仇，怒目横眉，偏激执拗。而像王小波这样，即使他也有比较激烈乃至不无偏颇的论点——如对国学对《红楼梦》，但他的自嘲已经留下了讨论的余地，留下了他自己再前进一步的余地，他给人类的具有无限希望的活的智慧留下了空间，留下了伸缩施展的地盘。他不会把自己也把旁人封死，他不会宣布自己已经到了头：你即使与他意见相左、不承认他有文学才能，至少他也不可能宣布你是坏蛋仇敌。

这里又牵扯到一个王喜欢讲的词儿，那就是趣味。人应该尽可能地聪明和有趣，我不知道我概括的王的这个基本命题是否准确。这里趣味不仅是娱乐。（在中文里，娱乐两字常常与休息、懒怠、消费、顽皮、玩世不恭、玩物丧志等一些词联系在一起。）蒙认为趣味是一种对于人性的肯定与尊重，是对于此岸而不仅是终极的彼岸、对于人间世、对于生命的亲和与爱惜，是对于自己也对于他者的善意、和善、和平。趣味是一种活力，一种对活生生的人生与世界的兴趣、叫做津津有味，是一种美丽的光泽，是一种正常的生活欲望，是一种健康的身心状态。一点趣味也感不到，这样的人甚至连吃饭也不可思议。我们无法要求一个一脸路线斗争一肚子阴谋诡计的人有趣，我们也无法要求一个盖世太保一个刽子手太有趣味。自圣的结果往往使一个当初蛮有趣味的人变得干瘪乏味不近人情还动不动怒气冲冲苦大仇深起来——用王的话来说是动不动与人家赌起命来，用蒙的话说是亡起命来。王认为开初孔子是蛮有趣味的，后来被解释得生气全无——这当然不是创见而差不多是许多学人的共识——孔学的发展过程就很给明白人以教益，也不免使孔夫子的同胞与徒子徒孙痛心。岂止是孔子，多少活生生的真理被我们的笨师爷生生搞得僵死无救，搞得语言无味，面目可憎！所以毛泽东提起党八股来，也有些咬牙切齿。

所以，王在谈到近年我国的"文化热"时一针见血地指出：前两次文化热还有点正经，后一次最不行，主要在发牢骚，说社会对人文知识分子态度不对，知识分子自己态度也不正，还有就是文化这种门庭决不容痞子插足。这使王联想起了《水浒传》中插翅虎雷横所受到的奚落。王说，如此看来，文化是一种以自我为中心的价值观，还有点党同伐异（！）的意思。但王不愿意把另一些人想得太坏，所以王说这次讨论的文化原来就是一种操守（亦即名节。蒙注），叫人不要受物欲玷污，如同叫唐僧不要与蝎子精睡觉失了元阳。王进一步指出文化要有多方面的货色，是创造性劳动的成果，例如你可以去佛罗伦萨看看，看看人家的文化果实（蒙按：那可不仅仅是唐僧坐怀不乱的功夫）。王说，把文化说成一种操守，就如把蔬菜只说成一种——胡萝卜；"这次文化热正说到这个地步，下一次就要说蔬菜是胡萝卜缨子，让我们彻底没菜吃。"王因此呼吁（他也不是不呼吁）："我希望别再热了。"

也许事情远没有这样糟，也许这只是王内心恐惧，杞人忧天？但愿如此。只怕是真吃不上丰富多彩的蔬菜的时候也就都不吭气了。

我们知道难得糊涂了。看了王小波的《我的精神家园》，我深感难得明白，明白最难得。什么叫明白呢？第一，很实在，书本联系现实，理论联系经验，不是云端空谈，不是空对空，模糊对模糊。第二，尊重常识和理性，不是一煽就热，也不是你热我就热，不生文化传染病。第三，他有所比较，知古通今，学过自然科学人文科学，得过华、洋学位，英语棒。于是一瓶子不满半瓶子晃荡的人明明被他批驳了也还在若无其事地夸他。叫做不怕不识货就怕货比货，货比三家，真伪立见，想用几个大而无当的好词或洋词或港台词蒙住唬住王小波，没有那么容易。第四，他深入浅出，朴素鲜活，几句话说明一个道理，不用发功，不用念咒，不用作秀表演豪迈悲壮孤独一个人与全世界全中国血战到底。第五，他虽在智力上自视甚高，但绝对不把自己当成高人一等的特殊材料制成的精英、救世主；更不用说是像挂在嘴上的"圣者"了。用陈建功当年的一句话就是他绝对"不装 ××"。这最后一点尤其表现在他的小说里，他的小说没有任何说教气炫耀味，更没有天兄下界诸神退位的杨秀清式包装。看了他的小说不是像看完有些人的小说那样，你主要是会怀疑作者他是否当真那么伟大。而看了王的小说，你怀疑的是他王小波"真有那么坏吗"？这里的坏并不是说他写的内容多么堕落下流，而是他写的那样天真本色率性顽皮还动不动撒点野，搞点恶作剧，不无一种"痞"味儿，完全达不到坐如弓立如松五讲四美的规范与我乃精英也的酸溜溜风采。如果说你在某些人的作品中常常看到感到假面的阻隔，那么他的小说使你觉得他常常戴起鬼脸，至少在这一点上他与那个已被批倒批臭的有相似处。但是他有学问呀，他不嘲笑智力和知识，不嘲笑理性和学习，所以他的遭遇好得多。看来，读书是能防身的，能不苦读也乎？

　　而我当然是一个正人君子，我的小说里绝对没有王小波那种天花乱坠的那话这话。我认为与他的议论相比，他的小说未免太顽童化了。所以我就不在这篇文字里再提他的小说，免得再和一名王某绑到一块儿，就是说我不能连累王小波。反之亦成立。

虽然带有广告气，文化艺术出版社一九九七年六月印第一次、次月就印第二次的《我的精神家园》一书封底上的一段话还是真的，我认可："那些连他的随笔都没有读过的人真是错过了……"

1998 年 1 月

莎乐美、潘金莲和巴别尔的骑兵军

　　二〇〇〇年我在爱尔兰首都都柏林观看了王尔德的话剧（诗剧）《莎乐美》的演出。我想写点感想之类的东西，一想就想了四年多。

　　独幕剧，不长，把美女、宫廷、爱、屠杀、死亡、人头、宗教或邪教、舞蹈……混在一起，刺激得令人目不暇给，却又难于理解把握。

　　我一面看一面想的是我们的国粹潘金莲。此后更是想起来没有完。

　　莎乐美与潘金莲，同样地美丽而又似乎邪恶。二人同样地把爱情与杀人与血腥连结在一起。二人同样以杀人始，以被杀终。两人同样爱上了不爱自己、对爱无回应的人。两个人都有另外一个男人的性介入，一个是莎乐美的继父希律王，一个是西门庆大官人。（希律王还兼着潘故事中的张大户，即原来潘的主人、在潘金莲身体上未能得手遂将潘金莲下嫁武大郎的那个极端坏蛋的角色。）两个故事里都有一对嫂子与小叔子的恋情。《莎乐美》中是莎乐美的母亲与小叔子希律王成了婚，潘金莲的故事中是潘金莲苦恋武松。

　　在西洋，叔嫂之恋是否有特殊含意，非我所知。在中国，"养小叔子"是难听的话，在性事上，年龄或辈分上大的一方负第一责任，并非完全无理。两者还都有一个年长的女子，一个是莎乐美的母后，据《圣经》原文，本应是此人教唆莎乐美要挟父王割下了约翰的头，原因是先知约翰反对她与希律王的婚姻。在王尔德的剧作中，这个角色的作用不明显。另一个是王婆，作用大了去了。

潘金莲与莎乐美都是有争议的女性角色，潘金莲与莎乐美的故事也都是余波未断，始终不息，而且，随着时代的发展，她们的故事愈来愈现代化、后现代化了。

潘金莲的故事，发展壮大成了《金瓶梅》，另有京剧《狮子楼》，"五四"后有欧阳予倩的话剧为之翻案，改革开放以后有魏明伦的所谓"荒诞川剧"，其实内容仍然围绕着在潘金莲的故事中的新旧道德认定问题。香港名小说家李碧华早就写过《潘金莲的来世与今生》一书，据此拍过三级片；最近，内地的当红作家闫连科又把潘金莲的故事今天化农民化，写成《潘金莲逃出西门镇》，把武松写成只要升迁不要爱情的农村基层土得掉渣的干部，把潘金莲写成追求爱情而历尽艰辛，终于不得的悲剧性伟大女性。

然而二者又有明显不同。首先，潘金莲与莎乐美的杀戮方向是相逆的：与莎乐美有关的杀戮是这样进行的：一、叙利亚军官因拗不过莎乐美的任性，放她见到了在囚的先知约翰，见到希律王时惭愧而自杀。我观剧的印象，则是叙利亚军官也爱上了莎乐美，不成，自杀。二、莎乐美向约翰求爱不得，乃要求杀下约翰的头。据说这与西方的恋头癖有关，《十日谈》里，《红与黑》里都有恋头情结情节。三、莎乐美被希律王所杀。

按照这个顺序，搬到中国潘金莲的故事上来，大致应是：一、武大郎因得爱无门而自杀。二、潘金莲因求爱不成而杀死了武松。三、西门庆发现潘金莲这样酷爱武松而且出手辣，乃杀掉潘金莲。

潘金莲的杀人故事则是：一、张大户想占有潘金莲的身体，不成，乃作主将潘嫁给武大郎。二、潘金莲不爱武大郎，而爱上了二郎武松，不成，与西门庆通奸。三、武大郎碍事，被潘金莲联手西门庆，毒死。四、武松为哥哥报仇，杀死潘金莲与西门庆。

而按照中国的潘金莲故事模式，我们也可以为莎乐美设计一个中华式、《水浒传》式的故事：一、希律王为自己到手方便，将莎乐美许配给叙利亚军官，继续与莎乐美胡搞，叙利亚军官碍手碍脚，被莎乐美联手希律王毒死。二、先知约翰讨厌莎乐美的性骚扰，并与叙利亚军官是把兄弟，乃为乃弟报仇杀死莎乐美。三、先知约翰一不做二不休，干脆杀了希律王并思夺取政权——之后是成则王侯败则贼，王侯则万众欢呼，贼则终被招安或另有明主消灭之。

比较一下二者的杀人方式也发人深省，莎乐美是向父王勒索，由卫兵将约翰斩首，再献头，至今伊拉克有些武装人员采取的仍然是这个古老的方式。中国的屠杀则更热闹。请看武松是怎么样杀潘金莲的：

> 那妇人见势不好，却待要叫，被武松脑揪倒来，两只脚踏住他两只胳膊，扯开胸脯衣裳。说时迟，那时快，把尖刀去胸前只一剜，口里衔着刀，双手去挖开胸脯，抠出心肝五脏，供养在灵前；胳察一刀便割下那妇人头来，血流满地。四家邻舍眼都定了，只掩了脸，看他恁凶，又不敢劝，只得随顺他。注意，四家邻舍都在，共同观看梁山好汉排名极靠前的武松的英雄事迹。而同书中的另一个潘淫妇巧云，被宰杀得更是火爆异常：迎儿见头势不好，待要叫。杨雄手起一刀，挥作两段。那妇人在树上叫道："叔叔，劝一劝！"……杨雄却指着骂道："你这贼贱人！我一时误听不明，险些被你瞒过了！一者坏了我兄弟情分，二乃久后必然被你害了性命！

我想你这婆娘，心肝五脏怎地生着！我且看一看！"一刀从心窝里直割到小肚子下，取出心肝五脏，挂在松树上。杨雄又将这妇人七件事分开了，却将钗钏首饰都拴在包里了。

可以看出小说写到这里的神采飞扬，满足酣畅，杀淫妇，是英雄们的庆典，比杀贪官富商过瘾得多。

神州大地最讲究"文以载道"。一个《水浒传》里杀了三个淫妇：潘金莲、闫婆惜与潘巧云。小说正邪分明，判若水火。后来的欧阳予倩与魏明伦则是明确地替"淫妇"们说话，带有人性论与女性主义的价值引进与价值启蒙色彩。其用心仍然在文以载新道，翻案之道。所以，《水浒传》虽涉嫌诲盗而被禁过，具体到潘金莲的故事，则反而被接受了，没有引起太大的风波。而王尔德一开始就唯美地欣赏莎乐美，极力突出了对于莎乐美的情欲与美丽的表现。莎乐美则从正反方面吟咏先知约翰的肉体：我渴望得到你的肉体！你的肉体像田野里的百合花一样洁白，从来没有被人铲割过。你的肉体像山顶的积雪一样晶莹，像朱迪亚山顶的积雪，滚到了山谷来了。阿拉伯皇后花园的玫瑰也不如你的肉体白净。这之后是约翰的拒绝，约翰大义凛然地批判道：退回去！巴比伦之女！女人是人间的万恶之源！别跟我讲话。我不听你讲话。我只听上帝的声音。这倒有点武松的腔调，与《水浒》英雄所见略同，华夷也有至少是曾经有共识。

这一类仇恨女性的语言显现了不同的意识形态（不论价值取向是直指上帝，暗指英雄主义或明指人民）都多少包含着相当合理的禁欲主义倾向（连俗欲都管不住，还能成就什么大事伟业？），许多伟人因出家离家毁家或终身不娶不嫁而突出了一生奉献的光辉形象，不论是释迦还是胡志明、林巧稚，他们极受大众尊敬爱戴。当信奉这种价值取向而又不够坚强的人在男权社会遭遇美女辣妹（辣嫂）的情欲勾引难以自持时，自易变成痛恨：我以为同时这还是男权社会的庸众，对于阴阳不调、阴盛阳衰的生理状况的无可奈何，乃恼羞成怒，演化为色厉内荏地破口大骂。

而在向希律王勒索取下了约翰的头颅之后，莎乐美匪夷所思地狂吻约翰的唇，说道：

> 啊，我吻到你的唇了，约翰，我吻到你的唇了。你的唇为什么有点苦呢？是血的味道吗？不，或许，这就是爱情的滋味？人们都说，爱情有一股苦苦的味道。但那又怎么样呢？那又怎么样呢？我吻到你的唇了，我吻到你的唇了……

所以，《莎乐美》的命运竟然比潘金莲的故事还多舛。从一出来王尔德就挨骂，被认定了是伤风败俗。连巴黎这样开放的地方也禁演过这出戏。后来王尔德终于因同性恋事败露被判刑劳改，从引领时代潮流的风头人物变为罪犯，最后隐姓埋名，去国而死。

我早就知道王尔德是唯美主义者，但是只看他的童话《快乐的王子》，我几乎以为他是左翼。看过《莎乐美》，我服了，真是唯美呀。以国人的观点，他是不是有点唯美得走火入魔了呢？艺术大概是唯一允许走极端的领域，由于它是非现实非实践性操作性的。艺术上的走火入魔毕竟可以提供新的冲击，新的话题，新的启示。美常常与善在一起，但也有邪恶的美，美也可能与血腥、与恐怖、与死亡、与暴戾等在一起。而且，正像无巧不成书，无教化不成书一样，无恶，无假，无丑也不成书更不成戏。所以古今中外都有类似白骨精、狐狸精、褒姒、妲己、海伦、女巫、黑天鹅、吸血鬼直到某某宝贝、某某娃娃式样的"邪恶"美女文学人物。黑白分明的真善美与假恶丑的对立是一种解读办法，这种对立在我国文学中源远流长。而恶美、假美、真恶、真丑，或者是丑而善，丑而真的人物（如《巴黎圣母院》中的敲钟人），这种安排更是十九世纪以来，批判现实主义出现以来——更不要说现代主义的出现了——文学艺术的所好，是一种剪不断理还乱的题材处理方法，艺术概括与艺术表达的方法，更是一种对世界和已有的文明的质疑，对黑白分明的思维模式的质疑，是对人心的折磨和震撼。

你读一下《马特韦·罗季奥内奇·巴甫利钦柯传略》吧：

它，一九一八年，是骑着欢蹦乱跳的马……来的……还带了一辆大车和形形色色的歌曲……嘀，一九一八年，你是我的心头肉啊……我们唱尽了你的歌曲，喝光了你的美酒，把你的真理列成了决议……在那些日子里横刀立马杀遍库班地区，冲到将军紧跟前，一枪把他崩了……我把我的老爷尼斯京斯基翻倒在地，用脚踹他，足足踹了一个小时……在这段时间内，我彻底领悟了活的滋味……这是一份革命宣言！是农民起义的圣经！是造反有理的替天行道！也是使一切温良恭俭让的小资大资小文人酸绅士吓得屁滚尿流的冲锋号！

这里的主人公是一个牧民，老婆被地主老爷霸占，工钱被克扣。巴别尔的骑兵军也是爱憎分明的，不但要杀坏蛋，而且光杀不过瘾，要踹一个小时。而踹一个小时当然不合现代文明的规范，也不合三大纪律八项注意的条例。

哥萨克的魅力几乎胜过了水浒，也胜过007，因为一骑马，二爱（干）女人，三杀人不眨眼，四在大空间即草原或谷地上活动，五是真的，有历史为证。

有了这样的骑兵军，水浒好汉也罢，莎乐美也罢，相形见绌或者可以搭车顺风了。

我们以首篇《泅渡兹勃鲁契河》为例：

> 田野里盛开着紫红色的罂粟花……静静的沃伦……朝白桦林珍珠般亮闪闪雾游去，随后又爬上……山岗，将困乏的双手胡乱伸进啤酒草丛。

写到这里仍然是平静的与传统的俄罗斯文学的风景画描绘，但是下边：

> 橙黄色的太阳浮游天际，活像一颗被砍下的头颅……这里也出现了恋头癖，然而写的不是性与爱，而是革命、阶级斗争、民族斗争。

故事主人公做梦也是梦见你枪毙我，我枪毙他。故事主人公睡了半夜不知道他是与死尸同眠。

斗争与爱情都要冲破压抑，冲破既有的观念与规则。如果你到陕北延安附近的安塞县听原汁原味的民歌，你就会发现，那么多革命的边区歌曲，其旋律取材于当地的爱情酸曲。被压抑的爱情，被污辱的尊严，其悲情与反抗，其以死相争的决绝，（当然会过分，毛泽东的名言是"矫枉必须过正，不过正不能矫枉"，这在取得政权以后，说起来似是极端了一点，但是在美学上倒是极有道理。同样有理的是美学上的含蓄与节制原则。）心理结构上有共同性，且都有一种特殊的美感。

巴别尔的《骑兵军》也是这种矫枉过正的产物。哥萨克骑兵，把斗争搞到了极致。以致于故事里的戴眼镜的主人公，为了显示在开杀戒上决不犹豫半点以被哥萨克们接纳，上来一脚就把一头鹅的鹅头踩扁，（又是恋头癖？）来显示自己绝非屠头。这里哥萨克的魅力很大程度上是审美方面的，是说人要克服自身的善良——软弱、忌杀的一面，成为乐于征战敢于随时不眨眼地杀敌的永远勇敢的斗士极致。仅仅从审美上说，这与欣赏莎乐美的血腥与欣赏武松的杀戮可以互为参照。从绝对的意识形态性上来说，至少莎乐美与潘金莲直到赵艳容都是反叛性的，或多或少都具有对体制与维护体制的规则的挑战性。所以据记载刘少奇同志很欣赏《雷雨》中的繁漪（也是有准乱伦记录的），并认为新的条件下繁漪是可以成为共产党员的。

这样我们就可能给刺激和内心黑暗说力比多说以一个更光明正大的解释，文学上的反抗，艺术的反抗，爱情、情色上的反抗和阶级的人民的反抗，在某种情势下呼唤着"恶"之花，死之美，砸个稀巴烂的狂放与豪迈。而站在暴力革命学说的立场上，这里所说的"恶"正是历史的金刚力士，是创造历史，创造新一轮社会正义的铁与火；它们至少比武松、石秀的杀嫂更理直气壮。

而即使你从意识形态上完全不认同布琼尼的骑兵军，你也同样可能欣赏巴别尔，例如美国，对苏联作家包括诺贝尔奖得主肖洛霍夫早已不睬，却至今对巴别尔情有独钟。当然，这里包含着唯美主义、形式主义的欣赏，尤其欣赏他为文的简练、晶莹与力道。本书推介者王天兵先生说，巴别尔的为文像用兵一样，往往一点就刺中咽喉，直取性命。这也像欣赏潘金莲的鹞子翻身与莎乐美的提胯旋转，欣赏武松的刀花与叙利亚军官的英俊。与死亡的联系显现了她们他们的艺术形象不同流俗，非同小可。

《莎乐美》也还有其他解读方式，如下一段，也是莎乐美的台词，讲约翰的：

> 你的头发令人发指。它沾满泥土和灰尘。它像扣在你额头的一顶荆冠。它像绕在你脖子上的一疙瘩黑蛇。我不爱你的头发……

底下说的是莎乐美爱的是约翰的红唇。其实此前刚刚要摸约翰的头发的也是莎乐美。除了莎乐美的任性以外，这里还有点文化冲突与文化对话文化互补的意味。一个是娇生惯养而且涉嫌淫荡的美公主，一个是苦行僧式的圣徒。这样的爱情正是对于规则的谋杀，古往今来的文学作品都喜欢把规则踩在脚下，如写查太莱夫人与花匠热恋，王子爱上了灰姑娘……这种对于规则的谋杀，安慰了旷男怨女与被压迫工农的心。不过王尔德、巴别尔走得更远，而《宇宙锋》《杀嫂·祭兄》走得更润滑。毕竟中国文明讲究谋略，围魏救赵，声东击西，欲取先予，外松内紧，等等，非我族类，不足道也。人最宝贵的是生命，只有写出了超过生命的事件或者理念或者情欲，才算是达到了艺术的极致。所以人性论者们爱讲什么爱与死的永恒主题。这个公式是永远的：生命诚可贵，爱情价更高，若为 X 故，二者皆可抛。即使这个白莽的译本并不完全符合裴多菲·山陀尔的原作也罢。

古今中外的意识形态、哲学、神学、伦理学、文学与艺术，都对 X 进行了并且正在进行着惨烈的追寻与表现。这是文学艺术回避不开死亡、杀戮、黑暗等等不愉快的对象的一个原因。当然，作为一个庸人，我宁愿意多读一点被讥为布尔乔亚、小布尔乔亚的生命的安宁与温馨，不论怎么样对《莎乐美》《杀嫂·祭兄》《骑兵军》谬托知己，我仍然没有出息地祝祷这样的安宁温馨早日普照世界。越安宁就越觉得不妨在舞台上看点血腥：我建议京戏演演《莎乐美》，芭蕾舞演演潘金莲，电影拍拍《骑兵军》。好在我也心存侥幸地设想，多演莎乐美未必就多出美女杀情人的案例，多演《祭兄》，也不大可能从此小叔子们磨刀霍霍。拍了《骑兵军》呢，算了吧，巡航导弹与信息战的时代，各国早没有骑兵啦。

2005 年 3 月

歌声涌动六十年

解放以后，各种革命歌曲，其中大量由民间曲调填上了新的政治鼓动内容的歌词，像浪涛、像春花、像倾盆大雨一样地到处汹涌澎湃。

有一首郭兰英首唱的《妇女自由歌》，给我以深刻的印象，歌者因为演唱此歌，在苏联主导的一次世界青年联欢节上，得了铜奖。

旧社会，好比那，黑咕隆咚枯井，万丈深，

井底下，压着咱们老百姓，妇女在最底层……

是山西民歌的调子，伴奏让我想起晋剧，悲伤、郁积，像控诉、像哭，闻之怆然。

——没有这样的彻骨的悲怆，就没有革命的搏击。

多少年，多少代，盼着那个铁树把花开，

共产党，毛泽东，它领导人民走向光明……

是突然释放的热情，是好不容易搬开了压在头顶上的石头，是成千上万的姐妹们由衷的笑脸，中国的女子有救了，历史从一九四九重新书写。

就像另一首歌里所唱的：

铁树开了花呀，开呀嘛开了花呀，

哑巴说了话呀，说呀嘛说了话呀……

谁也没有办法否认这样的事实，这样的历史，这样的民心。情是这样的情，理是这样的理，激愤、期待，也充满信任。无怪乎据说一些老解放区的歌唱家聚会的时候，在酒过三巡以后，他们宣告：革命的胜利是从他们的唱歌儿的胜利上开始的。

我想起一九四九至一九五〇年苏联协助拍摄的文献纪录影片《中国人民的胜利》与《解放了的中国》，后一部影片解说词执笔人中方是刘白羽，苏方是西蒙诺夫。

也许你可以追溯到蒋的一九二七年的"四一二"血洗，也许你可以追溯到秋瑾与黄花岗烈士的就义，也许你可以追溯到一八四〇年的鸦片战争。也许你可以追溯到窦娥冤、秦香莲、杜十娘直到黛玉、晴雯、鸳鸯、金钏……也许还应该提到《兰花花》与《森吉德玛》，应该提到遍布神州的节烈牌坊与牌坊下的冤魂厉鬼。风暴与渴望孕育了几十年、几百年、上千年，点点滴滴、零零星星、血血泪泪，终于汇聚成了改变中国也改变世界的狂风暴雨。只有不可救药的白痴，才在全面小康着的中国冷言冷语："有那个必要吗？""代价太大了啊。""如果没有这一切，一直搞建设多好！"

民歌的力量

旧中国城市里的流行歌曲，尽管也颇有可取，如《马路天使》《渔光曲》里的插曲，但同时也确实与旧社会一起透露出了土崩瓦解、鬼哭狼嚎、阴阳怪气的征候。例如一九四八年流行的《夫妻相骂》，女骂男："没有好的吃，没有好的穿，也没有金条，也没有金刚钻。"男骂女："这样的女人简直是原子弹。"邻居骂："这样的家庭简直是疯人院。"

而解放区唱的是"解放区的天是明朗的天""太阳出来了，满呀嘛满山红""东北风啊，刮呀，刮呀，刮晴了天啊，晴了天，庄稼人翻身啦……"

我始终认为这最后一首东北民歌，是土改歌曲，饱含着感情，也饱含着斗争的严酷。它使我一唱就想起周立波的获得斯大林奖金的作品《暴风骤雨》。当然，有的人读了周立波的小说会浑身寒战。正是暴风骤雨式的土地改革使千千万万赤贫的农民走上了革命到底的不归之路。正是农民、工人、知识分子的全面革命化，成为中国革命的特点，也成为中国革命必胜的保证。

"庄家人翻身啦"一句，离开了旋律调性，它是呼喊，是叫嚷，是霹雳电闪，它唤醒了阶级，带着拼却一身热血的决绝。

与旧的流行歌曲相比较，民歌风更刚健也更明快，更上口也更泼辣。五十年代的我们，认定是共产党带来了云南民歌《小河淌水》与蒙古长调，还有四川的《太阳出来喜洋洋》。早在解放前，是地下党接收了推广了并非共产党人的教授老志诚所整理的新疆民歌《阿拉木汗》《喀什噶尔姑娘》，使之成为平津学生大联欢的主唱歌曲。中华人民共和国的一大贡献是开掘了、辑录了也充分使用了如此丰赡的民歌民谣，开掘弘扬了我们的民族民间精神资源。

不知道这是不是意味着我的新疆缘分。在解放头两年的众多的欢庆解放的歌曲里，一首新疆歌儿令我如醉如痴：

哎，我们尽情跳跃在五星红旗下面，

我们快乐地迎接着美丽的春天，

太阳一出来赶走那寒冷和黑暗，

毛泽东给我们带来快乐和温暖……

你觉得这歌声不是从喉咙，而是从心底的深处，含着泪又破涕为笑了才唱出来的。人民，只有人民，让我们永远记住人民的支持和信赖、期望和贡献。

这样的歌词与真情千金难换。

老式的唱片上，一面是此首歌，另一面是器乐合奏《十二木卡姆》的一个片段。十二木卡姆也是随着解放才兴旺发达起来的。

一九五一年，我从一张纸上学会了我此生的第一首维吾尔语歌曲，这张纸抄写了用汉语记录的维吾尔语发音的歌词：

巴哈米兹能巴哈班尼达赫依毛泽东

（我们花园的园丁是伟大的毛泽东）

阿雅脱米兹能甲尼甲尼达赫依毛泽东

（我们生活的意志是伟大的毛泽东）

无论如何，这样的歌词是太可爱了，别具一格。次年，苏联艺术家访华演出，乌兹别克加盟共和国人民演员塔玛拉·哈依演唱了它，最后一句歌词是一串笑声：啊哈哈哈……她笑得十分出彩。与她笑得一样好的是哈萨克斯坦的哈丽玛·纳赛罗娃唱《哈萨克圆舞曲》。

事实如此，在民歌与流行歌曲较量的过程中，民歌大获全胜。在革命战争中，歌曲属于革命者，属于人民。对立面的窘态之一是无歌可唱。自古中国政治斗争中的失败者的遭遇就叫做"四面楚歌"。

我们要和时间赛跑

五十年代初期，一首名为《我们要和时间赛跑》的歌曲打动了国人。

一看这个题目，就充满了苏联味儿。古老的中国虽然有"与时俱化""与时俱进"的说法，却没有"与时间赛跑"的豪言。它的词曲作者是瞿希贤，老革命、老作曲家，我早就学会了唱她的"红旗飘哗啦啦地响，全中国人民喜洋洋"。胡乔木同志对她一直是念念不忘，他曾经约我在一个重要的时刻一起去看望瞿老师，因瞿老师不在北京，未能实现。

与此同时，我想起了一大批苏联歌曲。苏联的经济很不成功，政治也好不到哪里去，军事好一点，文学更好一点，歌曲相当成功，体育最成功。当然，这是带有戏言成分的随意之说。

瞿希贤的歌曲使我想起苏联的曾经相当发达的群众歌曲，例如《祖国进行曲》《莫斯科你好》，例如《五一检阅歌》，后者唱道：

柔和晨光，在照耀着，

克里姆林古城墙……

雍容、大气、坚强、乐观，你想着的是五十路纵队阔步前进。解放初期的中国。五一、十一也有这样的群众游行。瞿的歌曲同样反映了这样的气势。目前仍然被许多歌者喜爱的《莫斯科郊外的晚上》，却给我不同的感觉。这首歌的出现，已经是中苏关系逐渐恶化的时代了。这首歌曲也不像其他歌曲那样富有意识形态的悲壮与锐利。至少对于我个人来说，《莫斯科郊外的晚上》意味着的是某种衰退与淡化。还有《山楂树》，我始终觉得它俗。

其实我最最喜爱的《纺织姑娘》的"在那矮小屋里，灯火在闪着光"，也没有什么斗争意蕴，但那毕竟是民歌，又是五十年代初期传进来的，它给我的感觉是质朴与纯洁。而"二战"时的苏联歌曲，例如《灯光》例如《遥远啊遥远》，更能穿透我的心，令我热泪盈眶。

李劫夫的歌儿及社会主义好

最受苏联群众歌曲影响的还是李劫夫。特别是至今有人演唱的：

我们走在大路上，

意气风发，斗志昂扬……

他的旋律有与《莫斯科你好》相衔接的地方。这是一个作曲家最先告诉我的。一九六五年我到达伊犁的巴彦岱公社，更学会了用维吾尔语唱这首歌：

达格达姆哟鲁芒哎米兹

词与曲都很开阔雄强。一个作过这样的歌曲的人，"文革"中却卷入了他不应该卷进去的事情，他的晚年是并不愉快也不太光彩的，令人叹息。

他的"语录歌"应该说是勉为其难，自成一家，乐段仍然有它的优美与真情。虽然，看到天才的作曲家生产出来的竟然是这样的果实，令人不胜唏嘘。

让我们再看一下杰出的作曲家李焕之。他的作品最普及的除了《春节序曲》就是《社会主义好》。社会主义好，这当然好。他的歌词"右派分子想反也反不了""帝国主义夹着尾巴逃跑了"，相对天真烂漫了一些。世界和中国，历史与现实，都比歌曲复杂。至于当今的搞笑段子"帝国主义夹着皮包回来了"，则是另一种头脑简单与判断廉价，如果不说是弱智的话。同时，幽默奇谈的简单化，标志着的正是历史的太不简单，是救国建国的道路的艰难与复杂。多么不容易呀！

歌曲与口号

在一个特定的时期，歌词变得完全政治口号化了，这当然很不幸。然而，歌曲总算还有一个好处，它仅仅有了标语口号式的歌词是不算完的，它还得有曲子，它的曲调仍然来自生活、来自音乐传统、来自人民、来自世界也来自作曲家的灵感。即使政治口号中包含了虚夸与过度，感情仍然有可能引发共鸣，某种情结仍然有它的纪念意义与审美意义，而音乐，一首首歌儿的曲调，是相对最纯的艺术。

"公社是棵长青藤，社员都是藤上的瓜"，这个歌儿民歌风味，非常阳光、非常诚挚，令人不忍忘却。我的妻子曾经抱着孩子面向阳光照过一张照片，一见这张照片，我就会唱起这首歌来。"革命人永远是年轻，它好比大松树冬夏长青"，也很地道，理想简洁明丽。据说有一位移民香港的内地小兄弟，打工时偶然哼哼起这首歌，结果被老板解雇，倒也看出了某些歌曲的令人胆寒的事实。"毛主席来到咱们农庄"，把人民的爱戴唱得多彩多姿。"共产党领导把山治，人民的力量大无边"，这首歌唱"大跃进"歌唱"盘龙山"的电影插曲，令人想起那火热的年代。我们拼了命，我们发了热，我们是多么急于打造出一个强大富裕的新中国啊——欲速则不达。十年生聚，十年教训，到了新世纪，我们讲科学发展观啦！多少代价，多少曲折，仅仅有热情和决心而没有科学精神科学态度是绝对不行的啊。

《大海航行靠舵手》是一首成功的歌曲，泱泱大度，恢宏壮阔，乘风破浪，勇往直前，至今它的旋律仍然令人神往。至于它被利用到"文革"当中，或者说它的歌词中包含有宣扬个人迷信的政治上不正确的成分，责任只能由历史与时代担当。我希望，总有一天，能够荡涤掉某些歌曲上附加的累赘与尘垢，使我们的六十年歌吟行进的过程连贯起来整合起来，而完全不必要搞几次避讳与中断。

正像历史不会是直线发展、金光大道一样，断裂与自我作古，也多半是孩子气的幻想。

关于样板戏

有二十年无太多的歌可唱，除了少量好歌像影片《闪闪的红星》的插曲。样板戏的说法小儿科，样板戏的唱词不无庸劣，如李玉和唱完"雄心壮志冲云天"，杨子荣接着唱"气冲霄汉"，"一号"人物都是跟天干起来没完。有些戏词比较好，如"垒起七星灶，铜炉煮三江""一路上多保重，山高水险""穷人的孩子早当家"等。唱腔则很有成绩，我特别喜爱江水英、柯湘、雷刚，还有《海港》里的唱段。

京剧是我们的文化财富，"文革"思潮扭曲了京剧包括现代戏已有的基础，民族戏曲与音乐传统又毕竟由于它的根深叶茂、源远流长与群众的喜闻乐见，而具有一种抵抗（急功近利、假大空与瞎指挥）病毒、平衡"文革"污染的能力。文艺说到底仍然是文艺，你再将它们往路线斗争上拉，它仍然成不了诬告信，不是黑材料，不是野心家起事宣言。六十年来的文艺经受了各种局面，经过了许多试炼，它存储了历史的鲜活，它留载了多样的喜怒哀乐，我们当然正视这一切过程与经验，我们却也不因为某些过程与经验的愚蠢与荒谬的方面就抛弃一切，更不可能回到一九四九以前——例如张爱玲与刘雪庵代表的大上海。

大声疾呼地催生今天的鲁迅也与催生今天的曹雪芹或者巴尔扎克一样地是十足的外行话。江山代有才人出，各领风骚若干年。

文艺的生活性、艺术性、感情性、创造性与个人的风格性是常青的，也是常变化的。我仍然喜欢唱渐行渐远的"家住安源……""听对岸，响数枪，声震芦荡……""面对着，公字闸，往事历历……"同时这丝毫也不妨碍我接受舒曼的《梦幻曲》（原名《童年》），虽然后者曾经在我们的一出极好的戏剧里遭到纯朴的却是缺乏音乐熏陶的革命人的嘲笑。

绕不开的《乡恋》

新的历史时期的歌曲并不像原来人们喜欢讲的那样大喊大叫。原来新生事物有的需要或必然大喊大叫，有的则只需要、只能够潜移默化。至今没有一首歌曲叫做"我们一定要改革开放"，或者"改革开放就是好"，或者"现代化进行曲"。当然，也有内容比较全面和正规的《走向新时代》，而在《祝酒歌》中有歌词："为了实现四个现代化，甘洒热血和汗水。"

是的，进入了上个世纪的八十年代，我们的歌曲更丰富也宽敞，我们的节奏更从容也更正常，我们的生活更美好也更多样，我们的歌声更细腻也更微妙了。

李谷一的《乡恋》所以引起注意，在于她打破了那时邓丽君的独霸卡式录放机的局面，不是靠引进港台，而是我们自己的歌手，带来了久违了的温柔、依恋、沉醉与喜悦。已经习惯了厮杀与冲锋号的人们，对于柔情似水会一时听不惯，以至充满警惕。往后几年苏小明唱《军港之夜》大受争议，有同志提出："水兵都睡着了，谁还来保卫祖国呢？"我乃戏言，文章作全就要唱：有的睡着了，有的值夜岗，吹响起床号，立马跑早操……

此后连续许多年常常听到对于歌星的责备与不忿儿。他们挣钱太多了？反正现时他们的收入是那时的几十倍，而现在责备的声浪远远比二三十年前小。甚至在第一届中国艺术节开幕式上，当听到用通俗唱法唱《十送红军》的时候，有一位同志不满地叫喊了起来。

不错，中国非常古老，同时中国非常年轻。中国有时候保守，中国又有时候求新逐异，一日千里。

歌曲创造了太阳岛

与《乡恋》差不多同时，郑绪岚的《太阳岛上》广泛流传。那种享受生活的情调那时颇为陌生，然而，生活的力量仍然是不可战胜的。直到八十年代中期，我去哈尔滨的时候所面对的太阳岛，仍然只不过是自然形成的几个松花江中的沙洲。到了新世纪，太阳岛公园、太阳岛展览馆已经仪态万方地又是神气活现地出现在松花江上，成为哈尔滨的著名景点了。是这首歌早在上世纪七十年代末期为公园工程立了项，是歌曲创造了生活。

乔羽作了许多优秀的歌词，他的《思念》却别具一格，"你从哪里来，我的朋友，好像一只蝴蝶飞进我的窗口……"有点抽象，有点忧伤，有点怀念，它什么都没有说，它又是什么都说了。

应该提到的歌儿太多太多。《在希望的田野上》《八十年代新一辈》，继承着过往的时政主题。而王立平的《红楼梦》电视剧插曲愁肠百结，情深意长。那年我来到黄山，看到作为片头用的实景，一块巨石，想起大荒山无稽崖青埂峰，为之肠断……

歌声连接着世界

我必须承认，至少在唱歌的范畴，我已经落伍，人们在议论八〇后、九〇后，而我是三〇后。在我的孩子们成长过程中，我深深体会到，一个时代有一个时代的歌，我无法让他们与我一样地为那些老歌而涕泪横流，即使我费了九牛二虎之力将他们教会。当然也有积累和传承，会有百唱不厌的歌正像有百读不厌的诗篇。一九八六至一九八八年，我参与了组织帕瓦罗蒂与多明戈的演唱会。我完全倾倒于世界级的男高音的辉煌音质。帕瓦罗蒂告别舞台以后不久就去世了，我相信，上苍降生他到这个世界就是为了歌唱。他为唱而生，离唱而去，他属于意大利也属于中国的听众。他们的到来丰富了中国人民的歌唱生活。

首次在北京亮相后十余年，世界三大男高音再来，已经是很昂贵的商业演出了。

我也看到了人们逐渐见怪不怪的通俗歌星的大行其道。我听到我的孙子在演唱粤语歌曲。我也一度热衷地看过"超女"的表演。我为刘若英的《后来》而感动：

后来，我总算学会如何去爱，

可是你早已远去，消失在人海……

在丰富的歌曲的海洋中我感到的是在在生机，处处迷雾。八十年代当中我努力学着用英语歌唱《回首往事》的插曲，影片描写五十年代的麦卡锡、塔虎脱时期美国文艺人中的左派人士的经历，由犹太歌星巴巴拉·史翠珊唱红了的这首歌曲，令人神往怀旧。影片结尾处是女主人公仍然在忙着征集和平签名，不由想起难忘的五十年代，同时歌曲达到了高潮。而到了二〇〇八年，我以七十四岁的高龄，总算用俄语唱下了卫国战争时期的苏联歌曲《遥远啊遥远》，本来是要在二〇〇七年访俄参加中国年的书展活动时学会的，王蒙老矣，一首歌学了三个月。而早在一九八〇年访问德国时，坐在莱茵河的游船上，萦绕在耳边的《罗瑞莱》，也是直到二十多年以后，我终于在王安忆的先生李章帮助下查出来它的歌词全文：

　　　　谁知道很古老的时候，

　　　　有雨点样多的故事……

　　那么多美丽的歌曲，古今中外，招之即来，唱之牵动肺腑，思之如醉如痴，六十年的歌吟，六十年的合唱，六十年的情怀，自信人生二百年，会当击水八千里，我们举杯！

2009 年 8 月 26 日

六十余年的性沧桑

今年春天我到香港地区参加一个由香港岭南、上海复旦、美国哈佛——三个大学的中文系联合召集的中国文学六十年研讨会。会议本来谋划，由男作家一组谈文学与社会，女作家一组谈男人与女人，后来这个安排遭到了女作家们的抗议，掉了个个儿，改由男作家谈男女之大伦了。

这个花絮事件既反映了某种对待女性的不妥，也看出女作家的缺少自信与实居弱势。

我不得不就对于我绝非长项的这个话题谈谈看法。革命的动员与被侮辱被损害的女性。

列宁说，没有人情味就没有对于革命的追求。人情味的重要内容之一，在于革命的缘起之一是为受到性侮辱、性压迫的女性说话报仇。

例如《白毛女》中的喜儿，例如《太阳照在桑干河上》的黑妮，例如《红色娘子军》中的吴琼花（在样板戏中被更名为吴清华，这个更名也流露了非女性主义、羞于女性特点主义），例如《家》里的鸣凤，例如话剧《屈原》中的女弟子婵娟。

有些作家本人并非革命作家，但是他们描写的不幸女孩，极具煽情性，例如《复活》中的玛丝洛娃，例如《白痴》中的娜斯塔西娅·菲丽波夫娜，例如《悲惨世界》里的芳汀。想想看，如果喜儿没有被黄世仁强暴的遭遇，人们能不能激起那样强烈的阶级仇恨？甚至，如果不是每个乡村都有一个或几个准喜儿的故事，中国能不能出现急风暴雨式的土地革命？

站在被侮辱与被损害的女孩对面的是黄世仁、是南霸天，是那些享有性特权性霸道性暴力性穷奢极欲的旧社会的地主、恶霸、沙皇、将军、富商等人。他们的存在是革命的暴力必然性的依据。

也许我们还可以提到解放战争时期的城市群众运动，在北京，抗战胜利后第一次大规模的学生运动是一九四六年由于美国海军陆战队人员皮尔逊强奸北大女生沈崇引起的抗暴大游行。当时的口号是谁无妻女，谁无姐妹，这样的群众运动使美军与国民政府处于与广大学生、老师、市民对立的千夫所指的被动地位，而使反美反蒋的烈火从此燃烧不息。

所以，谈到一九四九年标志第三次国内革命战争胜利的歌曲，一般都认为是《解放区的天》，而我宁愿选择郭兰英首唱的《妇女自由歌》，歌中用山西梆子的悲情风味唱道：

旧社会，好比那，黑咕隆咚枯井万丈深，

底下压着咱们老百姓，妇女在最底层。

如泣如诉，有冤有仇，郁积千载，苦情万状。听了这样的控诉歌曲，谁能不与旧世界血战到底？

性的分野阶级化了，政治化了。无怪在五十年代末期，苏联专家在华导演话剧《柳波芙·雅洛瓦娅》，描写一个可爱的女子柳，发现了自己钟爱的丈夫是反革命，从此在她心中爱情与革命角力，令人唏嘘不已。据说在排练时，饰演柳的三位 ABC 角中国女演员，在导演说戏的

156

时候，回答导演问题如果你发现自己的情人是反革命，会怎么办？三位中国女演员一致回答要报告公安局。使苏联专家叹为闻止。比较起来，苏联当时是出现过这种所谓人性与政治选择冲突的故事的，例如《第四十一》或《蓝眼睛的中尉》，描写一个红军女战士与白军中尉的爱情。顺便说一下，现在中国的电视剧，则没完没了地热衷于表现这种革命与反革命的人情，可能是夫妻，可能是情人，可能是姐弟，也已经俗不可耐了。

革命女性的光辉形象

与此同时，也有各式各样革命女性的光辉形象，极有魅力、说服力与动员的力量。

一种是《青年近卫军》中的刘巴型，疯玩疯闹，能歌善舞，个性完全解放，玩弄敌人于股掌之上，显现了女性革命化后能够达到怎样的自由与美丽的完美结合。哪怕结局是革命女孩的光荣牺牲，也是虽死犹荣，虽死无憾。

一种是丁玲喜欢写的贞贞（《我在霞村的时候》）类型人物，受人之所不堪受，忍人之所不能忍，背负着几千年的封建十字架，对于革命做出特殊的贡献，却为俗人所诟病。贞贞的形象也令我联想起苏联革拉特考夫的《土敏土》中的丽莎，女性的身体与情欲，成为她们对于革命的慷慨而且狂热的奉献与牺牲品。也许这样的女性形象还能令人联想到莫泊桑的《羊脂球》，看来性献身的传统也是源远流长。

还有一种是向往革命的浪漫女性，多半是知识女性。巴金的《家》提到过俄罗斯戏剧《夜未央》，剧中描写俄罗斯的虚无主义女革命者（应该是名叫苏菲亚的吧），为自己的情郎打信号，情人以大致上是人体炸弹的方式去消灭沙俄统治者。这样的苏菲亚是革命女神的形象代表。她让人想起法国的圣女贞德。

而在日本女作家、日共总书记宫本显治的妻子宫本百合子的小说中是伸子，在中国的《青春之歌》中是主角林道静，在契诃夫的小说中是"新娘"，她们都不能容忍乏味庸俗的中产阶级生活，出走家庭的樊篱，投身革命。尽管我们可以说，契诃夫对于革命其实一无所知。

性压抑、性淡漠、对于生命的高潮化的期待，与性有关的各种不平衡不公正，完全有可能成为一种革命的驱动力。

性的劳动化与人民化

新中国的建立，在继续宣扬记述性的革命化的同时，也宣扬与刻画性的劳动化人民化。评剧《刘巧儿》中唱道：

> 我爱他，能写能算能劳动，
>
> 我爱他，下地生产他是有本领。

黄梅戏《天仙配》中唱道：

> 你耕田来我织布，
>
> 你挑水来我浇园……

这里，对于性伴侣的诊解更像是劳动生产互助组合。但是，在五六十年代，这样的唱词，仍然给人以质朴与健康的新鲜感，远远高明于古典中国文学作品对于女孩儿的二八妙龄、三寸金莲、杨柳细腰、破瓜娇羞的轻薄与病态描写，也高明于好莱坞某些影片的对白"你的屁股（如何如何）……"

其实老区的秧歌剧《夫妻识字》与《兄妹开荒》中已经包含了这样的意味，虽然兄妹关系的安排回避了性这个国人羞于面对的情势。

也有麻烦。萧也牧五十年代写了小说《我们夫妇之间》，写一名小资男性娶了劳动女性为妻，小资男性要赏月，劳动女性认为月亮不如大饼能为人民充饥。为此萧也牧受到批判，他从此一辈子没有抬起头来，"文革"中悲惨地死去了。头一个批判萧也牧的是命运多蹇、令人扼腕的杰出女作家丁玲。

早在上世纪五十年代曾经高调宣扬过一些小说人物乃至一些先进人物的事迹，他们由于忙于做好事或其他任务，不但多次推迟自己的婚期，而且到了结婚那一天，又是身陷公事好事，乃大大迟延了与对象约好的结婚登记。

也宣扬过这样的道德标兵，配偶已经完全残疾乃至死亡，女性则为了照顾公婆等坚守不再嫁。这确实令人感动，同时也会有人为之有所困惑。

应该不是偶然。"大跃进"中李准有名篇《李双双小传》，"文革"前夕有影片《天山上的红花》，描写女性走社会主义道路，而男性搞自由资本主义，同样的题材不止上述两篇。这可以解释为是用女性的魅力增加集体所有制向心力的尝试。

我也曾经欣赏过王汶石的中篇小说《黑凤》片段，描写"大跃进"中的刘巴型女性黑凤，可惜此篇终未完成。如果把"大跃进"女性化，会不会使得"大跃进"变得更加迷人呢？

"大跃进"以后，《洪湖赤卫队》、《红珊瑚》、《江姐》、《红色娘子军》等都由女性主打革命英雄，应该并非偶然。

而此后宣扬无产阶级专政条件下继续革命的戏剧《夺印》当中，一个活跃的角色叫"烂菜花",是个专门腐蚀干部的女子,说明在女性革命化的同时,女人是祸水的意识或无意识积淀也远未消失。

无　性　化

"文革"当中一批样板戏的特点是无性化,非女性化《海港》中的方海珍,一切做派连同唱腔,都往男性上靠。人们也熟知"文革"中的笑话,即人们看了《沙家浜》以后会浮上一个问题,只有阿庆嫂,那么阿庆呢?戏中唯一提出这个问题来的是坏蛋兼白痴胡传魁,好人是不该问这个的。

也无怪乎《龙江颂》出来之后,有人说主角江水英似乎有些不同,因为她有点女人味儿。

不知道不愿意提性别,尤其是不愿意提女性,是不是与汉语有关系。世界各族语言多数是分阴性与阳性的,提到人,如是印欧语系或阿尔泰语系,一听,男女自明。但汉语常常不分,汉语可以忽略性别不计。我们有些极好的女作家,就对于女作家一词反感,质问为什么说到男作家时不提是男作家,而说到她们时要说是女作家,其实这更多是语言系统与构词规则造成的。

女性或有人愿意以男性或无性人的身份出现,但男性很少有人愿意以女性方式出现。也许我们可以追溯到解放初期的战斗英雄郭俊卿,她是现代花木兰,她以女身而假作男孩参军,英勇杀敌,最后才呈现女身。我还记得有关她的报道中,唯一提到的她的女性特点,就是她有时候喜欢一块花布衣料。

所以在"四人帮"倒台以后,刘心武要专门写一篇小说讲《爱情的位置》，而且把爱情写得仍然十分柏拉图化，是对于一个死者的思念，而仍然是绝对地无生理的性、非生理的性。

柏拉图的与肉的性展现

在改革开放的初期，柏拉图化的《公开的情书》是相当有影响的作品，个中出现的是知识分子的情愫与声音，是思想者的风度，是理性的优越感。它的作者金观涛与刘青锋选择了分析与批评的主调、保持一定距离的姿态，这是中国社会的一种新现象。

王小波与李银河夫妇的情状令人想起金、刘二人来，虽然王小波的作品中有极其具体的肉的描画，而李银河干脆是性学专家。李银河的有些涉性观念，如关于强奸，关于同性恋，关于性工作者，虽然与王小波的作品一样还无法被整个社会认同，还无法走上主流台面，却仍然是在合法地传播着讨论着，被一些人欢喜赞同着，这说明了中国开放程度的正面发展。

贾平凹的《废都》曾经找了麻烦，即使没有出版管理上的麻烦，也仍然有许多女作家、许多评论家例如舒芜与吴亮对此抱批评的态度。性的问题牵扯到道德、舆论、法律、妇女与儿童的保护、扫黄打非……对于许多人仍然是既然惹不起不如躲得起。与此同时，市场对于涉性的暗示如什么"有了快感就喊"等标题，有很敏锐的反映，有利于畅销与效益，这是无人避讳的公开法门。

还出现了公然的所谓"下半身写作"的涉嫌下作的说法，出现了以"下半身写作"为借口，全盘否定当代文学写作的基本教义派舆论。如说现在的文学不但比新中国成立以来的任何时期都糟糕，而且比白区、沦陷区时代还糟糕。如果你试图批评改革开放以来的中国，抓住性描写与性现状这个突破口，未尝不是一条捷径。一位身份较高的人物，拿着一本印有大美人封面的杂志，严厉抨击意识形态工作的传闻，是完全有根据的。

五花八门的性话题

改革开放以来，性话题五花八门。我亲耳听到过一位身份很高领导质疑说：反思反右的文艺作品中，屡屡出现由于争老婆而陷人于右的情节（如《天云山传奇》），这恐怕不太典型吧？

非婚爱情问题、第三者的问题也狠狠地争论过。甚至对陈世美的评价也有歧义。

出现了新的或暧昧或露骨的名词：一夜情、二奶、三陪、三点、鸡、鸭、"同志"、驴（女）生、南（男）生、按摩女、洗浴女、毛片、自慰……同时也出现了正规的扫黄打非、取缔淫秽、保护青少年、打击低俗等努力。

这里最刺激的说法应属"黄色娘子军"。甚至说当年的红色基地，现时的黄色正在弥漫。虽然从政治颜色的观点来看，我们宁愿千百次的姐妹们的赤化也不是黄化，虽然红变为黄的说法刺耳锥心，我仍然相信天若有情天亦老，人间正道是沧桑，我不认为"沧桑"是人间歪道。当然对于进行人生的文学观察与表现来说，正道与歪道的判决无需急躁，我们不能不保持理性，人们对于性的敢于面对，青年男女生活空间的空前扩大，信息与观念的急剧丰富化与多样化，与小康生活的逐渐接近，正为中华民族提供着前所未有的生机。"黄色军"的说法当然并非光彩，一代女性无需乎去拼刺刀、掷手榴弹、钉竹签，倒也不能说是堕落腐化。旧的问题解决了会出现新的麻烦，永远没有最后的句号，当然。

把性与腐化联系起来的文艺作品也不在少数，以反贪为题材的小说与电视连续剧，无不描写贪官的非法非道德的性堕落、性放纵，为不正当的男女之事更加贪得无厌地去贪污……令人警惕。

性与作家

这里笔者不屑于多说那些为畅销而在文学作品中的性挑逗描写，并透露出一些男性作者的下作与无耻，和玩弄女性嫖客心态的下三流作品。这倒也好，一涉性，一个外表冠冕堂皇的作家立即流露出下三滥的流氓相。涉性书写能令作者大显原形，有点意思。

我们也看到，在帝王戏里一些人的皇帝情结，一个是能任意杀人，一个是能够任意占有女性，或者占完了再杀，令观众看得流口水。有的女作家的涉性描写带着朝露的甘甜，她是在制造自己的性糖果。有的女作家的涉性描写透露着怨妇的愤懑，老旧的痴心女子负心汉的公式中不无好冤枉哉的感情勒索。有的女作家的涉性书写当中闪烁着她的偷窥的鹰眼。有的女作家的涉性书写中表达着叛逆的粗犷，她好像要说，我让你们压制了几千年了，这回本小姐我要痛痛快快写一回啦，吓不死你!

当然也有不少男女作家更热衷于写社会与历史对于性的劫持，写市场与金钱对于性的扭曲与谋杀，写生活的艰难对于性的蚕食，写弱势群体的性悲剧，写野蛮与无文化对于性人权的残酷压制，例如八十年代的《被爱情遗忘的角落》其内容是非常严肃的。

呜呼哀哉，为什么再也读不到、至少是难于读到那种伟大的人性，

163

那种男女的真正平等的两厢情愿的完美的结合，那种在性上的善良、体贴、多情与人们已经厌弃（？）了的忠诚与相依？变了，变了，人们公然高唱着"不愿天长地久，只要曾经拥有"，那么，"执子之手，与子偕老"的名句果然显得有些傻气了吗？《红楼梦》的故事，《安娜·卡列尼娜》的故事，果真已经完全过时了吗？"贫贱夫妻百事哀"的句子，已经引不起共鸣了吗？

性观念的拓宽必然会带来性价值的失范与失落。我完全没有能力为此划线路定标杆制标准。在本文结束的时候我想起了一个似已古旧的不合时宜的故事。我的一位朋友，他兄弟姐妹好几个，父母早亡，大家靠大哥养育成人、成家立业。在最后一个小妹妹出嫁以后，他们的大哥已经五十好几了，大哥找了众弟妹来宣布："我想结婚了。"刷地，弟弟妹妹全部给大哥跪了下来。

……不论何时，只要讲起这个故事，我就会热泪盈眶。性是美丽的，性是自然的，性也是有文化有道德的。是不是呢？

文学的悖论

　　作家的任务应该是写，讲得再天花乱坠不如写出一篇好的作品，就像篮球运动员的任务是投球一样。"文学的悖论"就是说在文学上有各种各样的理论，而且有很多理论是互相悖谬的，是互相违反的。比如，别人说王蒙的小说写得不错，而你说他写得很差，你绝对是有道理的。别人说《红楼梦》看了以后很有收获，你说没有收获，看了以后有害处，你绝对说得也是正确的。为什么呢？我们探讨一下，文学本身有一些互相违背的命题，又都能够成立。

　　文学是一种游戏还是一种使命？说文学是一种使命，我们可以举很多的例子，比如说鲁迅，他本来是学医的，但他在日本看了电影，看到中国人的不觉悟，他觉得光医治人的身体是不够的，还要医治人的灵魂，所以他选择了文学，要对整个国民精神上的毛病进行治疗，这说明文学是为了救国救民。还有很多伟大的故事，比如，美国的南北战争和《汤姆叔叔的小屋》是有关系的，由于这部书激起了解放黑人的热潮，甚至使美国发生了规模很大的内战。再如，巴金先生最喜欢举高尔基写的俄罗斯民间故事中的勇士丹柯的例子，丹柯和一群人被困在树林里，丹柯把自己的心挖出来当做火炬，用来照耀，带领大家走出黑暗的森林。

　　许多作家也用许多事实更多地强调文学是一种智力的、精神的、心理的游戏。文学本身有很大的游戏性，通常说是"解闷"。有很多高级领导说我也读小说，就是为了休息一下，换换脑筋。比如《红楼梦》的作者，说写此书就是为了让大家"消愁破闷"。法国的《世界报》曾向世界上几百个作家提出一个问题：你为什么写作？回答的最严肃的都是第三世界国家的作家，特别是中国的老作家，譬如巴金老先生回答：是为追求光明，同情青年人，给青年人争取更好的未来。老作家马烽回答：由于日本的侵略，使中国陷于危难之中，我要用我的笔唤醒我的同胞。丁玲的回答是：从小生活在封建的家庭，要争自由，争解放，争进步。可是我们会发现那些发达国家的一些有名望的作家似乎都不认真回答，譬如英国的一个女作家朵利斯·莱辛——她的《金色笔记》已在中国出版，她有很多以南非为题材的、同情南非黑人的作品——回答说自己是写作的动物。回答的最有趣的是德国的根特·格拉斯，他获得过诺贝尔文学奖，他回答是因为自己干别的事都没干成——这话也不无道理。因此，文学既是严肃的，有神圣的社会使命、有责任感的，比如说文学是一个民族的灵魂，是一个民族的梦，用文学铸造国魂，或者说作家是灵魂的工程师等等，但确实也有大量的文学作品有一种娱乐性。

　　文学是个人的还是集团的？现在越来越多的所谓新新人类的作家强调写作是个人的，是写给自己看的，与别人无关，认为我不需要读者、拒绝读者、拒绝阅读、颠覆阅读。这些作家说话往往很极端，很绝对，很夸张。有的作家强调个人，甚至说我的写作是在说梦话，我不与别人交流，写作就是个人的事情，这样想也是有道理的。这不像装配一辆汽车，盖一座房子，这些都不能体现一个人的个性。但你能说它又完全是个人的吗？个人本身的出现是和历史有关系的，和一个集团、阶级、种群有关系，甚至和一个地区、民族都有关系。所以我们可以有一个正确的判断，文学是一个集团的，虽然以极端个性化的方式来表现，但它仍然是一个集团的代表。

文学究竟是历史的还是超时空的？有一种说法强调文学是超时空的，即文学的意义往往比其他精神现象的寿命更长——当然必须是优秀的，它往往超越时空，超越当时具体的历史条件。喜欢莎士比亚戏剧的人如果不是专门从事研究，没有几个能说清莎士比亚到底生活在什么年代、当时英国政治情况到底怎样、当时具体的历史条件和社会情况怎么样、当时的民生情况怎么样、当时的社会矛盾怎么样，没有多少人会去想这些问题。文学往往具有一种非历史的意义。比如我们都喜欢李后主的词，但是李后主是一个亡国之君，他的词的悲哀表达的是一个亡国之君的悲哀，那么"问君能有几多愁，恰似一江春水向东流"也是他的特定的愁。但每个人的愁是不一样的，如果学生考试总是不好，也会觉得他的愁像一江春水向东流，如果你失恋了也会觉得非常愁，如果股市失意也会觉得很愁，但是这个愁抽象到了李后主，就成为超越历史的东西。中国的封建君主制度已经不存在了，但是一江春水向东流的意象永远存在。

我们大家都看《红楼梦》，但是与曹雪芹同时的其他人的书包括那些策论等，除了专家以外，没什么人看。所以说文学的这种精神现象确实有它超越历史的一面。然而它本身又是历史的。即你可以看得清清楚楚，《红楼梦》不可能是"文化大革命"时候的作品，不可能是汉朝时的作品，也不可能是美国、德国的作品，也不可能是抗日时期的作品。所以说它是非常历史的，但又是非常不历史的、非常超越的。

形式逻辑最讲究同一律、否定律和排中律。同一律就是说什么是什么，否定律就是说什么不是什么，排中律就是说不可能同时又是又不是。但在谈论起文学来，我常常觉得左右为难，我常常觉得都对。你说文学是历史的，我可以马上对你表示文学确实是历史产物，离不开历史的条件；你说文学是超时空的，我也马上能够接受，可以举出许多具体事例。这并不是因为我谈起文学来特别狡猾，而是事实如此，它本身就是两个悖谬的东西同时存在。

文学究竟是直观的还是思辨的？它是理性的产物还是非理性的产物？有人强调文学是直观的，是先验的，文学作品的产生是不可解释的，是下意识的，这种观点在文学创作中起的作用特别大，至少比做数学题时起的作用大，比你找工作时起的作用也大。比较极端的主张在欧洲早就有，即所谓自己写作，也就是排除自己的理性的思索，而是有点像练气功入定一样，进入一种情绪，挥笔而书，不停地运转，连自己写的是什么都说不清楚。这听起来有些可笑，外国有，中国也有。有一位著名女作家叫残雪，就是这样主张，她在美国哈佛大学讲演，美国人都不信，同她争论，认为不可能，但残雪回答确实如此，她说，"我想到自己要写什么，我马上要控制自己不要写，不要想，因为我不知道自己要什么。因为一想，理性的干扰就会太多，而我坐着的时候，各种的印象、心情、词语纷至沓来，自天而降，像下雨似的，灵感之雨，下到纸上。"有很多人觉得难以想象，我呢？我大致相信。你们看，我又狡猾起来了，就是说不会绝对不想，但是比较信马由缰，让自己的想象和心情充分发挥出来，忘记一切，各种相连贯的、不相连贯的、最绝的词、最绝的印象、最绝的意识的流动都在自己的作品里流淌而出，这是有可能的。

但是更多的作家在文学中是充满了思辨的，是有计划的，有目的的。据说茅盾先生写作之前都有详细的提纲，提纲写得基本差不多了，在此基础上加以丰满、润色，一部好的作品就写出来了。强调思辨性的人就必然强调作品的思想性，所有的描写都表达了一定的思想，表达了对人生、宇宙、社会、爱情、家庭、人际关系、道德、文化、政治等各方面的思想。

有一种说法：伟大的作家都是伟大的思想家。比如说作品中有妇女解放的思想、人道主义的思想、对社会不公正的种种批判的思想等等。过去持这种观点的文章非常多，认为作家站在时代思想的制高点上才能写出很好的作品。所以我们对一部作品的评价一定要从它的思想意义上来加以评价，它不仅仅是一部好读的文学作品，而且是思想上的象征、旗帜或标志。根据这种理论我们分析《红楼梦》，可以得出的结论是：曹雪芹高于当时一般的中国封建知识分子。因为他同情女孩子，对封建家长制的婚姻制度做了实际上客观的批评，控诉了这种制度，因为他讲出了封建贵族的必然没落、必然败亡的趋势。这样提高起来看，也可以说曹雪芹是预见了中国封建社会的解体。从思想角度，可以把他抬得很高很高，但是从直观上考虑，也可以怀疑曹雪芹不是自觉地有这种思想。曹雪芹的伟大都是让我们分析出来的，因为我们很伟大。我们批判封建社会，批判男尊女卑、奴隶制度和人的虚伪，我们一伟大，看着曹雪芹的书这个地方伟大，那个地方伟大，你有多伟大，你看的书就能有多伟大。毛泽东最伟大，对《红楼梦》的分析果然高别人一大截，"《红楼梦》是阶级斗争史，是写阶级斗争的，第四回是全书的纲""《红楼梦》一共有一百多条人命"，毛泽东是革命家，与咱们的老师、学生的气魄当然不一样。

我们又会看到，有许多作品，凭感觉、记忆、激情，未必能够完全弄清楚，所以又出现了这样的问题，一个作家的思想有点反动，可是写的作品又很进步。比如说巴尔扎克是保皇党，在政治上很保守，可是他的作品写出社会的种种问题和黑暗，很了不起。比如说托尔斯泰，是贵族，而且是宗教狂，他批判教会，把俄国的东正教骂得一塌糊涂。东正教宣布把他开除，他又回到《圣经》上，不停地忏悔自己的错误，于是我们把他的作品解释为现实主义。从这些解释、争论中，我们可以看出，这本身又是一种思辨，充满了思想。我们无法想象一种完全离开思想的文学，甚至有的作家喜欢直书自己的思想，夹叙夹议，比如昆德拉就喜欢这样，有时忍不住跳出来自己说几句话。我也有这毛病，改不过来，急的时候，什么小说作法，全不管了，该骂的先骂几句再说。其实《红楼梦》作者也是忍不住的，《红楼梦》是很混沌的，我个人并不认为曹雪芹是思想家，曹雪芹当然有思想，充满了思想，但和有体系、有理论、有命题、有自己的一套术语、有自己的一套系统的思想家完全是两回事。为什么说《红楼梦》作者也忍不住跳出来呢？在抄检大观园时，探春忽然讲了一段话，她说：像我们荣国府这样大的家庭，从外面想灭是不容易的，要灭就是自己内讧，百足之虫，死而不僵，可是内部如果乱起来，自己杀起自己来，我们的家族就必然灭亡。这话我分析来分析去，不是探春的话，是曹雪芹自己的话。探春说这话很突然，她忽然做出了这样一个整体性的、预见性的、极为悲壮的、极为严肃的、无情的结论。探春固然很能干，很正统，但她没有那么大的批判性，而且不会把话说得这么深、这么痛切，这是曹雪芹憋不住了。曹雪芹写小说很有修养，他不急于表态，这时真急了，上火了，你们想想是不是这样。

文学能不能学习？文学创作能不能学习？文学创作算不算一门学

问？中国没有创作专业，虽然有写作专业，那是作为一般的写作，不是作为文学创作来教授的。外国有，美国有，美国还真有教写小说的，据说教得还不错。文学创作本身算不算学问，最近据说在电视台谈论一个热点话题——贾平凹带博士生。如果认为文学创作是学问，那么当然可以带博士生，贾平凹在中国的写作界也算个人物。但是也有人反对，认为这文学创作不是后天可以学到的学问，贾平凹写小说更多是靠个天才。文学创作很多时候给人以瞎猫碰死耗子的感觉，比如有人想：我努力写，三天三夜不睡觉，改四五十次，甚至上百次。一般情况下，这种作品都是写得不好的作品。那么来回改，还有锐气吗？还有灵感吗？还有热情吗？还有趣味吗？还有游刃有余的精神状态吗？还有那种行云流水的自然而然吗？都没有了，那一定是充满了匠气，别别扭扭，那样雕琢出来的作品，自己也苦，人家读起来也苦。相反，在比较放松的状态下，你觉得这个故事、这个现象应该这样写，你可能写得反倒很好。

那么文学究竟是可以教授的还是不可以教授的？是可以操作的还是不可以操作的？是可以积累经验的还是不可以积累经验的？如果是可以积累经验的，说明它是知识，那么搞创作的人当然可以当博导。如果是不可以积累经验的，只能当伟大的作家，什么称号都行，但是不能当博导，那是另一路。在这些问题上大家意见完全不一致，而且各有各的道理。说文学创作有一种不可训练性，也不完全对，老作家、有经验的作家写得就纯熟一些，青年作家最早发表的作品，哪怕充满了锐气，也总感觉它不太纯熟。所以说文学创作是可以训练、可以操作、可以积累经验的。

与此相关的，现在还在争论的问题还有：文学究竟是纯粹的还是不纯粹的？世界上有没有纯文学？你说我这就是纯文学，与社会、政治、道德、他人、功利都无关，为文学而文学，为艺术而艺术，象牙之塔里边的艺术，就是为了美而美，就是为了自我欣赏而写作，这样的文学最纯粹，特别是要把它的社会、政治、道德、教化的内容全部剔除干净，像蒸馏水似的，把杂质全都清除，这非常困难。实际上文学是和各种学科、精神现象、社会现象相交叉的。比如说我写最纯洁的爱情，与其他都不相干，但是一男一女总要吃饭、住房，他们不可能在月亮上恋爱，哪怕写的是在月亮上的爱情，也还要汲取在地球上生活的经验，离开了地球上的生活经验，也写不好月亮上的爱情。所以，那种纯而又纯的文学有时人们绕了一圈，发现它好像是一个虚无缥缈的东西，甚至是一个骗局，没有纯而又纯的文学。反之，你不断地让文学从事非文学的工作，也让人烦。比如说，老没下雨，赶快写一出抗旱的戏吧。抗旱的戏刚写完雨下大了，又得赶快改成抗洪的戏。

　　文学本身确实又有各种各样的文学以外的功能。我记得苏联有一部小说，好像叫《明朗的夏天》，描写一群人在山上森林里对各种鸟的观察。后来作者由于这本书被苏联科学院聘请为苏联科学院生物研究所的通讯院士，他的鸟学成就比他在文学上的成就还要大，他把对鸟的观察、对鸟的熟悉、对鸟的习性的了解，用文学的语言加以描绘，成就非常之大。这样的例子也很多，譬如苏联著名作家、活动家西蒙诺夫，他的名作《日日夜夜》描写斯大林格勒保卫战。据说刘伯承元帅让大家看这本书，因为这本书里有一些对巷战的描写，在军事上是很真实、很有意义的。书里写到德军占领了一座楼，一个苏军战士从窗户跳进去，里面都是硝烟，不管有人没人，先开枪扫射，因为他不能找到敌人再放枪，那样他早就被敌人消灭了。据说刘伯承元帅很欣赏他这方面的知识。再比如说，有一位作家叫陆文夫，他写过一个短篇小说《围墙》，写的是一个单位的围墙倒了，于是一帮人讨论如何修墙，后来有一位科员星期六晚上没回家，带着几个人把墙修起来了，修好了以后，讨论的人都说不好，但是一个市里的建筑机构说这个墙修得很好，在这里开起总结经验的会。当时的河北省委书记高阳同志很重视这个小说，他开省三级干部会时，把《围墙》当做学习材料印发给大家。你说文学有那么纯吗？

　　但是你要把文学的非文学作用看得太认真了，也往往出毛病。大家知道《红楼梦》里有一段刘姥姥逛大观园，吃了一个茄子，非常好吃，王熙凤吹这茄子如何如何做，刘姥姥说原来你们吃一只茄子还得配上一百多只鸡呀。有一位烹调专家按照《红楼梦》所描写的操作过程做了这种茄子，他大概想创造名菜，争取两个效益的丰收，但是做完了极其难吃。毕竟是小说家言，太认真不行。又比如《三国演义》中有诸葛亮的木牛流马，都有具体尺寸，就像一个木匠的工艺流程，后来也有木匠师傅真做了，做出来什么都不是。所以小说就是小说，我们可以举出很多正面的和非正面的例子。我的一个朋友"文革"结束重新工作，非常有热情，正好读了蒋子龙的小说《乔厂长上任记》，兴奋至极，按照小说中所说大刀阔斧地改革机构、任用新人，结果闹得鸡飞狗跳，没出半个月就把他给请走了。这说明小说的一大特点即不可照抄，不可操作。把文学弄得太操作化了就麻烦了，文学会害人的。歌德写的《少年维特之烦恼》影响太大了，很多人穿衣服都效仿它，不知多少人为爱情而自杀，但歌德自己并没自杀。所以文学有自己的纯粹性、非功利性、非操作性，但它又会产生许多的影响，与社会、政治、治学、道德、科学、做人等等都有关，我想这两方面都要考虑。

　　文学最根本的悖论就是它的真实性和虚构性。文学是真实的，这方面的例子太多了，有时我们对一个东西得到的知识，主要是靠文学。比如对三国的知识，从历史中获取知识的人非常少，从文学中，从《三国演义》中得到大致了解的很多，它具有某种真实性。比如对清朝社会的了解，《红楼梦》也给了我们很多知识，而且我们相信其中很多知识相当精确，吃什么、喝什么、开什么药、中医怎样号脉、人们怎样说话等等。如果不真实就无法信服这个作品，无法被它所征服。文学作品的真实性使人们认为作者有此经历，引起猜测。童话、神话也有逻辑的真实，即总情节是假的，但它仍然合乎情理。像《西游记》就是这样，它是神话小说，但它大致上总是合乎一定的情理。文学的真实让你信服，即使在最不真实的东西中仍然有某种真实，如果一点真实的东西都没有，看了以后感到是胡说八道，那就不被人接受了，所以说文学是真实的。还可以举出很多例子，还有各种的说法，如生活的真实，艺术的真实，艺术的真实是一种更高的真实；也许细节不完全真实，但是在总体上、本质上是真实的，即本质的真实等等。这些究竟是生活的真实，还是艺术的真实，或者是本质的真实？

其实文学本身就是自相悖谬的东西。它本身是虚构的，它和新闻、历史不同，并不要求每一处都真实，在文学作品中即使是第一人称"我"也不见得就是我，它本身允许虚构、夸张、发展，它就是与生活有所不同，否则就没有读者了。文学本身不但有此岸性，还有彼岸性，这是用宗教来形容，此岸即我们现在的人间，彼岸即我们所看不到、不可接触的、不可判断的另一个世界。《红楼梦》就很好地写出了现实、世俗、真实，但是它另一方面又写了一些虚构的故事。这些虚构的故事有和没有又不一样，它可以让人们和现实世界拉开一点距离。当你不是混在荣国府里，而是站在一种虚幻的位置来看它时，看到的是正在没落的家族，每个人都达不到自己的目的的一群年轻人，这种悲凉和美感是仅仅钻在里面的人所看不到的。它不但是虚构的，可以扩张，可以延伸，而且可以从这个世界推向那个世界，它不但是世俗的，而且是超越的，不但是现实的，而且是审美的。有时审美是要有一点距离的，如果没有距离就没有那种审美的感觉。所以说文学既是真实的，又是虚构的；既是此岸，又是彼岸；既是投入的，又是拉开了距离的。而且这种虚构对一个人来说非常必要，它除了提供阅读的快感、阅读的思考材料外，还是人的愿望的虚拟实现。人的愿望很多，但能实现的比例是很小的。文学作品的虚拟性提供了虚拟的、假设的实现愿望的可能。譬如爱情，青年人都充满了幻想，但是不能百分之百地实现，如果百分之百地实现了那还是不是幻想呢？它还那么浪漫吗？还那么诗意吗？还那么缥缈吗？写爱情的文学作品特别多，这说明一是人们渴望爱情，一是人们往往不可能在现实中完全实现自己的爱情愿望。小说是虚拟的实现，并不是真的实现。比如《罗密欧与朱丽叶》，他们最后的死是由于一个误会，弄假成真而真的自杀了。如果我们设想他们没有误会，就不那么浪漫了。他们之所以伟大，他们的爱情之所以永远感动我们，让我们永远为之流泪，就因为他们在该结束时就毅然地结束了。因此文学的虚拟性、非世俗性乃至彼岸性也是文学的重要的特征之一。

但是反过来说文学是以现实的、世俗的、此岸生活做依据，如果没有此岸生活的最起码的经验，没有对世人的同情，对世俗的生活一点都不了解，光写空虚的东西，又有什么可写的呢？又有什么可以震撼读者的心灵呢？所以我想，如果讲到悖论，我认为它是由文学的本性所决定的，它既是真实的，又是虚构的；既是世俗的，又是形而上学的；既是此岸，又是彼岸。由于文学的特性，我们还可以探讨文学的另外一些性质，它的倾向性、鲜明性和模糊性、多义性。我们完全承认文学是有倾向的，在一些作品里可以看出作家同情谁、鞭挞谁、喜爱谁、嘲笑谁、憎恶谁，在许多的作品中可以看到作家对更理想的生活的向往，对人性的理解，对人类苦难的叹息，对种种虚伪、丑恶的嘲笑和批评。所以我们说文学是有倾向的，甚至可以说是很强烈的，有人读了文学作品会很激动。但它毕竟与哲学论文、宣传品不同，因为它需要提供形象，提供对生活的体验，供读者去分析，去裁判。一般来说文学作品并不把现成的结论带给读者，要求读者都按它的结论来办，而往往把人生中的困惑、选择中的两难的处境表现出来，让读者来选择。比如《红楼梦》中到底是薛宝钗好，还是林黛玉好？

有些文学作品，不同的人、不同的读者、不同的论者给以不同的解释。有一位苏俄文学研究专家叫蓝英年，评论苏联著名作家肖洛霍夫的《被开垦的处女地》。这部小说是歌颂农业集体化运动的，里面有一个场面是由于极左政策，当地集体农庄乱成一团，富农马上就要武装暴动。这时斯大林的《胜利冲昏头脑》发表，富农的阴谋被揭露，一些准备武装反抗苏维埃的农民不再反抗了。由此判断这是歌颂斯大林的作品。但蓝英年分析说，现在回头看，与其说它是歌颂农业集体化，不如说是暴露农业集体化的弱点和混乱。我对蓝英年的分析非常佩服。但肖洛霍夫是否是有意识地这样做，我怀疑，因为肖也是很真诚地拥护苏联共产党的，而且他在苏联社会也是高层人物。现在说肖是玩弄两面手法，表面歌颂而实际控诉集体化，我怀疑他未必有这么高的技术、这么大的胆量。我想最大的可能不是肖有意在小说里和苏联社会生活、苏联文学玩弄两面手法，而是由文学本身的特质所决定，它提供的是一系列真实的生活经验，一系列真实的图景。一个好的作家既不应该回避历史事件前进的正义性、必然性及它的动机、理念的伟大性，也不应该回避历史前进中付出的种种代价、错误和悲剧。如果他是一个真正的优秀作家，不管他动机上多么拥护斯大林，他面对生活中复杂的、互相悖谬的图景，也会懂得作品拿出来后必然是多义的、可以这样或那样解释的。所以从这个意义上理解，文学的悖论往往是历史的和生活的悖论，而它在文学中表现得更加突出。

语言的功能与陷阱

语言对人来说是太重要了，可以说是人与非人之间的一个非常重大的区别，当然我们首先倡导的学说是劳动创造了人，但是从一定意义上也可以说语言和劳动一起创造了人，人创造了语言，语言反过来又创造了人。人性化离不开语言。所以，我仍然假定，发达的语言，尤其是文字是人与非人，与其他动物，更不用说是植物和矿物的一个重大的区别。

一、语言的功能

（一）语言的人性化。之前我曾说，有三个词我老是烦它，一个是："芝麻开花节节高"，这个我觉得也太俗了，你说你情况越来越好就是好就完了，说进步就是进步，提升就是提升了，富裕了就是富裕了，你干吗还"芝麻开花节节高"呀？这个我不喜欢；另外一个词是"鳞次栉比"，形容房子多无论如何不能用鱼鳞来形容，用鱼鳞来形容有一种生理上的不舒服的感觉；第三个我不喜欢的词就是"天麻麻亮"，天亮了就是亮了，没亮就是没亮，就是用书面语来说是"拂晓"也行，用"破晓"也可以，为什么要"麻"，而且一连"麻"两次呢？说老实话，说"东方显出了鱼肚白"，这个"鱼肚白"我也不喜欢，因为它让我想到的是死鱼。

这些都没有什么道理，都不是语言学，我只是说语言里面包含着一些很人性的东西。我喜欢什么样的词语呢？我随便举几个例子，我特别喜欢"你好"，而且我认为这是受了苏联的影响，它完全是受俄语的影响，甚至俄语里面有更好的表示，它说："你好，爸爸"，"你好，妈"，"你好，列宁同志。"哎呀，我觉得这个词好；我喜欢"再见"，我喜欢说"我想你"，我觉得说"我想你"甚至比说"我爱你"还好；我还喜欢"我们都老了"，这话特别有感情，特别的人性化。在文言文里，我特别喜欢"先生别来无恙乎？"就冲这句话，我就觉得中国的文言文写得是太棒了。"先生别来无恙乎？"这个英语里它没法翻译，英语变成什么呢？"Are you ok？"它没有那种感情。"先生别来无恙乎？"说明这两个人已经离别很久了，而用"无恙"，表达一种人世的沧桑的态度；还有一句就是"谁知道呢？""谁知道呢？"尤其是我读肖洛霍夫的《被开垦的处女地》第二部，它的那个主人公拉古尔洛夫是一个贫农团的团长，一个天天搞革命的农民，但是他跟一个富农出身的很不检点的女人有点难分难解，然而这个女人更喜欢一个富农，而那个富农呢，实际上是已经作了一些破坏集体农庄的反革命事情，但是他最后决定把这个他心爱的政治上犯有错误的，而且牵扯着刑事案件的女人放掉。最后他说这个时刻，这个富农女人对这个很粗鲁，很野蛮的，也不会穿衣服，说话大大咧咧，也不懂女性心理的拉古尔洛夫的感觉，也许有一些不同吧？谁知道呢？我觉得这句很棒！

同样反过来呢，我对英文的这个"Who knows？"也有兴趣。"Who knows？"他回答得很潇洒，有时候需要互相发现，有的时候北京人回答一件事的时候说"没戏"，这个我们听起来很贫！胡同里才这么说，但是一个英国人告诉我，说这个北京人的文化积淀太深了！当他们说一件事办不成的时候，他们不说"impossible"，他们说"No theater"，所以他们对"没戏"的感觉跟我对"Who knows？"的感觉是相同的。

我比较喜欢英语的"Why not？""Why not？"你没法翻（译）。你比如说他说，老王，今晚上我那有个party，有一个鸡尾酒会，甚至会有个自助餐，你晚上来吗？我怎么回答呢？我说："Ok，I will go！"这太干巴巴了，所以我一定回答："Yes，Why not？"但你不能翻，一翻就酸得你的牙都掉了。英语有些词，也有些我非常喜爱的说法。比如说甭管它，爱怎么怎么着，"Let it be！"这怎么翻呀？爱怎么怎么着，这还凑合。女作家刘索拉把它翻译成"随他妈的去！"这就过啦，这个语感就过啦，它不准确。所以语感这个东西它是很精微的，添一份它就肥了，减一份它就瘦了。我也喜欢"So do I"，它反过来说，它不说"I do so"，它就比较俏皮，你听着就比较舒服。我就是说这个人性化的问题呢，它跟语言有时候联接得比较紧密。所以这个语言的表达的功能不像我们想得那么简单，语言的表达表现着人性。

（二）语言的记忆功能。世界上一切的东西都是变动不息的，所谓"俯仰之间，已成陈迹"。其实我们在这说着话，2004年4月14日，这一下午就这么过去了，有一个姓王的老头子，在这里说的这些话，音波也就在空气中消散了，就变成陈迹了，就变成了历史了。变成历史之后有什么东西留下来了呢？有一些物质的，你比如说房屋、用具，如果你真要追究起来的话，比如说这有一只王蒙用过的茶杯，但主要的是文本留下来了，实际上许许多多东西对我们来说是文本，历史教科书实际上有很多东西是文本。有实物又有文本的东西是给我们留下印象最深的，有文本没有实物的东西给我们留下的印象是次深的，有实物没有文本的东西是哑巴东西，你怎么解释都行，假如五百年后有人对这只茶杯感兴趣的话，假如这个茶杯上没有写中国海洋大学，它是哑巴。我们讲中国史、外国史，实际上他们最后都变成了语言，变成了文本。而很多东西之所以能够有很高的价值，是由于文本的可爱，而不是由于别的。你比如说，我们的祖国有许许多多的旅游点，有很多美好的地方，有文本的跟没有文本的给人的感觉是不一样的。比如西湖，古来吟咏西湖的诗就特别多，包括白娘子的故事，包括秋瑾的诗，对我们来说都是文本。有一次我们跟韩国人一起开会，正好赶上天天有雨，有很多活动就取消了，韩国人就抢着背诵："欲把西湖比西子，浓妆淡抹总相宜"，"水光潋滟晴方好，山色空蒙雨亦奇"。有了这个文本之后啊，就使我们中国的东道主对连续三天不能好好的畅游西湖啊，我们有了底气，有文本为证："雨亦奇"，"山色空蒙"，"浓妆淡抹总相宜"。这次我们就是用淡妆来欢迎韩国朋友，有了这个你的底气都不一样啊。岳阳楼，现在你都分不清楚是为了看楼还是为了复习范仲淹的《岳阳楼记》，特别是它的"先天下之忧而忧，后天下之乐而乐"。尤其是黄鹤楼，黄鹤楼的遗迹实际上早就不存在了，尤其解放以后，苏联专家帮着咱们修了长江大桥，这一带的地理环境其实都已经改变了，现在的黄鹤楼是又选了一个址，修了有20多年了，当时我们的国家也比较困难，标准也不是很高，那个木头柱子，全部是洋灰、钢筋水泥，然后再刷上红漆，但是它仍然吸引了千千万万的游客，络绎不绝。虽然现在的黄鹤楼是伪黄鹤楼，但是关于黄鹤楼的崔颢和李白的诗却流传至今，"昔人已乘黄鹤去，此地空余黄鹤楼。黄鹤一去不复返，白云千载空悠悠。晴川历历汉阳树，芳草萋萋鹦鹉洲。日暮乡关何处是，烟波江上使人愁。"李白的诗呢，简单一点："故人西辞黄鹤楼，烟花三月下扬州。孤帆远影碧空尽，唯见长江天际流。"这样一个记忆的宝库，这样一个文化心理的保存，使黄鹤楼始终生长在我们的心里，那么你具体盖起这个黄鹤楼比如油漆的质量怎么样，伪木柱子的成色如何，我们可以宽容，我们可以原谅，为什么呢？因为黄鹤楼的仙气、灵气在它的文本上，在它的语言上，在李白和崔颢上，所以只要有李白有崔颢，黄鹤楼永垂不朽。只要有我们的汉语、汉字的文本，中华民族永垂不朽！滕王阁也是这样，滕王阁修得很精致，它的自然条件不如黄鹤楼，因为南昌那边滕王阁前面是赣江，就是"秋水共长天一色"里的，没有长江的那种气魄。滕王阁是根据梁思成先生当年画的，也就是他考察、推测的图把它修起来的，可是这个建筑的依托我觉得也是王勃的《滕王阁序》，没有他的物华天宝，人杰地灵，没有他的"落霞与孤鹜齐飞，秋水共长天一色"，这个滕王阁不会这样的屹立，这样的崇高，这样吸引着我们这些中华儿女。这是不得了的，一个有文本的民族和一个没有文本的民族在世界在人类中的地位是不一样的，一个有无数优秀文本的民族必胜，很难代替。所以我们就看到语言文字的记载所起到的记忆和文化积淀的作用，一个没有文化的积淀的民族就好比一个失去了记忆力的人，每个人都有自己的悲哀，而失去了记忆力实在是一个非常大的悲哀，失去了记忆力你连自个儿是谁都不知道，我们还怎么帮助你？你还能有什么幸福可言？还能有什么不幸可言？

（三）语言是一种修辞的手段。这种修辞是泛修辞，我觉得我们的文化在某种意义上说就是修辞，人都有动物的本能，都有求生的本能，而人的这种本能经过修辞以后，就如毛泽东所说的有"文野之分"，有了文化与非文化之分。如果没有修辞手段，你就只能限于本能，这个我想到最多的是阿 Q 先生，按照人权的观点，阿 Q 当然和我们都一样，他有两次求爱经历，一次是求吴妈，用他的话说就是"小孤孀"吴妈，那么他怎么求爱呢？他突然一天晚上就给吴妈跪下了，然后他说："吴妈！我要和你困觉！"然后吴妈就哭，要抹脖子上吊，大家都认为阿 Q 干出了毫无人性、违反道德、不守规矩、欺天害理、不齿于人类的这种事情。如果阿 Q 在语言文字的修辞上能够到咱们中文系上两节课，能来这听讲座，他绝对就不会用这种话了！如果他读过徐志摩的诗呢？那么他见到吴妈就会说："我是天空里的一片云，偶尔投影在你的波心，你不必讶异更无须欢喜，在转瞬间消灭了踪影。你我相遇在黑夜的海上，你有你的我有我的方向……"嘿，他可能就成功了！阿 Q 和徐志摩作为男人，他们想择偶，想求爱，这是天经地义的，阿 Q 对吴妈连性骚扰也谈不上，因为他是跪下的，他又没有摸人家，也没怎么着人家。性骚扰是阿 Q 对小尼姑，他去摸人家的脑袋，而且他还有一个最为恶劣的是，他说："和尚摸得为什么我摸不得？"他缺乏修辞。修辞能使很多事情甚至于发生本质的变化，从野蛮到文化，从野兽到文明的人，可以有很大的变化，不过我们往宽里说的话，很多事情就是一种修辞，我们可以说它是生活的修辞，比如说婚姻，该有的这些仪式、程序，互相还写点情书，然后你再进教堂，还要奏结婚进行曲，非常雄壮，我听这声音一直以为是大军出营征战。经过这样一个修辞的手段他就不一样，所以有时候我们从一个人的语言上，所谓的谈吐上就能看出这个人素质是高还是低，对人是粗暴的还是温和的这样一些印象。所以说语言的修辞作用是太大了，为什么我说语言塑造了人呢？这是因为人的许多一些本能的欲望，这些欲望既谈不上坏、罪恶，也谈不上好、文明，经过修辞的作用，经过这种长期的修辞的实践，修辞的习惯，修辞的素养，他变成了一个有教养的，有文化的人。

（四）语言的政治功能。语言在政治当中起到相当作用，政治家基本上或是按照一般来说他应该是个演说家，比如说用语言来选举，用语言来起鼓动的作用。《文心雕龙》一开始就说"鼓天下之动者存乎辞"，能发动天下的是"辞"，以"辞"来打败政治上强有力的对手"起来！饥寒交迫的奴隶"，这个语言的力量太大啦！雷霆万钧，如火如荼啊！就冲这一句话就该热血沸腾了。古代"吾与汝偕亡"我没有能力把你消灭，怎么办呢？我跟你一块儿死！还有"人生自古谁无死，留取丹心照汗青"；革命烈士夏明翰的诗"砍头不要紧，只要主义真；杀了夏明翰，还有后来人"。有一些话我觉得提得真精彩，比如《共产党宣言》讲社会主义、无产阶级革命，说是"无产阶级在这场革命中失去的是（只有）锁链，而得到的（将）是全（整个）世界。"哎呀，这种语言力透纸背，千钧之力啊！还有他最后有一句话说："全世界无产者联合起来！"这个是中文的翻译更悲壮，"全世界无产者联合起来！"他原来德语的原文我不会，但是英语我见过，太简单了，"All workers unite！""所有的工人要联合"。我还想到一些很有名的词儿，比如说，你们这个年龄的人肯定也知道季米特洛夫，他在被审判当中不要律师，自我辩护，把敌人的审判变成了他的讲台，在那里慷慨激昂讲话，所以他真是当时那个时候共产主义的一个明星，他一句话说"当中世纪的教会把主张地动说的科学家烧死的时候，这个科学家说：'你可以烧死我，但是它在转动着！'"它在转动着！多棒啊！还有他说"无产阶级和资产阶级决战的时刻到来了！到时候我们不做铁锤便做铁砧"，也就是你不砸他他就砸你，当然从现在来看对这个事情还是应该一分为二，他没有充分考虑事物的复杂性，但是从语言来说它是非常有力的，这是政治上的一种情况。还有一

184

种情况就是这种语言和文字又会变成政治家的一种武器，变成了政治家的一种障眼法，用来遮蔽事实的真相，用来推迟真相的出场。我们"文化大革命"中有些人宣传得非常好，而且大家都说这人讲得真好，但是那些话是经不住研究、经不住推敲的。例如我这里就不说具体是谁说的了，这人介绍经验的时候说，我们这儿对待自然灾害，我们的经验有三条，第一，要承认它，第二，不怕它，第三，克服它！讲得铿锵有力，但是他讲的全是废话，和没讲一模一样啊！什么叫第一承认？你承认不承认山水下来把你房子都已经冲走了你还不承认？就是有时候他讲些同义反复的东西，比如说有些领导人讲话，说什么叫全心全意为人民服务呢？第一，不是三心二意，第二，不是半心半意！这叫什么？这叫同义反复，你说来说去实际上一句话都没有说。前几个月外国媒体评文理不通奖评给拉姆斯菲尔德了，凤凰台多次播放拉姆斯菲尔德的讲话："I don't know what I know or I don't know, If I think I know I'm not sure I know or I don't know."就是当时人们问他关于伊拉克形势啊，大规模杀伤性武器追究这些事情的时候，他就说我们并不知道我们知道什么，我们也不知道我们不知道什么，我们以为我们知道什么，但是不见得就是我们知道什么。这就是拉姆斯菲尔德说的。有时候搞政治真是练语言啊，我在香港看过老布什竞选的一个新闻片，老布什讲要不要加税问题，他就保证我绝对不加税，他用手指着嘴（动作），说："Pay attention to my mouth！ I say，NO，NO，NO！"他说请你们注意我的嘴，注意我的口型，我说了不加税，"NO，NO，NO"，我三次说了不加税，然后他上台三个月后就加税了，然后他又讲，我当时说不加税有当时的情况，现在说加税有现在的情况，情况变了提法自然会有改变！这个语言文字真好啊，没有语言文字怎么办？怎么解释这些事情？中国是很注意外交辞令的，晏子使楚这一类的很多故事那不就是靠语言吗？他就显示出了语言的魅力，最后那个楚王就说："寡人自取辱焉"，就是等于他承认败在晏子手下。还有说客，《史记》上就有很多说客，说客就靠自己的三寸不烂之舌改变形势。有时候我开玩笑，我发现好多人包括我自己，我说我们到底算什么劳动者？算体力劳动者？不算！算脑力劳动者？不能一天老用脑子，很累的！后来我归结为"口力劳动者"，很多人都是口力劳动者，靠口力劳动改变、调整着政策，政策的调整那要靠口力，包括文字也是把口说的东西记载下来。

（五）语言的审美功能。语言产生之后可以成为审美的对象，其实刚才我讲那些我喜欢的词的时候，已经包含了对它的一种审美的感受，一种审美的接受，因为你不能单纯地说哪个词一定好，哪个词一定不好，褒义词都是好词，贬义词都是坏词。语言和文字尤其是像中国的文字有这样巨大的审美功能也是很少有。它的音乐感，我读文学作品包括我自己写东西，我特别追求的就是这种音乐感。好的句子你怎么看怎么舒服，怎么念怎么舒服，别人念你怎么听怎么舒服，而不好的句子他怎么着都别扭。其实拉姆斯菲尔德获得文理不通奖的那一段讲话从单纯的审美意义来说他有一种喜剧的乐趣，用英语来评价的话"He is funny"，我们也可以说是"He is fantastic"，他是奇妙的，而且是喜人的，这是从单纯的审美意义来说。我有时候喜欢一些不上经传的作品，我就是觉得它的发声好听，内容当然可以，不算深刻，也不算感人，也没有包含巨大的道德的、社会的或是人生的内涵，但它的声音实在是太好听。比如说苏轼的，"休对故人思故国，且将新火试新茶。诗酒趁年华。"太帅了！唱歌你就唱不到这么好，再比如说"细雨梦回鸡塞远，小楼吹彻玉笙寒。"这声音真是太好听了。你就单纯从它的审美的角度，不去管它的内容，而且甚至于那些从内容上来说值得推敲的，不一定很积极，不一定很健康，也不一定同情劳动人民，也不一定代表先进的生产力和先进的文化和人民的最大利益。但是这些辞藻，这些词句，这些文字加在一起给你美感。我为什么喜欢李商隐呢？李商隐他能够把他那种消极的、悲哀的乃至于颓丧的情绪审美化。李商隐他能够用特别美的文字，用特别美的语言，甚至用富贵的词汇，比如说金玉、蝴蝶、花卉等等，用这些东西他来把颓丧的情绪加以包装，实际上颓丧的情绪变成一种曲折有致、美不胜收的这么一座宫殿。譬如说我最喜欢他的两句，这是最颓丧的，"红楼隔雨相望冷，珠箔飘灯独自归。"哎呀，这太悲哀啦！"红楼隔雨相望冷"，他是不沟通的，他是隔膜的，"相望冷"，他是冷雨，"红楼隔雨相望冷"，你觉得这个冷啊，读到这里就有点儿冷到骨头里去了。"珠箔飘灯独自归"，这么美！他为什么这么美啊？红楼在雨里，他是红楼啊，不是土楼，也不是地堡，"地堡隔雨相望冷"，这就不行了，"珠箔飘灯独自归"，他这不是纸灯笼，也不是拿着一根蜡，更不是拿着手电筒，"手持电筒独自归"，那就完啦！甚至于这种悲哀的情绪，消极的情绪，失望的情绪，软弱的情绪，所谓"一春梦雨常飘瓦，尽日灵风不满旗"，这雨都是飘着的，飘到瓦上，不是落到瓦上，雨没有重量，又有风，风也很小，没有大风，大风干脆呼噜呼噜呼噜吹一家伙也可以，他连旗子都不能吹满了，不能吹满旗子迎风飘扬，所以这个语言呐它变成一种审美的呼唤。新诗里头舒婷有两句话，实在是写得非常具有审美的价值，这诗我记得不是很清楚了，她说"也许有过一次呼唤，却永远没有应许；也许有过一次约定，却永远没有如期。"Beautiful！！太棒了！这就是一种语言的审美化。一念这个我总有一种恶作剧的心理，我就想起我上小学的时候，男生三四年级的时候就开始发坏，我们一个同学就学着唐山味儿教我一句话，"我说老妹子啊（连读），你咋不爱（发后舌音）我呢（nin 音）？"这就缺少审美价值，显得粗鄙不堪，至少他这是顽童语言，没有什么特别恶劣的。我看曹禺的《雷雨》，我就特别喜欢其中那些最普通的话，特别是《雷雨》的第二场，就是侍萍和周朴园见到了，侍萍说了："那已经是几十年以前的事了，那时候还没有用洋火。"洋火就是火柴，我不知道她是哪一根心弦给我拨动了，她这个"没有用洋火"就引起我本身那么多沧桑感，然后还有一句话说："侍萍老喽，老的连老爷都认不出来了……"何等的悲凉啊！这很有一种味儿，和那个"逝者如斯夫，不舍昼夜"本质是一样的，但又是另一种悲凉。所以我们觉得语言文字它不但是有声音，而且是有表情的，它是有动感的，它是有形象的，它是有色彩的，它处处都在感染着你，处处都在触动着你。

（六）语言的神学效应。语言不但有艺术的效应，有艺术的功能，有表意的功能，政治的功能，社会的功能，而且语言有强大的神学的功能。很多神学的最根本的概念是语言的产物，是一种语言。譬如说"终极"，谁看见过终极？终极在哪里？你是活人就看不见终极，你看的只有那几十年，我们假设您长寿，您能活一百五十年，那一百五十一年您都看不到，更不用说终极了。譬如说"永恒"，你上哪去找永恒？但是永恒是一个词，是一个非常好的词，是一个非常有神学功能的词。"本源""至高无上""造物""命运""无限"等，我们看到的都是有限的，无限是我们思想的产物，因为有这个语言，你的思想才有所丰富。还有"轮回""末日"等，如果没有这样的一些语言，怎么可能有宗教？怎么可能有人的这种神学的追求和研究，当然还有更严肃的，"上帝"啊，"佛"啊，"真主"啊这样一些词，我们中国除了"老天爷""灶王爷""玉皇大帝"这些词以外，我们还有一些"准"或是"亚"神学的一些词，就是说哲学的，具有无限涵盖力的词。譬如说"道"，譬如说"无"，其实我想来想去这个"无"也是看不见摸不着的，你看到的摸到的都是"有"而不是"无"，但是看不见的摸不着的东西，就是说你经验以外的东西，语言和文字可以创造。语言和文字不但有经验性，而且有"超验性"和"先验性"，超出你的经验。还有一些伟大的词语，它们本身就具有一种神性，比如说"正义""神圣""永生""就义"，它们有一种超越，对人生经验的一种超越，是对人生经验的一种升华。所以自古以来

就有一种把语言神圣化尤其是把文字神圣化的这样一种倾向，世界上各个民族都在寻找一种具有神性的语言。比如说我们所知道的芝麻开门的故事，芝麻开门这就是咒语，你到了一座宝山的紧锁的石洞面前，你叫一声芝麻开门，这门就开了，然后所有的珠宝欢迎你去摘取，去收获，他们寻找这样的语言。福，福禄，福禄其实也离不开字，但是它有一种很特殊的写法，认为它有避邪的效应，过去北京有很多家里头如果有小院子的话，就立一块石碑，上边写着"泰山石敢当"。就是因为他们认为有些语言文字是有神性的，语言文字本身它还有一种神秘，它的背后有一种神的意旨，这个意旨是文字本身所不能直接提供的，是要靠你去钻研和体会，去探索的。中国有《推背图》，所谓"河出图，洛出书"，这里头它是一个神秘的东西。要是细讲起来语言和文字真是非常神秘，我相信语言是经过千万年才慢慢形成的，不可能一下子就这么完备。文本后还有天意，而这个天意是不可测的，所以就有测字，所以有《推背图》，就要解释。外国人喜欢搞这个，有一本书，叫做《圣经密码》，说他们确认《圣经》是密码，他们请了美国中央情报局的退休的密码专家来研究，找出了它这个密码的规律，根据这个规律，他们发

现《圣经》已经预言了所有的事情，预言了苏联的解体，预言了巴以冲突，预言了伊拉克战争，凡是发生的事情，密码都能找得出来。把语言把文字当成一种密码，然后寻找它背后的神秘，这个中国也不是没有这种传统，中国认为语言文字具有神秘性，说仓颉造字的时候"天雨粟，鬼夜哭"，啊，因为太智慧了，这个智慧是超人间的，超经验的，所以连天都下小米，鬼夜哭，连鬼都害怕，中国人这么厉害啊，仓颉这么厉害啊，所以说语言有神秘性，有神学的功能。这种把它当密码的游戏表现在占卜上面，他希望通过对一些卦辞的解释、解读能找出对人生、命运的预言来。

（七）语言还有一种心理释放和抚慰作用。语言和人的心理我觉得关系太大了。为什么呢？语言可以使你心里的郁结得到释放。我读过美国 80 年代一个很有名的短篇小说家，叫做 John Chiver，他的女儿 Susan Chiver，写过一本书回忆他的爸爸。她在这本书一开始的时候就说"在我小的时候遇到不愉快的事，我爸爸就让我回到房间跪下来做一会儿祈祷。在我大了以后遇到不愉快的事，我爸爸就让我把这一切都写下来。在祈祷之后，写下来之后，我就变得平安多了。现在我遇到的最不愉快的事就是父亲的逝世，我要把这一切写下来。"这是很普通的，一个人需要说，需要倾诉，一个能够倾诉的人他是幸福的，一个无人可以倾诉的人，是可悲的。宗教信徒的忏悔，也起这么个作用。有时候我觉得语言有一种释毒的作用，他把那种非常负面的，非常消极的有可能成为毒素的，有可能引起癌变的那些经验，那些体验，那些情绪，把它通过一定的语言文字的形式写出来以后，就是经过了这么一个无害化处理的过程。李商隐也是这样，李商隐虽然消极，但是他的诗写得漂亮，他要有很好的音韵，他要有很好的典故，他要有非常精确的对仗，他要有精美的文字的选择，所有这些都是无害的，这是种无害化处理。比如《红楼梦》，晴雯的死宝玉义愤填膺，但是他又不太可能在荣国府、在大观园掀起一场抗暴、抗谗言、清理小人的运动，连绝食他都没有，宝玉怎么办呢？他就写了一篇《芙蓉女儿诔》，而且这个《芙蓉女儿诔》也是骈体，写完之后自己在那里摇头摆尾地念，林黛玉还听见了，然后林黛玉就过来了，过来以后还跟他提一提说哪个字该怎么改一改，哪个词该怎么改一改，这样就把对晴雯死的愤激之情转化为对"诔"这种文体的一种修辞学的讨论，把它雅化了。不但雅化了，而且释毒了，把它无害化了。所以这本身就透露了一个信息，语言文字既很好很厉害，也很冷酷，它把对一个人死亡的正义的愤怒最后变成了文字的推敲。中国的戏曲和国外的戏曲比较起来，中国戏曲的大仁大孝、大忠大奸、大锣大鼓相对来说比较强烈，什么原因呢？就是因为它的心理上的积蓄太多，压抑太多，它需要语言的宣泄，而语言的宣泄无论如何比它上街宣泄要安全得多。秦香莲见皇姑，皇姑问"你为什么不跪？"秦香莲说："按照国法，你是君我是臣，我应该给你跪，按照家法，我是大你是小，你应该给我跪"（原文记不太清），这个思想本身并不算很先进，但是在当时来说她敢这么说话也还是出气，别的时候不敢说就在戏里头说一说嘛。通过这个东西她能够维持一种心理的健康和平衡，这就是语言的心理释放乃至于释毒的作用。

（八）语言是一种游戏。语言文字有很大的游戏性，它消遣，有很多纯游戏性的语言游戏和文字游戏。我小时候，学了很多这种游戏性的东西，而且听起来不太有道理的，没有什么意思的这样一些文字，但是它很有游戏性。比如说模拟的快板儿，说"打竹板儿，迈大步，眼前来到棺材铺，棺材铺的棺材真叫好，一头大来一头小，装上活人跑不了，

191

装上死人活不了。"我觉得这是很天才的，没有什么意义，也没有攻击棺材铺的意思，也没有为棺材做广告的意思，这是一种游戏。还有很多例子，我的孩子小的时候那么多革命的好的童谣教给他，他不学，他就会说什么呢？"一个小孩儿学大字，学，学，学不了，了，了，了不起，起，起，起不来，来，来，来上学，学，学，学文化，画，画，画图画，图，图，图书馆，管，管，管不着，着，着，着火了，火，火，火车头，头，头，打你一个大锛儿头！"这就是游戏，它有什么意义？既不反动，也不革命，也不进步，语言文字有这种游戏功能，人多了一个玩儿的东西。人可以玩文字，可以玩语言，而且还有各种绕口令，像"吃葡萄不吐葡萄皮儿，不吃葡萄倒吐葡萄皮儿"，这就是游戏，因为这话是不通的，你不吃葡萄怎么吐葡萄皮儿呢？后来我在德国，在波恩一个汉学家的家里，我找到了一个20年代德国汉学家写的《北京口语词典》，其中有这个绕口令，那时候比较规矩，是"吃葡萄就吐葡萄皮儿，不吃葡萄不吐葡萄皮儿"，它是很合理的，但是游戏性不如这个，"不吃葡萄倒吐葡萄皮儿"，游戏性就增加了，是把它荒诞化了，这都是一些游戏。中国的游戏还多了，比如说回文诗，这诗从第一个字念可以，从第几个字念也可以，它是循环的，是转的。苏小妹三难新郎，其中就有回文诗，所以极具游戏性。我上小学的时候的大家都喜欢唱岳飞的《满江红》，"怒发冲冠，凭栏处，潇潇雨歇"，可是我们的同学给改了，"来一碗粥，要咸菜不要窝头！"那么这个同学是不是对岳飞有不敬呢？是不是有私通秦桧的嫌疑呢？没有。他就是觉得你老唱"怒发冲冠，凭栏处，潇潇雨歇"没有人笑啊，改成"来一碗粥，要咸菜不要窝头！"大家就一团乐了。解放以后我们有一个歌叫做"我是一个兵，来自老百姓"，马上这个同学又给改了："我是一块冰，吃了肚子疼！"人的本性就喜欢拿语言和文字游戏，你可以把它搞得很神圣，也可以把它搞得非常游戏，当成个玩意儿随便玩儿，就像魔方一样，你可以这么拧，也可以那么拧，放到地下转一转，碾一碾，搁脚踹一下，总之是玩儿，这是一种游戏。

（九）也是最重要的，语言有一种发展人的能力。它本身有一种发展能力，有一种组合能力，有一种衍生能力。就是说语言本身在人把它创造出来以后变成了一个世界，变成了一个有机的、活的东西。这个本身是在不断地变异，不断地组合，不断地发展的，它培养了人。比如说有了数字，它培养了人的条理，慢慢地我们有了反义词的概念，很多新词就创造出来了。譬如说我刚才提到的无限，无限是一个超验的概念，它是怎么来的呢？因为我们有有限的经验，我们知道空间是有限的，时间是有限的，您兜里的钱也是有限的，有了对有限的经验，你就想这个有限的反面是什么呢？是无限，长生不老，天地同辉，这是无限。有了短暂的经验，然后想和短暂对立的是什么呢？是永恒，这样我们就创造了永恒。对反义词的思索使人产生了超验的概念，有与无，物与神，文与理，都是这样。比如说很多成语，这些成语出现以后，它经历了一个变异的过程，这个过程我们现在很难作价值判断，它是好还是不好，比如说现在，包括国务院的政府工作报告里经常有这么一个词叫做"知难而进"，这个成语原来是"知难而退"，但是现在已经快有人不知道"知难而退"了，只知道"知难而进"，为什么呢？因为毛主席他来了一个"知难而进"，毛主席最喜欢改成语，"前仆后继"，他来了一个"前赴后继"，"知难而退"他给改成了"知难而进"，他用他的价值观念来改成语。但是起码我刚才说的那两个改法已经被广泛接受了，到处都在讲"知难而进"，到处都在讲"前赴后继"，比较吉利，而"前仆后继"听起来就不怎么吉利。所以语言本身有变异的可能，有衍生的能力，还有自我完善的能力。有时候语言的组合丰富了人的思想，当然首先是人的思想丰富了语言，但是反过来语言的组合又丰富了人的思想。譬如说"有志者事竟成"，但是我们马上按照这种模式可以提出几种不同的命题来——"有志者事不成""有志者事未成"等等，我们可以举出很多的例子，你就从这个"有志者事竟成"上，从语言的单纯的组合上就可以看出语言本身能够怎样的衍生，怎样的变化。周谷城（副委员长）教授曾经给我讲过一个例子。一九四九年的时候他去北京看望毛主席，毛主席踌躇意满，说：失败是成功之母，真是这么回事，我们从南昌起义、井冈山、秋收起义、一次一次反"围剿"，我们失败了多少次，最后我们成功了。周谷城当时来了一句："主席，成功也是失败之母！"主席略显不悦，问"怎么讲？"周谷城说"成功容易骄傲啊，骄傲又使人落后……"就差不多这么个意思，"成功了人就容易……腐化啊什么的，这样的话不就引起失败了？……当然，主席例外！主席例外！"他就加了这么一句，这是周谷城亲自对我说的，后来我个人就给他这话作批注——画蛇添足，越描越黑。你如果选择词句，用比较正确的说法，你应该这样，毛主席问"怎么讲？"你说"历史上有过这样的事情，成功了之后注意不够，结果失败了，但是我们现在吸取了教训和历史经验，我们会摆脱这样的悲剧……"这样说就好了！但是毛主席当时还算挺好，"啪"一拍桌子，说："你讲的有理！"后来我就想成功是失败之母，失败是成功之母，成功也可以是成功之母，一个成功引起一个成功，失败也可以是失败之母，或者成功失败各不相干，并无母子关系，这都是可能的。就是说你看着是语言文字的来回的调换，来回的组合，来回的排列，正义词改成反义词，或者是把宾语换成主语，但是本身他丰富了思想。相反地如果我们既没有成功，也没有失败，也没有"之母"这样的概念，我们的思想会贫乏得多。所以一个没有语言没有文字的人，一个失去了自己的语言和自己的文字的民族是最可悲的。

二、语言的陷阱

刚才这些是从语言的正面来说的，但是从反过来说语言本身又是一个陷阱。

（一）语言不可能完全准确，语言怎么能完全准确呢？我们都知道轮扁论斫的故事，有一个造车轮的阿扁，这个阿扁看到齐怀王在读书，他就问怀王读什么书啊？齐怀王说我读的是圣贤之书，他说这不过是糟糠而已，齐怀王就问"有说乎？"，你有道理吗？给我讲讲。阿扁就说，以做轮子为例，"斫"以我的体会是类似于砍但又不太一样的工具，不是斧子，也不是锯，他说你砍的劲儿大了它就苦了，砍的劲儿小了它就甘，这个苦字到现在我们还用，就是说这东西你去得太多了就苦了，做过了就是弄苦了，用的力量不够就会甘，就甜了，现在这个不太用了。但是你怎么能够掌握得合适呢？无法传达，无法用语言来描述。你只能自己慢慢去砍、砍、砍、砍……，然后就掌握住了，他说连做轮子语言都是无能为力的，那么你写一本书来教人的用处就是很小的，更何况是治国平天下的大事呢？你不能说治国平天下的大事比做轮子简单。所以能够写下来、能够说出来的全是糟粕。老子讲，"智者不辩，辩者不智"，禅宗讲，"不可说，不可说"，越是最精妙的道理越是不能说。至少到了孔子他有"述而不作"，说还行，但是不能作，为什么呢？因为"说"有很多弹性，有很多灵活性，有语境，有语气，有对象，有交流，

195

有呼应。但是写成文字了，整理出一个文本，是经不住推敲的，是不准确的。

（二）把任何东西写下来以后，它会简单化，它会教条化，它会呆板化。本来灵活的、极好的一个论断、一个见解，写出来以后就变成死东西了，它就暗藏着变成教条，变成呆板的可能。

（三）你说的越是普及，就越有降低水平的可能，它被通俗化、庸俗化了，最后，我有一个不雅的词——被狗屎化了。很好的一个见解，很好的一个说法，尤其是如果一强迫，完了！那么说出来的多半是狗屎，多半不是见解，多半不会有很珍贵的思考的成分在里面，因为它变成人云亦云了，变成各执一词了，就像"文化大革命"中打语录仗似的，你背一段语录，他背一段语录，把语言文字所表达出来的精彩的东西加以歪曲，加以简单化。所以我们在讲到语言文字的重要性的时候，还要看到有一种反语言文字的、非语言文字的传统。比如我们现在评价一个人往往还用到一个词叫厚重少文，什么样的人厚重呢？他的话不多，而且没有什么文采，拙嘴笨腮；但他的另一面给人的感觉比较厚重，比较稳定，比较可靠，比较忠诚。正是因为语言文字有这种侧面的反面的东西，你说得太多了令人马上就想到言过其实，你说得不准确，你说得夸张，你是所谓嘴皮子上的功夫。什么原因呢？因为语言太发达了，它会脱离现实，它和求真务实的精神不符合了。你要是到上级那里开会，比如党委书记去省里开会，天花乱坠地讲一段，你可千万别以为会对你印象好，肯定把你从后备名单里头给去掉了。所以我们有很多对语言不利的说法："夸夸其谈""口若悬河""言语的巨人，行动的矮子"，但是我们如果老是寻找那种结结巴巴的话也说不清楚的行动的巨人，这个也有点偏颇。演说、答记者问、记者招待会，既需要行动的巨人，也需要言语的大师，我们应该提倡言语的大师和行动的大师。

（四）语言规定了你的思维。我们现代人出生以后接触到的现有的语言信息太多了，想看也看不完，想消化也消化不清楚，所以你只剩下学舌的份儿了。已有的语言已经规定了你的思维，使你的思维不能解放，不可能有什么别的新鲜的想法。本来这是非常好的事，"床前明月光，疑是地上霜。举头望明月，低头思故乡。"太好了！现在的孩子一般话还没说全已经都会背这首诗了，然后你一看到月亮就"低头思故乡"，那这个月亮到底是什么样儿，你就没有那种真实的原生的感受，你只有这个诗歌里边儿的（感觉）。我小学学作文的时候，买过一本叫做模范作文读本，现在这一类的东西早已汗牛充栋了，这个读本给我印象最深就是让我学会了一个词叫做"皎洁"，皎洁的月亮升起，我过去对月亮有感觉，觉得月亮当然没有太阳那么亮，又不像星星，不知道该怎么形容，我发现了"皎洁"之后又发现了月亮，我觉得"皎洁"这两个字给我的帮助太大了。但是，到后来我特别痛恨这两个字，我说你形容月亮，描写月亮，感受月亮你什么都行，老是"皎洁"，张三是"皎洁"的月亮，李四也是"皎洁"的月亮，弱智者也是"皎洁"的月亮，汉奸也是看见"皎洁"的月亮，我就是不"皎洁"！"皎洁"统治了人的思维。所以，已有的语言和文字的信息既是我们的财富，又是我们真正认识世界、进行创造的一个阻隔。

（五）语言还有一个陷阱，就是从理论上说一切已经说出来的，尤其是写下的东西都有可能被驳倒，我现在不管事实是不是被驳倒，但就是说你要抬杠，那没有一句话是不能抬杠的。说人都要吃饭，他说正绝食的人就不吃饭，刚做完肠胃切除手术的人也不吃饭，年岁过大，靠鼻饲的人也不吃饭。我不想多举了，没有什么话是不可以推敲的，是不可

197

以驳倒的。为什么现在文坛上有一批酷评家？因为语言和文字是最容易驳倒的。一个实验结果你想驳倒没那么容易，除非你自己也做一回试验。一个物理定律你想驳倒它不是那么容易，可是一个语言和文字所构成的、所表达的思想和命题，你可以攻其一点而不及其余，你可以无限夸张。我们在生活中还常常看到两个人在讨论一个事情，本来是一个非常细微的差异的见解，但是两个人各不相让，你抓你的辫子越来越多，他抓他的辫子也越来越多。你说从来没见过！什么叫从来没见过？昨天你还见着呢！那个说你就不信，你不信管什么用啊？毛主席都信！语言文字可以造成人的沟通，又可以引起人的分歧；可以促进我们的思想、我们的感情更加成熟、更加明晰或是更加敏锐，也可以阻隔我们的思想和感情来制造许许多多的无聊的冲突。从某种意义上说语言文字所制造的废品、所制造的垃圾，并不比语言文字所开放的奇葩少。

不成样子的怀念

一九九二年秋，我结束了在澳大利亚昆士兰州布里斯班市参加华拉纳节作家周的活动，应澳艺术理事会的邀请转赴悉尼。到悉尼的第一天，得悉了胡乔木同志逝世的消息，当即给他的遗属拍去了唁电。

对某些所谓中国问题专家来说，我的反应是出乎他们的意料的。因为，他们习惯于以"保守派"与"改革派"、"强硬派"（或鹰派）与"温和派"（或鸽派）、"正统派"与"自由派"的两分法来划分中国的一些人士。这种简单化的划分，实在与"凡有人群的地方都有左、中、右"的"阶级分析"的方法并无二致。同样的简明，同样的粗糙，有时候是同样正确，有时候又是同样荒谬。按照这种粗糙并有时荒谬的"两分法"和角色的派定，王某人不应该与胡常委（他逝世前担任的最后一个职务是中顾委常委）相互友好。

一九八一年我第一次接到了乔木同志来信，信上说他在病中读到了我的近作（看样子读的是人民大学编印的《王蒙小说创作资料》，一本以教学参考资料为名广为行销的"海盗版"书籍），他对之很欣赏。他写了一首五律赠我，表达他阅读的兴奋心情。

不久我们见了面。他显得有些衰弱，说话底气不足，知识丰富，思路清晰，字斟句酌，缓慢平和。他从温庭筠说到爱伦·坡，讲形式的求奇与一味的风格化未必是大家风范。他非常清晰而准确地将筠读成 yún 而不是像许多人那样将错就错地读成 jūn。他说例如以托尔斯泰与屠格涅夫相比，后者比前者更风格化，而前者更伟大（大意）。我不能不佩服他的见地。

他也讲到，马、恩等虽然有很好的文化艺术修养，有对文艺问题的一些有价值的见解，但并没有专门地系统地去论述文艺问题，并没有建立起一种严整的文艺学体系，他说："我这样说，也许会被认为大逆不道的。"他的这一说法给我以深刻的印象，可惜，也许是顾虑于"大逆不道"的指责，人们未能见到乔公对于这个问题的进一步阐述。后来，我在《读书》上发表的一篇文章《理论、生活、学科研究问题札记》吸收了这个思想，虽然，这篇文章使一些人至今如芒刺在背而难以释然。

我举例问到了关于对毕加索的评价，我想知道他个人是否欣赏毕加索，我也想知道在中国，艺术空间的开拓还要遇到多少阻力和周折。他的回答出我意料，他说："在我们这样的国家，还难于接受毕加索。"我以为他的回答流露着某种苦涩，也许这种苦涩是我自己的舌蕾的感觉造成的。

我问他对于典型问题的看法，他说，这个问题谁也说不清楚，他说"典型"是外来语，然后他讲了英语 stereotype，他说这本来就是样板、套子的意思。他发挥说，比如说高尔基的《母亲》是典型的，但高尔基最好的小说不是《母亲》，而是《克里姆·萨姆金的一生》。然后他如数家珍地谈这部长而且怪的、我以为没有几个人读得下来的小说，使我大吃一惊。

其后不久乔公对《当代文艺思潮》上徐敬亚的一篇文章大发雷霆，

于是我看到了此老的另一面。他认为徐的文章是对革命文艺的否定，认为《当代文艺思潮》这本刊物倾向不好。他甚至于不准旁人称徐为"同志"，这使我觉得他处理问题有时感情用事。我告诉他，《当代文艺思潮》的主编是一位"好同志"，这位同志曾协助省委主要领导做文字工作等等。乔木的反应是："那就更荒诞了！"随后，他谈此杂志时的调门略降低了一些。

一九八三年春节我给他拜年。他读了我的小说《布礼》，认定我的爱人一定极好，便责怪我为什么不带爱人来，并且立即命令派车去接。

一九八二年下半年《文艺报》等展开对"现代派"的批判，高行健的一本小书与冯骥才、刘心武、李陀与我的致高行健的信使《文艺报》等如临大敌。一位日丹诺夫主义的中国传人理论家在会议上大讲"这一场斗争是不可避免"的，另一位负责人也郑重其事地大讲"批现代派的政策界限"，令"犯了事"的作家紧张莫名。连他的亲属也上了阵，讲"党的十二大精神是建设有中国特色的社会主义，而他们要搞'现代派'！"

乔木同志当时在政治局分管意识形态工作。他当然熟知这些情况，更知道批现代派中"批王"的潜台词和主攻目标。一九八三年春节他对我一再说："我希望对于现代派的批评不要影响你的创作情绪。"

这一点也很有胡乔木的风格。他要批现代派，或不能不首肯批现代派，他也要保护乃至支持王蒙。鱼与熊掌，兼得。

这一次会面起到了他所希望起的那种作用。一些人"认识"到胡对王蒙夫妇的态度是少有的友好，从而不得不暂时搁置"批王"的雄心壮志。

胡乔木对张洁的小说与生活也很关切。他知悉张洁婚姻生活的波折与面临的麻烦，他关心她，同情她，并且表示极愿意帮助她。

另一个引起胡关注的女作家是冯宗璞。他读了冯在报上发表的《哭小弟》，宗璞的弟弟是搞尖端科学的，英年早逝。当时中央正在抓中年知识分子的生活待遇与政策落实问题。胡说他读了《哭小弟》，给作者写了信。我向他介绍了冯的家学渊源。他后来又接触了一些冯的作品，颇赞赏。胡的艺术趣味偏于雅致高洁，与宗璞对路。他曾经激赏过我的小说《歌神》，却接受不了我的幽默、调侃，也是一证。有一位革命文艺批判家权威，一提宗璞就气不打一处来。这位权威主要是厌恶宗璞的书卷气与学府生活。比较一下他和乔木的态度，令人叹息。

说到个人爱好，胡喜欢黄自和贺绿汀，把一盒复制的黄自歌曲的磁带赠送给了我，并批评音乐界的"门户之见"。胡喜欢看芭蕾舞，并向我建议请舞蹈团以抗震救灾为题材搞一个舞剧。胡的欣赏品味是高的，所以他对文艺界的某些棍子腔调斥之为"面目可憎"。我曾经开玩笑说，胡乔木是贵族马克思主义者，而棍子们是流氓"马克思主义"者。罪过！

与此同时，乔木又不断地劝诫我：在文学探索的路上不要走得太远。一九八一年，我的小说《杂色》发表后他写信来，略有微词。他又把一期载有高尔斯华绥的一篇评论文章的译文的《江南》杂志寄给我，该文的主旨似亦在主张"大江大河是平稳的，而小溪更多浪花和奇景"，我已记不清了，反正是不要太"现代派"。我想，这对于一心追新逐异的浅尝者们，还是有教益的。

我曾与周扬同志谈起乔木的这一番意思。周立即表示了与胡针锋相对的意见。周主张大胆探索，"百虑一致，殊途同归"。我感到了胡与周的相恶。对于周，我理应在今后写更多的回忆文字。

胡乔木还曾托付一位与我们都相熟的老同志口头转达"让王蒙少搞一点意识流"之类的意见。我毫不怀疑他意在"爱护"我，乃至有"护君上青云"之意。

此后由于我也忝列于某些有关文艺工作的"领导层"之中，便与胡发生了更频繁的接触、交流与碰撞。一九八五年，作协"四代会"开过，一次胡找我，要我把一篇反对无条件地提倡"创作自由"的文章作为《文艺报》的社论发表。此次，他谈到了他去厦门时到舒婷家拜访舒婷的事，他说他的拜访是"失败"的。我想他的意思是指他未能在政治与文艺思想方面对舒产生多少影响。但我仍然感到，他能去拜访舒婷，如不是空前绝后的，也是绝无仅有的。我甚至主观地认为，他的"失败"论是一种防护姿态，以免因这一拜访受到某些面目可憎的人的指责。八十年代以来，舒婷亦多次受到批评，以"大是大非的问题不能朦胧"为由批判"朦胧诗"，与前述的以"建设有中国特色的社会主义"为由批"现代派"逻辑一致，语言一致，版权归属一致。

据说，胡对舒婷是很友好的。他说："如果这样的诗（指舒诗）还看不懂，那就只能读胡适的《尝试集》了。"当然，他不可能"微服私访"，他进行了一次前呼后拥、戒备森严的访问，这也是失败所在吧。诗心相通，谈何容易？

一九八五年这一次，胡向我表示："我很担忧，今后像《北国草》（从维熙作品。——王注）《青春万岁》这样的作品没有人写了。"他还表示既赞赏陆文夫、邓友梅的作品，又感到不满足。

我接到胡派下来的文章，便与作协诸新老领导共同研究，并组织力量对文章进行了某些增加"防震橡皮垫"型的修改。我总是致力于使上面派下来的提法更合理也更容易接受些。也许我常常抹稀泥，但我仍然认为抹稀泥比剑拔弩张和动不动"断裂"可取。修改稿胡看后表示"佩服"，以编辑部文章名义发了出去。胡于是直接下令包括《文学评论》

与《当代文艺思潮》在内的几个刊物限期转载。

他的做法引起了一些议论。于是朱厚泽（当时任中宣部长）、邓友梅（作协书记之一）和我到正在住院的乔木同志处，我反映了一些意见。胡略有些激动，他说："作家敏感，我也敏感！"

我谈到那年的一匹"黑马"到处讲胡要对王蒙如何如何下手。他更激动了，他甚至说："我怎么可能打倒王蒙？我如果去打倒王蒙，那就像苏联的（政治笑话所描写的那样。——王加注）赫鲁晓夫去打倒斯大林，斯大林倒了，也把他自己压倒了……"

这有点拟喻不伦，但也说明他情真意切。这也许透露了他的"一本难念的经"，也许还含有对我当时如"芝麻开花节节高"的态势的讽刺。谁知道呢？

这次见面中邓友梅讲了一些对浩然和有关现象的看法，胡当时没说什么。但事后他表示十分反感。他愤然说，是他特别指示《人民日报》发表了浩然新作《苍生》出版的消息。提起浩然他也充满友善。我于是告诉了他北京中青年作家对浩的友好态度和一些事实，当然，说的是浩然流年不利那几年。他笑了。

和他接触多了，我有时感到他的天真。虽然他是老革命老前辈，虽然他饱经政治风雨特别是党的上层沧桑，但我很难判断他是否入世很深，城府很深。我不知道是否是因为他长期在高级领导机关工作，反而失去了沉入社会底层，与三教九流、黑白两道打交道混生活的机会。他当然很重视他的权力与地位，他也很重视表现他的智识（不仅是知识）和才华，以及他的人情味。这种表演有时候非常精彩，以致使我相信他的去世所造成的损失是无法弥补的。乔公是不二的人物，有时候又十分拙劣，例如自己刚这样说了又那样说，乃至贻笑大方。一九八三年他批了周扬又赠诗给周扬，他的这一举动使他两面不讨好，这才是胡乔木。只谈一面，当不是胡的全人。

胡乔木很喜欢表达他对知识分子的尊重，也乐于为知识分子做一些好事。他与钱锺书的交往许多人都是知道的。为了"帮助"我不要在现代派的"邪路"上越走越远，他建议我去请教钱先生，并说要代为荐介。我觉得由胡介绍我去拜见钱，有点"不像"，便未置词。

胡对赵元任先生的尊重是公开报道过的。

胡对季羡林、任继愈都极具好感。任继愈担任北京图书馆馆长，就是胡乔木提名的。他曾向我称道金克木、王干发表在《读书》上的文章。年轻的王干，竟是乔木说了以后我才知道并相识交往了的。那年宗璞患病，住院住不进去，我找了他的秘书，胡立即通过当时的卫生部长帮助解决了这一问题。

给我印象最深的是胡对电影《芙蓉镇》的挽救。由于一九八七年初的政治气候，有一两位老同志对电影《芙蓉镇》猛烈抨击，把这部影片往什么什么"化"上拉。胡给我打了一个电话，要我提供有关《芙》的从小说到电影的一些背景材料。胡在电话里说："我要为《芙蓉镇》辩护！"他的音调里颇有几分打抱不平的英雄气概。

后来，他的"辩护"成功了，小经波折之后，《芙蓉镇》公演了。

从这里我又想起胡为刘晓庆辩护的故事。刘晓庆发表自传《我的路》以后，电影界一些头面人物颇不以晓庆的少年气盛为然，已经并正在对之进行批评，后被胡劝止。

我又想起他对电影《黄土地》的态度。他肯定这部片子，为它说过话。胡做过许多好事，例如他对聂绀弩的诗集的支持。胡做这些好事多半都是悄悄地做的，"挨骂"的事他却大张旗鼓。这也是"政治需要"吗？

这需要有人出来说明真相，我以为。

在这篇不成样子的怀念文章最后，我想起了一九八八年他的一次谈话。当时中央正准备搞一个文件，就对文艺工作的领导问题提出一些方针原则。有关同志就此文件草稿向他征求意见。他对我说："要把党领导文艺工作的惨痛教训，郑重总结以昭示天下。"他说得很严肃，很沉痛，对于文件的要求也非常之高。他慨叹党内缺少真正懂文艺的周恩来式的领导人。

乔木凋矣，但我没有也不会忘记他。我远远谈不上对他有多少了解。也许我的记忆有误，也许我的体会感受有误。当然我写的只是我眼中的胡乔木。也许，一个更深沉、更真实、更完全也更政治的胡乔木，是我没有也无法把握的。但我仍然有义务把这一切写出来，为了对他的怀念与感激。愿他的在天之灵安息！

夏衍的魅力

　　在大六部口那个漂亮的四合院和陈设简陋乃至寒酸的房间里，我们从来只谈国家、世界、文艺大事。我说："上星期三，报纸上有一篇重要的报道……"

　　他说："噢，不是星期三，是星期四。"

　　我为他的水晶般的清晰吓了一跳。因为他是夏衍，比我大三十四岁，他加入中国共产党的时候距离我出生人世还有七年。

　　他永远是那么敏捷，条理，言简意赅，不打磕巴儿，不模糊吞吐，不哼哼哈哈，节奏分明而又迅疾，应对及时而又一针见血。他的这些特点使你不相信他是一个九十多岁的人。

　　如果是第一次见面，你也许会为他的瘦削而吃惊，他这个人也像他的思想、语言一样，删除了一切枝蔓铺排，只留下提炼到最后的精粹。据说他从来没有达到过五十公斤，在他的生命晚期，他大概只有三十公斤体重。

　　然而，他总是明白透彻，一清见底。

　　他当然是绝对的前辈，然而他从来不摆前辈的谱。他早就担任高级领导职务了，然而他从来不拿哪怕是一点点官架子。说起待遇，他说五十年代有一回他出差到某市，当地按照他的级别给他安排了房间，"那房间大得太可怕。"他说的时候似乎还"心有余悸"。八十年代初期，有一次邓友梅同志称他与另一位担任领导职务的老作家为"首长"，他立即打断，说："不要叫首长。"

他真诚待人，渴望吸收新的信息，对一切新的知识新的动向感兴趣，而且像青年人一样的幽默，在这方面，他永远不老。

我第一次听他讲话是他在第四次文代会上致闭幕词。与一些官样文章不同，夏老语重心长地讲了反封建与学科学，字字出自肺腑，字字是毕生奋斗经验的结晶，寄大希望于年轻人，令人感奋不已。

对各种问题他常有独具慧眼的卓识，例如他说过，建国后前三十年的最大失误是没有搞计划生育。你听了会一怔，再一想实在是深刻：甚至连"文化大革命"这样的骇人听闻的错误也是可以事后在某种程度上予以弥补和纠正的，人一下子多出来了好几亿，谁有本事予以"纠正"呢？从此，世世代代，后人们就得永久地背起这多出的几亿人口的包袱——后果了。

华艺出版社一九九〇年出版了一个《当代名家新作大系》。出版社领导要我求夏公给写个序。考虑到夏公的高龄，我起草了一个提纲供他参考。夏公给我写了一封信，说是各人文章写起来风格不同，捉刀的效果往往不好，他无法使用我代为起草的提纲，他自己一笔一画地另外写了颇有见地而又清澈见底的序言。他还对一个我们都很熟悉的朋友说："按王蒙的那个提纲去写，人家一看，就是王蒙的文章么，怎么会是夏衍写的呢！"就这样，他老人家把我的提纲"枪毙"了。但可能是为了"安慰"我，他声称他的序言里已经吸收了我的提纲。我也就假装得到了安慰和鼓励，心中暗暗为老人喝彩叫绝。

提起文艺界某些小圈子现象，夏公不火不怒地笑着说："我看他们一个是'鲁太愚'，一个是'全都换'。"他用了韩国两位政治家的名字的谐音，令人忍俊不禁。当然，请韩国朋友们原谅，这里绝对没有对韩国政治家不敬的意思。

然后他又俏皮地说："有些人现在是分田分地真忙了，但是谁知道分了地后长不长庄稼?"

他莞尔一笑，觉得有趣。

他的话传出去了，其实挺厉害。

但我从没有看到过他为了小人得志的事儿发怒，他也从来不向我抱怨诉苦，哪怕是老年人的生理上的病痛。他也从不炫耀自夸什么，从无得意洋洋之态，正如从无怨天尤人之语。他从不谈个人，也不说任何个人的坏话。对于个人之间的亲疏远近恩怨，他一贯认为是小问题，这样我也就不好意思向他抱怨任何人，包括被抱怨了绝对不会冤枉的人。同样，我也从不与他谈我个人处境上的风波，不管风波已经到了什么程度。在我们的频繁接触中，从来没有为个人的事互相关照或者求助。"稀粥事件"他也略表关心，他当然有他的倾向，但是他坚持认为，这只是小事一桩，不足挂齿。上述的"夏味幽默"中的讥讽意味，对于他来说，也就算是到了顶了。他自己还是高高兴兴地过日子。每天他细细地看书看报听广播，只关心大事。

小事当然也有，例如养猫与观看世界杯足球比赛实况转播。七十年代初期，与世纪同龄的他居然半夜里起床看球并如数家珍地有所评论，这真是一绝。

在大六部口住所的院落里，有两棵丁香树，一紫一白。一九九〇年开花时节，我去赏花，打从年轻时候我就喜欢丁香。夏老那天也高兴，扶着拐杖出来看花，看小猫在房上跑，他还兴致勃勃地说是它也喜欢石榴花。那场面很像是一幅水墨"新春行乐图"。

人老到一定程度，会有一种特殊的美：那是无限好的夕阳，个性已经完成，是非了如指掌，经验与学识博大精深，知止有定，历尽沧桑，个人再无所求，无欲则刚，刀枪不入，超脱俗凡，关注人生，原谅一切可以原谅的人和事，洞悉一切花拳绣腿，既带棱带角，又含蓄和解，一语中的，入木八分，一言一笑都那么有锋芒，有智慧，有分量有原则有趣味而又适可而止。

今年元月初，我最后一次在他清醒的时候看望他。我们谈论的是社会治安问题与《人民日报》刊登的胡绳同志的文章：《马克思主义是发展的》。那天他精神很好，坐在椅子上谈笑风生。说曹操曹操就到，说着说着胡绳同志进病房来看望夏公来了。据说那是夏公去夏病情不好住院以来情况最好的一天。

倒数第二次与夏公（昏迷前）的见面是一九九四年十一月底。他那天十分疲劳，静卧在病床上。他已经卧床数日了。见此情况我稍事问候便起身告辞，以免打搅。夏公平躺着衰弱地说：

"有一个担心……"

我连忙凑过去，以为他有什么话要告诉我。

他继续说："现在从计划经济转变成为市场经济，而我们的青年作家太不熟悉市场经济了。他们懂得市场么？如果不懂，他们又怎么能写出反映现实的好作品来呢？"

我感到惊讶。在卧床不起的情况下，夏公关心的仍然是中国的文学事业。

他的离去也是颇有自己的独特风格。一九九五年一月二十一日，他清晨起来吃早饭的时候就感觉不好，发了点脾气，摔了一样器皿。于是他自觉不对头，找了子女来，从容地、周到地、得体地吩咐了后事。他说，在他九十五岁生日的时候有关方面搞的活动，对于他有一个评价，除去溢美的水分，他自己还是满意的。他希望自己走了以后，不搞什么活动，把骨灰撒到他的家乡——浙江——钱塘江里。谈到料理后事的时候，他还提到了陈荒煤与王蒙的名字。两个小时以后，他昏迷过去，从此再没有苏醒过来，直到春节休假过后上班的第二天，他溘然长逝。他一辈子清清白白，走也是清清白白地走的。

不知道这里有什么缘分，以阴历计算，我与夏老出生在同一天，即重阳节的前一天——阴历九月八日。我现在住的房子，是夏老住过的。他在九十年代初期还特意来他的旧居——我的也已经不算新的房子来看了看。

也许在他走了以后，人们会愈来愈感到他的可贵。中央领导，各部门领导，文艺界，各省市各地方，人们一次又一次地由衷地缅怀夏公，真情流露，涕泪交加，使你觉得人心不死，民气昂奋，冥冥中有大道大义存焉。中国人，中国的知识分子远远不是全部掉进了钱眼里。中国的事业正是大有希望。

许多年轻的与不年轻的文艺家都喜欢到夏公那里去，与他交往令人心旷神怡，温馨而又超拔，光明而又通达，锐利而又沉稳。特别是对年轻人，他是那么充满爱心。我们常常讲营造如坐春风的气氛，在夏老那里，才真是如坐春风呢！环顾四周，常有老、中、青的"代"的隔膜，包括我个人有时也为之所苦，不承认隔膜也许更说明隔膜之深。但是想一想夏公，关键还是看自己的思想境界与是否具备应有的长者风范。没有什么可烦恼的了。是的，他聪明而又宽厚，德高望重而又平等待人，洞察世事而又不失趣味乃至天真，直面真实而又从容幽默，我行我素而又境界高蹈，永葆本色而又绝不任性，不苟同更不知道什么叫迎合讨好，不自得也不会被什么大话牛皮吓住。他是铮铮铁骨，拳拳慈心，于亲切中见极高的质地。毛泽东有所谓"脱离了低级趣味的人"一说，说是说了，真正脱离低级趣味的人实在是凤毛麟角。我谓夏公是真正脱离了低级趣味的人。夏公的性格是一种美，夏公的人品与智慧实在是充满了魅力。他的去世令我万分悲伤，但是一旦回忆起他的音容笑貌谈吐识见，我不能不发出会心的满意的微笑。

1995 年 1 月

周扬的目光

　　如果我的记忆无误的话——我从来没有用文字记录一些事情的习惯，一切靠脑袋，常有误讹，实在惭愧——是一九八三年的岁末，周扬从广东回来。他由于在粤期间跌了一跤，已经产生脑血管障碍，语言障碍。我到绒线胡同他家去看他，正碰上屠珍同志也在那里。当时的周扬说话词不达意，前言不搭后语，以至尽是错话。他的老伴苏灵扬同志一再纠正乃至嘲笑他的错误用词用语。他自己也有自知之明，惭愧地不时笑着，这是我见到的唯一一次，他笑得这样谦虚质朴随和，说得更传神一点，应该叫做傻笑。眼见一个严肃精明，富有威望的领导同志，由于年事已高，由于病痛，变成这样，我心中着实叹息。

　　我和屠珍便尽量说一些轻松的话，安慰之。

　　只是在告辞的时候，屠珍同志问起我即将在京西宾馆召开的一次文艺方面的座谈会。还没有容我回答，我发现周扬的眼睛一亮，"什么会？"他问，他的口齿不再含糊，他的语言再无障碍，他的笑容也不再随意平和，他的目光如电。他恢复了严肃精明乃至有点厉害的审视与警惕的表情。

　　于是我们哈哈大笑，劝他老人家养病要紧，不必再操劳这些事情，

213

这些事情自有年轻的同志去处理。

他似乎略略犹豫了一下，然后"认输"，向命运低头，重新"傻笑"起来。

这是我最后一次在他清醒的时候与他的见面，他的突然一亮的目光令我终生难忘。底下一次，就是一九八八年第五次文代会召开前夕陪胡启立同志去北京医院的病房了，那时周扬已经大脑软化多年，昏迷不醒，只是在唤他的名字的时候他的眼睛还能眨一眨。毕淑敏的小说里描写过这种眨眼，说它是生命最后的随意动作。

周扬抓政治抓文艺领导层的种种麻烦抓文坛各种斗争长达半个世纪，他是一听到这方面的话题就闻风抖擞起舞，甚至可以暂时超越疾病，焕发出常人在他那个情况下没有的精气神来。这给我的印象太深了。同时，没有"出息"的我那时甚至微觉恐惧，如果当文艺界的"领导"当到这一步，太可怕了。

一九八一年或一九八二年，在一次小说评奖的发奖大会上，我听周扬同志照例的总结性发言。他说到当时某位作家的说法，说是艺术家是讲良心的，而政治家则不然云云。周说，大概某些作家是把他看做政治家的，是"不讲良心"的；而某些政治家又把他看做艺术家的保护伞，是"自由化"的。说到这里，听众们大笑起来。

然而周扬很激动，他半天说不出话来。由于我坐在前排，我看到他流出了眼泪。实实在在的眼泪，不是眼睛湿润闪光之类。

也许他确实说到了内心的隐痛，没有哪个艺术家认为他也是艺术家，而真正的政治家们，又说不定觉得他的晚年太宽容，太婆婆妈妈了。提倡宽容的人往往自己得不到宽容，这是一个无情的然而是严正的经验。懂了这一条，人就很可能成功了。

就是在那一次，他也还在苦口婆心地劝导作家们要以大局为重，要自由但也要遵守法律规则，就像开汽车一样，要遵守交通警察的指挥。他还说到干预生活的问题，他说有的人理解的干预生活其实就是干预政治。"你不断地去干预政治，那么政治也就要干预你，你干预他他可以不理，他干预你一下你就会受不了"。他也说到说真话的问题，他说真话不等于真理，作家对自己认为的说真话应该有更高的要求。他在努力地维护着党的领导，维护着文艺家们的向心力，维护着党的十一届三中全会以来出现的文艺工作蓬勃发展的大好局面，甚至为之动情落泪。殷殷此心，实可怜见！

在此前后，他在一个小范围也做了类似的发言，他说作家不要骄傲，不要指手画脚，让一个作家去当一个县委书记或地委领导，不一定能干得了。

他受到了当时还较年轻的女作家张洁的顶撞，张洁立即反唇相讥："那让这些书记们来写写小说试试看！"

我们都觉得张洁顶得太过了，何况那几年周扬是那样如同老母鸡保护小鸡一样地以保护文艺新生代为己任。但是彼时周扬先是一怔，他大概此生这样被年轻作家顶撞还是第一次，接着他大笑起来。他说这样说当然也有理，总要增进相互的了解嘛。

他只能和稀泥。他那一天反而显得十分高兴，只能说是他对张洁的顶撞不无欣赏。

周扬那一次显得如此宽厚。

然而他在他的如日中天的时期是不会这样宽厚的，六十年代，他给社会科学工作者讲反修，讲小人物能够战胜大人物，那时候他在意识形态领域的影响达到了一个相当的高峰，他的言论锋利如出鞘的剑。他在著名的总结文艺界"反右"运动的《文艺战线上的一场大辩论》中提出"个人主义是万恶之源"的时候，也是寒光闪闪、锋芒逼人的。

一九八三年秋，在他因"社会主义异化论"而受到批评后不久，我去他家看他。他对我说一位领导同志要他做一个自我批评，这个自我批评要做得使批评他的人满意，也要使支持他的人满意，还要使不知就里的一般读者群众满意。我自然是点头称是。这"三满意"听起来似乎很难很空，实际上确是大有学问，我深感领导同志的指示的正确精当，这种学问是书呆子们一辈子也学不会的。

我当时正忙于写《在伊犁》系列小说，又主持着《人民文学》的编务，时间比金钱紧张得多，因此谈了个把小时之后我便起立告辞。周扬显出了失望的表情，他说："再多坐一会儿嘛，再多谈谈嘛。"我很不好意思也很感叹。时光就是这样不饶人，这位当年光辉夺目，我只能仰视的前辈、领导、大家，这一次几乎是幽怨地要求我在他那里多坐一会儿。他的这种不无酸楚的挽留甚至使我想起了我的父亲，他每次对于我的难得的造访都是这样挽留的。

他是从什么时候起变得有些软弱了呢？

我想起了一九八三年初我列席的一次会议，在那次由胡乔木同志主持的会议上，周扬已经处于被动防守的地位，吃力地抵挡着来自有关领导对文艺战线的责难，他的声音显出了苍老和沙哑。他的难处当然远远比我见到的要多许多。

而在二十年前，一九六三年，周扬在全国文联扩大全委会上讲到了王蒙，他说："……王蒙，搞了一个右派喽，现在嘛，帽子去掉了……他还是有才华的啦，对于他，我们还是要帮助……"先是许多朋友告诉了我周扬讲话的这一段落，他们都认为这反映了周对于我的好感，对我是非常"有利"的。当年秋,在西山八大处参加全国文联主持的以反修防修为主题的读书会的时候,我又亲耳听到了周扬的这一讲话的录音,他的每一个字包括语气词和咳嗽都显得那样权威。我直听得汗流浃背,诚惶诚恐,觉得党的恩威、周扬同志的恩威都重于泰山。

我在一九五七年春第一次见到周扬同志,地点就在我后来在文化部工作时用来会见外宾时常用的子民堂。由于我对《组织部来了个年轻人》受到某位评论家的严厉批评想不通,给周扬同志写了一封信,后来受到他的接见。我深信这次谈话我给周扬同志留下了好印象。我当时是共青团北京市东四区委副书记,很懂党的规矩、政治生活的规矩,"党员修养"与一般青年作家无法比拟。即使我不能接受对那篇小说的那种严厉批评,我的态度也十分良好。周扬同志的满意之情溢于言表。他见我十分瘦弱,便问我有没有肺部疾患。他最后还皱着眉问我:"有一个表现很不好的青年作家提出苏联十月革命后的文学成就没有十月革命前的文学成就大,你对这个问题怎么看?"我回答说:"这是一个复杂的问题,需要进行全面的调查和研究,需要掌握充分的资料,随随便便一说,是没有根据的。"周扬闻之大喜。

我相信,从那个时候起他就决心要一直帮助我了。

所以,一九七八年十月,当"文革"以来报纸上第一次出现了周扬出席国庆招待会的消息,我立即热情地给他写了一封信,并收到了他的回信。

所以,在一九八二年底,掀起了带有"批王"的"所指"的所谓关于"现代派"问题的讨论的时候,周扬的倾向特别鲜明(鲜明得甚至使我自己也感到惊奇,因为他那种地位的人,即使有倾向,也理应是引而不发的)。他在颁发茅盾文学奖的会议上大讲王某人之"很有思想",并且说不要多了一个部长、少了一个诗人等等。他得罪了相当一些人。当时有"读者"给某文艺报刊写信，表示对于周的讲话的非议，该报便把信转给了周，以给周亮"黄牌"。这种做法，对于长期是当时也还是周的下属的某报刊，是颇为少见的。这也说明了周的权威力量正在下滑失落。

新时期以来，周扬对总结过去的"左"的经验教训特别沉痛认真。也许是过分沉痛认真了？他常常自我批评，多次向被他错整过的同志道歉，泪眼模糊。在他的生命的最后几年，他特别注意研究有关创作自由的问题，并讲了许多不无争议的意见。

当然也有人从来不原谅他，一九八〇年我与艾青在美国旅行演说的时候就常常听到海外对于周扬的抨击。那是没有办法的事。

我听到不止一位老作家议论他的举止，在开会时刻，他当然是常常出现在主席台上的，他在主席台上特别有"派"，动作庄重雍容，目光严厉而又大气。一位新疆少数民族诗人认为周扬是美男子，另一位也是挨过整的老延安作家则提起周扬的"派"就破口大骂，还有一位同龄人认为周扬的风度无与伦比，就他站在台上向下一望，那气势，别人怎么学也学不像。

还有一位老作家永不谅解周扬，也在情理之中。有一次他的下属向他汇报那位作家如何在会议上攻击他，我当时在一旁。周扬表现出了政治家的风度，他听完并无表情，然后照旧研究他认为应该研究的一些大问题，而视对他的个人攻击如无物。这一来他就与那种只知个人恩恩怨怨、只知算旧账的领导或作家显出了差距。大与小，这两个词在汉语里的含义是很有趣味的。周扬不论功过如何，他是个大人物，不是小人。

刘梦溪同志多次向我讲到周扬同志在十一届三中全会之后总结党的

历史经验时说的两句话。他说，最根本的教训是，第一，中国不能离开世界，第二，历史阶段不能超越。

言简意赅，刘君认为他说得好极了，我也认为是好极了。可惜，我没有亲耳听到他的这个话。

1996 年 4 月

书海掣鲸毛泽东

——读《毛泽东读书笔记精讲》有感

一、书海弄潮

毛泽东爱读书，读了很多书，这是大家都知道的。但读了陈晋主编的《毛泽东读书笔记精讲》，还是有振聋发聩、醍醐灌顶之感。一个忙于各种事务的党的最高领导人，读书多到如此地步，没有想到。四卷《毛泽东读书笔记精讲》的头一张插图就是毛泽东读英文版《共产党宣言》笔记，为之一震。

《精讲》附录列出毛泽东一生阅读和推荐阅读的三十一个书目，就占用了九十四页篇幅（而这当然不是他一生阅读的全部），琳琅满目、浩瀚汪洋，令人愕然肃然。再看看毛泽东早年所发出的"读奇书、交奇友、创奇事，做奇男子"的心愿，他是说到做到了。仅奇也哉？雄乎伟乎壮乎，神人也！

毛泽东是书海、人海、政海、民族抗争之海的弄潮儿，波涛万顷，千帆竞发，兀立潮头唱大风！他读了古今中外多少书——读了四书五经，读了二十四史，读了楚辞汉赋李白杜甫；还读了西方启蒙新学、马

220

列经典、哲学、历史、自然科学；而且也读了少为人知、稀奇古怪的各种闲书杂籍。他眼到口到手到心到，写下那么多读书笔记，抒发那么多有趣的评论。他从实践出发，以书为机场跑道，起飞升高，翱翔万里，睥睨天下，在书海内外掀起风波，激起浪潮，真是亘古少有的奇观。

毛泽东是坚定的唯物史观信奉者，他坚信奴隶创造历史，人民是历史前进的动力，他提出密切联系群众是共产党的三大作风之一。但不能不承认，他是一个早早立下鲲鹏之志的伟人。在二十岁的一九一三年，他就写下了读《庄子·逍遥游》的感想。庄子说："且夫水之积也不厚，则其负大舟也无力"，毛泽东读后，"叹其义之当也"。他举李鸿章为例，说李是"置杯焉则胶，水浅而舟大也"，处理国务，总是失败，如大舟行于浅水。毛泽东明白，仅有大志未必有用，为了避免置杯而胶着于水底，避免"志大才疏"，必须早早准备大水大海，使积也厚！什么是水什么是海？书中自有洪波涌，书中自有大浪翻！读万卷书，行万里路，毛泽东做到了"踏遍青山人未老"，更做到了以有涯逐无涯地读书到生命最后一息！

毛泽东深感我们的国家、我们的党、我们的干部"书养"太薄，他一次又一次地呼吁，在各种会议上发放书籍册页，劝读、分享。把党建成学习型、读书型政党，这个在世界政党史上罕有的提倡也是从他开始的。

毛泽东不是天生的英雄，也不是一蹴而就的马克思主义者，他是从实践中摸爬滚打出来的，是在打击挫折下成长起来的。这个过程中，他不断地读书，武装头脑。《精讲》使我们看到一个革命家丰满充实的读书轨迹。

毛泽东是随着实践要求、身份转换而选择所读之书的。他的朋友、同学周世钊回忆："毛泽东的思想大转变，是一九一五年读了《新青年》之后"，那时，他从阅读经史子集的兴趣中走出来，站到了改造中国新思潮新实践的探索潮头。接触了服膺了马克思列宁主义后，他从此再无犹豫，以"吾道一以贯之"（孔子）和"目标始终如一"（马克思）的精神读书、学习、实践。他一生阅读最多的是马列、哲学和文史三类书。一本《共产党宣言》，他读过一百多遍。同时对中外理论家们的各类著作也广有涉猎。毛泽东把懂哲学看作是干成大事的必备条件，他说："马克思能够写出《资本论》，列宁能够写出《帝国主义论》，因为他们同时是哲学家，有哲学家的头脑，有辩证法这个武器。"

毛泽东读史，以叛逆的姿态，从书海中寻找真理更挑出谎言。他不大喜欢无用儒术，更不喜欢天子神话，他宁愿得机会就表彰共工、盗跖、秦始皇、刘邦、曹操、马周、黄巢等来自基层的进取有为人物。他渐渐得心应手地以革命理论与书本知识联系中国实际，以中华文化与世界文化的睿智思考实际问题，不断消化，不断发挥，不断调整，不断创新发展，终于成为通古今之变、成一家之言的革命家、思想家。

毛泽东生涯八十有三，他一生做了革命家不得不做的所有事情：反对军阀、办报启智、建党建军、工农调查、行军打仗、戎机运筹、行文走笔、整顿党风、统战抗日、国共决战、建设新中国……在各种事务之外，他挤出了大量时间阅读、阅读、再阅读，尽其所能，阅读思考，求知祛魅。面对这位以有涯之生游无涯书海的伟人，我们应该为任何不读书的理由而汗颜！

二、天马行空　独立鳌头

毛泽东是革命家、政治家、思想家、理论家、哲学家、军事家、诗词家、书法家，我还愿意加上"读书家"。能与他的执着于革命相比拟的是他的执着于读书。早在延安，毛泽东就说过，"如果我还能活十年，我一定读书九年零三百五十九天"（按：中国老历法一年是三百六十天）。根据《精讲》，毛泽东最后读书是在一九七六年九月八日五时五十分，他读了约三十分钟《容斋随笔》，此时距他次日凌晨零时十分去世只有六个小时。读书是他事业的需要，也是他生命的需要。"我读故我在"，他的读书是一种生命体征，是他的存在感的验证，更是他的思想、精神、灵魂活跃于天地间的征兆，或可称为"魂征"。

毛泽东深感中国共产党员、党的领导干部需要读书，更需要在实践中用出门道。正如陈晋为《精讲》所作序言《学用之道——毛泽东书山路上的风景》中的精彩表述，他要"将有字之书"与"无字之书"结合起来读；既入书斋，又出书斋；"将书本知识转化为认识，将认识转化为智慧"。世上善读书苦读书的学者多了去了，有几个人能像毛泽东读出那么多风景？有几个人能像毛泽东读出人民的痛苦，读出革命的路径选择从而大获全胜？世界上革命家政治家兼读一点书的人也多了去了，有几个能像毛泽东那样，读得说得干得都如火如荼，惊雷闪电！

毛泽东不是书呆子，他最瞧不起本本主义，他说过"教条主义不如狗屎"，"读书比杀猪容易"。毛泽东把"本本"读活了，他自己的说法是，当书的"联系员"与"评论员"。他读一本书，往往兼及一类书对照读，他的读书评论，妙语连珠，不但有的放矢而且独辟蹊径。毛泽东谈书论理，从来都保持着自己的主体性、挥洒性、批判性。他有所专注、有所

223

赞赏、有所选择、有所借题发挥、有所高谈阔论，也有所拒绝、有所蔑视、有所嬉笑怒骂。

比如毛泽东读宋玉《登徒子好色赋》，指出宋玉"攻其一点，不及其余"的"罪过"，同时独步地指出登徒子与丑妻恩爱有加正是实行"婚姻法"的模范。毛泽东的分析不落俗套，又确实为登徒子戴了多年的"好色"帽子说了公道话，给了宋玉此赋巧言令色、抹黑他人的批评。在他的建议下，《登徒子好色赋》作为文件之一印发给一九五八年一月南宁中央工作会议的与会领导干部。联系历史背景，毛泽东要表达的，就是他说的，"并不反对对某些搞过头的东西加以纠正，但反对把一个指头的东西当作十个指头来反"，他觉得需要为正在发展的实践寻求文化依据。

出入于书海，毛泽东能够自如地登高壮观天地间，挥洒肯綮与豪迈的才思，发挥他的大志大智。他有时是天马行空，有时是别具一格，有时是彻底推翻，有时是举一反三，有时是一通百通，有时是欣赏愉悦，有时是怒火义愤。他有所主张，有所热爱，有所痛恨，有所希冀。他在读书中激励意志，激荡思想，激动情感，激发灵感。

三、紧扣实践　读出真见识

《精讲》告诉我们，毛泽东博览群书不是"翡翠兰苕上"的文人自赏，而是有"掣鲸碧海"的大作为大志向。他看重的是中国革命的伟大实践，把学用之道发挥得出神入化。

毛泽东认为"只有讲历史才能说服人"，"看历史，就会看到前途"。毛泽东欣赏的历史人物，一是懂得历史规律能干成大事的人，二是从底层发展起来的朝气蓬勃的能人，三是忠厚仁义、大度谦逊、不计功名的贤人。

读史记《高祖本纪》《项羽本纪》《郦生陆贾列传》等，毛泽东认为，在楚汉战争中，项羽兵力远胜于刘邦，却屡失机会而败，"不是偶然的"，项羽最致命的缺点是"不爱听别人的不同意见"，而刘邦"豁达大度，从谏如流"。他的结论是，"项王非政治家，汉王则为一位高明的政治家"。他告诫说，我们的同志中也有这样的情况，"如果总是不改，难免有一天要'别姬'就是了"。毛泽东认为项羽有"沽名"的弱点，为免负"不义"之名，犹豫不决，但也赞赏项羽的羞耻之心，他在一九四八年为新华社写的述评说："蒋介石不是项羽，并无'无面目见江东父老'那种羞耻心理。"

纵览中国历代开国统治者的业绩，毛泽东得出"老粗出人物"的感慨。当然他也说，没有知识分子的帮助不行。他分析楚汉战争："刘邦能够打败项羽，是因为刘邦和贵族出身的项羽不同，比较熟悉社会生活，了解人民心理。"这使人联想起毛泽东在谈到"左"倾教条主义者时说："他们不知道人活着要吃饭，打仗会死人。"

读《南史》，毛泽东为梁武帝手下的将领陈庆之而"神往"。陈庆之出身寒门，以少胜多、战功赫赫；仁爱百姓，克勤克俭；忠正刚直，在不被信任的情况下秉忠进谏，在有人对他有拥立之意时断然拒绝。毛泽东视陈为楷模，还称赞梁武帝名将韦睿是"劳谦君子"，号召"我党干部应学韦睿作风"。读《旧唐书·刘幽求传》，对于刘幽求不择手段谋求官位，打击异己，削贬后"愤恚而卒"的记载，毛泽东指出他心胸狭窄，"能伸而不能屈"。读《资治通鉴·汉纪》，蜀汉谋臣法正有利用权力泄私愤之劣迹，有人劝诸葛亮向刘备汇报，诸葛亮则以当时大环境不利于蜀国，而法正正辅佐刘备一图霸业，不能因为小事就限制他。毛泽东同意诸葛亮的看法，批道："观人观大节，略小故。"由此可以看出毛泽东的用人之道。正如《精讲》所说："毛泽东读史真是读到了骨头里，历史的精髓尽取。"

毛泽东延安时期提出的"改造我们的学习"的主张，也正是他自己读书的追求与要领。他指出："不注重研究现状，不注重研究历史，不注重马克思列宁主义的应用，这些都是极坏的作风。"他读马恩列斯，更重视列宁与斯大林，因为后二人有革命与建设社会主义的实践。他读苏联哲学著作，但是从一开始就认为那些著作对矛盾的统一性同一性讲得不明白不到位。直到斯大林的错误揭露出来，他重视从斯大林的思想方法、哲学观点、辩证法掌握得不到家，直至陷入误区等方面找原因。他在思想方法上一直注意克服片面性，克服形而上学；在治党治国上一直警惕脱离人民、腐化堕落，使共产党变质成为人民的对立面。他谈文学，喜欢描写反叛斗争、抑强扶弱、站在被压迫被剥削者一边的作品；读《水浒传》，他说"没有法子，才上梁山。"他喜欢那些百折不挠、豪气冲天的文人诸如屈原、李白等。毛泽东非常喜欢鲁迅的作品，《精讲》辑录的关于鲁迅作品的笔记和讲话有九篇之多。毛泽东认为"鲁迅懂得中国"，他极其赞同鲁迅在《门外文谈》中"老百姓也可以创造文学"的观点，他号召全党学习鲁迅的政治远见、斗争精神和牺牲精神。

毛泽东对《红楼梦》的评价很高。他一九五六年在《论十大关系》的报告中说：中国"除了地大物博，人口众多，历史悠久，以及在文学上有部《红楼梦》等等以外，很多地方不如人家，骄傲不起来。"他读《红楼梦》，是"当作历史来读的"，读出了阶级斗争、生产关系、封建与反封建、四大家族盛衰兴亡。但切不可以为毛泽东只会从政治历史方面品味文学作品，他对《红楼梦》无以复加的高看，还因为他认为《红楼梦》

的"语言是古典小说中最好的，人物也写活了"。他对许多文史篇目的批注，都反映了他的文学造诣和审美高度。

　　关于毛泽东对儒家学说的复杂态度，《精讲》给予了梳理，使人们对此有一个全面了解。首先，毛泽东对儒家学说并不欣赏，他直言："我这个人有点偏向，不那么喜欢孔夫子。"（一九六八年）这可以回溯到五四时期，当时的大潮流大趋势就是批判儒家学说，几乎所有的革新派革命党进步人士，都把矛头指向"孔家店"这个"思想界的强权"。二十六岁时毛泽东就说过："我们反对孔子，有很多别的理由。单就独霸中国，使我们思想界不能自由，郁郁做二千年偶像的奴隶，也是不能不反对的。"（一九一九年）但我们也可以看出，毛泽东从来都不是简单地绝对地否定孔子。他常常把孔子及其学说从道德和哲学层面分开进行分析。毛泽东说："孔孟有一部分真理，全部否定是非历史的看法。"（一九四三年）"我们共产党看孔夫子，他当然是有地位的，因为我们是历史主义者。"（一九五八年）他说："说孔子的功绩仅在教育普及一点，他则毫无，这不合事实。"（一九三九年）对于孔子的"正名"说，毛泽东同意从观念纲领上予以否定，但他认为从哲学上说是对的，"一切观念论都有其片面真理，孔子也是一样"。对于孔子"过犹不及"的命题，毛泽东认为这种中庸观念本身不是"发展的思想"，体现了保守性；但是从哲学上说，它"是从量上去找出与确定质而反对'左'右倾则是无疑的"，他还说这"是孔子的一大发现，一大功绩，是哲学的重要范畴，值得很好地解释一番"。（一九三九年）对于儒家学说中的"知仁勇""仁义礼智信"等道德范畴的说法，毛泽东说："'仁'这个东西在孔子以后几千年来，为观念论的昏乱思想家所利用，闹得一塌糊涂，真是害人不浅。我觉孔子的这类道德范畴，应给以历史的唯物论的批判，将其放在恰当的位置。"总起来看，毛泽东似乎更同意对儒学进行批判性的改造，划清儒学中的精华与糟粕、儒学本意与历代统治者的曲解的界限，做出共产党人的新解。

如果说毛泽东留给我们的读书遗产是光彩夺目的庞大宝库，那么，接受这份遗产，则需要费些力气。毛泽东读书量大、面宽、时间跨度长，笔记简详、深浅、独特性与概括性不一，整理起来可能是老虎吃天，无从下口。而读书笔记又常常最富个人色彩和随机性，有些还是进入自由王国的"任我行"之语。海量的精彩片段，令人难以形成完整全面的认知与结论。《精讲》在这方面立了大功。全书一百四十八万字，分为"战略""哲学""文学""历史"四大卷，以现存有据的毛泽东批注过评点过谈论过的文字记录为依据，以观点为条目，每条由原文（有些略去）、毛泽东的笔记和谈话、精讲三个层次组成。《精讲》最具特点的确实是"讲"，讲得精准、精到、精确，富有学术性、思想性、条理性与全面性。既有对原书作者的介绍，又有毛泽东阅读的背景、笔记或谈话的针对性和着力点所在，还有各种相关说法、历史勾连等，就连毛泽东在其他场合其他年代谈到同一人物同一事件同一本书时的不同或相同的说法，也一一互为印证，最后，往往还能读到精讲者水到渠成的点评。如此，读者得以捋出毛泽东思考的来龙去脉。

在读《新唐书·马周传》时，毛泽东同意作者欧阳修对马周从一介草民成长为唐太宗的股肱之臣的赞扬，然而却不赞同作者最终评价他"然周才不逮傅说、吕望，使后世未有述焉，惜乎！"，针锋相对地批注："傅说、吕望何足道哉！马周才德，迥乎远矣"，他认为马周所上奏折，乃"贾生《治安策》以后第一奇文，宋人万言书，如苏轼之流所为者，纸上空谈耳。"毛泽东不惜贬低傅说、吕望、苏轼等人，为马周辩护。此处，《精讲》用大篇幅讲解了马周向唐太宗所上奏折的建言内容，并说明毛泽东在多处重重加了旁圈，最后写道："毛泽东对出身卑贱者、年轻人有偏爱，马周其一例也。"此言看似出乎意外，实则深得毛泽东之心。

对于毛泽东谈《诗经》，《精讲》梳理了毛泽东从一九一三年开始，在笔记、启事、书信中多次对《诗经》的引用和解释，以及五十年代为列车服务员所写便条（让她把"静女"四句送给男友），强调了毛泽东对《诗经》的熟稔和理解程度。然后《精讲》指出，毛泽东同意司马迁所说"《诗》三百篇，大抵圣贤发愤之所为作也"，而不同意孔子的"怨而不怒"说，毛泽东的观点是："心里没气，他写诗？"这样的梳理，不仅把话题讲透了，也讲出了一个有学养、有血肉的毛泽东。

李白的名诗《蜀道难》，历代权威文论对它从思想性方面作了各种猜测，《精讲》列举元代和今人的两种说法，一说是讽喻安史之乱中玄宗逃难入蜀，一说是提醒沉迷蜀地的人四川随时有发生变乱的可能。《精讲》告诉我们，毛泽东恰恰不同意这些政治色彩的分析，他说"不要管那些纷纭聚讼"，他感兴趣的就是这首诗的"艺术性高"。太妙了！

《精讲》第四卷说："毛泽东大概要算二战以来各国领导人中最喜欢读史，也读得最多的一位"，"从古代汲取今日建国治国的经验教训，应该说，这是毛泽东的一个长处或优势"。然后，《精讲》也说到："这可能又是毛泽东的一个缺点，他由于过多了解传统，有意无意间会受到传统某些阴影的影响，对现实问题产生一些误解，从而影响了他对时局的正确评估，也影响了党内的民主生活。"站在二十一世纪的今天看，这样的评点，应该说是严谨、科学、富有启示性的。

读了《精讲》，可以设想，毛泽东曾以怎样的热忱，怎样的妙悟面对书之海洋、书之山岳，书之深邃内涵、书之感人肺腑。可以设想，毛泽东正是在书海里，活跃了思维，造就了精神品质，解开了精神枷锁，与古今中外的圣贤智勇切磋了能力，试炼了精神，发现着新大陆、新图景！在沉潜于书海的时候，他的主体精神得到前所未有的充分发挥，他是最最纯粹的他自己。可以说，没有二十世纪中国翻天覆地的历史洪流，没有波澜壮阔的中国革命和建设实践，就没有毛泽东；没有那些浩瀚书文的化育、滋养，也不可能有毛泽东思想的形成，不可能有毛泽东的诗情、才情，高度、深度。

雨在义山

读义山诗，发现"雨"是其诗作中出现频率很高的一个字。不论从人们常讲"意境""氛围""形象"意义上，还是从稍稍拗口一点的"语象""诗境"的角度上看，"雨"是构成李商隐的诗的一个重要因子。其重要性，当不在义山喜用的"金""玉""蝴蝶""柳""草""烛""书""梦"等等之下。

翻阅人民文学出版社一九八五年版的《李商隐诗集疏注》[①] 所收李商隐的诗五百七十余首，其中以"雨"为标题的十二首，包括《夜雨寄北》《风雨》《七月二十八日夜与王郑二秀才听雨后梦作》《雨》《春雨》《细雨二首》、《雨中长乐水馆送赵十五滂不及》《微雨》《滞雨》《细雨成咏献尚书河东公》《回中牡丹为雨所败二首》等；诗中有"雨"字出现的，则更有五十二首，其中比较著名的有《重过圣女祠》《无题（飒飒东风细雨来）》《临发崇让宅紫薇》《月夜吹笙》《燕台四首（有三）》等，从数量上看是很多的。

---

① 《李商隐诗集疏注》，人民文学出版社一九八五年版，叶葱奇疏注。疏注者称原文是以朱鹤龄本为底本，参酌北宋、南宋本（清·陆敕先校本），清钱谦益校本及其他版本编成的。

"雨"是气象，是自然现象，带有明显的季节与地域特点，这些都无需解释。那么，作为义山诗中的"雨"的自然特征，也就是他的"雨"的最表层的特点，是一些什么呢？

第一是细。"飒飒东风细雨来"（《无题》）是细雨，"帷飘白玉堂，簟卷碧牙床"（《细雨》）是轻柔如丝织的细雨，"萧洒傍回汀，依微过短亭……稍促高高燕，微疏的的萤……"（《细雨》）是娇嫩而又灵稚的细雨。"洒砌听来响，卷帘看已迷"（《细雨成咏献尚书河东公》）、"小幌风烟入，高窗雾雨通"（《寓目》）、"一春梦雨常飘瓦，尽日灵风不满旗"（《重过圣女祠》）、"秋庭暮雨类轻埃"（《临发崇让宅紫薇》）、"珠箔飘灯独自归"（《春雨》）、"夜来烟雨满池塘"（《韦蟾》）等句，描摹雨之细、迷、轻、飘，如雾如烟，体物传神，刻画入微而又温文纤雅。

有一些写雨的句子比上述这些显得气势开阔洒脱一些，如"雨满空城蕙叶雕"（《利州江潭作》）、"凭栏明日意，池阔雨萧萧"（《明日》）、"封来江渺渺，信去雨冥冥"（《酬令狐郎中见寄》）、"逶巡又过潇湘雨，雨打湘灵五十弦"（《七月二十八日夜与王郑二秀才听雨后梦作》）、"沧江白石樵渔路，日暮归来雨满衣"（《访隐者不遇》）等。虽如此，但也绝对不是大雨、豪雨、暴雨。其所以这样，当然不可能是李商隐只见过细雨小雨，而是说明李商隐的创作主体、他内心的诗弦，选择了的是细雨，接受了的是细雨。

第二是冷。"觉来正是平阶雨，独背寒灯枕手眠"（《七月二十八日夜与王郑二秀才听雨后梦作》）、"楚女当时意，萧萧发彩凉"（《细雨》）、"红楼隔雨相望冷"（《春雨》）、"秋池不自冷，风叶共成喧"（《雨》）、"气凉先动竹，点细未开萍"（《细雨》）、"初随林霭动，稍共夜凉分"（《微雨》）、"水亭暮雨寒犹在，罗荐春香暖不知"（《回中牡丹为雨所败二首·其一》）等写雨带来的凉意，丝丝入扣，触动读者的每一根神经末梢。特别是"稍共夜凉分"句，把雨之凉与夜之凉区别开来写，体物精细，令人感到诗人对于细雨带来的凉意的体会，堪称切肤连心。

第三是晚，即喜写暮雨、夜雨。"君问归期未有期，巴山夜雨涨秋池。何当共剪西窗烛，却话巴山夜雨时。"一首七绝《夜雨寄北》，两番"巴山夜雨"——加上题目，此诗出现"夜雨"字样凡三次。"更作风檐夜雨声"（《二月二日》）、"暮雨自归山悄悄，秋河不动夜厌厌"（《水天闲话旧事》）、"远路应悲春晚，残宵犹得梦依稀"（《春雨》）、"积雨晚骚骚，相思正郁陶"（《迎寄韩鲁州瞻同年》）、"却忆短亭回首处，夜来烟雨满池塘"（《韦蟾》）、"楚天长短黄昏雨"（《楚吟》）、"虹收青嶂雨，鸟没夕阳天"（《河清与赵氏昆季宴集得拟杜工部》）、"滞雨长安夜，残灯独客愁"（《滞雨》）以及前面已经引用过的"日暮归来雨满衣""觉来正是平阶雨，独背寒灯枕手眠""珠箔飘灯独自归"等都写日暮天晚或夜间的淅淅沥沥的雨。有些诗并未明确写暮、夜或白天，但也常用"昏""蜡烛"等词渲染出一种暮雨、晚雨、夜雨的景境，如"楼昏雨带容"（《垂柳》）、"必拟和残漏，宁无晦暝鼙"（《细雨成咏献尚书河东公》）、"玉盘迸泪伤心数，锦瑟惊弦破梦频"（《回中牡丹为雨所败二首·其二》）、"风车雨马不持去，蜡烛啼红怨天曙"（《燕台四首·冬》）等。雨细、雨冷、雨暮雨夜，气氛就更加沉晦了。

细雨，冷雨，晚雨，大致是"雨"在义山诗中的属性。李商隐的诗中当然没有毛泽东的"大雨落幽燕，白浪滔天"与"热风吹雨洒江天"，也没有清新愉悦的王维的"渭城朝雨浥轻尘，客舍青青柳色新"；没有自然的普润众人的"清明时节雨纷纷，路上行人欲断魂"，也没有满足万物的渴望的"好雨知时节，当春乃发生"。李商隐对这种细雨、冷雨、晚雨以及这一类的雨的偏爱，当不是偶然的。

那么，我们的探讨从而进入了第二个层次即李商隐对于雨的主观感受。

首先，雨对于李商隐，有一种漂泊感，一种乡愁。"凄凉宝剑篇，羁泊欲穷年。黄叶仍风雨，青楼自管弦"（《风雨》），《夜雨寄北》的名句，"滞雨长安夜，残灯独客愁"的抒写，都与诗人的"薄宦梗犹泛"（《蝉》）的浪迹天涯的心情相契合。可能是"雨"这种自然现象使诗人更加感受到天地空间，增加了距离感："楚天长短黄昏雨"。可能是雨声雨凉使诗人更加感受到失眠思乡的痛苦："曾省惊眠闻雨过，不知迷路为花开"（《中元》）。也可能是风雨飘摇的不利于旅行、游乐生活的气象现象，使诗人更加感受到自己的艰难、孤独、未有归宿："珠箔飘灯独自归""上清沦谪得归迟"（《重过圣女祠》）。反正在李商隐的诗中，别情如雨，雨情含恨，他的许多诗中（主要指抒情诗）有着雨的无边无沿而又渗透细密的愁绪。

阻隔，是李商隐对于雨的另一层感受。在他写雨（其实不仅写雨）的诗句中，常常有一种阻隔的感受，雨是被阻隔着体验的："雨过河源隔座看"（《碧城》）、"隔树澌澌雨"（《肠》）、"虹收青嶂雨"等等便是如是。另一方面，雨本身也成为一种阻隔，那就是"红楼隔雨相望冷"了。这里，"阻隔"既是李商隐的性格、心态的一大特点，也是他的诗作的一个风格。

第三是迷离。"细"的客观属性带来"迷离"的主观感受，这本来是很自然的。"渺渺""冥冥""梦雨""烟雨""雾雨""轻埃"等等词字，特别是通篇的氛围，使一首又一首诗笼罩在一种如烟似雾的梦一般的蒙蒙细雨之中。"沧海月明珠有泪，蓝田日暖玉生烟"，诗人的审美追求特别敏感于宇宙、人生、身世、情感的这种扑朔迷离、可以意会而不可言传的美。那么，本身就具有迷离的特征的雨受到诗人的青睐，被经常用到自己的诗句中，也就是必然的了。

第四是忧伤，或者用我们老祖宗爱用的词即"愁"字。但这里用略带洋味的"忧伤"一词，似乎更能传义山的幽雅蕴藉的愁苦之神。"飒飒东风细雨来，芙蓉塘外有轻雷"的开端，引出了"春心莫共花争发，一寸相思一寸灰"的结语，这在义山诗中已属有血有泪够刺激的了。更多的则是"怅卧新春白袷衣，白门寥落意多违"（《春雨》），"阶下青苔与红树，雨中寥落雨中愁"（《端居》）。也有时候诗人直抒胸臆，把雨与自己的身世直接联系起来，如"高楼风雨感斯文"（《杜司勋》）、"茂陵秋雨病相如"（《寄令狐郎中》）等。表达李商隐的雨中忧伤，"寥落"确实是一个合适的词。

第三个层次，我们要探讨的是，细雨冷雨晚雨也好，漂泊阻隔迷离忧伤也好，到了李商隐这里，确实是大大的文雅了、升华了、婉转了、缜密了，大大的艺术化了，成为一种非义山难以达到的美的境界。

美是一种体验。冷雨本身无所谓美，忧伤本身也无所谓美，但是一颗追求美、向往美并能时时共鸣于沉醉于美的体验的心灵，却可以将天象人事，将冷雨忧伤作为美的心灵的对象来体察、体贴、体味。"红楼隔雨相望冷，珠箔飘灯独自归"，此情此景此结构此对仗此词此语经过了诗心的加工，美极了。这里，不但红楼、雨、冷、珠箔般的雨点的飘洒、灯成为审美的对象，"隔雨相望"的距离感，"独自归"的寂寞感，也变成了美的对象。当诗人写诗的时候，一方面可以说与红楼、雨、飘洒、灯、冷以及阻隔而又寂寞的心情亲密无间，体贴入微，同时另一方面却又以一种审美主体的身份君临于这些对象之上，自问自答，自怜自爱，自思自感，美的体验成为美的陶醉美的享受，成为诗的灵魂，诗的魅力，诗的色彩。

美是一种表达的过程。一种刻骨铭心的对于细雨冷雨暮雨夜雨的飘飘摇摇、迷迷离离、寥寥落落的体验，是无法赤裸裸地原封不动地表达出来的。体验需要表达，所以才写诗，哪怕写出诗来秘而不宣，仍然是表达给自己。就是说，即使是自言自语也仍然是表达，是用语言符号来表达。写诗的过程也是一种自我审视的过程，为了审视必须提供审视的对象，为了形成这样的对象必须有所表达。诗是这样的表达，诗的形象诗的意境诗的象征便是这样的表达的寄托。在雨成为这样的诗情的寄托的时候，雨也就更加诗化了。这就是说，雨的对象因为诗人的诗化表达而成为了美的对象，诗心诗作将美的特质赋予了雨。《夜雨寄北》之所以脍炙人口，就在于诗人的乡情寄托在"巴山夜雨"上。未有归期而思归，"何当共剪西窗烛，却话巴山夜雨时"。巴山夜雨是实有的，实有的巴山夜雨与虚的未有的归期联系在一起，又与未来的或有的实的共剪西窗烛联系起来，成为或有的实的共剪中的虚的回忆；现时的巴山夜雨，成为未来时的共剪烛中的过去时的回忆。这样的一唱三叹一波三折的表达，当然极大地美化了思乡的"一般性"愁绪。

"一春梦雨常飘瓦，尽日灵风不满旗。"咏雨的此联，完全可以与"红楼隔雨"句比美。这里，作者的寂寞、漂泊、寥落的身世感不仅寄托在雨上，尤其寄托在圣女像上。这里，雨是梦的，风是灵的，自然的雨风被赋予了超自然的神灵与心灵的品格。按道理，雨是不大可能飘的，除非雨下得很小很小，又有一阵阵的风，吹得雨丝飘来飘去。但风也很小，尽日也吹不起一面旗子来。东风无力，细雨飘飘，这超自然的神灵与心灵的力量又是何等的柔弱，何等的无济于事，最终只能无可奈何罢了！而这是"无可奈何"之美！晏殊的名句不正是"无可奈何花落去，似曾相识燕归来"吗？

这些诗句当然不无颓唐，但是诗人的颓唐毕竟与例如酒鬼的颓唐不同，诗艺为哪怕是颓唐的情绪寻找寄托、结构、语言、音韵。制造——或者说是创造情感的节制或者铺陈、寄托的高雅或者亲切，意境的深远或者明白，语言的准确或者弹性，这一切都是美的历程，审美的过程。"一春梦雨"与"尽日灵风"的对偶是美的，但已经不是一种原生的情绪本身的美而是表达的结构与形象的美。"常飘瓦"与"不满旗"的既柔弱又执着的动态是美的，这既是体验的美也是炼字炼句的美。珠箔飘灯，梦雨飘瓦，李商隐用这个飘字的时候是充满情感、充满对自己的"羁泊"的身世的慨叹的。因而绝无李白的"霓裳曳广带，飘拂升天行"（《古风五十九首·第十九》）或"一朝去金马，飘落成飞蓬"（《东武吟》）中的"飘"字的洒脱与力度。而二李的飘都是美的，因为它们都经过了诗人的编织与创造。至于"留得枯荷听雨声"（《宿骆氏亭怀崔雍崔衮》）这一名句之美雅，全在于寄托角度即表达角度的独具风雅，"相思迢递隔重城"（同上诗）的辗转，表现为夜来听遍雨打枯荷的声响，而诗人用留荷听雨的风雅掩盖了却也从而婉转地表达了相思迢递、夜不能寐的忧伤。

那么，最后，我们可以说美是一种形式了。当李商隐把雨情情雨以致他的一切感受情志表现为格律严格的韵文、表现为用词绮丽而又典雅、深挚而又蕴藉、工整而又贴切的语言——文字的时候，美的境界完成了。这里，孔夫子时代已经奠定的中国式的"乐而不淫，怨而不怒，哀而不伤"的诗艺、诗美、诗教确实是一种理想的力量、美善的力量、健康的因素。寻找形式的过程，特别是李商隐寻找他的精致幽深、讲究诗的形式的过程，吟哦的过程，炼字炼句炼意（这三者也是不可分的）的过程，修改的过程，也是一个审美的过程，调节的过程，安慰和欣悦的过程，说得夸张而又入时一点，这几乎是一个心理治疗的过程。不论情绪多么消沉，把消极的情绪诗化的努力仍然是有为的与带有积极因素的艺术实践。不论自叹身世多么畸零，诗的形式（例如七律的种种讲究）的完整与和谐却似乎哪怕是虚拟地实践了诗人对完整与和谐的生命、人生、生活的向往。李商隐的诗特别是抒情诗常常是忧伤的，但读他的诗获得的绝对不仅仅是消沉和颓唐的丧气，在读者为他的忧伤而喟然叹息的同时，你不能不同时感到一种钦佩、赞赏、欣悦乃至兴奋，你会不无惊喜地发现，即使是畸零不幸的身世，也能带来那么深幽的美的体验，带来那么感人的诗情诗心诗作，带来那令人激动的读者与诗人的温馨的心灵交会。诗是巨大的补偿，义山的未尽之才，在诗里其实是尽了——他还有许多或者更多比较不是那么十分出色的诗，他的真正堪称精彩的诗，窃以为不超过百首，只占六分之一。能不能说明义山吟诗略尽才呢？他的未酬之志，在诗里其实已经酬了，至今他还牵动着中外许多读者的心！他的未竟之业，在诗里其实已经完成了，又有几个诗人能具有堪与义山相比的艺术事业的辉煌呢？

笔者曾经有一个讲法：真正的艺术（有时还包括学术）是具备一种"免疫力"的，它带来忧愁也带来慰安与超脱，它带来热烈也带来清明与矜持，它带来冷峻也带来宽解与慈和，它带来牢骚也带来微笑，带来悲苦也带来信念，带来热闹也带来孤独，带来柔弱也带来坚韧，带来误解、歪曲、诽谤也带来永远的关注与共鸣，有诗应去病，得韵自怡神！也许李商隐的感情与意志是柔弱的，但当这些柔弱化为千锤百炼的诗篇以后，这些诗便是很强很强的了——套用斯大林时代一首苏联歌曲的歌词，叫做（这些诗）"在火里不会燃烧，在水里也不会下沉"！

最后，让我们从比较义山的"雨诗"与其他诗人的"雨诗"(词) 出发，探讨一下李商隐的性格和他的身世的性格根源吧。杜甫有句"文章憎命达"(《天末怀李白》)，义山有句"古来才命两相妨"(《有感》)，其实综观义山一生，并未遇到类似屈原、司马迁、李白、杜甫、韩愈、柳宗元乃至王安石、苏轼那样的政治挫折、政治危难、政治险情，除了在派别斗争中他的某些行为"表现"为时尚所不容以外，他没有获过罪、入过狱、遭过正式贬谪，但他的诗文要比上述诸人哀婉消沉得多。尽管他的咏史诗表达了许多清醒的见解，表明他不无政治判断力、政治智慧，但他显然缺少政治家的意志与决心，尤其缺少封建政治家的认同精神。他既未能对时代、对朝廷、对皇帝、对同僚、对社会各阶层与广大百姓认同，又不能像道家或儒家的另一面那样与天地、与自然、与宇宙万物认同。杜甫的"好雨知时节"，是站在被滋润的万物万生的立场上写的，其心甚"仁"，因而"晓看红湿处，花重锦官城"，他对雨充满希望，对明日的"晓看"充满希望，他替万物承载了"春夜喜雨"的湿润与重量，他代万物立言。李商隐咏雨之作中有"雨气燕先觉，叶荫蝉遽知"(《送丰都李尉》) 句，体会了一下燕、蝉、身外的生命的感受，"先觉""遽知"则仍然是且疑且惊，无定无力。"先觉"固然觉了，仍然吉凶难卜，更不知"先"以后的事会发生些什么；"遽知"叶荫则更含有一种夏将尽晴日将尽的触目惊心的颤抖。"隔树澌澌雨，通池点点荷"句也不算悲凉，但是这里的树与荷对于雨来说，是不相通的，它们之间的相互关系是陌生的、漠然的。"留得枯荷听雨声"亦如是，"枯荷"与"雨声"之间的关系仍然是被动的，无相求相知相悦之情的，这就与锦官城里的红花对喜雨的欣然迎接与接受全然不同了。这些句子，在李商隐的咏雨之作中还是比较明快的，其他，就更加顾影自怜，心事重重了：义山多寂寞，浑若不胜雨！"秋应为黄叶，雨不厌青苔……杂情堪底寄，唯有冷于灰"（《寄裴衡》），秋、黄叶、青苔与雨浑然一个凄凄迷迷的世界，这世界似乎只余一个"冷于灰"的诗人了。

韩昌黎诗云："天街小雨润如酥，草色遥看近却无，最是一年春好处，绝胜烟柳满皇都。"虽是小雨，视野开阔，感受和悦，春好处虽言绝胜，烟柳皇都未必不佳。诗人对世界对节季换转的眷眷之意溢于言表，空间时间，都牵连着韩愈的济世之心，诗人是用自己的眼睛、自己的心灵来表现为之喜悦的春雨中的世界的。李义山则不同，"花时随酒远，雨后背窗休"（《灯》），雨与随雨而来的时令迁移的暗示引发的是一种渐远渐休的失落感。"帷飘白玉堂，簟卷碧牙床，楚女当时意，萧萧发采凉"中的细雨，本身就显得有些孤独与寂寞，雨自细自飘自卷自凉，与世界不得交流。"一春梦雨常飘瓦"，雨飘于瓦，本为陌路；蝉鸣原与树相通，而"一树碧无情"——美丽的"一树碧"都是无情的，何况比碧树更晦暗也更无生意的瓦片？陌路相逢，终难依靠，飘曳而过，雨自萧条，瓦自沉寂而已。"红楼隔雨""珠箔飘灯"，以我望雨，雨中我归，从我到雨，从雨到我，李义山的许多诗不管用多少典故、多少迷人的境象，最终仍然是从我到我，以我写我，雨也罢，瑟也罢，蝴蝶也罢，终归是我的凄迷婉转、自恋自怜之情的寄托罢了。

让我们再举一些其他人写雨的诗词的例子。李后主词"帘外雨潺潺，春意阑珊"，自是名句，"罗衾不耐五更寒。梦里不知身是客，一晌贪欢！"离情别恨，贯通如注，不像义山诗作那样曲绕麻烦。"独自莫凭栏，无限江山。别时容易见时难，流水落花春去也，天上人间。"愁也愁得晓畅，悲也悲得痛快，天上人间，无限江山，春已去也，"别时容

240

易"（而不是"相见时难别亦难"），再见了，过往的美好时代！李后主即使是面对现实的萧瑟，也还能从怀旧的回忆中得到某些感情的缓解与排遣——他梦里还能"一晌贪欢"呢！李商隐能吗？"梦为远别啼难唤""独背寒灯枕手眠"！梦里也没有欢乐的回忆呀。

再看一首作者常常与义山并提、艺术风格上有某些接近之处的温庭筠《咸阳值雨》。诗曰："咸阳桥上雨如悬，万点空濛隔钓船，还似洞庭春水色，晓云将入岳阳天。"视野阔大，联想纵横，吞吐自如，远远不像义山那样执着凄迷。温庭筠词中有"海棠花谢也，雨霏霏"句，丽句却无多少可咀嚼处，相形之下，何义山诗境之层次深叠也！

王驾《雨晴》诗曰："雨前初见花间蕊，雨后全无叶底花，蜂蝶纷纷过墙去，却疑春色在别家。"构思别致，清新明丽，花事有始终，蜂蝶迁移，不无逝者如斯之叹，万物静观，倏忽消长，应生超然自得之怡。"却疑"云云，从高处看，是一种宽容的可以理解的幽默；从"蜂蝶"本身来想，毕竟希望在人间，有几分浪漫的"非消极"了。李商隐的《回中牡丹为雨所败》，题材相近，其一曰："……舞蝶殷勤收落蕊，佳人惆怅卧遥帷。章台街里芳菲伴，且问宫腰损几枝。"其二曰："浪笑榴花不及春，先期零落更愁人。玉盘迸泪伤心数，锦瑟惊弦破梦频。万里重阴非旧圃，一年生意属流尘。前溪舞罢君回顾，并觉今朝粉态新。"仍然是寄托身世的感慨，蕴藉含蓄，层次深遥，"惆怅""伤心"，不但牡丹先期"零落"，"章台芳菲"即"章台柳"的命运亦是风雨飘摇，委实寥落已极。但又自我欣赏，自我咀嚼，虽"惊""破""属流尘""落蕊"而"粉态"犹"新"，自恋未曾稍退。

至于苏轼写雨，不论是"水光潋滟晴方好，山色空濛雨亦奇，欲将西湖比西子，淡妆浓抹总相宜"（《饮湖上初晴后雨》），还是"山下兰芽短浸溪，松间沙落净无泥。萧萧暮雨子规啼。谁道人生无再少，门前流水尚能西！休将白发唱黄鸡。"都把雨作为大自然的一种净化的、涤洗俗杂的因子来写。后面那首《浣溪沙》写的是"萧萧暮雨"，写了"人生无再少"之叹（虽然用了"谁道""休将"的否定语气），却有几分豁达。而这种豁达，来自苏轼对"天"、对大自然的认同。李白诗中亦不乏这种认同，如他对于"五岳""名山"的向往。而李商隐却做不到这种认同，"碧云东去雨云西，苑路高高驿路低"（《雨中长乐水馆送赵十五滂不及》），碧云和雨云、苑路与驿路、东与西、高与低是相互疏离的。这还是一首比较愉快的诗，乃至有的注者以为诗含戏谑。其他众多的诗里，如前所述，雨带来的是更加无端无解的忧伤情愫了。

当然也有一些唐代诗人写雨的情调与义山相近。如韦应物的《赋得暮雨送李曹》："楚江微雨里，建业暮钟时。漠漠帆来重，冥冥鸟去迟。海门深不见，浦树远含滋。相送情无限，沾襟比散丝。"又是微雨，又是暮雨，又是漠漠，又是冥冥，又是鸟去迟，又是深不见，语言、迷离氛围，像义山了；而"相送情无限"句，直言情无限，有友谊的温暖了，有感情的直露了；"沾襟比散丝"再凿实一步，结果冥冥漠漠的氛围衬托的是明确无误的离情友谊。而李义山送行诗的结句"秋水绿芜终尽分，夫君太聘锦障泥"的感情色彩则含而不露得多、失落感要更加弥漫得多。

更近义山雨诗的是谭用之的《夜宿湘江遇雨》："湘上阴云锁梦魂，江边深夜舞刘琨。秋风万里芙蓉国，暮雨千家薜荔村。乡思不堪悲橘柚，旅游谁肯重王孙？渔人相见不相问，长笛一声归岛门。"湘江遇雨，锁梦，暮雨，乡思，橘柚与王孙之叹特别是诗人的仕途困踬怀才不遇的不平之气，颇近义山，唯"江边深夜舞刘琨"的豪气为义山所少有。秋风万里，暮雨千家，芙蓉国，薜荔村联也比义山诗境开阔。结句"渔人相见不相识"用渔人问屈原典，诗人的遭遇不如屈平，连相识相问的渔人都没有，语极悲怆。但紧接着一转而为潇洒豁达飘然之语："长笛一声归岛门"，自我感觉良好地回到大自然中去了。相形之下，义山的"永忆江湖归白发，欲回天地入扁舟"则要更加压抑怨嗟得多。至于他写到潇湘雨的那首《七月二十八日夜与王郑二秀才听雨后梦作》，是古体，是梦境，当然难与谭用之此诗比较，结尾两句"觉来正是平阶雨，独背寒灯枕手眠"，更显寥落怅惘。唐人诗古体、七律、五律即较有篇幅的诗篇，往往在写罢困厄牢骚之后于结尾处书豁达排解之语，给自己的情感以出路。李白的《行路难》写罢"欲渡黄河冰塞川，将登太行雪满山"的"行路难"之后，结尾却是"长风破浪会有时，直挂云帆济沧海"。杜甫的《不见》，写过李白的"佯狂真可哀""世人皆欲杀"以后，结束于"匡山读书处，头白好归来"（当然，杜甫诗中有大量结尾是沉重的）。白居易的一首非常沉郁的诗《……望月有感，聊书所怀》："时难年荒世业空，弟兄羁旅各西东。田园寥落干戈后，骨肉流离道路中。吊影分为千里雁，辞根散作九秋蓬"，写到这里，可谓步步紧逼，沉重得要塌下来、压下来了，结尾两句却是"共看明月应垂泪，一夜乡心五处同"。虽然不得相聚，却能通过明月而互相交流，"一夜乡心五处同"，于无可奈何之中得到了与明月认同并使乡心互相认同的安慰。而义山呢，常常在怅惘寥落无限之后，于结尾两句再下血泪辣手，再给人的心灵以惨痛的一击。"刘郎已恨蓬山远，更隔蓬山一万重"！"春心莫共花争发，一寸相思一寸灰"。或者是余音袅袅，使有限的伤感弥漫于无限的时空，如"此情可待成追忆，只是当时已惘然"（《锦瑟》）与"玉郎会此通仙籍，忆向天阶问紫芝"（《重过圣女祠》），寓悲凉于无迹无形。

从以上的比较分析不难看出，作为一个诗人，李商隐常常深入地钻进自己的内心世界，对于自己的身世与情感的"寥落""惆怅"境况十分敏感，又十分沉溺于去咀嚼体味自己的"无端"的"寥落"与"惆怅"。他似乎有一种自恋的情结，有一种并非分明可触的难言之隐，使他生活在自我的忧伤心绪里，从而与天与人都呈现不同程度的疏离。他的"独自归""独背寒灯"使他难于和外界相通，他的难于相通使他更加常常感到孤独。这样一种孤独感和陌生感使他对自己的境遇和不幸更加自怨自怜。自怨自怜的结果当然会使一个敏感、多情、聪明而又抑郁的诗人更加失群寡欢。他的诗中绝少畅快淋漓，哪怕是佯狂癫放。他很少洒脱超拔，哪怕是自欺自慰。他更少踌躇意满，哪怕是扮演一个求仁得仁的悲剧式的英雄。他经常好像什么都没有得到，甚至什么都无法再寄予期望。这样，大自然的细雨冷雨暮雨夜雨，就常常成为他的细密、执着、无端无了、无孔不入的温柔繁复而又迷离凄婉的忧伤的物化与外观了。

而他的才华、他的修养、他的钟情与他的节制，使他用自己的忧伤、自己的身世不如意，也用雨用瑟用蝴蝶柳枝用书信用梦境用金玉摆设又用各种动人的典故为自己构筑了一个城池叠嶂、路径曲折、形象缛丽、寄寓深遥的艺术世界。城池叠嶂而互相交通又互为阻隔，路径曲折而易于走失又突然获得，形象缛丽而信息充溢美不胜解，寄寓深遥而或指或非体味无尽。可以想象这样一个精致而又独到、虽不阔大却是十分幽远的艺术世界将会怎样地吸引着诗人自身！诗人一生用了多少时间、多少情感智慧来构筑、来徘徊、来品味他的诗的艺术世界：这样一个世界的缔造者注定要成为它的沉醉者、漫游者、牺牲者，他又怎么样去过正常人的生活、仕宦的生活！这样的世界令当时乃至几千年来的读者咀嚼不已，流连不已，赏悦激动不已！这样一个诗的世界当是出色的、奇妙的。但这样的世界本身不是也可能成为李商隐与他的社会生活、仕途

244

生涯的一个阻隔吗？如果说诗的艺术可以成为一种健康的因素调节的因素"免疫"的因素，那么，从世俗生活特别是仕宦生活的观点来看，那种深度的返视、那种精致的忧伤、那种曲奥的内心、那种讲究的典雅，这一切不也同时可能是一种疾患、一种纠缠、一种自我封闭乃至自我噬啮吗？

呜呼义山！你的性格成就了你的独特的诗风，使你成为一个着实吸引古今中外的读者的诗人，而你的作品的阐释的困难又带来了那么多歧义以及与歧义一样多或者更多的兴趣。同样，你的生平经历也招引了不同的解释与评价。你的生平就像你的诗一样，在顿挫、抑郁的外表下面包含着莫名的神秘。难道一切不幸就出自牛李党争，出自你娶了王茂元的女儿为妻从而"站错了队"了吗？这唯一的解释能那么充分和令人满意吗？似乎不难推测，李商隐的性格偏于软弱内向，缺少"男子汉""大丈夫"的杀伐决断。他的咏史诗写得再好只能说明他尚有见地与热情罢了，这离社会对于一个济世的实行家的要求还差得很远很远。他能联合和依靠一切可以联合与依靠的力量去实现他的济世安邦的理想吗？他能分析形势、不失时机地做出必要的选择与表现吗？"烦君最相警，我亦举家清"（《蝉》）的李商隐，当然也不会、不肯夤缘时会，见风使舵，左右逢源，更不可能与宦小们同流合污、蝇营狗苟。谈到他的身世的悲剧性，除了社会历史、派别斗争的原因以外，是否也可以从他的性格特点上找到一点根由呢？

1990 年

伟大的混沌

　　近几年我兴趣比较集中的话题是《红楼梦》。我谈的题目叫做《伟大的混沌》，从一个角度来探讨《红楼梦》的一些特色。《红楼梦》是一个老话题，甚至是人们讲烂了讲厌了的话题，但人们总觉得从它里边能够有独特的新的发现。这种现象在世界文学史、中国文学史上都是不多见的。文学史上有许多出色的著作，引起各方面的兴趣，但都没有像《红楼梦》这样一部著作一部没有完成的著作引起如此之浓厚的兴趣，成为一个探索不完的矿藏。

　　首先我想谈的是《红楼梦》属于什么样的文学性质。我不是红学家，红学家有一些非常专门也非常有趣的知识，如《红楼梦》的版本、作者曹雪芹的身世等等，我只是作为读者来谈。一般我们称《红楼梦》是部现实主义的著作大致是不差的。因为《红楼梦》的现实主义突破了中国小说的这里姑且称之为"古典主义"吧，尽管大家对这个名词的看法不见得一致。《红楼梦》以前的小说大体遵循着教化的模式，人有善恶邪正，事有前因后果，善有善报，恶有恶报，带有教化的模式化色彩。这在小说里常见，诗歌里不明显。这样的小说中的许多人物和事件是被提纯了的。比如说一个人性格豪爽讲义气，人物一出来就是豪爽讲义气的，不管是李逵还是张飞。《红楼梦》中的大量描写给人以纪实的感觉，使人感到曹雪芹确实是在写实，感到他确实有着实在的生活的经验，甚至带着自传的色彩。吃饭、穿衣、看病、饮酒、行令都是实在的生活。也有描写看来没有摆脱传统话本的模式，如写贾雨村与甄士隐手下的丫环娇杏，娇杏慧眼识风尘，对贾雨村一笑，贾雨村发达以后娶她为妻。还有一些描写显然有作者虚构的成分，说成写实则是不可能的。例如红楼二尤虚构成分比较多，戏剧性比较强。《红楼梦》尽管脍炙人口，但被改编成戏的并不多，改编了的也不甚成功，远不如三国戏、水浒戏、西游戏。水浒戏中大家知道的有《野猪林》《林冲夜奔》《火并王伦》；三国戏就更多了，《群英会》《借东风》《甘露寺》《火烧连营寨》，多得不得了。红楼二尤被编成了戏，它的戏剧性较强，虚构的色彩浓，有不少细节描写失真。如尤二姐吞金自尽，许多科学家认为吞金不会坠破肠胃而死而且死得那样快是不可能的，甚至于不会死。吃一块金子，如果能咽得下去，它就会排泄出来，不会死的。我们中国人有金不能吞的概念，当然金也不是食品啦，所以写了尤二姐吞金。另外尤二姐的性格也不太可能。尤二姐在宁国府的时候是很厉害也很泼辣很风骚的一个女人，贾蓉过来开玩笑，尤二姐把一口槟榔喷吐到贾蓉的脸上，这是很不符合行为规范的。当别人讲到王熙凤如何厉害的时候，她说，我倒要会会她，看她是不是三头六臂。这说明尤二姐有一定的社会经验，对王熙凤并不怵，话里含有一种搏杀意识，有一股与人奋斗其乐无穷的劲头。但后来见到王熙凤呢，变成一个面团了，人家说什么就是什么，连哼一声都不敢，这变化是戏剧性的。尤三姐的戏剧性就更强，原是一个浪荡的疯丫头，她和贾琏、贾珍一起吃饭的时候把他们搞得那么狼狈，贾琏贾珍就是不要脸嘛，厚颜。可在某种意义上说尤三姐脸皮比他们还厚，把他们俩给"涮"了。然后尤三姐要嫁给柳湘莲，一瞬之间变成了《女儿经》所要求的那样一个淑女，不苟言笑，行不摇裙笑不露齿，各个方面都达到了最高标准，这不符合人物的实际。尤其是她的自杀，柳湘莲把鸳鸯雌雄剑赠给她作为定情之物，后来柳湘莲悔婚退婚，尤三姐一激动，说我把剑给你，顺势往脖子上一抹，立即倒地，死了。让人看了觉得不太可能，因为自杀也是不容易的。"文革"中有人割断了气管自杀，原先我以为人割断气管会死，其实人死不了，而是在脖子上冒泡儿，三天都不会死。医生有时为了抢救病人还要通过割断气管直接往里输氧。割断动脉人才会死，人的动脉在什么地方？如果没有学过解剖学的话，一刀拉下去，手再一软，人不会立刻就能死，一小时之内死不了。柳湘莲很有武功，他援助薛蟠大战土匪获胜。尤三姐自杀时，湘莲、贾琏两个男性在旁边，他们看着竟连个鱼跃扑救的动作都没有，描写死前挣扎的话一句也没有，宰一只鸡也不能这么容易。再说柳湘莲把剑作为结婚的礼物送给尤三姐，磨得那样锋利，不是作为装饰性的如练武的太极剑那样，而是到了吹毛断玉削铁如泥的程度，这不可思议。这好比我们的一位战斗英雄把盒子枪送给了未婚妻，而且把十二发子弹压进去，再把保险打开，怎么可能呢？但这些都没有关系，作为小说来说是允许的，任何作家都不能对他的每一点描写统统体验一番，曹雪芹不能为写尤二姐吞金自尽而自己吞块金子试试，他也不敢。这是第二类描写。第三类更重要的是曹雪芹在整个比较客观的描写当中又有一些充满主观色彩的描写。这种充满主观色彩的描写套用现在的说法就是比较浪漫的描写。作者通过贾宝玉表达了对女孩子比较美好的感情，对年轻的女孩子都流露一种特别的爱怜，哪怕被他爱怜的这个人在道德上有许多可指摘之处，也让你觉得她不丑恶。比如说秦可卿，以封建道德的观念她是非常邪恶的，小说运用曲笔如太真呀飞燕呀暗示了这一点。通过王熙凤、贾宝玉、尤氏等人口把秦可卿写得如花似玉，多么善良。这显然不是一个生活的实录，而是高于生活的实在的。又如小说写了王熙凤的残酷阴险毒辣，但她给读者留下的印象也不完全是反面的。她聪明、美丽、明快、办事能力极强。如果王熙凤要在一个好的环境下，她的组织能力领导能力行政能力都会十分出色。她善解人意，有些话粗但有分寸。话粗才能使贾母高兴啊。作者对众多的女孩子的描写是把她们作为青春的载体、美的载体来写的，从而表达了作者对生活的肯定、对青春的肯定、对美的肯定。对整个大观园环境的描写也充满了一种向往美化留恋的情绪，带有一种理想化的色彩。我们不能说中国的园林中造不出这样一座大观园，但这样一座理想化了的园林，特别是在园林中住的除贾宝玉外是一群十分可爱的女孩子，使它变成了一个理想国。这是相当浪漫的。这种情绪还表现在对宝玉与黛玉的爱情描写上，对女孩子们的聪明才智的描写上。贾宝玉其实是很聪明的，在大观园快落成的时候贾政带着一些清客，把宝玉也找了来，用现在的话说就是给大观园的各个风景点命名，贾宝玉表现十分聪明，言谈话语挥洒自如。那些清客固然是要拍贾政的马屁，同时也确实是对贾宝玉才思的敏捷感到佩服。但贾宝玉和黛玉、宝钗，甚至和宝琴在一起的时候，他的才情却又往下降了一节，档次低了。要评职称的话贾宝玉算一级，而林黛玉是特级。这样写作者是很有意味的，不但肯定了她们的青春她们的美丽，而且特别肯定了她们的才华。这才华多少有点儿超常，我们无法用现代人的智力去衡量她们，现代人要学的东西很多，数学、物理、化学、英语，还要读报等等，不能像过去的女孩子那样专心读诗文。以她们开始作诗文的年龄看，林黛玉不过八九岁，薛宝钗十一岁，她们的诗文写得那么好！从这里可以看出浪漫主义，积极的浪漫主义，对人的青春、美貌、智慧、才华、善良的肯定，赞美人的灵秀。另外它也有消极浪漫主义的一面，写了好景不长青春难驻，一切皆出无奈。对那些非常讲究非常排场一般人不能体验的大户之家的生活，曹雪芹是以炫耀的笔调来写的，工艺品纺织品如何之精美，以致一盘茄子是怎么做出来的都详详细细地告诉刘姥姥，其实据烹饪专家讲如法炮制出的茄子并不好吃。《红楼梦》毕竟不是食谱，雪芹有炫耀之意。以上这些描写都充满了作者主观的色彩、感情的色彩、浪漫的色彩。此外可以说是第四种笔墨则还有一些完全是幻化的东西，最主要的就是石头。一上来就讲书的来历、宝玉的来历。这个故事实在是太绝了，亦庄亦谐，亦喜亦悲。女娲炼石剩了一块，怎么剩下来的又说不清楚，但注定要剩一块。剩下来是因为这块石头有缺点？还是命该轮到它了？这块石头通了灵气，静极思动要下凡，且是从大荒山青埂峰无稽崖而来，没有线索可以追寻。使你觉得这个故事又荒唐又可笑又可悲。这块石头原来的任务是补天，还是很有伟大使命的，但又被丢剩下来不可能去补天了，使你觉得有点儿悲哀，有点儿中国知识分子自古以来常有的那种怀才不遇、怨嗟自己的命不好的情绪。自嗟自叹之余它还要下凡，还要经历一番温柔富贵之乡豪华的生活，爱情的生活。此外还有一个还泪的故事，神瑛侍者给绛珠仙草浇水，因此绛珠仙草下凡以后要成为他的情人，把一生的眼泪都还给他，使你同样觉得荒唐可笑，又十分感人、悲哀，"说到辛酸处，荒唐愈可悲"，愈荒唐愈可悲。尽管这样的一些篇幅在书中并不多，但有与没有是不一样的，引起的遐想是不一样的。当然百分之百的现实主义也能引起人的遐想，但总不会像现在的效果这样，除了一个真实的人间的喜怒哀乐悲欢离合的世界以外，让人感到还有一个缥缈的世界，还有一个非常虚空非常荒唐、非人力所能够把握的世界。老子讲万物生于有，有生于无。这些故事都是从大荒山青埂峰无稽崖那个虚空的世界产生出来的，最后又回到那儿去，这里确实包含着一些作者对人生的探索。当然可以说这是消沉的灰色的不可取的，但是这也得慢慢分析，不好笼统地说。中国的老庄思想主张虚无，但它包含了一面就是叫人们不要去做没有用的事情。在写法上既有写实的现实主义又有虚构的小说家言，既有积极的浪漫主义又有消极的浪漫主义色彩，还有纯然的虚幻，表达了作者的遐思，也引起了读者的感慨。在作品的调子上它是一个悲剧，作者写得很认真。若是看"脂批"的话，那就更厉害，说写到这儿大哭一场，写到这儿又大哭一场，还说曹雪芹写了多少多少年，一边写一边哭，最后泪尽而逝。曹雪芹也成林黛玉了。但显然它有游戏笔墨，而且作者还十分强调游戏的笔墨，说所写的故事是供人们茶余饭后消愁解闷用的。有些非常严肃非常沉重的事到了他的笔下变得不那么沉重了。比如秦钟之死吧，有点儿莫名其妙，死因是身体虚弱？还是不讲卫生？写他死的时候两个小鬼带他的魂儿走，他和两个小鬼讲价钱，后来提到了贾宝玉的名字，两个小鬼吓坏了，最后还是死了。又如晴雯之死，本是非常惨痛的事，令人肝肠寸断，所以贾宝玉写了芙蓉诔来祭祀悼念。晴雯死后变成了花神，专管芙蓉，这是一个小丫头信口胡言，而贾宝玉信以为真。这段描写都是建筑在小丫头的信口胡言上。正在宝玉念叨着祭祀的时候，后边出来一个人，长得和晴雯一样，原来是黛玉，然后就跟她讨论哪个字写得不好，用哪个字更好一些。贾宝玉显得有些不好意思，说自己的诔文写得不好，姑娘见笑了。接着两人切磋起文字来。把令人肝肠寸断饱含着愤怒和悲哀的事化解成了宝玉黛玉之间有说有笑的关于文字的切磋。这样的情况在书中还很多，很严肃的事到头来变成了一场戏一个玩笑，甚至于人死也变成一个玩笑。金钏跳井自杀是很残酷很可怕的，宝玉想通过对金钏的妹妹玉钏的好感来弥补自己的内疚，因为金钏的死是由于他和金钏开玩笑，金钏挨了王夫人的耳光而发生的。写到宝玉逗着玉钏去吃莲子羹的时候，我们看到的是一个小男孩和一个小女孩在逗着玩，是一对小男女之间的恬恬淡淡嬉嬉笑笑活泼可爱的模样。要是遇到比较认真的读者，看惯了希腊悲剧再看这样的描写甚至会产生反感。这样一部非常严肃非常沉重的悲剧性的书又常常流露出游戏的色彩，然而我们不能说这些游戏的笔墨削弱了这部书的悲剧性。这好比我们看一个人，如果这个人从早到晚一直在哭的话，这固然是悲剧性的人物；如果我们接触的这个人哭哭笑笑，一会儿哭一会儿笑，一会儿悲伤欲绝，一会儿又满不在乎，这也十分不幸。这样看来这部书就呈现出一种我所说的伟大的混沌状态，是现实主义又不是现实主义，是浪漫主义又不是浪漫主义，是幻化的又不是幻化的，是正剧又不是正剧，是游戏又不是游戏，什么成分都有。曹雪芹那个时候文艺理论并不发达，他也不知道现在的这么多名词儿，这主义那主义、现实主义、现代主义、表现主义、象征主义、达达主义、新潮派、新小说派，他没有受到这些分类学的分割，只是把他自己对人生、对世界的感受浑然一体地表现出来，想怎么写就怎么写，想怎么表现就怎么表现，这恰恰是作者的优越处。胡适是贬低《红楼梦》的，他说曹雪芹没有受过什么训练。这我就不明白了，要受什么样的训练呢？是送到苏联高尔基文学院去受什么训练？是送到美国康奈尔大学去做胡适的同学，写博士论文？还是送到东北旺新闻学院来学新闻？学完了以后，他还能写出《红楼梦》来吗？他没有受过训练，没有被已有的文化的信号把他的眼睛、耳朵、鼻子、心灵全都填得实实的，恰恰是他的一个优点。当然，这是一个特例，不是说没有受过训练的人都可以当曹雪芹。没有受过训练的人也可以变成白痴。对于我们一般人来说，还是受点儿训练好，上点儿学也还是好，学学认字呀，学学数学，学学外语，学学新闻导论，当然还是好的。这是我们从《红楼梦》的文学特征上来看的。

其次，我们从《红楼梦》的题材来看，这本来是不应该成为问题的。《红楼梦》写了贾府，写了宝玉、黛玉、宝钗的三角关系，写了贾府主主奴奴的许多人物事件，但对它的解释仍然是很不相同的。比如说毛主席就十分强调《红楼梦》是一部政治小说，一部阶级斗争的小说，前四回就出了多少条人命，小沙弥讲护官符，讲贾史王薛四大家族，也巧，我们讲国民党有蒋宋孔陈四大家族，正好也是四个。冷子兴讲贾府大有大的难处，也是有重要内容的政治论断，六十年代我听中央领导同志作报告，引用这话说美苏两个超级大国"大有大的难处"，它们越大越是背的包袱多，内部矛盾也就越大。"东风压倒西风"这句话最早也是林黛玉讲的，薛蟠娶了老婆夏金桂以后两人经常吵架，把香菱裹在里边，一直吵到薛姨妈、薛宝钗那里，林黛玉听了以后居然对家庭生活发表了这样一种非常入世的、非常煞风景的总结。这不大像是林黛玉讲的，林黛玉本是一个只知作诗谈情的。然而书上确实是这样写的，说大凡家庭之事不是东风压倒西风就是西风压倒东风，意思似乎是不是"气管炎（妻管严）"就是"大男子主义"。后来解放以后这些话都被赋予了非常重要的政治内容。"文革"初期我在新疆，我们新疆文艺界的一位老领导喜欢读古书，他因说了"东风压倒西风"是林黛玉说的而被斗得一塌糊涂，说他贬低毛泽东思想。其实这没什么贬低的，只说明毛主席读《红楼梦》独具慧眼，能赋予它丰富的政治内容。毛主席讲《红楼梦》是写贾史王薛四大家族的兴衰史，虽然四大家族看不太全（重点写贾家），"兴"也看不太全（兴应写荣国公、宁国公的事，《红楼梦》中有"兴"的印象的只有焦大一人），主要写的是"衰"。贾母自称是老废物，吃口子、玩会子罢了。贾政很认真很正派，但贾政玩不转，没有一件事他能管得了。贾珍、贾琏、贾蓉就是一批偷鸡摸狗、腐化堕落分子。管事的就是王熙凤，确实有能力管事，但她以权谋私，搞私房钱，草菅人命，弄权铁槛寺，玩权弄权，又很狭隘，报复心强。贾宝玉对家庭也没有责任感，也不管事，也是吃喝玩乐而已。连林黛玉都看出来了，或许是女人心细吧，她说我们要这样过下去，寅吃卯粮，入不敷出，早晚有一天这个大户之家就运转不了了。宝玉怎么回答呢？管它呢！不管什么时候没有别人的，也得有咱们俩的。他认为饭来张口、衣来伸手的生活是可以千年万年保持下去的，所以他连想都不想。贾宝玉对贾家来说其实没什么用，我们说他好是从道德的角度来说的，对女孩子比较真诚，不是玩弄式的态度，这要比贾琏他们好一点儿，但对家庭来说他没有一点儿积极作用。另外，读完《红楼梦》以后我不知道贾家是如何运转的，搞不清楚它的运作机制。比如说贾府与货币和商品的关系我就搞不明白，书中没有一处写主子们是如何去买东西的，如林黛玉要上街去买一双袜子，这绝对没有，主子们从来是不去买东西的。那么他们是不是供给制呢？不是，因为他们要搞一点儿活动是要交钱的。如搞诗社事先要商量好每人出多少钱，为薛宝钗过生日，王熙凤找贾琏商量拿多少钱。王熙凤过生日也是如此，大家出钱，不是拿来就用。这说明不是供给制，是通过货币和商品来运转的，货币的意义就是商品交换的中介嘛。贾家的财产分为官中的东西，即公共财物和私房。王熙凤有王熙凤自己的钱，贾母也一样有她自己的东西，王熙凤曾通过鸳鸯借过贾母的东西。还有一段使我不明白的是司棋带一帮人去砸厨房。司棋要吃鸡蛋羹，厨房叫苦，说鸡蛋不够用，连鸡蛋都不够用说明已十分紧张了。厨房不给做，司棋一火来了个打砸抢，带着几个小丫头到厨房劈里啪啦一砸。我无论如何也搞不明白，要鸡蛋羹吃是超标准了？如果真是超标准了，那么司棋怎么敢带人去砸呢？司棋也不过是一个奴才，她带人砸完以后厨房里的人怎么没人敢出声？没有敢去告状、没人敢去汇报呢？完全没有监察系统。要都这么砸怎么得了。司棋能砸，那宝玉屋里的丫头袭人、麝月、晴雯、秋纹要红火得多，就更可以砸了，黛玉、宝钗的丫头也都来砸那怎么得了。厨房的工作是个肥缺，这从柳家的与秦显家的争夺可以看出来。柳五儿的妈妈原来是管厨房的，柳五儿涉嫌偷玫瑰露、茯苓霜，五儿被审查，她妈妈柳家的也被从厨房里赶出来了，换了秦显家的。秦显家的一到厨房就查出来许多亏空，她一面揭露她的前任如何有经济问题，一面给管事的人送礼。刚送完礼，凤姐采纳了平儿的建议：多一事不如少一事，这点儿事不值得一提，比这种玫瑰露、茯苓霜大得多的事儿在贾府不知有多少，只不过你不了解罢了，不如大事化小，小事化了，这才是兴旺景象。凤姐宣布大赦，草草了事。柳家的又没事儿了，秦显家的猫咬猪尿泡空欢喜一场，批柳家的没有批倒，夺权一下午。这场戏的描写非常之生动，有人说社会生活中的事都能从《红楼梦》中找到它们的影子，能有所比附，当然事情不可能完全一样。"文化大革命"中看造反派夺权，常使我想到秦显家的夺权这一段，抢图章啊，分汽车啊，自己任命自己为主任、副主任啊，没两天一军管又把他们都否掉了。现在作家跟企业家要钱，搞与企业家联姻，又使我想起冷子兴与贾雨村之间的交情，冷子兴是一个皮货商，有钱，经商很有手腕，所以贾雨村很佩服，但冷子兴文墨上差一点儿。贾雨村人很庸俗，但他懂音律、懂平仄、会作诗、会作文，尽管诗也是二流的，于是他们两人就结合起来了。探春他们成立诗社，拉王熙凤参加，王熙凤说你们拉着我干什么？无非是看见我还有几个钱。这也很像现在拉赞助的办法，某文学刊物的评奖委员会主任是某工厂的厂长。我说这话不是不赞成赞助，不赞助就更穷了。《红楼梦》中的有关贾家的管理、制度、运转的程序、运作的机制我实际上没有弄清楚，但确实能看出问题来——入不敷出，无人负责，主子与主子之间、奴才与奴才之间、主子与奴才之间矛盾重重。"大有大的难处"在《红楼梦》中也能得到验证，最突出的例子是元春省亲。皇帝格外开恩，允许元春回娘家探望父母。元春回家探望父母不是以女儿的身份，而是以贵妃的身份。贾政对女儿讲话不能直呼"大丫头"，而是说"臣政"如何如何，全是公文的套子。于是贾府为元春省亲修了大观园、省亲别墅，采购了大量物品，采购了文艺工作者小戏子，还采购了小尼姑妙玉，搞得轰轰烈烈，使经济上已经十分亏空的贾家又承担了一次它无法承担的任务。连元春也说他们搞得太奢侈、太靡费了，下不为例。平心而论，这是一个矛盾，元春身上体现着君恩，不这样你得罪的不是"大丫头"，而是皇帝老子。只有隆重才能显出气派和威严，但财力上又确实不足，但贾氏家族到底是如何运行如何垮的我们仍然不清楚。对家道的衰微《红楼梦》只给了一些宿命的、哲学的解释，如水满则溢、月满则亏、登高跌重、万物都是盛极而衰等等。秦可卿死时给王熙凤托梦也讲这个，这等于无解释。尽管作者一再声明《红楼梦》与时事无关，与朝政无涉，但人们仍然能从中悟出一些社会历史的政治的启示。

　　《红楼梦》最吸引人的、最给人深刻印象的、最集中的是贾宝玉的爱情，这又分几个层次，首先当然是与林黛玉的关系，其次是与薛宝钗的关系，另外，宝玉还有泛爱的一面。有人提出爱情主线说：认为贯穿

《红楼梦》的主线是宝玉的爱情，有人认为这种说法把《红楼梦》看低了。另有人认为《红楼梦》没有什么主线，是平淡无奇的自然主义小说，写衣食住行、喜怒哀乐等日常生活中的小事。但它毕竟不是现代的"生活流"小说，写兴衰、写爱怨、写聚散、写生死、写由喜到悲的悲剧过程，还是很有一番迹象可循的。从表面看，《红楼梦》的题材并不重大，比不上《三国演义》《水浒》。《三国演义》写三国鼎立时期的政治军事斗争，写了帝王将相诸多的大人物。《水浒》写农民起义，一直写到朝廷。《红楼梦》则局限在贾府、大观园里，重点是写一些年轻人的生活。《红楼梦》在题材上呈现出一种整体性，是一种全景式的立体的描写，尽管它写得淡，时间空间的范围不是很宽，但它写得深刻。写了好几百人，写了他们之间错综复杂的关系。包括衣食住行、内心生活、情爱、趣味、各种节日、各种礼仪、婚丧嫁娶等等。《红楼梦》从整体性上反映社会生活要丰富得多，深刻得多，复杂得多，这也造成了对它的题材认识上的众说纷纭。这也是一种混沌。

第三，《红楼梦》在思想上也是复杂混沌的。说它是一部反封建主义的小说不无道理，如书中描写了在婚姻上没有自由选择，造成了宝黛爱情的悲剧。鸳鸯、司棋、晴雯等奴婢的悲惨命运，无疑也是对封建主义的控诉。还反映出一种要求男女平等的意识，焦大酒后骂贾府的主子们"爬灰的爬灰，养小叔子的养小叔子"，柳湘莲说除了门前的两个石狮子外贾府上下没有一处是干净的。他们的话几乎把作为封建社会缩影的贾家的丑闻公之于众。但我觉得与其说反封建，还不如说作者忠实于生活，把封建社会生活中的事真实艺术地概括了出来，使我们感知到这种社会制度的腐朽。若简单地把《红楼梦》说成是反封建的小说，那么会有许多地方不好解释，如贾府里奴婢们最怕的就是被赶走，被开除

"奴籍"，而主子们对奴婢的最大处罚也是"拉出去配小子"。她们难道不是在爱封建、保封建的吗？这也有可以理解的一面，奴婢们在这里生活至少没有衣食之虞。反封建的思想主要反映在贾宝玉身上，他不接受封建正统观念，看不起"文死谏、武死战"的信条，说文死谏等于说皇帝是昏君；武死战，人在战斗中都要死了，还能守住疆土吗？这当然有点儿诡辩，是以超极左反极左。另一方面宝玉也从不想解放奴婢，他随袭人到花家去，看到一个漂亮的女孩，就想把人家带回贾府做丫鬟。连袭人对此都很反感，我一人为奴还不够吗？还想让我们花家的人都成为你们的奴才？宝玉与女孩子们在一起的时候显得很纯情可爱百无禁忌，但他也有崇敬君权的一面，他见北静王时是怎样的受宠若惊啊！这是一个矛盾，他既然崇敬君权，又不能按君王的要求使自己成为封建朝廷的栋梁之材。作者写贾雨村是一个势利小人，原来千方百计削尖了脑袋往贾府里钻，拼命拉关系，后来贾府衰微，他又生怕被沾上。这些写法我们感到作者并没有摆脱儒家的一些观念，正统的观念，修齐治平的观念。《红楼梦》中还有佛禅老庄的思想，色空观念，色即是空，空即是色；一切都是虚无，"陋室空堂，当年笏满床"。我们确实很难给《红楼梦》的思想归一个类。道家的思想？佛家的思想？存在主义？阶级斗争？民主主义或民主主义的萌芽？我们很难下一个简单明确的结论。因为这部书并不着重表达一种思想、一种价值观念，它着重表达的是一种人生的经验，是一种社会生活、家庭生活、个人生活、感情生活的体验和对这样的经验和体验的种种的慨叹。具体地说，每一件事都能说得清清楚楚，晴雯是怎么死的，袭人是怎么上来的，黛玉与宝玉的爱情为什么没有成功，都能说清楚。具体地说，一个又一个的人物也还明白。贾宝玉是既可爱又没有多大出息，贾政很正统但实际上不起任何作用，王熙凤既聪明美丽又心黑手辣，这些具体的人也能说清楚。但是作者总体上是个什么态度、什么思想，说不清楚，恐怕作者自己也说不清楚。是批判贾府？批判封建社会？是封建社会的一曲挽歌？悼词？说是一种怀念大概是不错的，却又不是单纯的怀念，怀念中有一声声的叹惜，叹惜中又有一些会心的微笑。写他们一起吃鹿肉的场面，天下着大雪，一边赏雪，一边吃鹿肉喝酒，可以说是大观园诗歌节，大观园美食节，大观园雪花节。寿怡红宴群芳也充满着青春的欢乐。认为大观园里一天到晚只是哭哭啼啼、你宰我我宰你那是不可能的。但《红楼梦》里死人死得非常方便是事实，这一方面反映了当时医疗保健不发达，另一方面反映了当时对人的生命看得不重，对生命不爱护。所以从总体上来分析《红楼梦》的思想是不清楚的。

第四是结构上的混沌。它没有结尾，后四十回这桩公案一直争论至今，比较公认的一点是后四十回不是曹雪芹写的。有的说曹雪芹没有写完，有的说写完后佚散丢掉了，有的说是高鹗的续作，有的说是程伟元的续作，也有人说是高鹗在原稿基础上的续作，在美国有人通过电脑对《红楼梦》进行检索，考证后四十回与前八十回的关系。更有考证家们指出后四十回不符合作者在前八十回已经透露的发展走向，前边说"一片白茫茫大地真干净"，后边却来了个"兰桂齐芳""家道复初"。前边说王熙凤"一从二令三人木"，"人木"即"休"字，暗示王熙凤最后的结局是被休掉，开除"妻籍"，后边没有这样反映出来而是病死了。前边说探春远嫁，后边写的是远嫁后又回来了。这方面的学问我知之甚少，不做更多的列举了，总之，前八十回与后四十回比较，后四十回不如前八十回精彩这是事实。

《红楼梦》的结构一反中国古典小说的传统。古典小说重视因果关系，注重时间的顺序，事物与事物之间的关系、人与人之间的关系都能理得很清楚，是一种线性的结构。拿《水浒传》来说，一百零八好汉怎么上的梁山，每个人都有每个人的情况，都能说得很清楚，有的是陷在某一官司里，有的是受朋友的牵连，有的是受赃官豪门的迫害，最后都上了梁山。善恶报应，奖善惩恶的因果关系就更清楚。比如在《三国演义》中写一个贵族、军阀失败，必然要写清楚他失败的原因，要么刚愎自用，要么不讲政策，打击面过宽，不善于用贤人，听信谗言。写打了胜仗，因为他的指挥高人一筹，采取了敌人意想不到的军事手段，偷袭、诈降、火攻等等，我们都能讲出这一个情节与那一个情节的关系。但《红楼梦》很难说。如刘姥姥逛大观园，你讲不出许多关系，没有它《红楼梦》仍然存在，当然有与无效果是不一样的。刘姥姥是很有社会经验的一个农民老太太，她获得了一次殊荣，逛了一趟大观园，也出了一通洋相，发表了许多感受，更体现出大观园非凡的景象。一位著名学者、教授认为刘姥姥进大观园能过上一至二日豪华的生活，受到优厚的款待是不可能的，无论如何大观园是不能如此接待这样一个穷老婆子的。我个人感觉这个情节确实像虚构的，带有偶然性、戏剧性，也可从全书中独立出来而不影响全局，然而没有它也会带来一些欠缺。二尤的故事既表现了王熙凤的成功，也表现了她的失败，在处理尤氏的问题上王熙凤有点儿声嘶力竭。当年王熙凤协理宁国府的时候，一个小的动作就可以把人制服，一两句话就奏效。叫做庖丁解牛，游刃有余。而对待尤二姐她用力太过，大闹宁国府，又哭又笑又流鼻涕，揉搓尤氏，一会儿又破涕为笑，水平虽然很高，但用力过猛，显示出王熙凤的盛极而衰。在尤二姐事件之后她显然不能再与贾琏结盟。从行政权力的角度来说，她完全不必把尤二姐视为大敌，真正对王熙凤的权力看不惯从而构成威胁的是她的婆婆邢氏，王熙凤要想站住脚，必须团结好她的丈夫贾琏。《红楼梦》许多地方都可独立成章，它可以被切割，这有点儿像黄金的性质，具有可切割性。《红楼梦》的某些地方也给人以重复之感，吃完了又吃，喝完了又喝，吵完一次架又吵一次架。它的这种似松又紧，既独立又连贯的结构使它呈现出许多与其他小说不同的现象。书中许多人物作者喜欢捉对来写，不是单纯地写一个人。贾宝玉有一块玉，薛宝钗立即有一个金锁，宝玉对金锁。贾宝玉的宝玉是叼在嘴里生而有之，薛宝钗的金锁是癞头和尚送的。胡适对此很怀疑——人哪有叼着玉生出来的？看来胡适先生不太懂文学，尽管他是一个大学者大学问家。不错，若从产科学的角度分析叼着玉生出来是不可能的，含着沙子生出来的也没有。史湘云有个麒麟，张道士那儿又有个麒麟。有了薛宝钗还有薛宝琴，有了贾宝玉还有甄宝玉，甄宝玉写得并不怎么样，但它反映了作者的一种心思。宝钗与薛蟠，兄妹俩是那样的不同，宝钗是那么聪明、贤惠、含蓄，而薛蟠却粗鲁、下作，是呆霸王，但他总比贾珍、贾蓉那些人要好一点儿，人呆了容易被别人原谅，傻坏傻坏就稍微可爱一点儿了，又精又坏更令人厌恶。黛玉与宝钗是一个对照，黛玉与晴雯也是。旧红学中有影子说，晴雯是黛玉的影子，袭人是宝钗的影子。她们的性格类型大致差不多。袭人是比较讨厌的，她自己和宝玉乱七八糟，却跑到王夫人那里去汇报：要注意了！要警惕了！宝玉越来越大，整天和女孩子们混在一起很危险！比较讨厌。至于宝钗是不是像有些同志分析的那么坏，我还没有完全看出来。薛宝钗很会保护自己，不露声色，心眼很多，她是不是有意这么做的呢？现在有一种说法，薛宝钗进贾府，不可能一来就能做二奶奶，因此她就要搞公关，拉选票，取得上边的支持，一步步去达到她的目的，这从书上并没有能看出来，看不出来就更厉害！她对贾宝玉很严肃，最后她对宝二奶奶的位置稳操胜券。这样，《红楼梦》的人物之间就呈现出一种非常有趣的、也是模模糊糊的不清不楚的映比关系。这方面的例子可以举出很多，贾政和他的哥几个的关系，宝玉的几个姐妹元春、迎春、探春、惜春性格各异，泾渭分明。宝玉的几个丫头也如是，袭人、麝月、五儿、芳官也成一种映比的关系。芳官更带有孩子气，给贾宝玉过完生日之后几个人喝得酩酊大醉，她躺在宝玉的身上就睡着了。芳官是演员，唱戏的，所以又给她起了一个男人的名字——耶律雄奴，还给她起了一个法国名字——金星玻璃，一身三任：芳官，女，演员；耶律雄奴，男，少数民族；金星玻璃，法国人。这也反映了女孩子们生活的寂寞，她们当中不能有个小子裹在里面，而人类生活在世界的任何地方都需要两性，不能光是男的，也不能全是女的，就由芳官充当一下男性好了，让她穿上男人的服装，穿上少数民族的服装，这从心理学上可以解释的。这是人物之间的对比。故事之间也有对比，同样吟诗，有吟海棠的诗，有吟螃蟹的诗，有吟梅花的诗。《红楼梦》的这些特点增加了它的魅力，包括后四十回的疑案不仅没有丝毫减少，而是愈发增添了它的魅力，就像大自然的魅力、生命的魅力一样，知其发生、发展，尚不知结束。甚至作者曹雪芹本人也是一个谜。

　　以上所说的《红楼梦》在各方面呈现出的混沌现象说明了什么？我认为这是一个伟大的小说家在他的人生经验里在他的艺术世界里的迷失。因为他的经验太丰富了，他的体会太丰富了，他写了那么多人，那么多事，他走失在自己的人生经验里，走失在自己的艺术世界里。他的艺术世界就像一个海一样，就像一个森林一样，谁走进去都要迷失。古今中外有许多伟大作家，有些作家著作要比曹雪芹多得多，比如说托尔斯泰、巴尔扎克。托尔斯泰的笔调显得非常亲切非常细致，一次舞会就可以写好几章，人物的肖像写得十分细腻，但最后事情本身总是很清楚的，没有太多的迷失感；巴尔扎克写的人物也很多，要从头到尾看一遍也是十分疲劳的，他的笔像外科医生的解剖刀一样解剖每一个人的心灵，解剖每一个人与其他人的利害关系。曹雪芹其实没有那么细腻地去写每一个人，比如说林黛玉长得什么样？也就那么几句话；他经常用四字一句的熟语套语，简练地写了许多人和事，既有实际经验也有虚构。读者阅读《红楼梦》的时候也常常有一种迷失感，迷失在它的艺术世界里。迷失以后做出的每一个判断都可能是正确的，但有些个解释又永远不能得到满足的。曹雪芹自己说他的小说大体旨在谈情，但无伤风败俗之意，也无干预时政犯忌的地方。说它是一部爱情小说，说它是生活的百科全书，说它是生活小说，说它的"色空"观念都不能说错。蔡元培先生坚信《红楼梦》是反满的，字里行间充满着反满。有这么一派，索隐考证"宝玉"就是"玉玺"，即皇权；"贾（假）宝玉"则指顺治皇帝不正统，不是正宗；宝玉喜欢舔胭脂是说玉玺按上印油；还考证薛蟠是吴三桂，香菱是陈圆圆；还考证出李自成来了，说袭人是李自成，"袭人"即穿过"龙衣的人"。这种迷失现象是其他作品所没有的，我们可以同意也可以不同意这些说法，不管是同意还是不同意，这些说法都是可以理解的。所以我们说《红楼梦》是一部伟大的书，因为它十分丰富；又是一部混沌的书，因为作者迷失在他的人生经验里，迷失在他的艺术世界里。

1991 年

老子的魅力

　　第一个问题，我想谈老子这种中国式的终极关怀。这个所谓终极关怀，在西方来说是对神学的定义。什么叫神学？神学就是终极关怀。有一个词比这个关怀听着还更温馨、更多情，有的把它翻译成"眷注"。人很渺小，但是世界非常的大，所以人往往倾向于为这个世界、为时间和空间来寻找一个主宰、寻找一个巅峰的概念。在国外大多数地方，都是通过宗教来解决这个问题。就是说寻找一个主，有了主他就放心了。中国汉族几千年的历史，这么多的人口，但是我们并没有一个共同的、一致的乃至于带强制性的宗教信仰。为此对中国人有各式各样的说法，比如有的说中国人思想太灵活了，而且太实用了，所以中国人对宗教的态度也是实用。就是你对我有用，我就想起宗教来了，家里面夫人或者儿媳妇老是不生孩子，那么就要敬送子观音；我要出海航行了，就要敬妈祖；我孩子得了天花了，就要敬花娘娘；到腊月二十三灶王爷要上天，就要给他吃糖瓜，就要把他的嘴封住，中国人对神有调侃，嘴封住以后他就不会给你打小报告，说你有什么缺点了。这个从民间的习俗来说，我们也许可以说中国人对宗教并没有一个特别严肃的态度。

但是有一个特例就是老子。老子他从概念上，来寻找这种神性的概念，寻找这个巅峰的概念，寻找这个统帅的概念，他寻找出来的就是"道"。老子说：可以讲说的、可以言说的道理，并不是所向往的那个大道；那个根本的大道、那个恒常的大道，他认为可以命名的概念，也不是他所设想的那个最巅峰的、那个涵盖一切的、那个最大的概念。所以这个世界一开始并没有一个名称，并没有被命名；但是被命名以后，这个世界就有了自己的母亲，就开始生生不息了。我们只有在经常考虑到这个东西本来并不存在的——它是处在一个"无"的状态的时候，我们才能了解这个世界的奥妙。我们必须考虑到这个世界的存在，这个世界处于一个"有"的状态的时候，我们才能够找到这个事物的关键，这个事物的诀窍。所以一个"无"，一个"有"，这个实际上都是指世界的一个存在状态，但是它的命名是不一样的。一个命名为"无"，一个命名为"有"，这样的状态相当的抽象，又带几分神秘，玄而又玄，你要能够从"无"和"有"当中来体会这个"道"。各种深奥的、奇妙的、智慧的道理尽在其中。

　　这个话说了半天仍然非常抽象，仍然非常难讲，所以古人和外国人都有一个说法，就是说凡是能讲出来的，都不是"道"。"道"就是这个世界，非常大，所谓大千世界。但是人又非常希望把这个大千世界概括一下。因为你不能说这个大千世界，谁跟谁都没有关系，太阳和月亮有关系，星星和人没有直接的关系，但是又都觉得它有关系，没有关系我们都要给它拉上关系。不管是中国，还是外国，如美国，都有占星术，从星星的排列状态当中，来推测人的命运。就算假想的关系也好，一方面人是这样脆弱、这样渺小，人的寿命是这样短暂；另一方面世界这么伟大、这么无穷、这么恒久。那我们怎么样从这样一个伟大的世界当中，寻找到它的某个本质，某个统一的东西，某个涵盖一切的概念？老子讲到"道"的时候讲到过：一曰大，二曰远，三曰逝，四曰返。这个"逝"的意思，就是它是不断变化的。而且老子是无为而无不为，这正是它的奇妙之处。阿基米德曾经有一句名言，说"你给我一个支点，我可以把地球撬起来"。那么老子的这个说法——当我们有了这个"道"——也就是给了我们世界的一个支点。具体到一个人，有他的出生、成长、衰老、死亡；具体到一个国家，也有它的发展、兴衰，乃至于壮大和灭亡；甚至于一个地球，一个天体，一个银河系，或者更大的一个概念，本身也有它的生、老、灭亡。所以印度教认为有几个大神，而最伟大的神是毁灭之神阿湿婆。因为一切它都要毁灭的，但是不必悲哀，在毁灭以后一切又都要产生出来，这个世界既不会增加，也不会减少。一方面是不断变化的，一方面又是不断衰老和灭亡的，是不断生生不已的。我们中国在《易经》里头，已经总结了这样一个观念，叫"生生不已"，叫"阴阳之大德曰生"。有阴气、有阳气，结合起来，就会产生出新的东西来。这个"道"既是总的规律，又是世界的本质，又是世界的根源，也是世界的归宿。

老子有些地方又说：这个道你看不见，叫"夷"；听不见，叫"希"；手去抓，抓不着，叫"微"。说明这个道很不容易掌握。他又说：道之为物，它恍恍惚惚，似有似无。恍恍惚惚的意思，就是似有似无。"惚兮恍兮，其中有象"，你看看它恍恍惚惚的，但是它当中已经有了自己的形象，已经有了自己的外表。"恍兮惚兮，其中有物"，在恍兮惚兮当中，这个物质也就生产出来了。日本人特别给予很高的评价，认为老子讲的这个，完全符合宇宙的发生学。当然宇宙的发生，现在全世界比较重要的，起码有六七种说法——星云说、爆炸说……但是不管用哪一种说法，它多多少少都带有恍兮惚兮。"惚兮恍兮，其中有象，恍兮惚兮，其中有物"，这样的一些道理、一些话，虽然说起来比较抽象，但是作为一个渺小的个体，如果我们想到这些，比我们的生命不知道要久远多少，比我们所处的环境不知道要宏大多少，比我们所能理解的知识不知道还要高远多少，那么老子讲的这个道，能使我们的心更踏实，能够使我们找到自己人生的一个支点。

第二个问题，我觉得老子为什么让人很有兴趣，老子的思辨能力太强了。尤其是他的逆向思维，和善于把思路陌生化——就是他的想法跟你们谁想的都不一样，你什么时候看他的那些想法，你都一愣。往往你看老子的著作，你会一愣、一惊、一赞、一叹。因为他的那些说法，往往和常识不一样，和众人所说的不一样。就是"道可道"，和可道的那个"道"，和可名的那个"名"，它不一样。所以黑格尔就特别高度地评价老子——黑格尔对孔子说过一些不敬的话，当然他的那个话也不一定对，但是他提出这么一个问题来——他说老子就是充满了思辨，而孔子讲的那些东西没有什么思辨，都是一些常识、常理。这是黑格尔的一种看法。老子的有些说法，你要是单纯从哲学的，或者是宗教的，或者是逻辑上的看，就很难理解。比如他说如果大家都知道什么是美，这可就坏了。如果大家都知道什么是善，这反倒就不善了。这个话从老子写了以后，不知道被多少人批评。各位大师包括古人都说：美就是美，丑就是丑。你不能说因为显出谁谁丑来了，就不许我们说美。怎么会说知道美是坏事呢？这个东西从逻辑上、从概念上你无法解释。但是我个人觉得，从经验上特别好解释。哪怕是在一个小单位，当过三年科长他就能解释。为什么呢？第一，人都愿意假想自己和大家是一样的，是没有差别的，是完全平等的。如果没有这个想法的话，我们受到的挫折感是非常强的。但是实际上我们所说的平等，是一个人的公民权利、政治权利这方面的平等，并不是说人的自然条件，或者是其他方面都能够绝对一样。比如说如果要打篮球，那么我和姚明能平等吗？他两米多，我还不到一米七，根本就不平等，所以人跟人是不一样的，你一搞"美"就把人分化了。

当年《雨花》杂志发表过一篇小说，叫《杨柏的污染》，这是很独特的一篇小说。大家知道在十一届三中全会以后，思想解放，有很多作家为当年被错划为右派的知识分子鸣冤叫屈，甚至把这个所谓右派写成了某种理想，有一种殉道者的光环。但是《雨花》杂志上的《杨柏的污染》，就令人非常叹惜。有一个地方叫杨柏，这个地方有二三百个被划成右派的人在那里劳动改造。这二三百人都遇到倒霉的事，也都认为自己有一些错误，也都愿意改正，愿意好好地在劳动中能够争取新的生命新的前途。所以大家在那儿也还相濡以沫，过得还不错。忽然这时候来了一个政策，比如说在这二百个人当中，选百分之十表现最好的可以不算右派，而且回城市和家庭团聚，该教书的去教书，该画画的去画画。这一下完蛋了，这二百多个人因为都有父母，都有妻子，都有老公，都有子女，谁不愿意赶快回到城里头去？尤其是自认为表现比较好的，就觉得很警惕。原因很简单，二十个人有你没他，有他没你，于是这二百多个人当中，告密、互斗，关系一下子变得恶劣起来。小说是一个非常年轻的女作家写的。我就觉得这个作家写得真不一般，叹息不已。我们并不是说谁一定好，谁一定坏，我说这个话的意思，也不是说今后我们不能搞评比，一搞评比就会恶劣。但是会出现恶性竞争，还会出现虚伪。因为要想表现好，这个"选美"本来达不到，就不惜一切代价去"美容"。"美容"的结果毁了容。这样的故事也有，我不仔细说了。所以说老子他讲这些话，很单纯、很简单，实际上包含了人生的苦味、经验。当然老子说得也片面，你不能够完全取消竞争，但是在有竞争的时候，我们又必须警惕这种恶性竞争。老子说不要崇尚贤能，免得大家都争着去竞争；不要去珍惜那些难得的商品，这样的话老百姓也就不起祸心，不会当强盗去占有它。不要勾起启发起老百姓的欲望，这样的话，老百姓的心就不乱。这样的一些说法，在某种意义上似乎和我们现在要建设殷实的、全面的小康社会是不一致的。但是它又起着某种补充的作用。

我们五四时期，曾经很激烈地批判中国传统文化，就因为中国传统文化找不到通向现代化的契机。其实比较起来，中国的传统文化，还是强调奋斗，有作为的。我们强调"天行健，君子以自强不息"；我们强调"苟日新，日日新，又日新"；我们强调"学如逆水行舟，不进则退"。都是强调了苦干。东方的其他文化里，这种通过压制人的欲望，来求得一种清静和平和，有些地方比中国的文化讲得还多。我觉得非常有趣的是，我在三个国家都看到了同一个故事。首先我是看到德国的诺贝尔文学奖得主海因里希·伯尔，他写的叫《一则关于劳动生产率下降的故事》。它的题目很怪，像经济学论文，不像小说，很简单的一个情节：一个渔人在打鱼，这一天鱼丰收，鱼太多了他处理不过来。旁边一棵树的阴凉里头，一个年轻小伙子正在睡觉，他就叫小伙子起来帮他干活：我这鱼太多了，大白天你睡什么觉？这个小伙子说：我为什么要帮你干活？他说：你帮我干活，我给你钱。小伙说我为什么要有钱？他说：你有钱可以出去旅游，你可以过幸福的生活。那小伙子说：我现在在树底下睡着觉，小凉风吹着，我过的是最幸福的生活。你把我的幸福生活破坏了，让我跟你一块去打鱼。我不想要这个钱，也不想打这个鱼。我不知道伯尔这个故事是从哪儿来的，反正不太像德国人。后来过了起码有二十年了，我去印度，印度人就给我讲，说我们印度有一个故事……一模一样。这已经让我很惊讶了。我想也许伯尔从印度听说的。又过了三年，我去非洲的喀麦隆，喀麦隆的黑人朋友，又给我讲了：我们喀麦隆有一个故事……和这个完全一样。这个故事表面看是很荒诞的，而且是不利于现代化的，但是我们反过来想一想，如果在这个现代化当中，一味地刺激各个方面的欲望，一味地把人搞得非常的浮躁，是不是也会有某些不足呢？因为印度甘地有一句名言，我非常佩服，他说大自然能满足人的需求，但是不能够满足人的欲望。能够满足人的需要，但是不能满足人的想要，你想要的东西多了。所以说老子的这些，在今天看来与众不同的、很特殊的见解，对启发我们的智慧，对我们全面地看社会、看人生、看世界，是有好处的。而且老子的有些不无奇特的说法，也有他的可爱之处。

从方法论上来说，老子特别注意事物的相反相成，所以老子特别有智谋，特别有远见。甚至你听起来好像很阴谋的一种说法，他说："将欲歙之，必固张之。"你要想把它合上，你先把它打开。这个生活中很容易找到例子。就是你坐汽车，你如果门没有关紧，当然须开开才能关上。你没有关紧，靠手拉，拉不过来的。你开开以后才在运行中，才有加速度，这个加速度才能够帮助把门关上。"将欲取之，必固与之"——用一种半玩笑的"歪批三国"的手法——就是很简单，你想跟谁借钱的话，先给他贷款，要不他好模好样的，怎么会借给你钱？你经常借给他钱，那么下次正好他有一笔钱，你想借来用就方便了。"将欲废之，必固兴之"，朱熹就说老子的心太毒了。"将欲废之，必固兴之"，咱们中国有一位军阀，据说他就用这个办法。他讨厌谁，他就封他当司务长，过去军队里面司务长，就是管钱管物。当了司务长，好像对他特别信任，所有的钱财，银元、金条全归他管，粮食、木材、帐篷、军饷，全归他管，三年以后开始查账。查出问题来枪毙，拉出去枪毙。这种不能够绝对地说，但是它沾点边，它起码有这方面的道理。老子说的这些东西，它实际上说的是人性的一种弱点。人性一个最大的弱点就是什么？他往往在顺利的时候，他会骄傲，他会不谨慎，他会对自己的估计过高，他会缺少受挫折走弯路的准备。所以老子类似的这样一些说法，有一个很大的好处，就是当我们遇到、处在一个挫折，或者不是很顺利，不是很圆满的情况的时候，我们会想一想老子的这些说法。你会觉得原来如此，这件事我没有成功，说不定是下一步成功的保证；这个东西我没有得到，说不定是下一个东西我有可能得到的一个前提，因为你不可能什么都得到。老子这样一种相反相成，走看三步，走曲折的道路，按曲折的道路前进的这样一些说法，对发展我们的智慧，使我们的精神状态更沉稳、更宁静、更有把握，都有很大的好处。所以我不同意朱熹的说法，说他"心毒"；如果他只有这一套，说不定是"心毒"。但是老子他把这些东西，看成是"道"的表现，所以如果你要说这个"心毒"的话，你不如说是"道毒"。因为"道"本身就是相反相成。

下面我想谈一谈《老子》的文学性。首先我会感觉非常惊讶，当我们回顾《老子》时，总共五千字的作品，在今天来说算一篇短文。如果当小说投稿的话，它只能算短篇小说，连中篇都算不上。但是老子他有那么多的名言警句，他说出话来就是名言，就是警句，至今仍然生活在我们的人民中间。老子教会了，当然还有孔子，还有庄子，还有一些什么人，教会了我们中华民族说话和想问题。一个是刚才说的"道可道，非常道"，一直到"玄而又玄，众妙之门"；一个就是"无中生有"，而且这个话还流传错了。现在"无中生有"是一个贬义词，就是别人给你

271

提意见，你说没那回事，说你这是无中生有。那意思就是有点编造瞎话，找我的麻烦。可是老子当时的话，是"万物生于有，有生于无"。万物它都有起源，起源就是"有"。但是这个"有"，又是从"无"当中生出来的。老子本来认为无中生有，"有"复归于"无"这是大道。而现在"无中生有"是一个贬义词，这是一个接受学上的悖论。一个伟人、一个名人，他的语言被大家都接受了，你不要以为都是好事。接受了的结果，不一定都按他那个意思接受，大部分人是按字面意思接受的，有时候字面意思和你原来的意思．正好相反。但这也是老子的功劳，否则大家就没有"无中生有"这个词了。

老子还有一句很有名的话"上善若水"。我在很多知识分子，还有一些领导干部的家中，都看见这样的书法，或者这样的中堂，或者这样的题写，就是写着"上善若水，水利万物而不争"。因为这是一种形象思维，"上善若水"，本身给你一种美善的感觉。你像水一样的清澈，像水一样的美丽，像水一样的不争，你连固定的形状都没有，想往哪儿流就往哪儿流，该往哪儿流就往哪儿流。我们想一想，中国的诗词里头有多少歌颂水、描绘水的句子？"春江水暖鸭先知""沧浪之水清兮，可以濯我缨；沧浪之水浊兮，可以濯我足""桃花流水窅然去，别有天地非人间"，水本身带来许多美好的东西。老子再有一句话，成为了许多人的座右铭，就是"宠辱无惊"。你被这个外界受宠，你的机会好，你被老板、被社会、被网民所宠爱，你也不要一惊一乍，你保持清醒，不要小热昏；那么你受到了侮辱，受到了误解，也不要一惊一乍，不要跳楼，不要太闹腾。这个"宠辱无惊"，我见过很多人，是把它作为座右铭放在自己的写字台、书案上的。很难做到是不是？谁愿意受辱？正因为很难做到，所以这句话就很宝贵。然后它底下还讲，为什么"大患若惊，大患若身"，因为"人之患在吾有身"。就是你太考虑你自己了，太考虑自我了，你少考虑一点自我，你的宠辱就可以无惊了。

比如说"祸兮福所倚，福兮祸所伏"，这个尤其是在当年，一九五六年、一九五七年，针对苏共二十大赫鲁晓夫作的关于斯大林的报告，毛主席就引用这个话作了评价。坏事可以变成好事，"祸兮福所倚，福兮祸所伏"，"塞翁失马，焉知非福"。这个事情是好事还是坏事，灾祸还是福祉，是互相转化的。所以它变成了一句名言。

"哀兵必胜"，这个话也是老子说的。我们现在都在说，一个人他哀兵，就是他有一种道义上的悲情感，这样的话他才能打胜仗。也就是中华民族到了最危险的时候，这时候才能振奋起中华民族的民族精神。一开始我不知道，中华人民共和国的国歌是由中国人民政治协商会议第一次会议决定的。决定以《义勇军进行曲》为代国歌，因为这是讲抗日的一个歌，所以叫代国歌。后来到五十年代末六十年代初，毛泽东主席提出来国歌每次都要唱："中华民族到了最危险的时候，每个人被迫着发出最后的吼声"。

"大器晚成"是老子的名言，现在有两个版本，一个版本叫"大器晚成"，还有一个根据湖南马王堆发现的《老子》，写的是"大器免成"。就是你一个大的材料，永远成功不了；或者是一个大的材料，它成就反倒会晚。现在老百姓接受的是"大器晚成"，比如说两个老头在一块，如果一个老头说：你看你的儿子多棒，你儿子都当了公司的总经理了，月工资都已经到了十五万元了；你看我这个儿子，现在还在那儿读博士后，到现在还没有个正式的工作。那个老头就会安慰他：大器晚成，你的儿子等到学完以后前途不可限量。所以"大器晚成"这个话，老百姓也接受了。

"知白守黑"，是老子的名言，这是黑格尔最欣赏的名言。黑格尔说什么叫"知白守黑"？他说这个太奇异了，说他注视着光明，而把自己沉浸在无比的黑暗中。这个我听着也很佩服。比如说咱们有一个哥们，在那儿沉浸在无比的黑暗中，我也看不见他。他两只眼睛一直盯着我。他要干吗？我不了解。但是这个"知白守黑"很有意思。有时候我也联想到别的，联想到毛主席说的，"卑贱者最聪明，高贵者最愚蠢"。他把自己归到那个愚昧无知的范围内。"知白守黑"这个话太深刻了，而且你怎么解释都行。

　　"天地不仁，以万物为刍狗。"这句话非常的厉害，其实老子也无意控诉天地，而恰恰有一种对大道的赞美，对天地的赞美。但是天地的特点是什么？是自然，是"道法自然"。这里边的"自然"，和现在我们说的"自然""大自然"是两个意思，古代还没有这个概念。这里所说的"自然"就是自己的行为，自己的运动，自己的变化，是这么一个意思，它是说的一种状态。还有说"治大国若烹小鲜"，我就不解释了，你懂不懂都觉得这句话美。而且觉得老子怎么会这么比喻？他的脑瓜子怎么长的呢，他都吃了什么营养品了，他怎么会想出这种词来？你治大国若干什么都行，他怎么会若烹小鲜，若烹小鱼呢？这无论如何你是想不出来的。《老子》本身就有一点警句体，它每一句话都是警句。那四个字四个字的话，每一个字都力大千斤，一个字砸地下就是一个坑。四个字过去了，四个大坑砸在这儿。现在我们谁能做得到这种语言的精练，语言的深刻，这种表达的方法？它有的地方表达得还挺绕嘴，像绕口令一样。老子说"知不知上，不知知病"。就是你知道你自己有所不知，这是上等的一流的人才；"不知知病"，你不知道却偏以为自己知道，什么事都显着你，这就是你的病。但是这句话，必须用老子的语言来说，你如果用现代语言、用白话文、或者用北京话、或者用上海话来说，它就没有这个味道。

还有一个"替天行道"，这是农民起义的口号，也是《水浒传》里一些人的口号。但是这句话是从哪儿来的？从老子那儿来的。因为老子说："天之道，其犹张弓欤？高者抑之，下者举之。"他说天道就像射箭，前手高了前手往下一点，后手高了后手往下一点。这边劲太大了、不匀了，这边劲小一点；那边劲小了你就大一点。它叫"损有余，以奉不足"，就是有余了，你减少一点，而把力量用到那个不足的上面。他说人之道则相反，是"损不足，以奉有余"。老子这个话可是够厉害的。你越是有钱有势，你得到的就越多；你越是无钱无势，你损失的、需要奉献的就越多。这句话太不得了了！所以农民起义的时候，为什么要说是"替天行道"？就是要杀富济贫，所以叫"替天行道"。

我们可以想一想，这个《老子》里头，教咱们学会多少话，教给咱们多少思路。如果没有《老子》的话，我们中华民族得少了多少话，少了多少词，少了多少成语。而且《老子》的语言都非常讲究，有弹性，有空间，还追求押韵。所以有人说老子的《道德经》，好比是哲学诗、哲理诗，《老子》它是一部活书。我们读这样的活书，对我们有很多启发，也有很多快乐。里边的有些词，有些东西，我们能理解多少就算多少。但是它并不是教条，它不是经文，它是一个充满了生动活泼的宇宙知识和人生知识的书。读这样的书，可以增加我们的智慧，也可以提高我们的境界。

2009 年 6 月 8 日

275

读荀恨晚

荀子曾经与孟子齐名。前者主张性恶，后者主张性善。当然，孟子衔居"亚圣"，荀子在后世的影响比不上人家，这与时间的先后次序有关，也与性恶说在中国不占上风有关。传统文化是注重感情的文化，说人生而性恶，民众士人感情上都不好通过。

但荀子的重点不是骇人听闻、痛心疾首地揭露、拷问与哀叹人间的恶人恶行恶性恶情，像某些作家如雨果、陀思妥耶夫斯基写到诸恶时那样。荀子的调子是人类生而难免有欲有私有争有恶，惜哉痛哉怜哉。荀子的性恶论带有怨而不怒、哀而不伤的特色。他的性恶说，重点不是控诉、审判、斥责人世间与人类的低劣本性，而是强调礼义教化的不可或缺，圣王教化与管理不可或缺。他强调的是：仁义道德有赖于后天人文文化、圣贤文化、规范秩序培养、严刑峻法惩戒，还有天子与诸侯既仁爱又强势的治理。然后才能抑恶扬善，化恶为仁，在内圣外王的圣王带领下，构建天下归仁的太平与福祉。

他的性恶论易于与韩非子等的法家论述接轨，但荀子儒法兼收，儒学为主，在认同法、刑的重要意义同时，尤其强调仁心仁德、为政以德、教化至上、圣贤（精神导师）至上，强调礼制法制的严格规范性；

同时，对于老人、残疾人、边缘之人等也有各种变通通融折扣的柔性思路。在某种意义上，荀子的性恶论有他的先进与务实处，与孔孟相比较，荀子接地气多一些，高大浪漫的调门降了一些。

"左之左之，君子宜之，右之右之，君子有之"，荀子含义丰富地引用并称颂《诗经》上的这两句诗，连通了孟子"资之深，则取之左右逢其原"的名言，表现了他对于治理的立体性、多面性与可调整性的认知。尽管后世对这些说法有不无呆板与平庸自囿直至与原义相悖的解释，我们还是可以看出，一个真正追求经世致用，并能联系治国平天下实际的大儒，与只会寻章摘句的腐儒截然不同。前者能坚持义理原则，也能具体地分析具体情状，还懂得开拓思路，调整部署。而后者，只能把活学问把智慧的能动性搞成较劲的、缩手缩脚的死定义。

以礼经国、以乐辅礼、助礼、饰礼，以圣贤制礼乐，以德为政，以仁厚服人取天下，以严刑峻法保持威慑，以战车军备御敌，以圣贤伟士人才自强，这是荀子之道的全面性、复合性与整体性。荀子最好的理想是备暴力强迫手段而不用，以软实力赢取民心——以王道得天下。这实在是极有特色的中华文化传统。

仁心在内，礼制在外，有阶级尊卑的秩序规则，有文质彬彬的言语举止，有对于犯上作乱的警惕禁忌惩戒，有兢兢业业的自我约束，有正心诚意慎独的自我自律修养，有以礼为先为美的舆论共识，有是非荣辱之心，存是去非，求荣知耻，乃有规格、格调、正理、章法：生老病死、和战吉凶、朝廷内外、生杀予夺、民生百事、社会分工、资源分定、祭奠庄严、宗教神祇，都有礼乐、引领、规则、章法、节奏全覆盖，社会自然高雅太平，举止文明，各安其位，无乱无争，无邪少恶。

而且，早在两千多年前的荀子就指出："祭者，志意思慕之情也。

忠信爱敬之至矣，礼节文貌之盛矣……其在君子以为人道也，其在百姓以为鬼事也。"这样的论述，既尊重人们的感受与习俗，又强调了礼的文化意义，而与愚昧迷信拉开了距离，其立论之清醒与实事求是，至今难出其右。

荀子相当平静地指出了欲与恶的存在，既保持了敬天的基因，又面对了天与人的区分与实际距离，提出与其和天较劲，不如致力于人事的纲领。同时荀子在中国传统文化论述中罕见地肯定了人欲的不可能去除、不必上火针砭、不需深恶痛绝。生而有欲乃至多欲，是正常的，是无法消灭的，不应该向大众提出压制或消灭欲望的口号。问题不在于有欲无欲，而在于你的欲导引了你的什么行为，有欲则可，因欲而行为不端、无礼违法则断然不允。以礼义规范欲，乃是文明；而以为可以以礼义消灭欲，则是狂悖呓语。在中华传统文化的戒欲防欲制欲主流中，荀子为欲有所辩护通融，也是一家之言而振聋发聩。

孟子的性善论则给儒家思想披上了美好理想，成为人间乐园、美德治平、天生孝悌的幸福长衫。天性即是人性，天心即是人心，天性善，这是儒家天人合一主张的重点。而老子天地不仁的说法，大大降低了人们对待天地、自然、世界的自作多情——酸的馒头（sentimental）。

荀子尤其强调礼，强调礼的文化性、规范性、治理性、祛恶性、和平性，同时强调礼的前提是义——道义与原则。道义与原则践行在外，诚于中而形于外，暖和于中而严正于外，乃构成礼——彬彬有礼、谦谦君子、以文化人、永不生乱。

一方面荀子介绍古礼，细致生动具体有趣，入情入理，可亲可爱；一方面，荀子又借孔子之口讲论：比起戴什么样的帽子的礼数来说，权力系统的人——天子、诸侯、公卿，更应该关心的是仁心人心良知正道。

比起《论语》《孟子》来说，《荀子》的篇幅要大得多。他讲的许多问题比较细、比较切合实情。

荀子专门讲了君道——天子、帝王、君王之道，强调一切都要遵循效仿唐尧、虞舜、夏禹、商汤、文王、武王、周公。同时荀子又提出了"法后王"观点：他不搞复古，不认为中华文化唯古是瞻、越古越好。他倒还没有提出厚今薄古，但颇有些厚古更厚今、活在当下的意思。他提出道义仁礼德的观念，认为这些带有终极价值意义的范畴其实是来自天地榜样垂范，来自圣人教化，是高于权势的，是决定权势被承载拥戴、抑或被颠覆毁灭之不同命运的，是具有崇高性权威性不可逆性的。他认为君王与贤良是要知天命的，是不可违背天命的，正如今日之强调不能违背历史与社会的发展规律。同时他又提出了圣人"不求知天"的重大命题：不赞成将心智用在宗教式的终极形而上空泛高论或占卜式的猜测赌博上，而是认同人间正道，认识人间的可与不可、能与不能、义与非义、礼与非礼，有所选择有所把握，有所修为，这甚至令人想起让·保罗·萨特的无神论的存在主义，想起萨特的"存在先于本质"。而荀子关心的首要，不在于萨特式知识分子的选择，而是君王权力系统的选择。荀子认为，坚持礼义与礼制，在不同的等级层次上践行守护仁德，搞清名分，确定万民万事（日理）万机的统类——性质，也就是孔子强调的正名，是治国理政的首要。

王者不仅合乎天道儒道，荀子还讲王制，即王者的治理法度。他说："奸言，奸说，奸事，奸能，遁逃反侧之民，职而教之，须而待之，勉之以庆赏，惩之以刑罚。安职则畜，不安职则弃。五疾，上收而养之，材而事之，官施而衣食之，兼覆无遗。才行反时者死无赦。夫是之谓天德，是王者之政也。"

意谓："对于说话、主张、做事要手段、钻空子、不安分、偷奸使坏之人，要给予安置，加强教育，适当等待，有所鼓励引领，有所惩罚警示。能够接受安置的就让他们安定下来，不能接受安置的只好予以舍弃。"

"对于几种残疾人，君王要收养他们，使用他们的才具，救济他们的衣食，全面覆盖，不能遗漏。"

"而对于颠覆社会秩序的人，只能坚决处死，不能赦免。这样做，合于天道天德。这是王者的施政方略。"

这已经突破了儒学的为政以德、道之以德、齐之以礼的范畴和礼教，讲到一些精明强悍的用权手段和计谋了。虽然在其他地方，荀子多次反对治国理政的计谋化。

荀子讲正名，强调桀纣之类的独夫民贼、无道昏君，根本不能算君王，而伊尹、周公等的临时行使君王权柄，也绝非悖逆。荀子的治理思想，包含着对非治、悖逆形势的承认、解释与对策。

荀子强调：法者治之端（根据），君子，法之原。就是说要以人治保证法治。他说：明主，急得其人，闇主，急得其势，就是说，礼义第一，用人第二，炙手可热的权势只能叨陪第三。他的人治高于法治论现在看来也许不怎么对，但这些说法仍然惟妙惟肖，来自古代后代本土实践，令人觉得荀子实有朝廷官场政治生活经验，细腻详实。他描写的政治生活现象可闻可见可触可以务实评析，绝非凌空蹈虚之论。他没有孟子那样高调，但是比孟子扎实。

操作起来，他认为天子、诸侯君王们的主要职责任务是用贤人、清奸佞、赏罚分明、绳墨公平。荀子甚至强调说天子君王是正道驱动者、布局者、指挥者与裁判者，而做事处理日常政务主要是靠你用的"相"，以及贤良臣子。荀子认为，有好人好用，天子诸侯可以劳逸适度，可以更多地享受生活，可以更主动地评价监督调配，高高在上，主动在己，进退咸宜；当然，这只能是一个角度。历史上的"明君"，更多是将决策与用人结合起来的。用毛主席的说法，是"出主意、用干部"，而邓小平的说法是："抓头头，抓方针。"

荀子讲臣，把臣子分为几种，一曰态臣，靠表态作态取宠信者是也；二曰篡臣，做官而扩张权势、穷奢极欲乃至架空君王者也；三曰功臣，取得信任，办实事者也；四曰圣臣，忠诚于君王，忠诚于正道，有所完善，有所谏争，不但出色完成了君命，而且树立了典范，优化了形象，改善各方对于权力系统的舆论观感者也。不用多说，这样的区分，相当地道！

荀子注意区分谄（媚）、忠（诚）、篡（夺）、国贼这四种为臣之道，荀子提出了谏、争、辅、拂这四种社稷之臣——国君之宝；并提出了从道不从君的说法。他高度评价了本土传统政治学对于谏争的讲究。

荀子对于君子小人的说法也极高妙。说小人为什么常戚戚呢？"小人其未得也，则忧不得；既已得之，又恐慌失之。是以有终身之忧，无一日之乐。"此说令人如见其人其事，忍俊不禁。

在论述到诸侯国势强弱的时候，荀子更强调的是软实力，是君王仁心，是民心向背，是君王的人格修养、道德形象、以文化人之力量。

书中还有乐论，被今人称之为"礼乐同构论"。荀子谈音乐的专门知识很少，强调的是重大礼仪上的音乐使人庄重，正派的音乐在培养礼敬、诚笃、恭顺、和谐的社会氛围、朝廷氛围、移风易俗方面具有巨大作用，同时严厉批评了墨子的非乐论。

荀子猛批墨子的狭隘、过度与呆木，荀子也极度轻蔑公孙龙等人的概念与逻辑推导质疑游戏；恰恰从中可以看出，墨子的许多适宜于较低生产力水平的政策设计如薄葬、废乐等等，与公孙龙的思维训练曾经发生了多么大的影响。我们从中还可以看到当时的士人对于被后世所称道的百家争鸣局面的负面感受。当然，荀子在具有充沛的使命担当、坚持正道同时，似有学术思想上拘泥平面化一面。荀子极力为孔子的诛少正卯辩护，强调心达而险、行辟而坚、言伪而辩、记丑而博、顺非而泽，这五种具有异己色彩的人是小人中的桀雄，荀子认为这样可能的反对派，比刑事犯罪如盗窃更危险，必须诛杀无赦，这有点过线了。

我们可以从《荀子》中读到一些与法家乃至道家相通的思想：关于把握好赏罚、关于权力系统的治理需要与民心结合起来，还有看国家的力量不能只看地盘，更要看君王公卿受拥戴程度等等。我们会想起老子所讲的"功成事遂，百姓皆曰，我自然"，我们也会想起韩非的"明主之所道制其臣者，二柄而已矣。二柄者，刑德也"。这说明了荀子有后发优势，从孔到孟到荀，治理思想是有前进与发展的。

荀子的文字极有特色，写得有理有据，有声有色，有的地方痛快淋漓，有的地方无微不至，有的地方渊博丰富，有的地方大义凛然。读起来如飨大餐，丰厚全席。

整个说来，我个人长期缺少对于荀子的认真关注与足够重视，近四年来，我读荀思荀，发挥荀，极有兴趣，痛感需要看重、再看重、多多看重荀子。

山林诗话

空山不见人，但闻人语响，返景入深林，复照青苔上。

——王维《鹿柴》

从地理上看，中国海拔在 500 米以上的山地面积占全国面积的三分之二。中华文化中有一种敬山、爱山、重山、寻山、入山的倾向。"仁者乐山"（孔子），"一生好入名山游"（李白），"登泰山而小天下"（孔子），以山为神、封山为神、宗教名寺名观依托名山名峰，高士宿儒、待价而沽者自称自诩"山人"，武侠流派、神仙故事、艺术大师、绘画作曲、中医中药，都离不开山文化。白娘子为救许仙，也要上山采灵芝。

而空山，又是山的原装正宗初始化符号。王维，又是"空山不见人"，又是"空山新雨后"，而韦应物则是"空山松子落"，更加奥妙灵动，悠游幽妙。直至五四一代的作曲家演奏家刘天华，作二胡名曲《空山鸟语》，可见人们对空山念念不忘。

王维此诗，前两句是空山人语，空，指山的空旷、原生、寂寥、脱俗、距离感、孤独感……却响起了人语的些许生机，温暖、红尘、亲切感与动态感结合起来了，人间似在远处，空山却在眼下；一切清纯而不乖僻，活趣而不掺和，阔大而不空虚，回归自然，天人合一。

返景，读反影，景在这里通"影"，是说夕阳走低，各种影子延长，影子伸展到深深的树林里去了，同时返景（返影）毕竟不是与地面平行无限伸延的，影子在夕阳光照下的伸延与地面形成的仍然是锐角，影子在夕阳光照下伸延着的同时，夕阳也映照着深林内外的地面青苔之上。光与影，不可分。

空山、夕阳、返景、深林、青苔，都是天地，是大自然、是天道，但夕阳并没有舍弃渺小的青苔，照耀青苔的时候表现了天道的亲和与平易。人语，当然是人间人事，是凡俗红尘，但由于距离的保持，闻其声而不见其人，这人语变得大大地脱俗了、抽象了、高雅了、多义了，它只提供声响、绝无俗事相扰，也就雍容大气、通向大自然的道性与神性，融合于空山、深林、夕阳与青苔了。

本来，人与人景，也是大自然所化育生长出来的，是"大块载我以形，劳我以生，佚我以老，息我以死"（庄子），人生的一切离不开自然，离不开天地。王维并不贬低人间与当下，同时愿意与凡俗保持一定的距离，用一种平和与干净的态度，与自然合一，与天道合一，与空山合一，与不见其人的人语合一，也与片刻出现的青苔合一，淡定无思虑地过他的日子，写他的诗句。他没有李白的强烈激昂，没有杜甫的忧患深沉，从个人修养上来说，他算是另有道行。

也可以用电影镜头的概念来谈谈这首《鹿柴》，空山、人语、返景、深林、青苔，都是空镜头，都是诗人的主观镜头。文学诗学艺术作品本身，文学诗学所观照与表现的世界包括主观世界，是第一性的，是超越性的，是高于文学艺术的技巧与规则的；诗人的感觉、憧憬、神思、情绪、迷恋，比诗艺诗才更重要也更根本。但中国古典诗词所依赖的汉语特别是汉字，又是太丰富也太独特了，它们整整齐齐、长长短短（词也称长短句）、音韵节奏、虚实对仗、俗雅分野、平上去入、炼字炼意，都达到了炉火纯青乃至自足自美的境界，中国诗词自成一个世界。进入不了这个世界，空谈热爱者众矣，进入了这个世界，只会陈陈相因者亦多矣。笔者在这里强调一下中国诗的本体与内容，诗人的个性与创造，也许不是没有意义的。

独坐幽篁里，弹琴复长啸。深林人不知，明月来相照。

——王维《竹里馆》

一上来就是古典诗文中常见的"独"字，令人想起柳宗元的"独钓寒江雪，"王士禛的"独钓一江秋"，周邦彦的爱莲说，周氏先说是陶渊明独爱菊，再说自己"独爱莲"，李后主是"无言独上西楼"，而陆游的"已是黄昏独自愁，更著风和雨"孤独感压抑感更加强烈。

古之诗人学士，仕途不顺，更不用说后主这样的亡国之君，诉苦式地写写自己的孤独，不足为奇。钓雪钓江钓秋，则着眼表现自己的特立独行，清高不染，独处天地四时，自诩多于自叹。王维与他们都"独"，但心态不同，他知道自己的孤独，认同孤独，平静于孤独，安稳于孤独，漠然陶然于孤独，却并无对于俗世的厌恶。他对仕途、官场、社交愿意保持距离，自己坐在幽幽深深的竹林里，弹琴奏乐，慷慨长啸，自我欣赏，自我发散，自我慰安，以月为伴为友为天为清冷之光辉，复有何忧，能有何愁，更有何求，岂有怨懥？

除了独，诗中还有幽、深、不知……偏于消极冷落的字词，但同时有了弹琴、长啸、明月、相照等语，有所平衡互补协调。

"深林"一词在前一首诗《鹿柴》中也出现。"深林"是王维，甚至是中国古典诗词喜用的诗语境之一。

人到了竹林幽坐，无人知之，拨动琴弦，吼叫天地，又像王维这样能佛能诗能琴，也就如此了，别无大志，绝无野心，无意夸张造势张扬混闹。他并非成功人士，也就少有挫败风险，并不混世，似乎无争亦无大咎，行啦。

松下问童子，言师采药去。只在此山中，云深不知处。

——贾岛《寻隐者不遇》

这像一个小抖音，但比现时的抖音不知高雅多少，含蓄、深邃、耐品味、耐咀嚼、耐想象、丰富凡几。

"松下"云云，已有仙气；童子可能是晚辈、是小厮、是无关的小孩子，问其师——师傅、老师、师长、大师、法师，说是去采药了。其师多半不是专业药农、药剂师、医药师。君子不器，出山入山，出世入世，专业技工，没有多少品质与滋味，更吸引人的是大儒、佛道人士、半仙之体、有慧根正觉的天才贤士才子，来到深山，半是采药，半是寻仙，半是访友，半是济世，半是游山赏云觅林追逐灵感天机，自娱自悟。而所讲"山中"，可能是群山、深山、高山、密林之山，山中无限，山路无穷，天外有天，山内有山，洞内有洞，路外有路。云深隐山，隐洞、隐路、隐己，奥妙精深。

而全诗又浅显单纯朴素是童子语、童子心、童子状，没有装模作样，没有故作高深。这样的文本，眺上一眺，求解其意，已得其趣，可深可浅，可浓可淡，可有话要说，可无需多嘴，有一种诗语的自由顺畅，解读或根本不去解读，皆可满足于一触即得的自由直觉心态。实则浅而入深，意味隽永。

贾岛其人，他的"推敲"掌故远比他的诗更有名。以致贾岛自己的故事妨碍了自己的诗作的知名度。

其实，"鸟宿池边树，僧推月下门"或"僧敲月下门"，并不值得那样呕心沥血地沉湎分析选择。所谓"吟安一个字，拈断数茎须""险觅天应闷，狂搜海亦枯"（卢延让），所谓"两句三年得，一吟双泪流"，（贾岛），固然写出了对于诗作的精益求精与献身完美，仍然流露出搜索枯肠的窘态，如果你读读屈原的《离骚》，读读李白的《将进酒》，读读杜甫的《茅屋为秋风所破歌》，读读白居易的《长恨歌》与《琵琶行》，你理应该更加体会到真正的诗人的诗心汹涌、诗情澎湃、诗语喷薄、诗兴涨溢、诗才惊天的快乐与自信。与一味苦吟的苦肉计相比，诗神的无可比拟的诗势，更值得歌颂羡慕欣赏赞美。当然，貌似天生，貌似得来全不费功夫，不等于可以侥幸，不等于不付出极大的努力。

贾岛的《寻隐者不遇》这首诗还是不错的。另外他的《剑客／述剑》一诗："十年磨一剑，霜刃未曾试。今日把示君，谁有不平事。"也出人意表，略嫌或有的表演感，毕竟读之一惊，心气为之一振。非等闲因袭、有之不多、无之不少的庸人之作也。

"十年磨一剑"云云，在特定的历史年代还演变成了"十年磨一戏"之说，诗可以为历史、为人生、为人类经验命名，为思维与表述创建不同模式，可以恰中十环，可以歪打正着，可以曲为解释，可以张冠李戴。

偶来松树下，高枕石头眠。山中无历日，寒尽不知年。

——太上隐者《山居书事》

贾岛的诗是寻找一位隐者，没找到，看来斯隐者确实难找。而本诗的作者自称隐者，而且是又太又上的最高端、最伟大、最隐蔽、最得道的隐者。是个大胆放嘴炮的隐者呢。

吹什么呢，偶然来到了一株通灵的古松之下，古松的挺拔、长青、清奇、雅静、高寿、松香、松塔、松菇、站位，已经很不凡俗、很有灵气了。更有灵气的是"偶来"。不是特意来，不是非要来，没有目的来，你可以说是他来到了伟大古老的松树下，可以说是灵异的松树来到了隐者的头上。

为什么强调"偶来"呢？偶然来了就是无为，顺其自然，隐者自隐，仕者自仕，成者自成，失者自失。"高枕石头眠"，更妙了，高枕无忧，高枕为乐，高枕无虞，还有高卧一词，仍是高枕之意。高枕石头？技术操作上恐怕有问题，石头太硬，太凉，形状少有适宜作床位或作枕头用的，石头传热太快，睡久必伤，很难以石头为枕席，很难在石头上酣睡通透。

但是吟诗的太上隐者与众不同，他与山石松柏云雾鸟兽花草寒暑昼夜俨然一体，石头就是他的生存环境，他的"场"，他的行止所依，也就是他的枕席，就是他的房舍，他的天造地设七星级宾馆。他与大块合一，与天地合一，与日月星合一，与草木合一，与天道合一。

底下更发展一步，"山中无历日"，什么意思？他不需要知道春夏秋冬，阴阳寒暑，不需要知道年、月、日，更不需要知道星期，上班下班、周末度假、祈祷祭奠、事君事神事祖先还有社交，都没有他的事；他没有日程，没有任务，没有完成，没有耽误，没有功过，没有优劣。

他没有历日即时间带来的匆迫感，没有时间与年龄的压力，没有对于寿夭的感伤与恐惧，没有对于生命的忧心忡忡。最多与松树、石头为伍，知道个冷热，知道冷极以后慢慢又转暖，寒冷会渐渐消失，何须年载的感知与计算，思考与哀叹呢？

这里有一种天真的非文化主义、非进化论：文化智能，增加了人的追求幸福能力，也增加了人际关系的复杂性危险性与多方焦虑的可能。正像成人会时时回想留恋自己的童年的天真无邪一样，人类也会怀旧，憧憬童年时期的简单纯朴。早在东周时期，孔子们已经慨叹公元前七百多年以来，礼崩乐坏，世道不如唐尧虞舜夏禹周文周武周公时代了。庄子则干脆认为从黄帝轩辕氏起，已经是人心不古，世风日下喽。

难以做到也罢，可以遐想，可以设计，生活可能"偶来"全然不同的机遇，无历无日使你活得不慌不忙，世界在二十字中似乎可能变成另外的样子。

诗是生活，诗是梦想，诗是亦有亦无，诗是纪实，也是幻想曲，是火花，是酝酿悠久后"偶来"灵感，仍然是神州大地的美景、美文与美意。

人生若只如初见

——纳兰性德的两首词

木兰花令·拟古决绝词

人生若只如初见，何事秋风悲画扇。等闲变却故人心，却道故人心易变。

骊山语罢清宵半，泪雨霖铃终不怨。何如薄幸锦衣郎，比翼连枝当日愿。

"拟古决绝词"是按照乐府表现古代分手诀别的体例，写下了此词。都叫决绝词，但纳兰此决绝词与清朝的激进志士周实的《拟决绝词》大异其趣。

纳兰说：如果人生中的情义所示追求心思感觉，永远保持着初次见面时的热烈与新鲜，也就没有什么事情能造成消磨冷寂失落之哀怨——像秋天到来后被遗弃的画扇一样的不幸了。

故友情人，轻易变化了当初的心意，反而说是他的故人变了心？

想当初，唐明皇与杨贵妃在华清宫里山盟海誓：愿常厮守，生生世世为夫妇，他们的情话说到了半夜。到后来呢，发生了悲剧……（杨贵妃被赐死）唐明皇返回路上，入川时听雨声而痛苦思念，杨贵妃死而无怨。这位穿着锦衣龙袍的薄情的唐明皇啊，你想起当日的"在天愿为比翼鸟，在地愿为连理枝"的盟誓话来，又当如何自处呢？

爱情、婚姻、初见、变故、命运应该怎样解释呢？"人生若只如初见，何事秋风悲画扇"，近半个世纪，由于一些电影（《只有芸知道》等）与戏剧的引用，据说还由于智利大诗人聂鲁达的爱情诗中的名句："爱情太短，遗忘太长"与纳兰此名句的互动，纳兰性德的"秋风画扇"金句已经空前普及。我还认为，知道纳兰词人的人当中，有百分之九十以上的人说不定只知道纳兰词人的这个画扇金句。换句话说，没有若只如初见之语，纳兰今天不会这样家喻户晓。

其实它不完全是纳兰的发明，纳兰用的是典。王国维强调他的民族属性中纯朴天真一面，强调他并没有被中原文化拘束固化，这个判断十分重要准确；但同时，纳兰确实又是深深融入了中原古典文化，纳兰做到了王国维大师提倡的既能"入乎其内"，又能"出乎其外"，纳兰汲取了并被吸引陶醉于中原文化，同时他能保持自己的少数民族属性与个人特性，有消化，有改造，有极独到的发酵、发挥、发展承旧创新，为词作带来了新意新气象。

他用的典是男女之情的始于热烈、终于冷落的"变心"故事——来自汉成帝妃子，应该说是著名女作家班婕妤的诗《团扇》：

新裂齐纨素，鲜洁如霜雪。裁为合欢扇，团团似明月。出入君怀袖，动摇微风发。常恐秋节至，凉飙夺炎热。弃捐箧笥中，恩情中道绝。

说的是新近裁制好了一把用齐地出产的雪白绸子做的素净扇子，新鲜高洁如霜似雪，剪裁为合欢圆扇，像天空的明月。夏天，它放在你的怀抱或者衣袖里，随时一摇，微风舒适。让人担忧的是当秋天到来以后，凉风阵阵，驱散炎热，你会把美丽的扇子丢弃到装废物的竹子箱笼中，本来与你那样深厚宝贵的感情，半途而废弃背叛。

这首诗写得如此纯朴动情，天真纯洁。而"恩情中道绝"的结论又是下得这样残酷、绝望、痛心、令人恐惧战栗。

到了纳兰性德这里，把班婕妤的诗浓缩、简易、通俗为秋风悲画扇的吟咏，又加上一个大胆神奇、天真烂漫的想象："人生若只如初见"，就是说时间这个时时流逝失去变易的因素，不再"如斯夫"地"不舍昼夜"了；逝者不逝，昼夜全"舍"，万有如初，无变无化，恩爱千载，画扇永远；恩情美满，中道鲜妍，无绝无断，日月经天，芳华万年。

这就大大地、百倍地超过男女之情的变心不变心之说了。与时俱化。暂停千般。男女青春，有术驻颜。生老病死，诸忧俱减。这是对于天地人生的种种丧失之痛苦的摆脱超越幻想曲。

当然，人生的悖论是永远不会停歇的。如果如初见的梦想，做到了万物不变、百年一日，那还有什么活头呢？活着：今天和昨天一样，今年与去年一样，秋天不来，夏天不走，冬春不分，一把扇子便成为终生终世终人间深情的宝贝见证了，活一天与活一万年没有任何区别了，那还有所谓生命、生活、一生、一世吗？还有人赋诗填词了吗？

是的，没有苦恼，也就比较不出快乐，没有心情变化，就没有不变——应该是变中有不变，不变中又发生着时时新变，人生若只如初见，活了死了没法辨，昨天今天一个样，十年百年从不乱，大家变成木头人，岂不都成大傻蛋？何事秋风悲画扇？秋风自有秋风恋！有生必定就有死，有死才有生可赞。正因为生多变易，更希相爱永活鲜，能够跟随着不舍昼夜的变化，保持着最最美好的心愿。执子之手，与子偕老，这是爱情。执子之手，谁也不老，这是雕塑。怕对方衰老，所以要躲开对方，这是欺骗。所以要好好生活，要过好这一辈子。没有成就大业，留下大德……做个好梦，填首好词，也还不错了。

重要之点还在于，纳兰用了班婕妤作品的秋风弃扇的比喻，同时给予了创造性的补充与转化，典故完全纳兰化了。天真元宇宙，极善良的公子哥们儿气，确实是怡红公子贾宝玉的口吻。清代"红学"，对贾宝玉的原型或有纳兰容若之说，却少有人提及秋风弃扇语来自班婕妤，包括敬爱的大师。

下半阕讲的是唐明皇与杨贵妃的故事。但把这个故事归入变心负心类，比较牵强。

唐明皇与杨贵妃之诀别不像是由于唐明皇的负心，而是由于李隆基万岁爷，他治国理政糊涂失败酿成大祸。他的悲剧不是由于自己变心杀了爱妃，而是他搞乱了大局，玩不转大政，无法保护自己的爱妃。而杨贵妃之终无话说，同样是由于她深知唐明皇之一无奈、二无能、三无威、四无实力无招术，大势已去、死路一条、天塌地陷，只能通过杀贵妃昭示一切罪在女祸，美就是祸水，这样一些民粹真理歪理。在那样一个封建文化集体无意识中，我甚至感觉杨玉环也极可能认为大唐出事是自己造成，不能不跪谢赐死天恩。元宇宙的混乱盲动破坏的三体元素已经形成，死个贵妃算什么？

纳兰的木兰花令的命运与人的命运一样，歪打可以正着，变心谈不上，就埋怨一下秋风代替了夏风吧，显得词人更是赤诚撒娇纯洁可爱。安史之乱是真实严峻的，难以逆转、诀别也是真实的，唐明皇对杨贵妃，从怀抱衣袖里心肝上爱了再爱，爱不够开始，到一切搞乱、被迫狠心丢弃杀死，也是真实的不能讨论的。人生总有种种有道理的与无道理的悲剧，人生诸事件总有准确的与全不准确的命名定义与流传、总结、舆论。判断与史实未尽合榫，但金句内涵超过了经验，更走过了来由，这都很正常，很必然。至于纳兰，就更不知道他有什么这一类的遭遇可资借鉴与掂量分析了。

又何需史料的分析呢？纳兰说来很天真，一句话，他同情杨贵妃，他不忿唐明皇，他替贵妃发声诉冤。

清末周实的《拟决绝词》"信有人间决绝难，一曲歌成鬓飞雪。"那是指为了家国而献身。

有意思的是一九九六年首播的三十一集电视剧《汉宫飞燕》又名《汉宫秘史》，二〇〇五年播出的四十集电视剧《烟花三月》，二〇一二年播出的四十二集电视剧《末代皇孙／纳兰如意》，二〇一四年播出的三十集电视剧《菜刀班尖刀连》，都引用了纳兰性德的这句词："人生若只如初见，何必秋风悲画扇"，我还要说，我本人，如果不是这次写诗话，也并不知晓秋扇之喻出自班婕妤诗作。

纳兰生于一六五五年，卒于一六八五年，他的《木兰花令·拟古决绝词》刻印问世于道光十二年即一八三二年，他只活了三十一岁。纳兰的姓名大大地加温普及大众化，是二十世纪末至今，即纳兰的干脆明星化，是于他离世一百六十多年后。

而一些电视剧写的是赵飞燕的故事。最早诗中将杨贵妃与汉代赵飞燕联系起来的是李白的清平乐，传说有人借此离间李白与贵妃的关系，这回，二十一世纪的中国电视剧，又把清代的纳兰词与杨赵二位美女紧紧地联系了一回。赵飞燕出生于公元前四十五年，就是说，纳兰的"初见"与"弃扇"说，逆生长了两千多年，清代的名言，逆行超前生效到中国历史的西汉朝代去了。伟哉，兄弟的满族天才词人。纳兰容若——

纳兰性德呀！痛哉，一苗条一丰满的赵杨二位女子！

采桑子·谁翻乐府凄凉曲

谁翻乐府凄凉曲？风也萧萧，雨也萧萧，瘦尽灯花又一宵。不知何事萦怀抱，醒也无聊，醉也无聊，梦也何曾到谢桥。

是谁在那里填写那凄凉的词作呢？风萧萧兮吹来吹去，雨也萧萧兮下个不息，眼看着灯花失落减少，又一夜就如此这般地度过了。[我原来的解读是说"如此地过去了"，五十天后，改为"如此这般"与"度过"了。我有一些伤感——酸的馒头（sentimental）。]

谁知道放不下、紧紧牵挂着的是什么情事呢？醒了，觉得落寞无趣，醉了，依然是落寞无计。就是做梦，梦中也到不了烟花柳巷、游乐一番的谢娘桥啊。

本词有极强的歌曲感，读之可以唱出来。一上来就是"翻曲"，紧接着"风也萧萧，雨也萧萧"，有了风有了雨。本来已经齐了，加上这也萧萧，那也萧萧，加上含义空洞、无所依傍、亲切而又迷离、乱轰而又寂寥的两组四个萧字，再后"瘦尽灯花又一宵"，与李商隐的"蜡炬成灰泪始干"靠拢，比李诗更活泼烂漫通俗任性。

梦也梦不到，到不了谢桥，这是纳兰的真挚、深情、执着、初心，他永远不会只是游戏、是薄幸、是"与之狎"。他与宝玉黛玉一样，爱情如生命。

然后写"无聊"，干脆可以说此词写的题材就是"无聊"二字，这是纳兰的无聊"采桑子"、无聊诗词、无聊文学。然而，清代不是春秋战国，纳兰不是英雄豪杰，纳兰从来不处于社会家国的主流旋涡之中，不写无聊，你让他写出什么"有聊"——"有志、有为、有思、有所献身"吗？而且中国往昔封建社会，天下太平时期的寄生贵族地主乡绅生活的特色恰恰在于无聊二字，伟大的《红楼梦》，无聊又是过生日、又是行酒令、又是大兴土木、又是乱七八糟，从中出现了善恶美丑智愚悲喜多少古代中国故事啊。

当然，在中国古典诗词中，无聊、无赖，并非现代口语中的单纯贬义词，它体现着某种性情、某种境遇、某种超脱和任意，甚至还有某种自由自在。

纳兰性德的"无聊"，到了王国维的《人间词话》评论中，则被称为道性十足的"自然"。王国维盛赞说："纳兰容若以自然之眼观物，以自然之舌言情，此初入中原未染汉人风气，故能真切如此，北宋以来，一人而已。"

在中华传统文化中，自然云云，是天大的终极词汇。除了老子的"道法自然""功成事遂，百姓皆谓：'我自然'"以外，还有怡然自得、夷然自若、自然而然、顺其自然、听其自然、任其自然、泰然自若、超然自得、超然自逸、恬然自足、昂然自若、晏然自若、习若自然、怡然自乐、怡然自若、浑然自成、悠然自得、坦然自若、欣然自得、昂然自得等等说法。

哲学家冯友兰则认为"自然"是本能的低级的随俗的人生境界。其后是功利的、道德的与天地的另外三种境界。而心理学的定义则是认为无聊感产生于关注对象与自己的价值观的脱节。

纳兰的特色在于，他的生活既无需功利目标，也没有价值三观探求，还没有仁义道德的高悬，更不讲天经地义、日月光辉，他的自然可以是无聊，可以是无为，可以是无伤，可以是大伤失落：生命，便是失落生命，生活，便是失落生活，爱情，便是失落爱情，真挚，便是没有针对谁、没有来由、没有归宿、没有目标，甚至让你觉得不靠谱的真挚……

中华文学、中华诗词的历史上出了奇葩纳兰性德，自然而然的"无聊"中多少性情，狭窄中多少纯真，空虚中多少才华，稚嫩中多少青春！无怪乎有人将纳兰与怡红公子宝玉联系起来，纳兰之外，你还真找不着再一位更能与宝玉套近乎的人物来了。幸乎悲乎，纳兰性德有生之年想得到吗？生活在近现代、生活在地球其他角落的懂中文的人们，一旦面对纳兰性德，个个感动赞赏，不知道怎么赞美才好。

写到这里，加个噱头一笑。遥想当年，丁玲老师见到了王蒙小说《呵，穆罕默德·阿麦德》的开头几句话，评说道："王蒙，是说相声的嘛！"

关于悲哀的与无瑕的纳兰性德，我忍不住留下一个噱头：

为纪念曾经有过的纳兰墓地，设立了纳兰性德纪念馆，位于海淀区上庄镇皂甲屯村。那是一个挺不错的四合院，有一间房里陈列着纳兰的生平介绍与纳兰一些著作的当代版本，更多的地方则是作为农家乐的景点食宿服务而经营。纳兰性德纪念馆的招牌下，公示的是"香椿炒蛋""小鸡炖蘑菇""家常饼""手擀面"之类，有的小学生走到那里看到了菜谱，问家长："这个什么纳什么，是厨师的名字么？"

纳兰故地或无存，犹有饭堂土菜亲，

瘦尽黄花灯共火，悲风初见已销魂。

中华文化：特色与生命力

很高兴有机会和各位交流，关于中华文化的特点、中华文化的生命力。大家谈起中国文化来都说它博大精深，如何之精彩、如何之好。但是这个文化的特色究竟是什么呢？又感觉到老虎吃天无从下口。我们有舌尖上的文化，我们有非常美好的诗词，我们有阴阳五行、有中医、有太极拳。那么到底从哪几个方面用最简易的方法，用极简版谈谈中华文化的特色与生命力，我想试着和大家交流一下！

我认为中华文化有三个特性：积极性、此岸性和经世致用性。

积极性是什么呢？就是虽然我们的文化它有一些问题，是说并不能给你一个明确的答复。比如说地球是从哪来的，宇宙是从哪来的，生命是从哪来的，还有死后是一个什么样的世界，类似的，有许多创世的问题、未来的问题，中国文化都不热衷于解决这些问题。但是它总体来说，让你自强不息，厚德载物，这是中国的很多古书里边所讲的一个道理。

另外中国呢，你不管对人生怎么解释，中国人主张勤劳、反对懒惰。中国人提倡学习、好学、苦学，不提倡你可以不学习、你舒服就行了。

世界各国的文化，在这方面并不都是一样的。比如说一个很奇怪的故事，我在三个地区，完全不同的三个来源，听到了一个同样的故事。最早还是在西德，那时东西德还没有合并，有位作家海因里希·伯尔，诺贝尔文学奖的获得者，他写过一个只有德国人才可能写出的小说，小说的题目是关于劳动生产率下降的故事。他说什么呢？就是一个渔夫在那打鱼，然后一个青年人在树底下睡懒觉，鱼太多了，这渔夫对付不了，就让这青年人来帮忙，说要给青年人钱，他有了这个钱可以过幸福的生活。

这个青年人就说：我现在睡觉就是幸福的生活，帮你打鱼能赚很多钱，到世界各国旅游，但这些对我来说毫无幸福可言。这是德国人写的故事，当然这个很不像德国文化。

第二是我在印度，听到印度的作家给我讲这个故事，一模一样。然后我在访问中非的喀麦隆时，喀麦隆的文化部部长又给我讲这个故事，也是一模一样。但是在中国这样的故事是不会吃得开的，中国文化都是鼓励你往前进，让你知道内容也好，不知道内容也好，说得清楚也好，说得不清楚也好，你要先给我干起来。你要自强不息，你要厚德载物，你要努力学习，你要勤劳、勇敢，你不能够睡懒觉。

另外还有表达中国人的这种积极精神的，是"知其不可而为之"。就是说，即使你这个事做不到，但是你觉得应该做、值得做，你就去做，即使这个事你要付出惨痛的代价。

孔子又反过来说，做好事最容易了，做伟大的事最容易了。你希望做一个仁者，做一个爱别人的人，做一个也是被别人所爱的人，你这么想了，你就已经是这么做了。因为仁爱就是人的一个本性嘛，这一点都不费劲嘛！这是中国的一套说法。

但同时还有此岸性，此岸性是什么意思？佛学上说，得了佛法的人，能够进入极乐世界。我们这一辈子吃喝拉撒睡、油盐柴米酱醋茶，有高兴的时候、有不高兴的时候，有运气好的时候、有喝凉水都塞牙的时候。但是你得到了佛法，你就大彻大悟、进入了彼岸、进入了另外一个环境，甚至进入跟此生完全不一样的一个环境，你那时候只有幸福。但中国人很奇怪，他不往这方面费劲。

孔子的说法就是："未知生，焉知死？"你生还说不清楚，你说死后的那些事干什么，又有谁说得清楚？

荀子又说："唯圣人为不求知天。"真正的圣人不求知天，天意啊！天意，天为什么创造了人呢？这个他不求知道，但是你要尊重天命，要尊重大自然的规律，要尊重老天爷的意志，可是老天爷的意志，你又不可能完全知道。

孔子和庄子他们也都有类似的论述。孔子的话叫："天何言哉？四时行焉，百物生焉。"这是孔子的话。庄子的话叫："天地有大美而不言。"他们都不说话，他们什么都不告诉你，不告诉你你就不用硬磕，不要死磕，你是弄不清天意的。

他就是说，我强调的是此岸的，强调的是你能做到的事情你要做到，你不能做到的事情，你费那个劲干什么呢？是不是？你要长生不老？是不是？你要想知道另外一个世界里头你是什么角色，那是不可能做到的。这就避免了中国人把精神、精力放在某一种宗教上。所以中国没有一个全民统一的，非常占用人的头脑、情感和行为的宗教。但是中国又有许多民间的宗教。另外中国有一种哲学上的对于神性的追求，对于终极关怀的追求，所以中国人崇拜的是一种概念神，就是他要创造一个最大的概念，这个概念无所不包。比如说天，比如说道，比如说德，比如说一，一二三四的一，这一就是一切都包括在里边，这就是中国的概念神。

神呢，实际上是一种概念。请大家注意，你们到基督教教堂里头有圣母的像，有耶稣的像，但是里边没有上帝的像，耶稣是上帝的儿子，儿子有像，但耶和华没有像，耶和华有像，它就肯定不像上帝了，它就像人了。所以神本来就是一个终极性的概念，上帝就是一个终极性的概念，在老子的学说里边道就是终极之神，所以它是道教。在孔子的学说里头的"仁"或者是"德"是终极之神。所以这是中华文化的此岸性。

还有中华文化的经世致用性。经世致用性我从远处说起。德国的大哲学家——黑格尔，他读了《论语》的译本以后，表示非常失望。他在没读这本书之前，听了孔子的故事，非常尊敬孔子，但看完了《论语》以后，他觉得他还不如不看，因为看完了以后，他说太一般化了，太常识了。甚至于他认为这个是儿童时期就可以讲清楚的，你对人要尊敬、不要干坏事儿、要谦虚，这太一般了。吃饭要坐好了再吃，这太一般化了。甚至于他说他感觉孔子缺乏抽象思维的能力，他佩服谁呢？他佩服老子。据联合国教科文组织统计，被译成外国文字发行量最多的世界文化名著，除了《圣经》之外就是《道德经》。黑格尔尤其欣赏老子说的知其白，守其黑，把自己沉浸在无边的黑暗里，注视着光亮的世界。正因为他自己在黑暗里，他看什么都看得清清楚楚，这是黑格尔的说法。黑格尔的说法对不对呢？错，黑格尔是学者，是专家，他以学者和专家的眼光来要求孔子，孔子不是学者，不是专家。孔子不但不是专家，孔子还自嘲，说如果要问我有什么专长的话，我种田不如老农，种菜不如老圃，就是管园子的我也不如他们。那么我如果说有什么特长，那就是赶车罢了。

这下面的话是我说的了，这是用王蒙的现代语言了，说要让我填表谈个专长，我只能填司机，是不是？因为我没有别的专长。但是孔子不想当专家，不想当学者。而且圣人不器，圣人不是专门和某种工具联系起来的，不是和某个专门的特技联系起来的，他要当的是圣人。圣人是什么？内圣外王，玄圣素王。就是不掌握任何权力，他也是圣人。因为他就是典范。他要挽救社会的风气，要挽狂澜于既倒。他喜欢的是西周时期的中国社会，他认为西周之后是礼崩乐坏，耽于斗争。人越变越坏，各国在那搞阴谋，杀人越来越多，战争越来越多，所以他要挽狂澜于既倒，使中国回到克己复礼，天下归仁，回到那样一个阶段去。而且他自己的行为，他每一件事都做得恰恰当当。他不是只是大道理给你讲了，而是吃饭该怎么吃，说话该怎么说，上朝该怎么上，等等，也告诉你了。什么叫孝顺？他告诉你了。有人问他，说是父母老了，子女及时很好地赡养着他，他不愁吃不愁穿，然后能够平安到死，这是不是算孝顺？孔子说，那还要看这个孩子的态度怎么样，要看他的脸色怎么样，是吧？就是你孝顺你父母，你愿意不愿意？你敬爱不敬爱你的父母，你从心里头喜欢他们，还是把他们看成是负担？如果你一个月拿两千块钱给你妈，"啪"的那么一扔，自个捡去吧。这样的话还不如不孝顺。而且孔子说，你养一个动物也可以给它喂饱了。你瞧瞧，大事小事他都处理得很好。

孟子还讲过孔子的一个故事。孔子在鲁国当了三年大官，但是后来孔子离开鲁国了。为什么离开鲁国呢？他主持一次祭祀，是祭祀天、祭祀地、祭祀祖宗。这都是最严肃、最重要的事。结果送来祭祀用的肉不合格。怎么不合格也没说，是切的形状不好了，选的部位不对了，甚至是味道令人不快乐。孔子大怒，他连头上戴的一个祭祀用的特制高帽子，都没有摘下来，就辞职走了。别人就问孟子，你说孔子是个圣人，孔子怎么脾气这么急，这么急性子？孟子说的什么？说你们知道什么？孔子在鲁国，鲁国的君王对待他的礼遇非常高。但是三年过去了，孔子他的政治理想并没有在这儿得到推行，所以孔子必须辞职，不辞职的话成了专门为当官而当官了。他不能失去自己的理想，但是又不能激化矛盾。你激化矛盾干什么？人家鲁国的君主对你态度那么好，那么客气，又给你封了大官，所以你要找一个借口离开，宁可让老百姓埋怨孔子，说孔子脾气暴，这个没什么关系。这种埋怨也伤害不到他和君王的关系。

因为孔子这一辈子，当时叫天下了，到处跑，他就想找个地方试验他的仁政、王道，是吧？以教化为主的这样一种为政的政治理想，所以他只能做什么事都恰到好处。可是另外，法国的启蒙主义的思想家——伏尔泰，他高度评价孔子，因为伏尔泰也并不以专家著称，而是作为启蒙主义的代表人物之一，他要把中世纪的法国，从宗教的统治、宗教的愚昧当中解放出来，要来改造成人本的文化。所以伏尔泰就说孔子太伟大了，说这么伟大的人我没见过。比如我们大家都熟知的"己所不欲，勿施于人"，他说这是一个很复杂的问题，但是孔子把它论证得如此之简单，用人间的事证明人间的道理。他就是说你既然不愿意人家对你这样做，你就不要对人家这样做。他说这真是圣人。所以伏尔泰承认孔子是圣人，很伟大。所以这就是中华文化，你如果说这是弱点也可以，我们对那些特别专门的、冷门的、特殊的，乃至于稀奇古怪的、奇葩似的技术和学问，并不下功夫，更多的是希望修齐治平，修身、齐家、治国、平天下。

那么我又想和大家讲中华文化的三个方面的"崇尚"，首先是尚德。

尤其是以儒家为代表的逻辑，尚德就是说：认为天下的什么事都没有道德更重要。说什么呢？说这个权力、君王，管天下的，当时所说的天下就是中国和周围的一些小国家——小番邦。管天下的叫天子了，他叫天下。说"为政以德，譬如北辰，居其所而众星共之"。为政就是现在说的行政、行为，你掌握权力，简单地说，治国平天下靠的是什么？靠的是道德。道德靠的什么？你就像北斗星一样，其他的人就会围绕着你走，因为你的德行最高，你会受到爱戴。说来说去大家对有德行的人才是爱戴的，对没有德行的人是不会爱戴的，谁有德谁就得人心，用孟子的话叫"得民心者得天下"。

所以凡是儒家的人就没完没了地举例子说：譬如周文王，周文王当初他管的地面就是方圆一百里，现在来看，可能是也就一个县那么大，或者再大一点。但是由于他道德太高尚了，他尊敬老人，他提倡礼义，他做事彬彬有礼，他从来不滥用暴力，所以他就成功了。纣王多牛，想杀谁就杀谁，把他叔叔比干也给挖了心，可是最后还是周文王胜利了，所以他就说为政以德就跟天上的北斗星一样，为众星所环绕，所跟随。

然后孔子又说，"道之以政"，用行政手段做引领，"齐之以刑"，用刑法、政法的管理制裁、惩罚来做规范，这样的话，"民免而无耻"。老百姓可以免于犯罪，因为你这法律的执行很严格，是不是？违反交通规则的，一律处罚是吧？你要是杀害了别人，一律杀头。那么很多人他就不敢犯罪。"而无耻"，耻这个地方我当尊严讲，但是他并没有不懂得爱惜自己的尊严，说你不能偷人家的钱，因为偷钱就把你手剁下去，你当然不敢，但是更好的呢，是要让他知道偷别人钱是见不得人的事，是吧？您偷人家一个钱您成什么样了？您成什么东西了？所以他就反过来说，"道之以德"，你用道德来做指引，"齐之以礼"，你用礼节、礼法、礼貌来做规范，"有耻且格"，老百姓懂得爱护自己的尊严，珍惜自己的形象，不要干坏事，不要丢丑，不要出洋相，要维护自己的尊严，自己的形象，而且这样"格"就是他有了点格调了，有了进入一个高一点的标准了。所以他就一直提到仁政，孟子的解释非常简单，极简单的解释，什么是仁者，不随便杀人，"不嗜杀人者能一之"，因为春秋战国的时候杀人太多了。王道也是这样。霸道，这里头"霸"字，不像现在认为非常不好，甚至于认为霸也是一个成就。春秋五霸，是不是？齐桓公、晋文公等。霸不完全是坏事，这也是达到一个阶段。楚霸王，其实历史对项羽并不完全否定，他有很多可爱之处，而且他个人的条件也特别好，所以孟子也不是完全反对这个霸，但是他认为王道比霸道更高级，就是他感动你的心，他改善你的精神品格，改善一个地方的社会风气。这个有点像现在咱们所说软实力，靠这个你就把这个国家治好了，这个国家就强大起来了，凝聚力也比较强了。所以他对"德"有这样一种道德理想主义或者泛道德主义的想法。

再一个是尚一，孔子说，"吾道一以贯之"，说我的特点就是我认定了一个东西以后，我从头到尾，从左到右，从前到后，我都坚持，一直为一个目标而奋斗。这个话非常像马克思的话。马克思的女儿问他，你最尊崇的品质是什么？他回答目标始终如一。这个很有意思，有些话像中国人说的，问你最能原谅的缺点是什么？马克思说是轻信，相信就说明你这人很善良，你上当了嘛，所以他能原谅。你最不能原谅的缺点是什么？这可太像中华文化的观点了。马克思说是卖友求荣，所以这个也很有意思，马克思是德国人，但是马克思是犹太人。他这里头很多对道德的看法，中国人能理解，他有那种古老文化，你要是从理论上从历史上说，犹太文化也是非常古老的。

对于这个"一"，孟子的说法是什么呢？"天下定于一"，然后老子的说法最厉害，"天得一以清，地得一以宁，神得一以灵，谷得一以盈"，就是充满了山谷里头，如果能得到一，这个一就是天道。有了天道，山谷里头各种动物、植物、矿物、农作物，那就都有了，要什么有什么。"神得一以灵"，这句话大家也琢磨琢磨，这个神你也得符合天道，你不符合天道，你这神不灵，不灵是什么意思？就 doesn't work，就是你不起作用。神要起作用，就是神你也得听天道的。中国认为道统高于一切，高于神。神是各式各样的，大神、小神、土地爷、花神、鸟神、灶王神、马神等。所以大事小事你也得符合天道，天道高于一切，一高于一切。

另外这里有一个一与多的统一，就是你这个一是什么意思？一天下定律就是中国人崇尚这种一元化的集中的领导、集中的权力，但是这个权力又必须是符合多，就是民心。孟子说的得民心者得天下。

在姚雪垠先生的小说《李自成》里写道，李自成在陕西请了一位秀才叫牛金星，当他的参谋，当他的军师，牛金星一上来讲的一句话，我觉得也很精彩，叫作民心就是天心。那么按这个逻辑民意就是天意，是吧？那么人民的痛苦就是老天都为他而痛苦。不要小看老子，老子你看着他很消极，但是底下这句话，可是老子的话，叫作"圣人无常心"。这圣人没有固定的一个成见，是常心的意思，他没有自己的一个成见，"以百姓之心为心"，就是百姓怎么想的就是圣人的想法。

老子还有一些很激烈的话，他说"天之道损有余以奉不足"。天道是什么意思呢？就是您太富有了，您这都过剩了。损的意思就是从你身上挤出点油水来，要去帮助那些弱势群体。他说人之道则相反，他说现在这个世界上有一批人，他们做的事相反，"损不足以奉有余"，那很简单，这就是共产党的理论。是不是？大资本家、大富豪、大地主，你压迫剥削贫农，黄世仁压迫喜儿和杨白劳。这个话相当厉害，这叫作社会革命党的语言，这是社会革命党的口号，和共产党的理论是最接近的，所以农民起义都打着一个旗号，叫作替天行道。

替天行道，什么意思？杀富济贫，开仓放粮，是不是，把一切苛捐杂税全都给你免掉，这可了不得。所以中国文化里头既有很和平、很舒服、很从容的一些说法，也有反映社会矛盾的一些说法。所以这里边一和多是统一的，一和多的统一，我还愿意引用郭沫若的诗《凤凰涅槃》。他的诗里有句话说，一的一切，一切的一，这是他对世界对宇宙的感叹。一方面，一是一切杂乱无章，全世界乱成一团，现在也是这样，可是这又在一个统一的世界里，互相影响，互相作用，在国际关系上就是人类命运共同体。

当然，郭沫若那个时期他不见得用这个词，但是他有这方面的思想，一，中国词的"一切"，这话真是非常高级。"一"是统一的，"切"是各种分类分别分部分的，一又是各种不分的，用一来统一多，用多来充实和丰富这个一，来校正这个一，所以一又是一又是多。

中国有一个说法，叫天人合一，天人怎么合一，有的地方把它解释成注重环境保护。

我个人认为，说二千五百年前，我们已经在思考环境保护问题，不是特别准确。天人合一更重要的是在中国文化有一个核心的逻辑。这个逻辑是什么？人性是善的，性善是从老天爷那儿来的，你是天生的，是先验的，人性来自天性、人道来自天道、人心来自天意，甚至不需要教育。孔子讲得很清楚，你是孩子，你对你的双亲就有孝的感情，是兄弟对你的哥哥或者是对你的兄弟姊妹就有悌的感情，"其为人也孝悌，而好犯上者，解矣"，那么长大以后你对长辈孝就是忠诚，你对你的同辈悌就是友爱、信用，所以你在家里孝悌出来以后就是忠信，你在家里孝悌，你出来以后你就是一个建设性的因素，就不会犯上作乱，这是孔子的逻辑。他认为一个在家里很孝悌的人，长大了以后在社会上老是捣乱，这我没见过。但是现实不完全是这样，你问问中纪委，咱们抓的贪官里头也有所谓很孝顺的，中国抗日战争期间的汉奸里头，周佛海就是以孝而出名的。他老妈妈是在国民党统治区死了，蒋介石还特别指示戴笠，戴笠跟周佛海个人有一定的来往，就说你给她妈妈好好安葬，还要争取周佛海，咱就不细说了，反正周佛海是个汉奸。咱们还说孔子，孔子他认为：天道让你善，让你德，让你孝悌。孟子说：天道让你的人性有恻隐之心、羞恶之心、恭敬之心、是非之心。老子说什么是好人？能婴儿乎？说你应该像婴儿一样单纯、诚恳、爱别人，然后不要阴谋。

所以说，他们是用人的美好，用道德来证明天意的存在，用天证明你必须讲道德，你不讲德你就是违背了天道。然后又用天道和美好的德行，来说明权力的合法性。权力的合法性不是靠投票，古代没有人想过投票，也不是靠别的，不是靠你的程序，靠的就是你的道德高人一等，你道德比谁都强，所以你就应该掌权，我们就应该听你的，这就是天人合一。

还有一个是知行合一，外国很少有人这么说。知行合一是什么意思？就是说你个人也好，当官也罢，你的所作所为，一切的得失、成败、顺逆，后果都在于你自己的道德。你道德好了，你心好了，你做的就是好事。你道德败坏，你心坏了，你做的就是坏事。你做好事就成功，大家就拥护你。你做坏事就失败，你就灭亡，你就要掉脑袋，这是中国老百姓很相信的一个话。所以知行合一，这个不是说我知道了很容

308

易，但我做不到。王阳明反对这种说法。他说，这个时候你做不到，是因为你并没有真正知道"未有知而不行者。知而不行，只是未知"。到了孙中山这儿他更进一步发展，他说知难行易，因为他要发动一个革命，他要从根本上改造中国的社会制度与政治制度，所以他更强调知难行易。所以你真正从哲学上看，很难说清楚的问题，但是中国用一种自我循环论证的方法，像画一个圆圈似的，全画在里头了。

还有中国的辩证思维，它也是使中华文化变成一个一切的一切都是矛盾的统一。辩证思维是什么？老子给道的定义，一曰大、二曰逝、三曰远、四曰反。第一，道是无所不包的，它是大的。第二，从实践上说道是最久远的，是永恒的，而且道是什么？为什么说道是最高的？因为很简单，一个具体的产品它可以不存在，但是这个产品在没有产品以前就已经存在了。什么意思？冯友兰先生有一句名言叫：未有飞机之前已有飞机之理。飞机是二十世纪才制造出来的，但是飞机的原理是什么？是空气动力学，是流体力学，是几何学，比如机翼的角度，那是力学，是物理学。那么飞机用的能源有能源力学、能源材料学，这些学问的道理一直就存在。所以道比什么都高，没有人就已经有了生命，比如说蛋白质，它有什么作用？碳水化合物，它有什么作用？是吧？神经能够起什么作用，这些都不是一个具体的物质所提供的。所以中国的阴阳五行，都在致力于认识一个混一的世界，就是混合的混，这种词也是非常中国化的。混一，什么叫混一呢？既是混杂的，又是单纯的和统一的。

现在要讲三尚的第三个——尚化。庄子说世界上一切的事物都是与时俱化，时间在走，事物就在变化。我刚才讲到老子所说的道，"吾不知其名，字之曰道，强为之名曰大。大曰逝，逝曰远，远曰反。"一个是大、远，还有一个逝，他不断地大就是逝去了，就死亡了或离开了，又不断地返又不断回来，这是什么呢？这是中华辩证法，我们知道辩证法，一个是有希腊的古代辩证法，那么后来辩证法提得特别高，黑格尔，尤其是后来的马克思、恩格斯，在辩证唯物主义与历史唯物主义中非常强调这种事物的辩证关系，但是中国人从很早以前，就发现世界上很多对立的东西，是互相影响互相变化的。

比如《道德经》说："世人皆知美之为美，斯恶已，皆知善之为善，斯不善已。"说都知道美是美丽的，这个事就丑恶了就坏了。知道了善良是善良，反倒就出现了不善良了。那么这个话自古以来就有很多人持异议，对它怀疑。说皆知美之为美，为什么会不好呢？包括一些大学问家，钱钟书先生都说过，说老子的理论就是都知道西施是美的了，就证明东施是丑的了。但是东施的丑不能由西施的美来负责啊，就是觉得老子这话说得不好，但是我有一次跟金融界的朋友一块谈老子，金融界的朋友说，这我们太明白了，什么叫"皆知美之为美，斯恶已"，都认为这是个优选股，大家都来投资这个，就是泡沫越来越多，最后泡沫一爆炸，是吧，股市崩盘，这个美也就"斯恶矣"——如此这般，美了半天，糟了糕啦。

所以你要有实践经验，你就知道这种事物从好变成坏，从坏变成好，从赚变成赔，从赔变成赚，从成功变成失败，从失败变成成功，这种历史上的事非常之多。

所以中国又有另外的说法，尚书上就说"穷则变，变则通，通则久"。

中国的民间说：识时务者为俊杰，另外我们看到别人成功的时候不要嫉妒，看到别人失败的时候不要幸灾乐祸。所以孔子教导我们的是什么？"见贤思齐"，看人家好就跟人家学，"见不贤而内自省"，看到人家坏不是幸灾乐祸，而是看到人家坏以后，想这种坏毛病我有没有，这种不应该说的话我说过没有，这种坏脾气我有没有。所以我顺便借这个机会说一下，当二十世纪最后十多年，世界上各个社会主义国家都热衷于改革的时候，当时有很多重要的政要和学者，包括基辛格，包括英国的撒切尔夫人，还包括美国后来卡特时期的国家安全顾问布热津斯基，他们都对于中国的改革寄予相当的希望。他们认为苏联和东欧的改革必然会出现大的问题，但是中国因为有不同的文化，中国能够取胜，改革能够成功。

美国有一个作家她叫赛珍珠，赛珍珠在意识形态上和共产党是截然对立的，他写过一些攻击土改方面的书，所以我们对她也很讨厌。但是另一方面，她在美国期间，不停地给美国的政要写信，必须和中国大陆建立外交关系。她认为中国人，经受了世界上别的国家的人所没有经受过的考验。各种天灾、旱灾、水灾、虫灾、兵灾、内战、外战、疫病、传染病，是吧？什么坏事她都经历过了，但是这个国家没有灭亡，她的文化没有灭亡，不但没有灭亡，而且不断地发展，她认为这里边的道理是需要深思的。中国承认变化，重视调整与应对，一直有一种自我调适、自我变化，变化的同时，又不把自己干掉，不使自己出大的混乱，我想这些能力都是中国文化的生命力。所以中国有各种说法，说是大人虎变，君子豹变，虎变是什么意思？说老虎是最能变化的，老虎身上的斑点和绒毛，它就不断地变，这个可是生物学上的，我可没有接触，我也没有在动物园工作过。君子像豹一样的变化，相反的，越是不能变化的人，反倒不是最高级的人。

这里头我们还有很多成语，我们现在的理解和他原来的想法正恰恰不一样，比如言必信，行必果。孔子说言必信，行必果，这是小人，这是下层人，是吧？真正高级的人不一定能做到言必信，行必果。因为世界上的事物都是变化的，当然这个话也不能反过来说，说言必信、行必果不好，老百姓不接受。现在老百姓把言必信、行必果看作一种美德。孟子讲，"资之深，则取之左右逢其原"，当你考察研究得越深，你就可以左右逢源。现在"左右逢源"，在我们的成语里头，有时候是当贬义来讲的，说这个人滑，滑头，见什么人说什么话，我们认为他左右逢源。可是孟子当初说"左右逢源"的时候，说的不是狡猾，机会主义，而是说的一个人对事物理解的全面和善于调整自己，适应事物的变化。荀子说："左之左之，君子宜之，右之右之，君子有之。"也是说你左边有左边的谋略，右边有右边的应对方法，这边的也可以做，那边的也可以商量。但是这个话，你看着你觉得很妙，因为尤其在近现代，从共产党的实践来说，对左和右，说得很多。当然荀子那时候不会想到这里，但是他这里边也告诉你，就是说对左面的情况要有所考虑，对右面的情况也要有所考虑，对左面的方针你可以有所把握，对右面的方针也要有所掌握。这样的一种智慧，这样的一种头脑，在全世界也是少有的。

然后我再讲一下，所谓中华文化的三道，第一是君子之道，坦荡荡，说"君子坦荡荡，小人长戚戚"。小人他是放不开自己的那点得失的。荀子还说，君子可以胜可以败，可以一帆风顺，也可以受挫，都有自己的办法。而小人的特点是，他成功他烧得慌，他失败他受不了。荀子分析。小人没有得到什么东西的时候为得不到而发愁，而小人获得了某种东西的时候，又会为失去他的已得而发愁。所以小人的忧愁是永远没有完结的。这说得太妙太生动了。小人接受不了成功，也接受不了失败，既受不了发财，也受不了受穷。而这个就是说君子的这种适应能力，这种坚韧性，这种耐力，这是小人所不能比的。

孔子说"君子和而不同"。和而不同，就是我们大家关系很和谐，但是不见得相同，因为君子各有各的头脑，不可能对一个事儿都有完全相同的想法。"小人同而不和"，小人在一块儿，那又是拜把兄弟了，又是不愿同年同月同日生，但愿同年同月同日死了。过两天就火并起来了，是不是？饭吃着吃着忽然一刀子捅过去了，这是小人。所以这些地方君子是什么？是有文化的人，是讲道义的人，是讲礼貌的人，是和颜悦色的人，是温良恭俭让的人。所谓君子之道就是文明之道，文化之道，从容之道，耐心之道，和谐之道。

第二是中庸之道，这里边的中还不是正中间的意思，而是准确的意思，庸就是正常的意思。

现在大家不喜欢平庸这个词，但是庸也有另一方面，就是他表示你是正常的，你不搞极端。论语上说"过犹不及"，孟子的说法叫"不为已甚"，已经做得很厉害的，你就不要再往更厉害上去做了。这些地方都表现了孔子说的一句话，"君子中庸，小人反中庸"，越是小人越是没有知识，越是没有文化，越容易搞极端的那一套，越容易搞夸张、破坏性的那一套。

所以中庸之道能让一个人掌握做人做事的精良分寸，这也是非常重要的。

第三是中国的韬晦坚韧之道。中国是在一种非常不平衡的状况下，做一种非均衡的特殊的奋斗、苦斗、努力，这个是令全世界都惊讶的。

先从我们的神话上说起，《精卫填海》是炎帝的小女儿在海里被淹死了，然后她化为神鸟，就叼起小草，叼起小石头子儿、叼起沙粒、叼起尘土，她每天就在飞着往海里面扔这些东西，她的目的是要把海填平，她要报仇，向海报仇。刑天舞干戚，刑天也是炎帝这边的人，在和黄帝的作战中，刑天脑袋被砍下来了，但他是一个武士，是一个卫士，他不甘心死，怎么办呢？他把他的肚脐眼儿当作嘴，把两个胸部的乳变成眼睛，拿着干戚这种冷兵器，继续战斗。

《愚公移山》大家都知道，有人说愚公移山从投资和效率上看它做不到，这就是成心抬杠了。因为它不是一个操作性的方案，说咱们需要移山了，咱们制订一个方案，你们这一家子就去那移这个山，父亲传儿子、儿子传孙子，孙子传曾孙、曾曾孙，你就慢慢地去移吧。哪个人、哪个公司都没有这种方案，他说的是一种精神。

《赵氏孤儿》是春秋战国时候的故事。《赵氏孤儿》同样感动了伏尔泰和德国的歌德，两个人都翻译了赵氏孤儿的故事，而且两个人都写了《赵氏孤儿》的剧本，伏尔泰的《赵氏孤儿》曾经在法国上演。《赵氏孤儿》的故事就是说，一伙人为了报答赵盾这一家对他们的恩情，可以采取什么样的不可思议的方法。这个忠臣程婴，把自己的亲生儿子，献给了正在迫害赵家的奸臣屠岸贾，说我抓住赵氏孤儿了，就是这个婴儿，屠岸贾他们那派人当场就往地下一摔，那个婴儿哪禁得住一摔，当时就摔死了。

然后他抚养了真正的赵氏孤儿，在豫剧《赵氏孤儿》里头，程婴带着赵氏孤儿在乡下过活，这乡下的人就编歌，认为程婴是世界上最坏的人，说：老程婴坏良心，是一个不义的人，老程婴，断子孙，他是一个不义的人。他当然断了子孙，他就一个儿子，已经被杀了，但是他用这种不可思议的方式给赵家留下了后代，而且最后报的仇。这个是不可想象的，是吧？越王勾践的故事也是不可想象的。越王勾践的故事大家都知道，我就不说了。

豫让刺赵襄子的故事，也很有意义。豫让为了给他的主公报仇，第一次刺杀赵襄子失败，被抓起来了，但是赵襄子觉得他是一个义士没有杀他，然而他还要刺杀赵襄子，他没有办法，就自己身上涂了漆，改变自己的形象，他把烧着的炭咽到嗓子里，把自己的声带破坏了，然后他说出话来声音就是怪异的，不是原来的声音了。当然最后他的刺杀也没有成功，但是他有这种精神，这都是春秋战国就有的精神。

像这样一种大仁，以退为进，而且孟子尤其讲"天将降大任于斯人也"。老天爷给他一个宏大的任务使命的话，那么他要受的苦不知道有多少苦，什么苦头都得受。美国作家赛珍珠说，中国人什么苦都受过，这真是了不起。这样的一种决心，这样的道德，也是很少见的。

那么我们文化的命运有它的辉煌，但是也有它的危机，有它的焦虑，也有它的新生，我就不想一一地回顾了，但我要强调一点，强调什么呢？

一九一九年的五四运动，正是中国的先进知识分子，对传统的文化进行了我们看起来是毁灭性的反思和批判，但实际上这种毁灭性的反思与批判仍然体现了中国文化的生命力。

孔子所说的，君子闻过则喜，就是看到自己的缺点的时候，他反倒感到喜悦，因为他要改正自己这些缺点，正是五四运动、新文化运动刺激了中国的传统文化，激活了中国的传统文化，挽救了中国的传统文化，使我们把传统文化当中一些落后的、反科学的、迷信的、封建的糟粕有所洗涤，而使我们所吸收的积极的、进步的、奋斗的、辩证的、善于变化的、善于吸收各方面的积极因素的这一面，能够得到发展。而且中国的文化并不是到了五四的时候才有这种批判，不是的。

比如说我往前看看，比如《红楼梦》，《红楼梦》里边已经表现了文化的危机、文化的困难，也表现了曹雪芹对中国文化的蜕变，新生康复

315

的这样一种追求。

因为更古老的李白时期也已经有对某些传统文化的批评，比如说李白写的《嘲鲁儒》，嘲笑鲁国的儒家的老头，说"鲁叟谈五经，白发死章句"，一直是这一个字怎么样，那个词怎么样，全部力量都放在这个上了。"问以经济策"，你要问到他一些经国济世的方略，"茫如坠烟雾"，浑浑噩噩，就跟掉到烟雾里去了一样。李贺也是为艺术而艺术的人，但是连李贺的诗里头也写到："寻章摘句老雕虫，晓月当帘挂玉弓。不见年年辽海上，文章何处哭秋风。"

那么我们今天谈传统文化，并不是为了回到古代，并不是要回到大家都穿戴上汉服，穿上清朝时做官的衣服，都在那背着《三字经》和《弟子规》，我并不赞成那么做。我们今天的文化是为了解决我们的现代化的方向，我们现代化的方向不是抛弃中国的传统文化，不是离开中国的传统文化，我们谈传统文化的目的是为了建设中国特色社会主义文化。

中国特色社会主义文化源自于中华民族五千多年的文明历史所孕育的中华优秀传统文化，融注于党领导人民在革命、建设、改革中创造的革命文化和社会主义先进文化，植根于中国特色社会主义的伟大实践。所以我们谈传统文化是要对传统文化进行创造性转化和创新性发展。转化和发展它既是传统的，又是在迅猛的发展中走向中国特色社会主义现代化，因为现代化的问题，对于像中国这样的古老文化来说，都是一个非常严肃的问题，是一个非常伟大的进程，又是一个非常痛苦的过程。

因为你需要学很多外边的东西，你自己的传统可能丢掉，可能得不到足够的重视，所以我们就是要想办法做到这几个方面，都能够圆满。另外这样的一种传统文化确实也表现在我们的当今，比如说在抗疫这样一个过程中，我们表现的生命至上、举国同心、舍生忘死、尊重科学、命运与共的这种精神，我们还表现了我们的生命力的顽强、凝聚力的深厚、忍耐力的坚韧、创造力的巨大。中国人过苦日子经验的确非常丰富，但是我们并没有在苦日子面前丧失对美好生活的希望，所以我们的奋斗确实在全世界也是有名的，我们今天谈传统文化，就会知道中国的传统文化和历史是中国的骄傲，是中国的力量所在。

中国人的天地观与境界

天地观是文化的重点

在中华传统文化中，最阔大而又直观的概念是天、天地，最高远的终极性概念是道或天道，最本原的概念是从天地万物的生生灭灭中得到启示的"无"与"有"。

无、无极、无而后有。因为后来有了"有"，才感觉得到谈得到原生的或将要变化成"有"或"万有"的无。你知道有人有了财富，或者你自己有过财富，你才能感受到自己的没有财富。你原来没有什么财富，才可能感受得到获得财富的感受。一个过去、现在、未来都没有的东西，谈不到无、没有、无极，也谈不上有、非无与太极。一个过去、现在、未来都一定有的东西，你以为都有、永远有的东西，一般你也不会专门讨论到它的有。而无会延伸与比较到有，有延伸为太极、四象、八卦，万有、万物。

无与有，有与无、万物万象之间的桥梁与管道应该是"易"。

最根本的人文概念道德概念是仁，仁义、仁政、仁心、仁人、仁者。仁者爱人。

仁就是爱，仁与爱则是受到天与地的生生不息的大德的启悟与感应。某种意义上，对于士人来说，天地的概念，有无的概念，仁义的概念，比生死的概念更重要，更伟大，更深刻，更高远。

天地无垠

在中文里，天地就是世界，就是宇宙，就是人对自己的大环境的感受，就是人心、人的精神所能感知、认知与想象的最大、最高、最远、涵盖一切的空间与超空间，甚至还包含了时间的稳定、强大、冷峻与恒久。

天地是中华传统文化的一个最大的自然性、自在性、物质性概念、物质性认知；同时是人文概念，是伟大高尚壮阔正道，必须敬畏信服崇拜的类似西文"上帝"的同义语，是神性概念，终极概念，至高无上、至大无外的概念。天地还是原生概念、先验概念、无可置疑概念、无可亵渎概念。它是中华文化的一个概念实体、存在客体、物质实存；又是人的一个概念笼统、概念大美大善大仁、概念信仰、概念追求、概念延伸、概念聚合、概念升华、概念大神。

顺便说一下，中华高端文化的崇拜与信仰，不是低端民间的多神人格神与神格人，而是高端伟大概念：大道、天道、一、天、仁……这个问题后面还要专讲。

中华天地观

"天行健，君子以自强不息；地势坤，君子以厚德载物。"《周易》

319

上的这两句话，可以说是中华文化传统天地观的总纲。首先，它是物质的，天象、天气、天文、季节、寒暑、昼夜时时在运动变化之中，而地上，承载着万物的重量，承载着各种地形地貌地质结构，承载山川、大漠、丘陵、盆地，城乡、道路、舟车、建筑……这是不言自明的。

自强不息，强调的是进取，是动态，是勇敢向上；厚德载物，强调的是容养，是静态，是沉稳担当。二者互通、互济、互补，又各有侧面。

从天地衍生的更大概念是阴阳，阴阳包括了天地与万有的一切，包括了实存的天地，与未必实存的神鬼、气数、命理、灵魂、符瑞、报应、吉凶，包括伟大的天地与一切对于天地、终极、"上帝"的质疑、反叛、突破的幻念与冲击。

将天地的特色与功效总结为自强不息与厚德载物，就赋予天地大自然的存在以美德符号、美德表率、美德源头性质，赋予天地以人文性教化性终极性，成为儒家仁义道德的标尺与根据，又赋予道德教化以先验性、崇高性、宏伟性、必然性乃至绝对性，是道德教化的范式与信仰崇拜的对象。天地自然、道德教化、神性崇拜：三位一体，循环论证，互相补充演绎。

天地是原有的终有的总有的存在，而中华文化特别注意去发现去解读天地诸现象诸状态诸变化对于人的符号，即哲学符号、道德符号、政治符号、命运符号，乃至军事符号的意义，意蕴深长，韵味淳厚。

观星象，可以预知王朝气数，战役胜败，人物吉凶。体四时百物，可以感苍天之辛苦周全、自强坚定、生生不息、刚强沉稳有力。观地貌，感动于大地之坚忍负重，沉静有定，负载承担，提供万物存活的必要支持与条件。

从天地的变化与不变、变去又变回、有因与无因、有果与无果中，体会感悟万事万物的逝者如斯、不舍昼夜、与时俱化、有常无常、大美不言、变而后返的道法道术道心。

天地少言

孔子说："天何言哉？四时行焉，百物生焉。天何言哉？"第一是天生万物，一切生命的起源是天，更周到与完整地说是"天地"，一切变化运作来自天心天意。如果将天地作为大自然来理解，这话在今天也是真理。加上"何言哉"，原来老天甚至还具备了埋头实干的美德，故而孔子不喜欢巧言令色，主张人应该"讷于言而敏于行"。

司马迁的父亲司马谈批评说"儒者博而寡要，劳而少功"，老子的说法是"失道而后德，失德而后仁，失仁而后义，失义而后礼"。这里边都有批评儒家道德说教太多太泛、失之聒噪的用意，秦始皇更是讨厌儒者的挑剔性空论。直至今日我们也都公认"空谈误国，实干兴邦"。

孔子其实也同样表达了对于少说多做的推崇。一方面向往不言之教、不言之功，一方面不得不说许多话，不能不说太多的话，这是古今中外权威大人物的共同感慨，共同悖论。

老、庄也一样，无为、不争、齐物、无用、虚静，说得极妙，无永远比有更深邃、更奥妙、更难整，而一切有都不可能绝对尽善尽美，都有可挑剔，更有可非议、可抬杠、可攻击。同时，老子、庄子二人的文章神妙无穷，语出惊人，逆向思维。二人乃语言大师，思想大师，文章与文学的大师。

天 命

孔子讲"五十而知天命"，或谓语出《尚书》。古代典籍与荀子、屈原、陶渊明、欧阳修等大家的著述中多用此语，是指上天决定着、干预着与安排着人的命运。国人还喜欢说"尽人事，听天命"，说明人的努力还是要的，但"谋事在人，成事在天"，认为有一个不以人的意志为转移的"天—天命—世界—大道"，主宰着推动着一切。人为的努力，合乎天道天命，则事半功倍，兴旺发达，功成事就，如有神助；违背天道天命，则事与愿违，八方碰壁，自取其辱。

天命云云，极接近现在的说法，叫作客观的与历史的规律，它们起着重要的关键的决定性作用。我们古人讲的"天命"，或者天心、天意，在当年苏联的说法中，差不多就称为"时代的威严命令"，你必须听取，必须服从，必须把握，顺之则昌，逆之则亡，知之者慧明，不知者愚晦。人们在世界上立论与行事行文的主体，应该是天命，是历史规律，是时代的威严命令，所以牛气冲天，所以战无不胜。

天行健，地势坤，这个说法极高妙，别具特色。它像是文学修辞，比兴想象、形象思维。从四时四季、万物生长，联想到自强不息的健美品质，从承载众物、支撑万有，联系到厚道积德、忍辱负重的品性。这又像是数学的编码，从本来未必有序有定的变化与数量互动关系中，托出规律法则来。

这还可以视为直观灵感式判断，猜测式猜谜式接受暗示影射式判断，是绝妙的、有趣的、启发性开放性的，却又是非逻辑非唯一非必然的。四时行焉，是健康的阳刚之气，但也可以从水旱灾害里体会天怒的无常与冷酷；负重无言，是厚德沉稳，但也可以体会成无奈无觉无语无力无能。天何言哉？人何知乎？

性善论与天善论地善论

这里需要的是与性善论一样的天善论、地善论，人、神、自然，大家俱善论。必须是你好我好天好地好个个都好，不然，底下的戏全部完蛋。老子拼命反对儒家的啰唆，但最后也得承认"天道无亲，常与善人"。为了突出道，他把德、仁、义、礼都一通嘲笑，最后他除了道还必须承认善。而别的方面，奇葩论手庄周居然也认同孔子的赞叹说什么"天地有大美而不言"，比孔子说的还美好。老、庄都爱否定，终于承认了一加两半范畴：道、善、美。因为老子说过："天下皆知美之为美，斯恶已；皆知善之为善，斯不善已。"

对于天地的说法，与老、庄一样高妙独特的是孔子的"智者乐水，仁者乐山""智者乐，仁者寿"。这也是独树一帜的比喻、联想、直观、形象、编码、接受暗示、猜谜、想象思维。山的高耸与稳定，以之形容仁与寿，靠谱。水之灵动、更新、映射、清爽、柔润、适应，以之表现智慧，也很动人。天地山水，就这样把自然性、物质性、形象性、人文性、暗示性、道德性、文学性、语词性、原始性、终极性、启悟性、神性，都结合到一起了。这样的思想方法、描绘方法、论证方法与传播方法，也令后人叹为观止了。

天命至高，离不开人的努力

而我们的古代，荀子的天命观就更积极、更富于人的主体性，他提倡的是"制天命而用之",令人想起的是俄国早期马克思主义理论家普列汉诺夫提出的越是掌握客观的社会与历史发展规律,越能够充分发挥人的能动性,相近于荀子理念。

天最伟大,天让人努力奋斗,天性善良,人更要仁义道德。天人合一,讲起来不费吹灰之力。

子在川上曰:"逝者如斯夫,不舍昼夜。"则是说的地上的大河,这也是孔子对人、对天地的观感。这里包含了面对时间的流逝,人们所产生的对于生命的珍惜与嗟叹,天地在催促圣贤、君臣、士大夫、君子做好自己应该做的事情。这里有一种悲情的使命感,富有一种绝对不可仅是自在,而更重要的是自觉与自为的责任担当、人生把握的内涵。

孔子又在颜渊死的时候长叹"噫,天丧予,天丧予",他在悲天,怒天,怨天。当然,这只是一种民间化的情感表达方式,是抒发悲伤,或许并不代表什么不同的认知与见解。但孔子在此仍然流露着对于生者的督促与劝诫。那么好的颜回去世了,我们这些幸存者应该怎样地珍惜生命,多做"修齐治平"的好事情啊!

感慨天地,千言万语

中华传统文化不太讲究学科分类,中华诗文中,对于天地的感受思考,包含着多方面的内容。中华文化讲天地观,更抒发千千万万的天地感。感中观,观中感,是中华文化的特色。

"前不见古人,后不见来者。念天地之悠悠,独怆然而涕下。"陈子昂著名的《登幽州台歌》中讲的是天地的无穷大性质,在无穷大面前,人生显得渺小,充满对于天地的悠悠感。悠悠是什么?长远,悠久,遥远，众多，因其终极与无穷而显得刺激乃至荒谬。

而且陈子昂还将空间与时间的两个悠悠并且幽幽的感受，统到一起来了。

"海上生明月，天涯共此时""海内存知己，天涯若比邻"，明月在天，沧海、知己、天涯与比邻在地，初唐王勃与盛唐张九龄早已有了地球村感慨，不是由于交通与信息的高速公路，而是由于月光与友谊。但是考虑到地球的球形与时差的存在，"共此时"说或有科学上的瑕疵。天文科学可能不利于月光诗情，但愿科学能唤起新的诗意。

"三十功名尘与土，八千里路云和月"，以岳飞名义流传下来的《满江红》词，则是个体的天地境遇、遭遇与经验。此词以尘、土、云、月的对于地与天的概述，代替与美化深化对于自己的具体的军旅征讨的回味回顾，是事业的天地化，是生活经验的天地化，是政治与军事的艰难奋斗、历经时间空间的体验天地化。

也可以说，这就是人的天地化，人生一辈子的天地化，什么叫一辈子？就是看了、想了、敬了、赞叹了一辈子天，枕了、立了、走了、亲近了、又告别了、想念了一辈子地，然后，回归天地，即告别天地，告别人间，留下或多或少的痕迹，回到与天地与天道合而为一的田地。

人不仅是一个两条腿、五尺高的活物，人是天与地的产物，天与地的观察者感受者行动者与被启发被激励者，是天与地的孩子，天地的依恋者与被庇护者，是到目前为止天志的唯一一份心意，一个笑容，一点深思，一滴眼泪。人不灰心丧气，人还会设想与追求成为天地的使命承担者与天道地理的解说者与护卫者。

南北朝乐府诗《敕勒歌》写道："敕勒川，阴山下。天似穹庐，笼盖四野。天苍苍，野茫茫，风吹草低见牛羊。"这里也有苍苍、茫茫等接近"悠悠"的词眼，但更多了些亲切与温暖。将天视作牧民的毡房帐篷屋顶，这是比唐宋更古老靠前的更近原生态的生命感受。

"行到水穷处，坐看云起时。偶然值林叟，谈笑无还期。"王维的诗句则是从水之终于穷尽，云之经常升空，获得超脱与淡定。酒色财气，喜怒哀乐，生离死别，胜负通塞，都可以视如天象，可能是自然现象，也可能是神学符码；都可以观赏、理解、猜谜、消化、注意或根本不必注意，置理或不予置理。更聪明的办法是从生活中点滴中人事中变化中摸索天道天命，豁然开朗，永远明白，至少是自以为明白。

天与地的一切表现与变动，有尽与无尽，理解与费解，如此与如彼，都可以在人的接受中有所等待、旁观、预防、警惕与淡化、一笑，也都可以在摇头与难以接受中先平静下来；可以设想水穷处的水并不一定消失，而可能是转为地下水，升高的也并不一定是云，而是两分钟后就会被风吹散的虚无缥缈的薄雾。

而最后两句呢，把淡定与超脱心态扩展到人事，对于一个好静的老人来说，遇到林间老叟，也只是偶值即偶然碰上罢了。无期就是不期而遇，生活赶上什么算什么，水就是流着流着就没了，云霞升起更是天晓得升起或不升起是怎么回事，反正升完了也就没有了，不但没有成年累月之云，也少有三四个小时以上之云。谈笑了吗？谈笑的最高境界是与没有谈笑一样，没有话题，没有目的，没有预设，也没有备案，也就没有得失成败、希望失望、快活不快活，更不会说完了又后悔，也很少有必要说完话留下备忘录。

这里引用的王维诗句是《终南别业》的后四句，心情偏于虚静与禅意。王维是一个诗意包罗宽阔多样的诗人，百姓的艰难、平民的生活、皇帝的爱情悲剧、商人妇的孤独寂寞、山水的美丽迷人，他都能写透写美，类似的晚年半官半隐、平静淡化之作，只是他的诗作之一小类，作为天地观照，却也别具一格。

对于天地，人应该保持敬畏也保持亲和，保持从顺也保持奋斗，保持关注也保持自决，保持轻松也保持淡定质朴的老农式的喜悦。

问　天

天地同样是诗文、文学、哲学并伸延到社会与人文学科中的一系列疑问、究诘，敬畏与赞叹、悲哀与激情。

人生活在天地间，却说不清道不明天地间的那么多现象、问题、设想、说法与关切。这方面表现得最淋漓尽致的是公元前三百年的屈原的《天问》。《天问》是一首大体以四个字一句为基本格式的长诗，提出了一百七十多个问题，其中问天文的三十个，问地理的四十二个，问历史以及有关传说故事方面的多达九十五个。当然，这些疑问中抒发着诗人政治上的失意与激愤不平之气，但也确实地表达着人类对自己生存的环境与境遇的难以理解、难以接受。

有趣的是屈原受到了误解冤枉排斥打击，"屈子放逐，乃作《离骚》"，他没有在《离骚》中问政问楚王问排挤他的贵族，而是问天去了，如果他政躬康泰、日理万机呢？反而可能顾不上去找老天爷对话。文章憎命达，果然。

从屈原的问天中，我们还得到一个启发，在中华传统文化当中，我们头上的青天、苍穹、日月星、风雨电、白云彩霞，它的高大上久远的各个方面，就是我们文化中的自然之上帝，上帝之形象，是总负责总方向舵的代表，是总制作的神性法人。它可以接受祈求赞美皈依敬爱，也可以接受提问质询迷惑抱怨悲情与遗憾。它他她管着一切看着一切听着一切做着一切为着一切与无为着无视着无可奈何着一切的一切。

我们的先人，我们的老祖宗，我们的文化，怎么这样会观天、闻天、敬天、感天、飞天、学天、顺天、承天、冲天、翻天、哭天、怨天、靠天、倚天、惊天、破天、补天啊！一个天，在中华文化中激活了多少思想念头猜测启示情感呼唤与响应啊！没有对于天的各种感情思想言语说法神思幻想，哪里会有中华文化、中华哲学、中华圣贤、中华诗歌、中华美术、中华故事和中华儿女子孙呢？

天地境界

大哲学家冯友兰创立的四个境界说。第一是自然境界，其实今日人们会说是本能境界：吃喝拉撒睡，"食色，性也"，这曾经被认为是最低的境界。现在讨论起来，人们的观感会有些不同。一个是长时期以来，工农庶民，一辈子为温饱而奋斗，为不至于饿死、冻死、淹死、晒死即因缺少基本的生活资料而死，为生存权而奋斗，为活着而吃尽苦头，为活不下去而革命造反。这个境界究竟算多么低还是并不低，恐怕还要研究，恐怕还可以留下更多的空间与角度。

而从道家的"道法自然"观念、从现今世界环境保护人士批判工业文明的"后现代"观点、从唯物主义的观点来看，"自然"是一个日益崇高化伟大化根本化的范畴。

第二个境界是功利境界，这应该是基本解决温饱之后的事。追求所谓鼻子底下的蝇头小利，也仍然有饿死苦死的阴影在身后驱动。这与本人的智力、教育程度、能力有关，在正常的社会环境下，大批人士会是功利境界的人，他们的功利当然利己，但也有时依赖并有功于利人利家利国。

第三个境界是道德境界，窃以为具有道德境界的人也多半是解决了温饱并小有生存与事业资源的人，还有就是为了道义理念不惜放弃与牺牲已有的一切的人，或者是各种不满于世界现状的志士烈士群体。他们做到了视道德高于生命，视道义使命和奉献精神高于一切，杀身成仁、舍生取义、公而忘私、一腔热血、先人后己、匹夫有责、民胞物与、视死如归、万古流芳、浩气千秋、设身处地、推己及人、舍己为人、高风亮节、为民请命、以身许国、春秋大义、精忠报国，种种美德，脍炙人口。

应该说道德境界，是君子境界，是士大夫境界，是公卿境界，是国之干城境界，是为政以德、以德治国、得民心得天下、王道仁政境界，乃至于是唐尧虞舜夏禹商汤文武周公仲尼的境界。是内圣外王的境界，是中华传统主流文化的境界。

道德境界也是苦行境界、献身境界、圣贤境界、舍身境界，不管在什么样的恶劣环境俗恶世风下，总有一些这样的人，黄钟大吕，彪炳永世，照亮黑暗，振奋人心，使人们看到希望。

第四也就是最高，乃是天地境界。就是说不仅是人文的，而且是扩而大之、饱而满之、周而全之、遍而及之、久而永之的境界。是天上三光日月星、地上三山五岳峰、人民万物全有致、内圣外王永太平的使命责任义务关注思考劳作境界。

天地也者，这里不但有人伦道德、仁者爱人，而且有天地义理，爱天补天，护地惜地，日月光华，四时吉庆，也有各种灾异，一切的一切都在启示你砥砺你，也可能谴责你警示你，你的重任在肩，良心良知良能在身，天将降大任于是人，你需要的是对天地负责，对日月负责，对万物负责，对天下负责，对生民负责，也要对祖宗与子孙万代负责。

天地境界说极有感染力冲击力，它是更高的道德感受，是哲学直至神学的伟大崇高范畴，是数学的通向无穷与永恒的时间空间范畴，是科学的面对世界与人生的真理范畴，是诗学文学的感情化审美化语言符号的升华扩展与再升华再扩展，是悠悠此生此情、永生永情的诗性词眼，它也是一种中华式的神性幻想与崇拜。它略显宏泛、大而化之，然而既可视可触可感，又可以无所不包，找不到更合适的词来代替。

天地境界的说法教育我们，人生虽然短促，人身虽然渺小，人的境界是可以提升与扩大的，人不应该、不仅仅是为了自己而活着，人应该默默地体察世界、天地间的一切对自己的期待，默默地完成着自己对于天地、世界、人类、同胞、祖国、故乡、生灵万物的义务担当，有所发展，有所贡献，有所创造，有所事功，有所播种、影响与遗爱。

不同境界的人创造着、贡献着、享受着或者煎熬着浪费着败坏着不同的人生。

天地与中华文化的整合性

从先秦到冯友兰的天地观、天地说、天地感、天地吟，直到天地境界说，是哲学、伦理学，也是文学、人学，是三观也是感慨，是民间通俗也是士大夫悠悠幽幽、乘风飞去、高处不胜寒，是形而下也是形而上，是唯物也是唯心，是世俗也是准宗教，是格物致知也是直观顿悟，是一些理论观点，也是感情飞舞，是随意性情，也是一种有中国特色的整合思路。

诗

歌

《青春万岁》序诗

所有的日子，所有的日子都来吧，

让我编织你们，用青春的金线，

和幸福的璎珞，编织你们。

有那小船上的歌笑，月下校园的欢舞，

细雨濛濛里踏青，初雪的早晨行军，

还有热烈的争论，跃动的、温暖的心……

是转眼过去了的日子，也是充满遐想的日子，

纷纷的心愿迷离，像春天的雨，

我们有时间，有力量，有燃烧的信念，

我们渴望生活，渴望在天上飞。

是单纯的日子，也是多变的日子，

浩大的世界，样样叫我们好惊奇，

从来都兴高采烈，从来不淡漠，

眼泪，欢笑，深思，全是第一次。

所有的日子都去吧，都去吧，

在生活中我快乐地向前，

多沉重的担子，我不会发软，

多严峻的战斗，我不会丢脸，

有一天，擦完了枪，擦完了机器，擦完了汗，

我想念你们，招呼你们，

并且怀着骄傲，注视你们。

1955 年

鸟　儿

不，不能够没有鸟儿的翅膀
不能够没有勇敢的飞翔
不能够没有天空的召唤
不然，生活是多么荒凉

1962 年

旋转的秋千

一次又一次飞起

——烫手的小火鸡

迷人的痛苦

晕眩的天空

一次又一次落下

啤酒的泡沫帽子

终于破碎了

大地的沉重

却也唤起了风

呜呜的梦

战栗

荡斜了地平线

城市与河流陡起

花木奔涌

灯光滚滚

如五色泪河

1985 年

水　仙

热了便是蒜叶

冷了无异石块

温度适宜

你的魂魄

成了小花朵朵楚楚

瞬间辉煌

矜持漠然

腐烂

1986 年

畅　游

畅游过你的忧伤豪迈

去年夏日的阔海

令我思绪徘徊

在陆地与大洋分界处

我们不期而遇

驾一叶扁舟颠簸在你心里

溅几滴咸苦的飞泪

像郑和和哥伦布

终其一生亲近

注视你围绕你吟咏你

又怎解得开你的风采

你只是你

你只是海

你的解释你的微笑你的

无言，都是典型的海的

没有增加没有减少

无力无形一切承载

你记得一切还是

忘却，你的温柔

把胆小的人惊吓

那样激越

无论太阳生出你怎样的辉煌

月光生出你怎样的怜爱

风怎样抚摸你激怒你震摇你

你只是你

你只是海

幽深处一样的从容自在

无始无终如童年的梦

永远的淡泊天真

漫不经心

至尊至爱

永远滔滔

永远讳莫如深

如成人的皱纹

如少年的心事

点点滴滴

无涯无竭

涌去又涌来

到底有多深啊

到底有没有底

心儿能达到的

生命达不到么

倒平添几件

为你的赞叹——悲哀

诗人

观望你的碧波白帆吧

猜一猜下一个时辰你的

气象，突然的与平静的

这也就行了

1986 年 5 月

琴弦与手指的对话

请给我以声音
给我以你的痛苦
给我以粗暴、折磨、寻找
力笨的，流畅的，疑惑的
给我以你的呼喊
给我以惊天的热情
直到把我拨断

请给我以声音
给我以你的蕴藏
给我以从不知道自己
所有的，没有的
绷紧的，松弛的
给我以灵魂的颤抖

从未发出过的

惊涛骇浪

还有我们的相互限制

我们各自的影子

带来的误解

我们的不和与嫌弃

相对沉默

许多年月日

终于开始了

演奏

1986 年

随想曲

风儿在地面周旋
漫行无迹
我便是你的呼吸

田野沐浴着雨
我便是你的水滴
一滴延长的音符

春花开放
我是你的一瓣傲然
杳然飘落

街灯亮了街头
我便是你的深情

顾盼的一目

直到天亮
噩梦拂去
我便是你的笑容
上班去

1986 年

双弦操

这世界是拥挤的车厢
这世界是疏落的船舱

这大海是角逐的汪洋
这大海是无边的茫茫

每一个都挑选着航路
每一次选择都显得那样仓促

波浪因忙碌而充盈起伏
大海因宽广而沉着淡漠

白云使你扬起了少年的风帆
涛声令你极目凝视起小船

酸涩的酒浆映射着葡萄的晶莹
甘甜的葡萄未必想念酒汁的酸苦

写诗是一次又一次的涨潮
涨潮又落潮莫非是对诗的捉弄

最美丽的浪花是朴素的
最朴素的海浪还有花么

最大的雄奇是海
最大的无能也是海么

不知道自己要做什么的是风
什么都做了的是风

飞鱼希望自己不仅仅是鱼
飞鱼喜欢的总还是生活在海水里

谁能肯定游泳就是鱼儿的真情
谁能否定浪花就是大海的童心

最好的庆祝是忘却你的航程
最辉煌的忘却是纪念你的航行

海的爱审判着每一条鱼每一条船
严厉的处决是宽恕每一个漂泊者

你排着长龙等待缓慢的挪移
你径直走来想取便取

一朵浪花只经历那么一次激荡
一次激荡里绽开了浪花万朵

这首诗谁知道改了多少次
改来改去海还是海你还是你

这颗星星为了海而升起

这颗星星从不回答海的提问

1986 年

断　桥

寸断的恩情

柔软的身体

越过

人与蛇的

凛然的边界

载负重重

浸泡

五月的毒酒液

春天的赤芯

燃烧干

白色与青色的

泪水

爱情

永远不能原谅

背叛

佛塔

永远不能原谅

爱情

只有漫山大水

只有厮杀黑风

吹过了几许

世界

世纪

永远的唏嘘

有谁爱得

像蛇

恨得

像蛇

像火红的链条

宣告

爱是蛇的恨是蛇的

灵魂

蛇是恨的蛇是爱的

形体

你无与伦比的

爱情故事

无与伦比的

迷恋痴情忠诚

纠缠冤仇怨毒

谁知道

你的痛苦

肉体

灵魂

人妖佛蛇僧

死去活来

没有还魂仙草

没有雨中相会的

桥

比蛇还蛇

永远不能说出

我也爱我爱的就是我也是

蛇

1986 年

心中的心

一朵白大丽花
一朵大丽花在眼底
看见了洁白的花
心里有了这朵大丽花
和那朵……记住她

心中有白色大丽花
用心中的眼睛去看它
用心中的心记住她
再用心中心里的眼睛
去看她……记不住她

每颗心底埋藏着无数层心
每层心都有自己的眼睛

想啊望啊深不见底

每朵花都是无数朵花

撒满通向天边的路

一朵大丽花凋谢了

一朵凋谢的大丽花

我心里的大丽花凋谢了

我心里有永不凋谢的花

用这颗心去追寻那一颗心

用这朵花去审视那一朵花

淡淡地化，淡淡地化

1987 年 1 月

无　题

鱼儿在海里是多么自由
鱼儿被红烧是多么难受

我多么愿意是一只小鸟
栖在树梢上梳理羽毛

我多么不愿意做一只小鸟
蹲在树枝上叼啄羽毛

如果常常梦见死去的外婆
如果常常在梦里吃到"艾窝窝"

如果什么梦也不做了
如果什么都会做了

清晨，成群的鸽子飞过窗前

清晨，成群的句子飞过眼前

我想我写得再好也不是诗

如果你收不到、读不到、想不到的话

1987 年

南极和北极

修一座桥连接

南极与北极

同样洁白的容颜

修一条路

让它们的思念见面

怕么

冰山融化

春潮把古老的世界

吞没

1987 年

羡　慕

一条鱼和一只鸟

一个人和一枚枣

一个地球和一道流星

都永远地

互相羡慕

贬低和征战

也是

一种形式

1987 年

形

大海半圆

浴场如彗星轨迹

一个黑点

扯过去一条长线

扯回来一条长线

几个回合生死

大海依然大海

流星不知所去

1988 年 8 月

海的告别

缘分了结
提前一个轮回
匆匆别
逃离你温柔伤口
留下点点小船
悬挂云天无依傍
待长成簇簇风中灌木

雷雨过去
潮平沙涸
祖露出石子彩贝碎屑
你伟大的无语无奈

忽回首

见你含泪伫立如初

天赐再次话别

投向你的怀抱

你已陌生

盛夏浓处

明朝秋风渐起

1988 年 11 月

游

你的季节　我的季节

厮守漫长水线

无雨时刻揣度

我是一条大鱼

在你怀里敞开

是幸福的青春的漂浮的

永远透明如水母

空洞的眼睛和胃

驶向多梦的天

用不了奢华才气

响起沉闷的雷

投入你的波动

骄傲——自如

便是提心吊胆了

受阻防鲨网侧

忽然想起　也许

已经流连太久

用尽蛙式蝶式

咀嚼均衡咸苦

游向远方的沙

不敢多留一刻

也许你已古老

辽阔空荡同义

高潮如山

循环相因

虚张声势

退去　退去　退去啦

沙哩　沙哩　沙哩啊

嘘……

我早该忘记你

你的季节
我的季节过去
皮肤历说秋风起
又是一年秋水碧
依然十里浪花白
挥手
相视如陌生逆旅

陌生的你
陌生的我平静了
因陌生而端庄蔚蓝

1989 年 8 月写于烟台

拉力器

一条，两条，三条……
多少肌肉，
多少青春，
忽然展翅
不飞。

贝　壳

不知道哪次大潮涌你来，
不知道透明的躯体哪里去？
不知道物价的雄图。
感受佳肴，你痛苦吗？

一切归于沉寂：不论
饥饿的生灵，庆贺的礼炮
台风警戒，触礁前的日记……
眼泪凝固于华丽的"派对"。

你走了，留下喜悦的外衣，
阳光一样的纹理记录，
与生俱来的负担，美的形式，
静静埋在沙里。再经历

捡拾，收藏，抛弃，碎……

一次又一次涨潮
海的轮回无忧

1989—1991 年写于北戴河

风 铃

你的性格是金属的沉默，
在诗人的抽屉里，
失落了许多岁月，
没有丝毫声音。

偶然挂在乡下屋檐，
依稀发出呜咽试探。
你是多么不好意思，
你自己也没有发现呢——
微风，却又是那么敏感。

犹疑的声音显得遥远，
羞怯中开始轻轻呼喊。

即使风大了，传达的
依旧是温柔往事斑斑。

断续的回忆，
不定的悲欢，
心碎的感动，
一吐的欣然，
未曾料到的间歇，
突然停止——绵延……

你的语汇是多么简单。
你垂下头来，想风，
天风啊，请尽情把我奏弹！
我已准备了那么多年。

夏日杂咏（五首）

一

夏阳似猛虎，蝉噪如擂鼓。
大块火炉红，苍茫海欲煮。
岁心甲戌盈，击浪八千亩。
我有长生丹，凌风抱月补。

二

流火连八月，凉风起太清。
日出浪烂漫，潮落石峥嵘。
暑盛知秋近，天空悦眼明。
明朝辞海去，何有羡鱼情？

三

鱼游何羡我，我乐不思鱼。
鱼我两相忘，水天一色如。

悠悠感岁月，历历哀诗书。

浩渺心如海，身舟自在浮。

四

潮涌心为海，风闲身作舟。

天舒怅望叹，帆卷逍遥游。

仙界通人境，壶中观九流。

怡然收眼底，何必上高楼？

五

今夏金瓶怒，风雷雨电多。

江湖皆爆满，道路阻滂沱。

欲静知清泄，思澄养太和。

波平穹野阔，把酒酹山河。

1994 年

秋　兴

昨日蝉鸣如海啸，今夕蟋蟀啼伤调。

促织唧唧天渐清，盛夏未已已秋风。

方苦烈阳如火烧，转眼惆怅夏将凋。

盛夏猛威能几日？斗转星移又一季。

三伏书写汗如雨，头晕脑涨丝无缕。

夏天欲过又悲伤，一年何处好文章？

冬天下笔亦怆然，雕虫伤目又经年。

一天格子两千五，七百万言如粪土。

粪土黄金何必分？黄金似土土似金。

文孱太多文才少，嗷嗷待哺出口咬。

始而得意吹死牛，顷而怕惧叩血头。

黑马踢蹬也成器？小棍新衣充皇帝。

即使鲁迅文如刀，庶几割掉几脓包？

赵太爷、阿Q装扮贩迅翁，文章到底是书生。

可怜封作董事长，自慰喷嚏须添响。

文深如海风波高，白鲨出没（海）狗夜嚎。

也曾自负才与华，漫天遍地织云霞。

也曾夜梦生花笔，闪闪珠玑四十里。

也曾惹祸因文事，摧眉折腰是是是。

也曾芝麻节节高，一似飞牛上九霄。

急流勇退古来难，心未飘飘身已还。

两岸猿声啼不住，轻舟已破千层雾。

水深浪阔无失堕，虾鳖流涎何所获？

旧事烟云唯过眼，回眸一笑百结展。

恋恋依依难舍文，不写小说丢了魂。

男儿重文轻七尺，语不钻心不如死。

钢笔用罢用电脑，电脑通灵催人老。

一季一季又一季，花开花落无消息。

一年一年又一年，盈虚风雨复杳然。

忙里偷闲闲里忙，小说小说恁断肠。

笑里有哭哭里笑，疯疯傻傻谁知道？

梦里寻文文里梦，嚼文掉句已成病。

完了又写写了完，我乘小说如乘船。

挂帆揽胜到天边，山外仙山天外天……

得失寸心殊堪悲，谁解千年是与非？

行云流水伤"开河"，推敲锤炼讥雕琢。

结合实际攻影射，拉点距离曰失落。

失落大言与光环，尘埃落定喜等闲。

失落市场与稿费，莫慌莫馋不憔悴。

失落大锅铁碗饭，勿谓知音都不见。

问他东南西北风，心静气朗坐船中。

庖丁解牛亦尴尬，深文周纳批出花。

无本凸腮是名家，万利首推指偏差。

没了作品有了理，逮了机会收拾了你。

装腔作势成气候，能废山河好锦绣？

先贤营字"虫"从"文"，自有蚊虫叮文人。

文章憎命文名嫉，头臀无恙谢天地。

悠悠岁月几千年，感天动地谁来言？

感天动地曰太累，嬉嬉笑笑能无愧？

不可敏感不可玩，不吃青草不吃盐。

胡诌乱砍诗打油，凑趣逗笑莫过头。

时过境迁逢盛世，不怨天来不怨日。

写得不好怨个人，过得不好怨爱人。

曹公饮粥写"红楼"，哪像如今绕世游？

反求诸己心方宽，敢遣诗情到笔端。

四季如轮疾疾转，真心真意金不换。

著书非为稻粱谋，呦呦鹿鸣友朋稠。

书中自有颜如玉，书中自有心如炽……

夏去秋来很自然，嘈嘈切切错杂弹。

一年豪雨今朝多，文章由心非由他。

仰天长啸复高歌，四顾茫茫心如割。

此情可待成超脱，问君此意——

呜呼，百年一世挥椽扛鼎笔酣墨饱之作能几何？

花甲之年拨心曲，遥想读者泪如雨！

1994 年

咏　海

老松才止雨，新月漫拨云。

细浪悄独语，毫纤不染尘。

骇浪孰无惧，清波吾欲怜。

怜怜还惧惧，牵绕又经年。

聚散薄云意，沉扬巨浪心。

弄潮九万里，不负未凋身。

任尔风掀浪，浮沉自在身。

飘飘共蚌舞，漫漫与蝉吟。

轰轰风口恶，炸炸霹雷悬。

未疑东海怒，且在浪尖眠。

老大游沧海，翩翩非少年。

身闲涛可枕，稳坐未须船。

水深与火热，今夏如汤煮。

自有清波青，了无燥与暑。

年年河北戴，岁岁关山海。

潮涨又潮消，朱颜可已改？

已无白马志，犹有碧波愁。

天海苍茫处，几多是旧游？

盛夏涛中乐，隆冬瓮里春。

六合无挂碍，四季俱通神。

草　木

浮沉皆一笑，明月落山中。

世界观奇妙，人杰逞伟雄。

尘云或蔽日，草木难通灵。

此夜逢狐鬼？嗟嗟羡蒲翁。

　　居山处草木深深，友人笑曰："此聊斋故事之环境也。"蒲翁谓蒲松龄。

1998 年

七律（五首）

少　年

少年慷慨笑嫣然，挑战鲲鹏搏九寰。

审父应知观火易，捐身岂畏弄潮难？

隔靴议痒可益智？信口搬山容焕颜！

代有才人脱颖疾，千红万紫是春园。

山　径

攀援无路踏山石，滚滚棱棱各有姿。

应让天工千部巧，须知人事百年期。

梯田侧细蒿疯长，涧谷曲弯柏未直。

魂断黄昏归鸟处，扑扑落落入冬时。

言　说

辉煌酣畅是何年？荡腐劈尸谈笑间。

敢怨苍天无慧眼，骄称一己有神鞭。

兴风何物疆为界？取火全凭血作丹。

百代悲凉君记取：如焚情志恁堪怜！

写　作

独坐深山忆旧时，心如明月笔如痴。

曾因激越多佳句，岂敢轻狂已烂泥！

落叶飘摇风送雾，长图裁制血抽丝。

惘然街市迷嚣色，流水高山未可期。

风　起

山石如洗月如银，北地秋风冷意侵。

褐叶凋零千树立，红尘绚烂一心存。

文思断续哀风雨，笔力奔突叹鬼神。

漫笑书生徒字纸，杜鹃啼血也惊魂。

1998 年

咏天柱山

有山名天柱，其势何雄哉。

兀然顶天地，不驯逞傲桀。

天堕石为鼓，谁来擂拍节？

跃跃石如蛙，何处跳天阶？

伸延石若桥，通天复奔月。

触目石如剑，寒光映霜雪。

惊恐迷知性，不知己何在。

大雾已弥天，不知山何在，

不知柱何在，不知路何在，

在在如匪在，不知如不在。

峥嵘峰如刀，欲分雾之海。

分海海岂分，劈潮潮未歇。

云雾织锦缎，峰峦布阵列，

气势颇逼人，形状更奇绝。

糊涂入壳中，如何出云霾？
幽幽洞若线，匍匐走蛇蝎。
千曲百折后，豁然亮山野。
遍坡草开花，朵朵展异彩。
悠悠清风起，林木喜相接。
此处影横斜，彼处日明灭。
忽又光秃秃，冷面坚如铁。
寂寂杳无人，森森并切切，
骇然复凄然，喧嚣都忘却。
忽然谷若渊，无底亦无结。
众生皆归一，六合一墓穴。
临之心若失，观之胆欲裂。
天裂山亦裂，无形又无觉。
思之多疑惑，愁肠转喜悦。
会当正其时，不可存苟且。
爬山不言老，巅峰尽可越。
石山无定势，起伏皆激烈。
我见山多矣，未见此山倔。

或如随便堆，或如任意写，

或如砍抢砸，或如嬉笑谑。

或如示警策，或如惩顽劣，

或如惊流俗，或如戏鸦雀。

挥洒浑不论，块垒狂宣泄。

或谓多禅意，万象皆心界，

或谓后现代，全不讲章法，淋漓乐构解。

造化自威风，意深未可猜。

大匠本无心，大道能有略？

天意即无意，舒卷随他去。

无心见天心，无心自决绝。

庸人吓欲死，凡人谓匪帅。

俗人评头足，衰人唯拙劣。

天才皆寂寞，奇山亦可哀。

天柱少知音，今朝知音届。

大作大手笔，心通便相悦。

登之有所感，懔懔未敢喙。

噫吁呼，王子曰：伟哉，天柱山也！

明月落山中

明月落山中，世界经水洗。

万象皆清纯，河汉荡天宇。

秋月升玄镜，星辰近可语。

今夕曰何夕？悲乎意犹喜。

草虫叹入秋：唧唧再喁喁。

月华哀人间：惶惶复剧剧。

疏影摇叶枝，中庭闻细语。

皓月正当空，高居临广宇。

高洁自无言，含羞更岑寂。

月高不炫光，月圆未显巨。

月清不自骄，月满不自溢。

高处不胜寒？冷暖知而已。

乌云或有遮，风过无丝缕。

大雨或倾盆，雨后伦无与。

天地仍莹莹，星月仍栩栩。

观月复观星，若闻天外曲：

新声迭旧声，相随断肠旅。

阴晴复圆缺，月事清如许。

缘高方能清，落低始得趣。

能清无所思，能高无所虑。

能缺无所失，能洁无所惧。

月下多所憾，多感亦自取。

或思童年谣，或忆浣纱女。

或思昨日非，或忆旧时雨。

月下皆清幽，愧怍从心底。

何事常吹嘘？何物可自诩？

何人穷拗争？何年光明理？

秋月让疏星，悄然不欲举。

星众亦安然，各怀各区隅。

二

老来甚贪睡，浑忘春夏冬。

已梦北柯去，忽然醒而惊。

早就不是南柯了。

满窗月光明，满地月光青。

披衣觅明月，明月落山中。

山中何喜悦，雨后天犹空。

山石如墨砌，房屋极分明。

树木留月色，阡陌见纵横。

如痴复如醉，和衣闻秋风。

明月高而远，月光近而清。

夜空如碧海，银河游天鲸。

月气如白练，浩然贯宇中。

群星不羡妒，傍月眨眼睛。

物物皆有定，事事岂无通？

圆月非正圆，迟升避当空。

晚月更明亮，天清地更清。

中秋只一日，过时月匪盈。

月满求自损，损益尽无惊。

我望月洁爽，月照我朦胧。

遥遥可相对？脉脉宁有情？

有情本无意，无情胜多情。

皓月无遮蔽，喜极泣从中。

不知悲何自，涕泪不可停。

或谓月美甚，感极发悲声。

或谓秋殊爽，甚爽已近冬。

盛夏火焰季，来去无影踪。

远望人境静，近听草丛鸣。

午夜歌晚月，晚月欲何从？

应有天外天，应知东海东。

盈虚皆定数，朔望亦持平。

中秋何美好，节日有始终。

依依赏月罢，明月梦魂中。

后记：沪上友人有甚赞拙作旧诗中"明月落山中"句者。因再作两首含"明月落山中"句诗咏月，以谢友人。时已旧历八月十九，故称晚月矣。

2001 年秋

译 诗

我们是世界的期待和果实

[波斯] 莪默·伽亚谟

我们是世界的期待和果实，

我们是智慧之目的黑眸子，

如果把偌大的宇宙看成是一个指环，

无疑我们就是镶在上面的那块宝石。

德语俳句十二首

[德] 萨碧妮·梭模凯朴

一

春日第一天，
瞽叟行乞门洞前，
举首试温暖。

二

旭日成金光，
照耀花坛射四方，
瞬时好红妆。

三

试看果树下，
经年落叶厚如床，

万花竞菲芳。

四

我若伐我树，
阳光直泻当如注，
惜将浓荫误。

五

我入我小园，
忽闻啼鸟声声喧，
景色更鲜妍。

六

且请入森林，
落叶层层艳如金，
返景入深深。

七

野蔷薇果丛，

落日如火映山红，

垂头籽实重。

八

栖身荒漠处，

何人遗下谷一束，

今夜风如割。

九

今夜落也否，

犹有独果悬高树，

明月悄无语。

十

叶落树枝单，

乌鹊啼啼绕树端，

冬日已不远。

十一

积云渐遮天，

风起风落云又散，

大地仍寂然。

十二

瞽叟且行乞，

无人相问无人看，

或有小儿怜。

给母亲玛格丽特

[美] 斯坦利·摩斯

我的妈妈快要死了，
苍白如飘落的羽毛。
曾经以为她的死十分遥远，
如热带鸟，如巨大的金刚鹦鹉，
如同我很少打过交道的赤贫者。
从她的痛苦里，我找到了一片羽毛，
我像她一样地轻轻地吹着它，
它已经吹到我的脖项，我的耳朵上。

一片羽毛落在了鳞片上，
面对着的事物没有心灵却仍有重量。
我忆起羽毛的烧焦的气味。
我愿意我们能坐到草地上，

谈论孙儿们，

和曾孙与玄孙们。

一只蚯蚓引导着我们，

走向地面，看来我们就像是这样。

我唱一支摇篮曲给你，孙儿们

都平安，他们的孩子也都没事。

我铺上一块威尼斯造台布，

洁白的织品铺在绿草上，

风在唱歌，歌唱拿走的一切，

再换一个样子还给我们。

为什么穷人们像牛一样，

像猫头鹰一样，

在树林里尖叫？

我希望死亡是一只奇异的夜莺，

是我最早叫得出名字的鸟。

为什么一切变得这样沉重？

不，不能想象她还在帮助我，
承担我生命的重荷。
如今，世上的可怜人站立在我面前，
我怎么样让他们——离开我的怀抱？

情　诗

[挪威] 凯瑟琳·格莱丹尔

约定好一个房间，

再给你

献出我空芜的床单，

站立门外，

期待着，至少：

"是的，我想了，

我们的生活无法向前。

这正是别扭之点：

鼻子已被关上的门碰扁。"

时间离我逝去，

它不要我，

像是证据，

女人的心，

为什么永不迁移。

该面对事实了，

以真相，

毁掉古老的默契。

没有弯下女性的头

她甚至看不见他的双手

就在她面前伸就，

没有埋下脸庞

在漆黑的夜晚幽幽，

没有膝间双手

他曾置放此处；

准备好了随他飞走，

却没有一颗心哒哒

乞求着敲响他的门口；

像一句找不到出处的隐语

而我仅仅说一些

早就知道的事物

为什么你曾

把我

抱在手里

再高举我

上天,

像一轮太阳晕眩,

使我灿烂

在一个柔弱的瞬间,

然后在那儿徘徊

就在时间的

洁白的指关节之间?

你不知道吗

你是坚固的太阳的

一块深黑色斑点

它永远不会

把我点燃

或者让你

小憩平安

在一个并不和谐的地方

到处有孩子

太阳从这里升起

第一道光线

播下细细的阴影，

像一个软弱的回声铺开

遍地声音的风景

我想去擦拭掉

它们——

而它们却永远活在

他的影子里，一条纹路

刻在日晕之上

我的太阳沉落，

我的软弱的太阳沉落，

我的第一道影子——

传送新的爱情

偷偷地

以新的名字——

它是曾被玷污的

一件制品

出产于古代社会，

而今不再

顺着每一道光束

我来到光亮中

我的脸上长出

皱纹深深，

安慰不再眷顾于我，

而我看到

你已愈来愈少

怎么样

给自己以声息

在这如铁的年纪

在嘀嘀嗒嗒的寂静里

我制造

拒绝时间的钟表

活在无尽的秋季学期，

有夕阳

还有黑板前突然沉默，

或者春天，

在新绿的情爱与波浪面前

我不再寻找话语

也不想一猛子扎进

新的一厢情愿里

一年的每一天

你诉说三个愿望

灌入我的耳朵

尽管我过去已经听过

尽管我已经为之悲伤，

第一回，它们变成真实，

我诉说每一个句子，

就像最后一次

我的心虚弱地跳动，而时间，

远远超过了解释

黑暗降临于

空洞的膝间

而放错了的双手

像是里里外外的装扮

心宽广地呼唤

你在期待着他

每个日子都有两面

然而你只在一面张开眼

不要再呼吸和等待

此夜

他已入睡

你不过

是他遥远的陈年旧梦

模糊记忆里的

一个弃物

而夜晚年轻依然

我们结束了会见，

一字又一字，

熄灭目光，消失；

一度共生命燃烧过的

脸孔，身体，语言，

已经因一片薄薄的供认而全删，

于是每一个夜晚都变得灰暗

如果你的船儿陷入

谎言的旗阵里边

苦海独酌

我绝不会请求

你把口信

置入我的瓶儿

并且驾驶你的船儿

醉卧于我的语言

我并不拥有如海的时间

在这个依旧的海湾——

所以我求你

呆在海里随波逐流

流到别一水域中去吧

灵　魂

[美]　薇拉·施瓦茨

灵魂不是一道平坦的风景，
更没有闪光的宝石环绕。
倒像是破碎的锯齿，
无情地切割
我们生命的纱罩，
随意撕裂我们的皮肤，
让你难得在家园里停歇，
你的灵魂不安于你的躯壳。

是个黑发的妇人，
用那劳动的双手，
揉搓着习性的陈年面酵。
翻来覆去直到它发育为

生命的粮草和依靠。

灵魂还是一个木匠，

思谋着把门打开得畅快些，

再把禁锢的围墙拆掉，

在草坪上也在厨房的地板上，

让同一个光明跳起舞蹈。

中国图片

[印] 尼努珀玛·梅农·拉奥

看着这些图片，
搅动了我的思绪。

你在橡皮绳上表演杂技，
赤手空拳，薄纱轻装，
透明可露骨骼。
固定在剧场的屋顶最高点，
人们随即屏住呼吸。

两个男孩，一个帽子带穗。
面对你好奇的机敏的眼睛，
深埋起他们的脸庞。
而你发现了一个目光

并且告诉我们，请看：
孩子穿的是蜡染束腰衣。

那是一个舞人的侧面轮廓，
踮起脚尖，进入白色的光与影，
是在太空吗？行走于行星之间，
说吧，这是容易的吗？
以一种舶来的国际姿态热烈拥抱
突破了秦始皇的万里长城。

两个市政工人，
风里来雨里去，
一双凉鞋一个大扫把
凝固成力量的造型
在一块红色面具广告牌边
可感
可触
双喜临门

还有这儿，灰色雾霾里的早晨，

西湖，

慢慢地

流光溢彩

光束游走于翠竹间……

在秋天的薄雾之中，

温文尔雅的学者书写着

整臂长的大字书法。

编 后 记

　　2023 年是人民艺术家王蒙先生从事文学创作七十周年。《王蒙诗文选》是人民出版社总编辑辛广伟先生的创意。暑期的一天，辛先生给我打电话，说想编一本《王蒙诗文选》，征求我的意见。我觉得这个创意极好，于是利用暑期，编定了这部书稿。编选过程中，曾得到王蒙先生的大力支持。编竣后，王先生亲自审定了书稿，并提出了指导意见。

　　本书在选编中，尽量遵循以下原则：一是整体性。按照时间顺序呈现王蒙先生诗文创作 70 年整体风貌。二是代表性。本书所选之文兼及美文、游记、文学、历史、人物、文化等不同侧面；所选之诗兼及自由体、旧体、译诗等。三是思想性。这是本书遵循的第一原则。需要补充说明的是：

　　（一）关于散文、随笔。在编选过程中，发现原作个别不确之处，进行了适当修改。

　　（二）关于诗歌。《〈青春万岁〉序诗》选自长篇小说《青春万岁》；《拉力器》《风铃》分别选自组诗《养生篇（四首）》《乡居（六首）》；《咏海》选自《盛夏杂咏（三首）》；《草木》选自《山居杂咏（十一首）》；《咏天柱山》选自《五言古诗二题》。

（三）关于译诗。《我们是世界的期待和果实》曾出现在王蒙先生多篇文章中（题目为《我们是世界的希望和果实》），选入时请王蒙先生重新进行了修订。《德语俳句十二首》选自《萨碧妮·梭模凯朴四首》，原名"德语俳句"；《给母亲玛格丽特》选自《斯坦利·摩斯四首》；《情诗》即《凯瑟琳·格莱丹儿一首》，选入时直接以原作诗题"情诗"名之；《灵魂》选自《薇拉·施瓦茨三首》；《中国图片》选自《尼努珀玛·梅农·拉奥八首》。

需要特别感谢本书责编陈佳冉女士，她的严谨认真态度，令我感佩不已。

由于时间匆促，疏漏之处在所难免，敬请读者谅解。

温奉桥

中国海洋大学王蒙文学研究所

2023 年 10 月 9 日

策　　划：辛广伟
责任编辑：陈佳冉
封面设计：王欢欢

图书在版编目（CIP）数据

王蒙诗文选／王蒙　著 . —北京：人民出版社，2023.10
ISBN 978－7－01－025992－5

I. ①王… 　II. ①王… 　III. ①诗集－中国－当代②散文集－中国－当代
　IV. ① I217.2

中国国家版本馆 CIP 数据核字（2023）第 179230 号

王蒙诗文选
WANGMENG SHIWEN XUAN

王　蒙 著

人 民 出 版 社 出版发行
（100706　北京市东城区隆福寺街 99 号）

北京新华印刷有限公司印刷　新华书店经销

2023 年 10 月第 1 版　2023 年 10 月北京第 1 次印刷
开本：710 毫米 ×1000 毫米 1/16　印张：26.5
字数：307 千字

ISBN 978－7－01－025992－5　定价：90.00 元

邮购地址 100706　北京市东城区隆福寺街 99 号
人民东方图书销售中心　电话（010）65250042　65289539